Roland Lange

Todesstreifen

Harz Krimi

AF217127

Prolibris Verlag

*Handlung und Figuren sind frei erfunden. Darum sind eventuelle Über-
einstimmungen mit lebenden oder verstorbenen Personen zufällig und
nicht beabsichtigt.*

9. Auflage 2025

©Prolibris Verlag Rolf Wagner, Rasenallee 23 d, 34128 Kassel
buero@prolibris-verlag.de
Titelfoto: © Matthias Krüttgen, Hamburg
Druck: OSDW AZYMUT Sp. z o. o., Daimlera 2, 02-460 Warszawa, Polen
ISBN: 978-3-935263-85-6

www.prolibris-verlag.de

Break down the wall
and take the past away from us ...
(My Inner Burning, »When I'm gone«
aus dem Album »Eleven Scars«, März 2011)

Prolog

Der Treck kam nur langsam voran. Bei jedem Schritt knirschte der Schnee unter den Füßen der gebeugten Gestalten, die sich in einer düsteren Karawane vor dem bleichen, konturlosen Hintergrund dahinschleppten. Scharfer Wind blies ihnen entgegen, schleuderte feine Eiskristalle in ihre ausgemergelten Gesichter. Wie kleine Geschosse trafen sie ihre Haut, fanden jede Lücke in Jacken, Mützen, Lumpen und Tüchern, mit denen die Menschen sich zu schützen suchten. Seit etlichen Tagen hatte bittere Kälte das Land fest im Griff und fraß sich durch ihre Kleider. Die Strapazen des Marsches hatten sie müde gemacht, vielleicht auch die Hoffnungslosigkeit. Hinter ihnen lagen Schutt und Asche. Aber was lag vor ihnen? Was für eine Zukunft erwartete sie? Sie wussten es nicht. Keiner im Treck wusste es!

Mit nichts, außer dem wenigen, das sie bei sich tragen konnten und was auf den kleinen Handwagen passte, waren sie aus ihrem Dorf geflohen. Angetrieben vom dumpfen Kanonendonner der näher rückenden Front hatten sie das Nötigste zusammengerafft und waren damit zum Sammelplatz geeilt. Gemeinsam mit den anderen hatten sie den Marsch angetreten.

Es war ein Abschied für immer. Niemand hatte es laut gesagt, einige zu Anfang sogar trotzig von Rückkehr gesprochen. Doch insgeheim wussten sie alle, dass ihre Heimat verloren war, geraubt von einem erbarmungslosen Krieg, der ihnen schon die Männer, Söhne und Väter genommen hatte.

Im Treck liefen zwei Jungen mit, denen immer wieder verstohlene Blicke folgten. Das lag nicht allein an ihrer Größe und daran, dass sie mit ihren langen, dürren Beinen wie Störche durch die Gegend staksten. Noch mehr Aufmerksamkeit erregten ihre hellblonden Locken, die beinahe weiß schimmerten, wenn die Sonnenstrahlen für einen kurzen Moment durch die Wolkendecke brachen. Kein Augenpaar konnte sich diesem Anblick entziehen.

Die beiden Jungen hatten den Aufbruch mit zwiespältigen Gefühlen erlebt. Mit ihren neun Jahren waren sie alt genug, zu verstehen, was vor sich ging. Es machte ihnen Angst! Gleichzeitig spürten sie das Kribbeln in sich, das Jungen überfällt, auf die das große Abenteuer wartet, das Unbekannte, die Gefahr! Trotzdem wären sie nicht freiwillig gegangen, hätten ihr Zuhause verteidigt, zusammen mit ihrem Vater. Wäre er nur rechtzeitig zurückgekommen! Dieser große, kräftige Mann, der nicht viele Worte machte, sondern lieber Hände und Fäuste sprechen ließ. Vor dessen Strenge und Jähzorn sie sich gefürchtet hatten, solange sie denken konnten. Wie froh waren sie gewesen, als er in den Krieg ziehen musste und sie nicht mehr unter seiner Knute litten! Wie hatten sie immer das Ende seines Fronturlaubs herbeigesehnt! Doch dann, am Tag ihres Aufbruchs hatten sie sich gewünscht, er wäre bei ihnen gewesen. Mit ihm an der Seite wären sie nicht gewichen. Sie hätten sich todesmutig den verhassten Bolschewiken entgegengestellt, diesen menschlichen Ungeheuern, die nichts anderes als den Tod brachten! Niemals hätten sie ihr Heim kampflos aufgegeben, das kleine Haus mit dem üppigen Gemüsegarten und dem mächtigen Apfelbaum davor, in dessen Schatten sie noch im Sommer von Abenteuern und Heldentaten geträumt hatten.

Gemeinsam mit ihrer Mutter zogen die beiden Jungen den Handwagen. Längst war ihre Abenteuerlust dem quälenden Hunger und dem Schmerz in den Füßen gewichen. Stumpf blickten sie, wie alle anderen, vor sich auf den Weg, setzten mechanisch Schritt vor Schritt, klammerten ihre Hände um den Deichselgriff des Wagens, dessen Last ihnen von Tag zu Tag schwerer schien. Bleierne Müdigkeit hatte von ihnen Besitz ergriffen, im Gehen träumten sie von ihren weichen Betten zu Hause. Als ihre munteren Plappereien längst verstummt waren, hatte das Wehklagen eingesetzt. Mittlerweile schlichen sie in resigniertem Schweigen vorwärts. Der Trost ihrer Mutter war seit Langem zu schwach, um ihnen Mut zu machen.

Ein kleines Glück gab es dennoch für die beiden Jungen. Es hieß Marianne. Ein Mädchen in ihrem Alter, das ihnen sehr gefiel. Mit seinem kranken Vater und seiner Mutter ging es fast immer am Ende des Trecks. Die Zwei wären am liebsten ständig in Mariannes Nähe gewesen. Aber sie mussten den schweren Handwagen zusammen mit ihrer Mutter ziehen. Wenigstens einer von ihnen. So hatten sie beschlossen, abwechselnd nach hinten zu laufen und

Marianne zu begleiten. Auch wenn es ihrer Mutter nicht lieb war. Auch wenn die anderen Jungen im Treck sie für Weiberfreunde hielten. Einer hatte es gleich zu Anfang ihrer Flucht gewagt, sich über sie lustig zu machen. Er hatte die Fäuste der beiden Brüder zu spüren bekommen. Seitdem sagte niemand mehr ein Wort.

Vor einigen Minuten war Fredi nach hinten gelaufen und ging nun neben Marianne. Sein Bruder stapfte allein neben seiner verstummten Mutter und mit unterdrücktem Zorn an der Deichsel des Handwagens dahin. In seinem Ärger nahm er das dumpfe Grollen zuerst gar nicht wahr. Doch bereits im nächsten Moment war die Hölle los!

»Tiefflieger!«

Der Schrei ging unter im Dröhnen der Propeller und dem Tackern der Bordkanonen. Die Menschen sprangen in Panik auseinander, ließen ihre Habseligkeiten stehen und liegen, warfen sich blindlings zu Boden oder versuchten, die wenigen Sträucher und vereinzelt stehenden Bäume zu erreichen oder in Gräben und hinter Schneewehen Deckung zu finden. Erbarmungslos zogen die MG-Garben eine tödliche Spur durch den Schnee, mähten alles nieder, was ihnen im Weg war; Alte und Junge, Männer, Frauen und Kinder. Ohne Rücksicht, ohne Unterschied. Immer und immer wieder drehten die beiden Tiefflieger ab, formierten sich zu einem weiteren Angriff. Dann zwei ohrenbetäubende Detonationen. Feuerfontänen schossen in die Höhe, wurden von gewaltigen schwarzen Rauchpilzen verschluckt. Schneewolken stoben auf, Metallsplitter und Holztrümmer flogen durch die Luft. Eisige Erdklumpen prasselten auf den Jungen nieder, der im Arm seiner Mutter auf dem Bauch in einer Mulde lag, das Gesicht in den Schnee gedrückt.

Dann, von einem Moment zum anderen, war alles vorbei. Die Tiefflieger hatten ihr tödliches Werk vollendet. Ihr Brummen verlor sich in der Ferne. Grabesstille. Es dauerte einige endlose Minuten, ehe sich die Ersten aus der Deckung wagten.

»Sammeln!«, rief jemand. Es wirkte wie ein Signal. Plötzlich überall Wehklagen und Geschrei. Die Überlebenden rannten orientierungslos durcheinander, warfen sich über Tote, wühlten in den Trümmern, sackten wimmernd zusammen. Verletzte stöhnten, wurden von beherzten Frauen und Männern notdürftig versorgt.

»Fredi!«, schrie die Mutter und der Junge an ihrer Seite fiel in ihr Schreien ein, rief ebenfalls nach ihm, seinem Bruder. Laut und panisch. Aber Fredi war nirgends zu sehen! Wo war er? Was war mit ihm geschehen? Der Junge riss sich von der Hand seiner Mutter los. Rannte weg von ihr, zurück an das Ende des Trecks, brüllte in schriller Verzweiflung: »Fred! ...Fredi!«

Vor einem leblosen Körper kam er zum Stehen. Dicht neben einem der Krater, den die Bomben gerissen hatten. Zu seinen Füßen ein bleiches Gesicht mit aufgerissenen Augen. Tiefblauen Augen. Die Stirn und die Wangen umrahmt von langen, schwarzen Haaren. Mariannes Gesicht. Wie Schneewittchen lag sie da. So schön!

Der Junge starrte auf das Mädchen zu seinen Füßen. Stumm. Unfähig, sich zu rühren. Eine eigenartige Faszination ging von dem leblosen Wesen aus, mit seinen Armen und Beinen, so unnatürlich abgewinkelt und verdreht. Der Körper lag in einem Bett aus blutrotem Schnee — ein Ort der Geborgenheit in einer Wüste voller Trümmer, Leichenteile, umherirrender Menschen.

Es dauerte eine kleine Ewigkeit, ehe er begriff. Etwas in ihm explodierte, schien ihn zu zerreißen. Das Bild vor seinen Augen brannte plötzlich wie Feuer. Fraß sich in seine Seele. Und fast gleichzeitig war die Angst um seinen Bruder wieder da. Schlimmer als zuvor. Wie kalter Stahl fuhr sie ihm in die Glieder, tiefer und schmerzhafter, als es je ein Tiefflieger-Angriff vermocht hätte. Er wollte laufen. Wegrennen. Es ging nicht. Er stand da, unfähig, sich zu rühren. Und er schrie, schrie, schrie ...

Eine Hand riss ihn an der Schulter herum.

»Komm', Junge, du kannst ihr nicht mehr helfen.«

Es war eine Männerstimme, eine Männerhand. Er erwachte aus seiner Besinnungslosigkeit:

»Fredi ...! Fredi, wo bist du?« Sein Schreien war zu einem Wimmern verkommen.

Der Mann schob ihn seiner Mutter in die Arme, er schüttelte leicht den Kopf, als er sie ansah.

»Fredi! Mama, wir müssen Fredi finden!«

Sie blickte mit leeren Augen an ihm vorbei, machte keine Anstalten, nach seinem Bruder zu suchen.

»Los, los, weiter, wir müssen weiter!«, drängte der Mann.

»Mama! Wo ist Fredi? Ich gehe nicht ohne ihn! Ich muss ihn finden! Er braucht mich doch!« Tränen rannen ihm übers Gesicht. Endlich!

Sie schüttelte den Kopf, schien in Gedanken ganz weit weg: »Es hat keinen Zweck. Er ist tot«, sagte sie mit hohler, tonloser Stimme.

Der Mann ließ nicht locker. Schubste sie vorwärts: »Ihr könnt hier nicht stehen bleiben!«

Er hörte seine Mutter laut aufschluchzen: »Komm jetzt, Heini!«

»Fredi!«, schrie er, den Blick zurückgewandt, während sie ihn hinter sich herzog. Er sträubte sich, wollte sich aus ihrem Griff winden. Er durfte seinen Bruder nicht zurücklassen! Allein, hilflos ... verloren. Sie hielt ihn fest.

»Fredi ...! Fredi, wo bist du?«

Der eisige Wind riss seine Worte mit sich, zerfetzte sie, zerstreute die Silben ungehört über Leichen und Trümmern.

1.

Regungslos verharrte der Mann in der Deckung, die ihm das Unterholz bot. Mit dem Zielfernrohr des Präzisionsgewehres hatte er sein Opfer erfasst, hatte es durch die Scheibe des VW-Busses und den dicht fallenden Schnee ganz nah zu sich herangeholt. Klar und deutlich hob sich das blasse Gesicht seines Opfers von dem verschwommenen Umfeld ab. Im Fadenkreuz des Fernrohres schien ihm der Kopf mit dem schütteren grauen Haar zum Greifen nah. Dem zweiten Mann, vorn auf dem Fahrersitz, schenkte er keine Beachtung, überließ ihn seinem Mittagsschlaf.

Vor etwa einer halben Stunde hatte er sich auf den Weg gemacht, war im Schneetreiben, das am späten Vormittag eingesetzt hatte, hier heraufgekommen. Einige Minuten schon kauerte er da, leicht angelehnt an den Stamm eines Baumes im Heer der Fichten um ihn

herum, einer wie der andere; hoch, schlank gewachsen, uniform –
gutes Nutzholz eben. Bisher war alles nur ein Planspiel gewesen.
Nicht mehr als ein surrealer Film in seiner Vorstellung, der an ständig wechselnden Orten, mit immer neuen Handlungsabläufen spielte, aber mit stets dem gleichen Ende. Irgendwann einmal, so hatte er gedacht, würde er aus dem Spiel Ernst werden lassen.

Aber gegen Mittag hatte sich alles überstürzt. Plötzlich waren sie aufgetaucht. Völlig unerwartet. Purer Zufall! Ihm war nur eine kurze Zeitspanne geblieben, um seine Entscheidung zu treffen. In diesen wenigen Minuten hatte sich etwas in ihm verändert. Wieder war der Film in seinen Gedanken abgespult, doch er hatte nicht mehr in der Position des Betrachters verharrt. Er war in das Geschehen hineingetreten, war plötzlich selbst zur Hauptfigur geworden. Fiktion war in Realität umgeschlagen.

Er hatte noch kurz mit sich gerungen, ob es nicht besser sei, sich an seinen Plan zu halten, in dem er die Reihenfolge seiner Opfer festgelegt hatte. Er war kein Freund spontaner Entschlüsse, bevorzugte akribische Vorbereitung. Andererseits erleichterte ihm die unverhoffte Chance vieles, und wirkliche Probleme dürften sich durch die zwangsläufige kleine Änderung in der Reihenfolge nicht ergeben. Er würde das mit seinem Kontaktmann besprechen, sobald er es hinter sich gebracht hatte. Nein, es gab kein Zurück. Er musste es tun. Jetzt!

Danach war alles wie von selbst gelaufen. Er kannte die Gewohnheiten der beiden Männer nur zu gut. Er hatte sofort gewusst, was zu tun war, um den Vermessungsingenieur zu töten.

Er musterte sein Opfer, spürte die Erregung. Nur mit Mühe konnte er sich zusammenreißen. Bloß keinen Fehler machen! Tief durchatmen, den Abzug langsam bis zum Druckpunkt zurückziehen. Die Handschuhe störten ihn nicht. Ihr Leder schmiegte sich an seine Hände, war dünn und weich, gleichzeitig warm genug, damit er keine klammen Finger bekam. Jetzt die Luft anhalten ... Wie oft hatte er es in der Vergangenheit schon so gemacht, fast nie danebengeschossen. Mechanische Abläufe, kalt, emotionslos. Allerdings waren seine Ziele bisher nur namenlose Objekte und Gestalten gewesen, die ihm nicht mehr entlockt hatten als gespannte Erwartung.

Plötzlich rührte sich etwas drüben im Dienstbus. Er ahnte es mehr, als dass er es sah, und schwenkte das Gewehr ein Stück von seinem Opfer weg nach rechts. Der Fahrersitz war leer, die Tür geöffnet. Irritiert ließ er das Zielfernrohr noch ein paar Zentimeter weitergleiten, suchte den Wald unmittelbar vor der Motorhaube ab. Nichts. Er schwenkte das Gewehr wieder zurück, tastete sich über die Seitenfront des Busses. Bekam den Kollegen des Ingenieurs ins Visier, als der gerade die Heckklappe öffnete. Gott sei Dank! Alles wieder unter Kontrolle. Aber verdammt noch mal, was hatte der Mann vor? Was kramte er da zwischen den Aufbauten im Laderaum herum? Wenn er sich mit seinem massigen Oberkörper doch nur ein wenig zur Seite drehen würde! Er beugte sich leicht ins Wageninnere, zog etwas heraus. Dann schloss er die Klappe wieder und ging einige Schritte den Weg entlang, weg vom Bus. Jetzt war auch zu erkennen, was er bei sich trug. Kurz darauf schlug er sich seitwärts in die Büsche.

Der Schütze im Unterholz atmete erleichtert aus, grinste in sich hinein. Er hatte gesehen, was er sehen wollte. Der Vermessungsgehilfe würde wohl eine Weile beschäftigt sein. Er lenkte das Gewehr zurück auf sein Opfer, bemerkte, dass der Ingenieur noch immer dösend im Fond des Busses lag, den Kopf gegen die Seitenscheibe gelehnt. Er konzentrierte sich jetzt ganz auf sein Ziel. Sein behandschuhter Finger krümmte sich wieder um den Abzug ...

2.

Die Zeiger der Uhr an der Wand gegenüber näherten sich der herbeigesehnten Konstellation. Nur noch wenige Minuten bis halb vier. Mit einem Seufzer schlug Ingo Behrends den Schnellhefter zu und legte ihn zurück auf den Aktenberg am äußeren Ende seines Schreibtisches. Zufrieden registrierte er, dass der Stapel in den vergangenen beiden Wochen beträchtlich geschrumpft war und etwas von seinem Schrecken verloren hatte.

»Das war's«, brummte Behrends, »Feierabend.«

Er blickte aus dem Fenster seines Büros in der Northeimer Polizeiinspektion. Es hatte aufgehört zu schneien, aber wahrscheinlich nur für kurze Zeit. Noch immer zeigte sich der Himmel in bleiernem Grau und ließ befürchten, dass es schon in gut einer Stunde vollständig dunkel sein würde.

Der frühe Wintereinbruch in diesem Jahr hatte etwas Lähmendes an sich, fand Behrends. Alles lief irgendwie träger, stiller ab. Eine gewisse Beschaulichkeit hatte sich sogar in der Inspektion breitgemacht. Die Polizeiarbeit konzentrierte sich in diesen Wochen hauptsächlich auf den Straßenverkehr. Im K1, dem Fachkommissariat für Kapitaldelikte, herrschte dagegen seit geraumer Zeit beinahe gespenstische Ruhe — eine Ruhe, die Behrends dazu nutzte, liegen gebliebene Schreibarbeiten zu erledigen und Überstunden abzubauen. Seine Klientel hatte sich, so schien es, bereits Wochen vor dem Fest von der weihnachtlichen Botschaft inspirieren lassen und praktizierte Frieden und Liebe, anstelle von Brand, Mord und Totschlag. Ein beinahe paradiesischer Zustand, wäre da nicht die Kehrseite, die Schreibtischarbeit! Dafür war er einfach nicht geschaffen. In einem Büro eingesperrt zu sein, schnürte ihm zuweilen die Luft ab, grenzte fast schon an Folter.

Während Behrends den Computer herunterfuhr und seine Schreibutensilien in der Schublade verstaute, dachte er an Katrin und das Labskaus, das ihn zu Hause erwartete. Mit einem leisen Schmatzen versuchte er, dem plötzlichen Speichelfluss Einhalt zu gebieten. Wieder wanderten seine Gedanken zurück zu der Woche auf Sylt, die er sich zusammen mit seiner Freundin über Pfingsten gegönnt hatte. Es war ihr erster gemeinsamer Urlaub gewesen und gleichzeitig ein Härtetest für ihre Beziehung. So lange hatten sie bisher noch nie an einem Stück zusammen verbracht. Sie wussten nicht, ob sie es miteinander aushalten würden. Doch es war gut gegangen.

Am letzten Abend ihres Syltaufenthaltes hatte er Labskaus gegessen. Bis heute fragte er sich, welcher Teufel ihn damals geritten hatte, ausgerechnet Labskaus zu bestellen, ein Gericht, das ihm angesichts seiner Konsistenz bis zu jenem Tag immer sehr verdächtig vorgekommen war. Aber es hatte ihm geschmeckt. Sehr gut sogar. So gut, dass Katrin ihm versprechen musste, sich vom Koch das Rezept zu besorgen, um es zu Hause nachzukochen.

Am vergangenen Samstag schließlich hatte sie ihm für heute das versprochene Labskaus angekündigt.

Mitten in seine träumerischen Gedanken platzte das Klingeln des Telefons und ließ ihn zusammenzucken.

»Bitte nicht!«, stöhnte er leise. Er blickte auf das Display, weigerte sich abzuheben. Der Anruf kam aus der Zentrale. Gar nicht gut! Eigentlich hatte er schon Feierabend, war überhaupt nicht mehr da. Wenn er jetzt ganz schnell sein Büro verließ und so tat, als habe er das Telefon nicht mehr gehört, wer wollte ihm das Gegenteil beweisen? Blöder Gedanke! Er war Polizist. Er konnte seinem Schicksal nicht entrinnen!

Nach dem vierten Klingeln griff er zum Hörer:

»Ja ... Behrends.« Angespannt lauschte er der Stimme am anderen Ende.

»So eine Kacke!«, fluchte er leise, als ihm klar war, dass er Labskaus und traute Feierabend-Zweisamkeit mit Katrin vergessen konnte. Laut fügte er hinzu: »Okay, bin unterwegs.«

Zu früh gefreut. Er hätte damit rechnen müssen. Schon viel zu lange war nichts mehr passiert. Aber wieso dann ausgerechnet heute? So kurz vor Feierabend?

Er griff zum Telefonhörer und wählte die Nummer von Tim Seidel, dem neuen Mann in seinem Team. Auf seine Partnerin Maike de Baer konnte er nicht zurückgreifen. Die hatte sich den Nachmittag für eine dringende ärztliche Untersuchung freigenommen. Seidel war seit etwa einem halben Jahr dabei, füllte den Arbeitsbereich von Hendrik Bosse aus, nachdem der sich mit Erfolg auf eine höher dotierte Planstelle weitab im Wendland beworben hatte. Behrends war froh gewesen, den widerspenstigen Kollegen los zu sein. Denn trotz dessen unbestrittenen Qualitäten als Ermittler hatte er Bosse stets als Störenfried in seinem Team wahrgenommen.

Der neue Mann dagegen war ein besserer Teamplayer, was man ihm jedoch nicht sofort anmerkte. Er war zurückhaltend, oft sogar maulfaul, wirkte manchmal gelangweilt und in sich gekehrt, nicht richtig bei der Sache. Das machte es manchem seiner Kollegen etwas schwer, mit ihm warm zu werden. Doch hinter der Fassade scheinbaren Desinteresses arbeitete ein wacher Verstand, mit dem er überlegte, wie er die Ermittlungsarbeiten voranbringen könne, und zwar nicht um sich zu profilieren, sondern stets im Interesse der Sache. Behrends hatte das schnell erkannt und tolerierte das Verhalten des Neuen. Er hatte mit Seidel nicht nur einen vollwertigen Ersatz bekommen, sondern darüber hinaus jemanden, der über herausragende PC-Kenntnisse verfügte. Diese Fähigkeit brachte es allerdings mit sich, dass man ihn manchmal den ganzen Tag nicht zu Gesicht bekam. Nur selten riss er sich von seinem Bildschirm los, schien die Welt um sich und oft genug auch den Feierabend zu vergessen. Die Chancen standen also gut, dass Behrends ihn noch in seinem Büro erwischte.

Wie erwartet nahm Seidel den Hörer ab:

»Tim, es gibt Arbeit. Zwei Tote. Mach dich bitte bereit! Maike hat heute Nachmittag frei, und ich wüsste nicht, wer mich sonst begleiten könnte.« Er lauschte einen Moment dem nörgeligen, schleppend vorgetragenen Protest am anderen Ende der Leitung. Seidel hielt nicht besonders viel von Einsätzen im Außendienst. Aber es blieb keine Zeit, nach einem anderen Partner für diese Mission zu suchen. Wahrscheinlich war aus seinem Team sowieso niemand mehr im Haus. Er schnitt dem neuen Kollegen das Wort ab und sagte kurz angebunden: »In fünf Minuten, Tim. Unten in der Garage.«

Als er aufgelegt hatte, zog er sein Handy aus der Tasche und wählte seine Festnetznummer bei sich zu Hause an. Katrin war schon nach dem zweiten Klingeln am Hörer.

»Hallo Schatz, ich bin's.«

»Du kommst nicht zum Essen, stimmt's?«, unterbrach sie ihn. Sie klang bedrückt, hatte nicht mal eine Begrüßung für ihn übrig.

»Woher weißt du ...?«

»Nur so eine Ahnung, du bist schließlich bei der Kripo.«

»Du, es tut mir wirklich leid. Eben hat man mir mitgeteilt, dass ich noch mal raus muss.«

»Das braucht dir nicht leid tun.«

Ihre Verbitterung biss sich schmerzhaft in sein Ohr: »Katrin, bitte, ich kann doch nichts dafür. Ich wäre jetzt auch lieber bei dir. Und auf das Labskaus habe ich mich auch gefreut.«

»Sei froh, dass du nicht da bist und das essen musst.«

Er glaubte, nicht richtig zu hören: »Was soll das denn? Was meinst du damit? Ich sagte bereits, es tut mir sehr leid!« Ohne dass er es wollte, hatte seine Stimme einen aggressiven Unterton angenommen.

»Ich hab's versaut.«

»Wie? Was versaut?«

»Das Labskaus!«

Sie schniefte. Behrends lachte erleichtert auf. Er hatte tatsächlich angenommen, sie wolle ihm eine Szene machen: »Nimm dir das bloß nicht so zu Herzen. Jeder macht mal einen Fehler«, sagte er versöhnlich. »Ich weiß doch, wie gut du normalerweise kochst.«

»Ich habe nichts falsch gemacht«, fauchte Katrin wütend.

»Entschuldigung, ich wollte dich nur trösten.« In welches Fettnäpfchen war er denn jetzt schon wieder getreten?

»Es liegt an dem Rezept! Ich habe mich streng daran gehalten. Trotzdem, es schmeckt nicht! Nicht so, wie auf Sylt! Es ist zu ... lasch. Pampe! Nichts weiter als fade Pampe! Dieser Schweinehund von Koch hat mich betrogen, glaube ich. Ach, ich weiß einfach nicht! Vielleicht ist mir doch ein Fehler unterlaufen.«

»Du, Schatz, ich muss los«, unterbrach er sie. Wenn sie so anfing, konnte es eine Weile dauern, bis sie sich wieder beruhigt hatte. »Also dann ... warte nicht auf mich. Es kann spät werden. Tschüs!« Er legte auf und beeilte sich, aus dem Büro zu kommen, ehe sie ihn vielleicht zurückrief.

In der Tiefgarage wartete Tim Seidel bereits auf ihn. Die Hände in den Taschen seiner dicken Winterjacke vergraben und die Strickmütze tief ins Gesicht gezogen stand er neben dem silberfarbenen BMW und machte ein säuerliches Gesicht. Behrends ignorierte die unausgesprochenen Vorwürfe und öffnete den Wagen.

Mit eingeschaltetem Blaulicht bahnte sich Behrends den Weg durch den Feierabendverkehr. Er musste sich auf der schneeglatten Straße mehr als sonst konzentrieren, mit dem wieder einsetzenden Schneefall krochen die Fahrzeuge stadtauswärts nur im Schneckentempo dahin und nötigten ihm ein ums andere Mal ein riskantes Überholmanöver ab. Sein Partner saß schweigend auf dem Beifahrersitz, trotz der angenehmen Wärme im Wageninneren immer noch bis zur Nasenspitze in seinen schützenden Winterkokon eingehüllt. Unter der Strickmütze hatte er zwei kleine Stöpsel in seinen Ohren stecken, die brachialen Heavy-Metal-Sound absonderten. Irgendwo in den Tiefen seiner Hosentaschen schleppte er ständig einen MP3-Player mit sich herum.

Seidel liebte es laut — ihm gefiel es, wenn beißender Gitarrensound und hämmerndes Schlagzeug in seinen Gehörgängen explodierten. Nicht einmal die dicke Strickmütze, die er bis über die Ohrläppchen gezogen hatte, konnte verhindern, dass bizarre Klangsplitter nach draußen drangen und zu Behrends hinüberschossen. Anzunehmen, dass der neue Kollege wieder die Songs seiner derzeitigen Lieblingsband *My Inner Burning* hörte, die ihn zeitweise zu erstaunlich wortreichen Schwärmereien veranlasste. Er selbst wusste nicht viel mit dieser Art von Musik anzufangen. Er hielt es lieber mit dem guten, alten Classic-Rock — auch laut und voller Energie, trotzdem vergleichsweise gemütlich. Nicht so hart und brutal.

Hinter Katlenburg beruhigte sich die Verkehrssituation etwas. Auf halber Strecke nach Dorste stupste Behrends seinen Beifahrer leicht an. Seidel schreckte aus seinen Gedanken hoch und zog sich die Ohrstöpsel heraus:

»Hm ...?«, brummte er wenig interessiert.

»Willst du nicht wissen, wohin wir fahren und was passiert ist?« Er konnte den Gleichmut seines jungen Kollegen nicht verstehen und ein bisschen ärgerte er sich auch darüber.

»Doch, klar ...«, entgegnete sein Partner und kramte in seiner Hosentasche nach dem MP3-Player. »Zwei Tote, hast du gesagt. Wo denn?«

»In Lerbach. Weißt du überhaupt, wo das liegt?«

»Na sicher. Das ist dieses Bergkaff bei Osterode, richtig? Gleich hinter dem Butterbergtunnel rechts ab.«

»Stimmt, du Rattenfänger. Hast ja tatsächlich deine Hausaufgaben gemacht.« Seidel stammte aus der Nähe von Hameln, war spindeldürr, hatte einen kleinen Spitzbart. Seine nussbraunen

Haare, die glatt und sehr lang waren, wurden im Nacken von einem Gummiband zusammengehalten. Und er konnte Querflöte spielen! Vom ersten Tag an war jedem in der Inspektion sofort klar gewesen, dass der Neue die fleischgewordene Sagengestalt von der Weser sein musste. Im Augenblick sah man allerdings weder von seinem Spitzbärtchen, noch von seiner Haarpracht etwas und er glich mehr einer Schildkröte, die sich in ihrem Panzer verborgen hielt.

»Und was genau liegt an?« Der Rattenfänger zeigte plötzlich unerwartetes Interesse.

»Jemand hat zwei Tote entdeckt. Irgendwo im Wald oberhalb des Ortes. Am Hexenstieg, ... diesem Wanderweg.« Angewidert verzog Behrends das Gesicht. Leichen in den Wäldern des Harzes hatten für ihn etwas äußerst Entmutigendes. Wenigstens blieb ihm dieses Mal eine Höhle erspart, wie es schien.

»Wanderer?«, fragte Seidel.

»Was ... Wanderer?«

»Die Leichen, meine ich, sind das Wanderer?«

Sie passierten das Ortsschild von Dorste. Behrends schaltete in den dritten Gang zurück. »Sieht nicht so aus. Angeblich liegen die in einem VW-Bus. Ist ein Dienstbus vom Katasteramt, wenn ich das richtig verstanden habe.«

»Ach ...« Seidel schob den Kopf ein kleines Stück aus seinem schützenden Panzer heraus und blinzelte angriffslustig zu seinem Chef hin. »Haben sich wohl totgearbeitet, die armen Vermesser?«

»Oh, Herr Kollege, was sind denn das für Töne?«, wunderte sich Behrends. »Schlechte Erfahrungen mit dem Katasteramt gemacht?«

»Hm«, grunzte der Rattenfänger nur. Damit war seine Auskunftsfreude erschöpft.

»Also, wohl eher totgeschossen, die Vermesser, nicht totgearbeitet«, klärte er ihn auf. »Das glaubt jedenfalls der Zeuge, der sie entdeckt hat.«

»Ach so.«

Seidel hatte sich wieder in seinen Panzer zurückgezogen und die Stöpsel in die Ohren gedrückt. Für den Rest der Fahrt hüllte er sich in Schweigen. Behrends starrte in die wirbelnden Flocken, versuchte, sich auf die Straße zu konzentrieren. Das Heavy-Metal-Kreischen aus der Strickmütze begann ihn zu nerven. Er schaltete das Autoradio ein.

Nicht weit hinter dem Butterbergtunnel wurden sie an der Abfahrt nach Lerbach von einer Streifenwagenbesatzung empfangen. Die beiden Insassen des VW-Caddys, Beamte des Osteroder Kommissariats, gaben ihnen einen groben Überblick über die Lage. Dann fuhren sie ihnen voraus durch das kleine Harzdorf, das sich wie ein Schlauch durch das Tal zog.

Am Ortsausgang bogen sie in einer scharfen Linkskehre auf die Zufahrt zum Schwimmbad ein, um gleich darauf rechts einen einigermaßen gut ausgebauten, stark ansteigenden Waldweg hinaufzufahren. Die Dienstwagen gelangten trotz der Schneedecke ohne große Schwierigkeiten bis zur Schutzhütte oberhalb des Lerbacher Skihanges. Ab hier folgten sie dem Hexenstieg zurück in Richtung Osterode, bis sie von den Einsatzfahrzeugen der Polizei, des Notarztes und der Sanitäter am Weiterfahren gehindert wurden. Sie reihten sich ganz hinten in die Fahrzeugkolonne ein und stiegen aus.

»Wie weit ist es denn noch?«, fragte Behrends einen der Beamten, die sie hier heraufgelotst hatten. Er warf einen besorgten Blick auf seine wenig wintertauglichen Straßenschuhe.

»Na ja, ein paar Meter schon«, erklärte der Mann und hob entschuldigend die Hände, »aber mit dem Auto kommt da keiner hin.« Er deutete den Hexenstieg hinunter. »Ein kleines Stück noch geradeaus, dann zweigt links ein Weg ab. Den gehen Sie hoch. Oder Sie arbeiten sich auf direktem Weg hier quer durch das Unterholz.«

Behrends betrachtete den dicht bewaldeten Hang zu seiner Linken. Das musste er sich nicht antun. Also dann lieber den Weg. »Liegen die Toten nicht in einem VW-Bus? Wie ist der denn da hochgekommen?«, fragte er.

»Keine Ahnung. Ich nehme an, der Bus hat Allradantrieb.«

»Allrad ... bah!«, knurrte es von hinten aus dem Schildkrötenpanzer. »Die Frage ist nicht, wie die da hingekommen sind, sondern warum! Was hatten die Katasterleute hier oben in der Wildnis zu suchen? Wenn es überhaupt Vermesser sind.«

»Nun warte ab, Tim«, grunzte Behrends über seine Schulter zurück, »lass uns erstmal sehen, was los ist, ehe wir anfangen, Fragen zu stellen.«

Der Tatort war durch die Osteroder Bereitschaftspolizisten bereits weiträumig mit Sicherungsbändern abgesperrt worden. Gerade waren einige von ihnen damit beschäftigt, Scheinwerfer aufzubauen und den Bereich um den VW-Bus auszuleuchten. Einer der Beamten stand etwas abseits und unterhielt sich mit zwei Männern, die offensichtlich nicht zum Polizeiaufgebot gehörten.

Behrends und Seidel überstiegen das rot-weiße Flatterband und steuerten geradewegs auf den orangefarbenen VW-Bus zu. Sofort wurden sie lautstark zurückgepfiffen:

»Halt, Leute, nicht so eilig!«

Behrends schreckte überrascht hoch, als er Micha auf sich zustürmen sah, die eine Hälfte der berüchtigten Northeimer Erkennungsdienst-Zwillinge. Kalle, die andere Hälfte, konnte demnach auch nicht weit sein. Er wunderte sich, dass die Kollegen schon vor Ort waren. Ihren Kombi hatte er unten am Weg nirgends gesehen.

»Es reicht mir schon, dass der Notarzt hier in der Landschaft herumgetrampelt ist, ehe wir auch nur eine Spur sichern konnten!«, wetterte Micha.

»Ist ja gut, keine Panik«, entgegnete Behrends und hob abwehrend die Hände, »ich hatte nicht die Absicht, dir ins Handwerk zu pfuschen.«

Der Erkennungsdienstler fletschte die Zähne, wie ein bissiger Terrier: »Das ist auch besser so. Also fasst euch in Geduld, bis wir so weit sind und wenigstens alles auf Fotospeicher gebannt haben. Danach dürft ihr an die Leichen ran, aber bitte nur mit Ganzkörperkondom, damit das klar ist!« Er blinzelte abfällig zu Seidel hinüber. »Hey Rattenfänger, vielleicht solltest du vorher was von deinem Winterfell ablegen, sonst bekommst du sogar mit unserem XXL-Modell Probleme!«

Seidel hatte nur eine wegwerfende Handbewegung für die Frotzelei übrig.

Behrends nickte zu den beiden Männern hinüber, die immer noch ins Gespräch mit dem uniformierten Beamten vertieft waren.

»Weißt du, wer das ist?«, fragte er Micha.

»Ich glaube, der eine hat die Sauerei hier entdeckt. Der mit dem kleinen Köter.«

»Na schön, dann werde ich mich mal mit den Herren beschäftigen«, sagte er. Fröstelnd trat er von einem Fuß auf den anderen. »Und wenn ihr mir einen Gefallen tun könnt ... lasst euch nicht zu viel Zeit mit eurer Knipserei. Ich will hier so schnell wie möglich wieder weg. Mir ist saukalt!«

»Hättest dir vielleicht etwas Wärmeres anziehen sollen. So wie Kollege Rattenfänger«, prustete Micha vergnügt und ging zurück zu seinen Leichen. Ein meckerndes Lachen flatterte ihm hinterher.

»Ha, ha, ha, Idiot!« Er wusste selbst, dass er unpassend gekleidet war, und zog wütend den Reißverschluss seiner dünn gefütterten Windjacke bis zum Kinn hoch. Wer hatte denn auch damit rechnen können, dass es ihn heute noch in die tief verschneite Wildnis des Harzes verschlug? Ohne weitere Worte wandte er sich ab und stapfte davon. Nach ein paar Metern blieb er stehen und drehte sich um. »Ach, äh ... Tim, du könntest schon mal mit dem Notarzt sprechen. Er war ja wohl der Erste, der sich die Leichen angesehen hat.«

Die Worte sprudelten aus dem Hundebesitzer mit Namen Dirk Spengler wie aus einer Ölquelle. Es störte ihn nicht, seine Geschichte noch ein zweites Mal in aller Ausführlichkeit zu erzählen. Nein, nicht er, sondern Lucie, seine kleine Dackelhündin, sei es gewesen, die die Witterung aufgenommen und ihn zu den toten Vermessern gelotst habe. Ein schlaues Tier sei sie, die Lucie, befand er mit stolzgeschwellter Brust. Ihm sei übel geworden angesichts des grausamen Bildes. Die Männer so fürchterlich zerfetzt, einfach schrecklich! Den einen da im Bus, den habe er fast nicht wiedererkannt, der blanke Horror!

»Sie kannten die Toten?«, unterbrach Behrends Spenglers Redefluss. »Woher?«

»Nur den einen. Den Ingenieur. Ich bin ihm im Laufe des Jahres hin und wieder über den Weg gelaufen. Er hat ja hier in Lerbach alles kurz und klein gemessen. Da spricht man schon mal miteinander.«

»Und der zweite?«

»Der ist mir hier oben das erste Mal begegnet ... als Leiche. Sonst war immer ein anderer Mann mit dem Ingenieur zusammen.«

»Und heute haben die beiden auch wieder in Lerbach gemessen?«

Spengler zuckte mit den Schultern: »Keine Ahnung. Möglich ist es schon.«

»Können Sie sich denken, was die Vermesser in dieser abgelegenen Schneise getrieben haben? Gemessen?«

»Weiß nicht ...«, er blickte zu Boden, schob mit einem Fuß den Schnee zur Seite, als könne er auf dem Waldboden darunter eine Erklärung finden, »... vielleicht Mittagspause gemacht? Die haben sich für ihre Pausen immer Stellen gesucht, wo sie nicht auf dem Präsentierteller stehen.«

»Und Sie?« Behrends wandte sich an den zweiten Mann, der bisher schweigend danebengestanden hatte. Er erinnerte ihn an Seidel. Ungefähr gleiches Alter. Etwas jünger vielleicht. Die Haare ebenso lang, nur viel welliger und strohblond. Auch er hielt sie mit einem Gummiband in seinem Nacken zusammen. Und sein Kinn wurde, wie beim Rattenfänger, von einem drahtigen Ziegenbärtchen verziert. Dazu war er ganz in Schwarz gekleidet, und aus dem Kragen seiner Jacke wuchs ihm ein markantes Tattoo am Hals heraus. Behrends dachte an den Heavy-Metal-Sound auf dem MP3-Player seines Kollegen. Ihm schwante Böses.

»Oh, sorry, Sir ...«, stammelte der Schwarzgekleidete mit deutlichem Akzent, »ick habe nix gesehn ... I am ... ick hatte kein Ahnung ... Dirk ... he came ...« Er wandte sich Hilfe suchend dem Dackel-Mann zu.

»Das ist Jeff Anderson«, machte der dem Gestammel ein Ende, »er ist Amerikaner. Wohnt da unten im Mühlental.« Spengler deutete ins Dunkel, das mittlerweile vollständig zwischen die Fichten gesickert war. »Von seinem Telefon aus habe ich die Polizei alarmiert.«

»Na schön«, brummte Behrends und versuchte, seinen Kopf ein wenig tiefer in den Schutz seines Jackenkragens zu ziehen. Die Kälte arbeitete sich langsam, aber stetig durch alle Fasern bis zu seiner Haut. Für einen Moment wünschte er sich, in Seidels wärmenden Schildkrötenpanzer kriechen zu können. »Haben die Vermesser mal irgendwas erwähnt, das erklärt, was hier passiert ist?«, fragte er und fügte hinzu: »Ich meine, könnten sie Feinde gehabt haben, Leute, die nicht gut auf sie zu sprechen waren?«

Spengler hob seine Hand zum Kopf, schob sie unter die Kapuze seines Sweatshirts, über dem er eine dick gefütterte Jacke trug, und kratzte sich am Hinterkopf. Seine Lippen verzogen sich zu einem flüchtigen Grinsen: »Nee ... also, ich kann mich nicht erinnern, dass die mit irgendjemandem im Clinch gelegen haben. Jedenfalls haben sie nie so was erwähnt. Allerdings ... bei den Rechnungen, die den Leuten nach den Vermessungen ins Haus geflattert sind, ist schon dem einen oder anderen der Kamm geschwollen, das sage ich Ihnen. Aber deswegen bringt man doch keinen um!«

Tim Seidel gesellte sich zu ihnen. Behrends nahm ihn zur Seite. »Und was sagt der Notarzt?«

»Erschossen«, muffelte der Rattenfänger aus den Tiefen seines Panzers.

»Ja, klar! So was Ähnliches habe ich mir fast denken können. War ja sogar aus der Ferne deutlich genug zu sehen. Und weiter?« Er war kurz davor, die Geduld mit seinem Kollegen zu verlieren, musste sich zusammenreißen, um nicht zu laut zu sprechen.

»Der hinten im Wagen sitzt, hat eine Kugel in den Kopf bekommen. Aus nächster Nähe. Dem ist der halbe Schädel weggeflogen. Den anderen hat der Täter durchlöchert wie einen Schweizer Käse. Welcher der Schüsse den Mann letztendlich getötet hat, muss die Obduktion ergeben, meint der Doc.«

»Durchlöchert?«, wunderte sich Behrends und erntete ein knappes Nicken. »Genau das habe ich euch am Telefon schon erklärt!«, mischte sich Spengler ein. Er klang gereizt. »Der Mörder hat die regelrecht durchsiebt, habe ich gesagt!« Er reagierte nicht auf den Mann: »Und wie lange ist das her? Wann wurden die Schüsse abgegeben?«, fragte er Seidel. »Konnte der Arzt dazu auch was sagen?«

»Vor etwa drei oder vier Stunden, meint er.«

»Das wäre ja dann ...«, Behrends warf einen Blick auf seine Armbanduhr, »... um die Mittagszeit gewesen. So gegen eins, halb zwei.« Er wandte sich wieder dem Zeugen zu. »Herr Spengler, ist Ihnen in der fraglichen Zeit etwas aufgefallen? Haben Sie vielleicht Schüsse gehört?«

»Nein. Nichts. Da war ich auch noch zu Hause und nicht hier oben.«

»Eigentlich müssten die Schüsse bis unten ins Dorf zu hören gewesen sein«, überlegte Behrends. »Wie ist es mit Ihnen, Herr Anderson, ist Ihnen gegen Mittag etwas Verdächtiges aufgefallen?«

»Ick ... oh no ... ick habe nix gehört«, haspelte der Amerikaner aufgeregt los, als sei er soeben der Tat beschuldigt worden, »I was ... ick war ... in my studio, you know ...?«

»Studio?« Behrends merkte nicht, wie der Rattenfänger in seinem Rücken neugierig den Kopf aus dem Panzer reckte.

»Oh yes, Studio«, bestätigte der Amerikaner, »I am musician and producer ... Produzent, you know?«

»Echt? Geil, Mann!«, Seidel hatte sich zwischen sie geschoben. »Was für Musik machst du denn?«, fragte er aufgeregt. »Metal vielleicht?«

»Oh yes ... ja, naturlick!«, freute sich Anderson darüber, unerwartet in einem Polizisten einen Gleichgesinnten gefunden zu haben. »Metal, Gothic, all this stuff! You like it?«

»Ich glaube, wir können jetzt den Bus und die Leichen unter die Lupe nehmen«, unterbrach Behrends hastig das Gespräch, ehe der Rattenfänger vergaß, warum er hier war, und sich mit seinem neuen Freund in eine musikalische Fachdiskussion verbeißen konnte. »Auf geht's, Herr Kollege!« An Spengler und Anderson gewandt sagte er: »Wir werden Sie morgen noch einmal zu uns bitten müssen, um Ihre Aussage aufzunehmen.«

Im Vorbeigehen bat er einen der Bereitschaftspolizisten, die Adressen der beiden Zeugen zu notieren, ehe er und Seidel sich in die bereitgelegten weißen Schutzanzüge zwängten. Mit der gebührenden Vorsicht näherten sie sich dann dem VW-Bus.

Vor ihnen breitete sich ein Schlachtfeld aus. Behrends blieb einige Meter vor dem Bus stehen und versuchte, die Situation als Ganzes zu erfassen. Einen Moment ließ er das Bild auf sich wirken, blickte nach allen Seiten, um möglich viele Details in sich aufzunehmen. Dann näherte er sich dem Mann im Fond und wies Seidel an, sich den Toten neben dem Bus vorzunehmen. Schnell war ihnen klar, dass sie es nicht mit einem Raubmord zu tun hatten. Alles, was für einen Räuber von Wert gewesen wäre, wie etwa Brieftasche, Portemonnaie oder Handy, befand sich bei beiden Männern dort, wo man es üblicherweise erwartete. Bei dem Toten im Fond, laut Ausweis Klaus Weber, der Ingenieur, fand Behrends zudem mehrere Fünfzig- und Hunderteuroscheine in der Brieftasche. Die wären einem Raubmörder kaum entgangen.

»Ich weiß nicht so recht, was ich denken soll.« Kalle, die andere Hälfte des unzertrennlichen Northeimer Erkennungsdienst-Duos, hatte sich zu ihnen gesellt. »Der eine wird mit einem Kopfschuss aus nächster Nähe regelrecht hingerichtet, der Tote vor dem Bus dagegen wie von einem kopflosen Amokschützen durchlöchert. Das sind Bilder, die nicht zusammenpassen.«

Seidel kam die paar Schritte auf Behrends und Kalle zu und deutete auf die Leiche im Schnee, die er eben noch untersucht hatte: »Vielleicht wurde der Täter ja von dem hier überrascht. Ist doch möglich, dass der arme Kerl rein zufällig vorbeigekommen ist. Ein harmloser Wanderer.«

»Ist er nicht«, konterte Kalle, »der gehört definitiv zu dem da im Bus. Ist sein Kollege.«

»Ah ja«, höhnte der Rattenfänger, »bist wohl Hellseher, hm?«

»Blödsinn!«, fauchte der Erkennungsdienstler. »Ermittlungsarbeit und Erfahrung. Nichts weiter, mein Junge. Außerdem haben wir das hier.« Wie aus dem Nichts zauberte er eine Plastiktüte hervor, in der er ein Handy gesichert hatte. »Da hat vorhin einer vom Katasteramt angerufen.« Er hielt Behrends den Beutel vor die Nase. »Auf dem Ding. Das lag vorn in der Ablage. Der Typ wollte wissen, ob denn seine Kollegen Weber und König nicht langsam mal wieder zum Stützpunkt zurückkehren möchten. Sehr besorgt schien er aber nicht zu sein. Ich glaube, es war für ihn nichts Besonderes, dass die Zwei ihren Außendienst so spät beenden. Na, egal, als ich ihn aufgeklärt habe, war er dann doch etwas verstört. Ich habe ihm gleich gesagt, dass ihr später im Katasteramt vorbeikommt. Damit ihr nicht vor verschlossenen Türen steht oder die sich zusammenrotten und einen spontanen Betriebsausflug hierher veranstalten.« Allein die Vorstellung schien Kalle heftige Bauchschmerzen zu bereiten.

»Na schön, die beiden Männer gehören also zusammen«, knurrte Behrends unzufrieden und deutete auf den Toten im Schnee. »Und es scheint so, als sei der da vor dem Bus erschossen worden. Aber seht euch mal seine Kleidung an. Die Hose nur halb über den Hintern gezogen, das Hemd hängt raus, die Jacke steht offen. So was macht doch keiner, der in dieser Kälte draußen rumwandert. Was haben die hier bloß getrieben?«

»Das wüsste ich auch gern«, brummte Kalle und legte seine Stirn grübelnd in Falten. »Mir ist im Moment noch so einiges unerklärlich. Nimm allein mal die Waffe. Alles weist darauf hin, dass der Täter ein Gewehr benutzt hat. Wieso feuert er nicht einfach irgendwo aus der Deckung? Und dann das hier, dieser Laptop«, er deutete auf einen demolierten mobilen PC, der am Fuße eines wenige Meter entfernten Fichtenstammes lag. »Völlig zerdeppert. Und an dem Stamm siehst du deutliche Spuren in der Rinde. Der Rechner wurde mit voller Wucht gegen den Baum geschleudert. Als wenn einer nur aufs Zerstören aus ist. Ganz und gar kopflos. Und gleichzeitig auch wieder nicht.«

»Was willst du damit sagen?«

»Dieser eine Schuss, mit dem er den da im Bus getötet hat. Das lässt auf den ersten Blick auf eiskaltes Handeln schließen. Kann aber Zufall sein.«

»Hm«, knurrte Behrends nachdenklich, »zwei Täter etwa? Einer hat den Mann im Bus mit einem Kopfschuss niedergestreckt, während der andere den da aus dem Wagen gezerrt und dann durchlöchert hat.«

Kalle verdrehte die Augen: »Wie soll das denn funktioniert haben? Es gibt keine Hinweise darauf, dass es zwei waren. Und dass der im Schnee sich gewehrt hat, ist auch nicht zu erkennen. Keine entsprechenden Spuren. Einfach nichts. Vergiss es, Ingo!«

»Da muss ich unserem Spezialisten ausnahmsweise mal Recht geben«, pflichtete Seidel dem Erkennungsdienstler bei und grinste ihn süffisant an. »Außer den paar Löcherchen weist der Tote keine Verletzungen auf.«

»Danke für den Beistand«, schnappte Kalle. »Und untersteh dich, in meiner Gegenwart deine Radaumusik anzustellen!« Er hatte gesehen, wie Seidel sich ganz beiläufig an seinem MP3-Player zu schaffen machte.

»Gut, Kalle«, unterbrach Behrends die Kabbelei, »dann werden wir uns mal auf den Weg machen. Ihr braucht uns ja nicht mehr.« Er überlegte, ob es sinnvoll sei, jemanden von den anwesenden

Beamten auf Zeugensuche hinunter ins Dorf zu schicken, verwarf den Gedanken aber sofort wieder. Wo sollten sie anfangen und wo aufhören? Das konnte man besser mit einem Aufruf in der örtlichen Presse oder im Radio erledigen.

Zurück in der Inspektion in Northeim hatte Behrends die Staatsanwaltschaft in Göttingen unterrichtet und in Absprache mit dem diensthabenden Staatsanwalt die Entscheidungen über das weitere Vorgehen auf den folgenden Tag verlegt. Es gab nichts zu tun, was eine Nachtschicht gerechtfertigt hätte. Zudem galt es abzuwarten, was die Erkennungsdienstler um Kalle und Micha am Fundort der Leichen zusammentrugen. Ihre Arbeit dort oben im Lerbacher Forst würde sich höchstwahrscheinlich noch einige Stunden hinziehen.

Der vorangegangene Besuch im Osteroder Katasteramt hatte nur wenig ergeben. Weder der Angestellte, der sich telefonisch nach dem Verbleib seiner Kollegen erkundigt hatte, noch der eiligst von zu Hause in sein Büro zurückgekehrte Amtsleiter, Vermessungsoberamtsrat Lothar Schramm, hatte ihnen helfende Hinweise geben können. Zu sehr waren sie damit beschäftigt gewesen, die schreckliche Nachricht vom Tod ihrer Kollegen zu verarbeiten. Immerhin hatte der Amtsleiter nach einem Blick auf den Dienstplan festgestellt, dass Weber, der Truppführer, eigentlich zusammen mit seinem Gehilfen König auf dem Gelände des ehemaligen Osteroder Krankenhauses Vermessungen durchführen sollte. Demnach hätten die Männer gar nicht in Lerbach sein dürfen. Wieso sie trotzdem dort im Wald gefunden wurden, konnten weder Schramm noch sein Angestellter erklären. Merkwürdig sei das aber schon, waren sie sich einig gewesen.

Behrends hatte während des Gesprächs im Zimmer des Amtsleiters immer wieder nach draußen auf den hauseigenen Parkplatz und die vier Autos geblickt. Der luxuriöse Geländewagen der Marke Volvo war ihm aufgefallen und hatte ihn in den Bann gezogen. Ein Traum von einem Wagen, den er selbst gern gefahren hätte. Was Autos anging, schien Oberamtsrat Lothar Schramm einen extravaganten Geschmack zu haben.

Er hatte den Amtsleiter schließlich gebeten, seine Mitarbeiter am kommenden Tag über die Vorfälle zu informieren und für die anstehende Befragung im Haus zu behalten. Danach waren er und Seidel wieder gefahren. Erst später, auf dem Weg zurück nach Northeim, war Behrends sich seines Irrtums bewusst geworden. Das einzige schneefreie Auto auf dem Parkplatz war ein älterer VW-Golf gewesen, nicht der SUV daneben! Schramm musste demnach mit diesem Golf von zu Hause gekommen sein und nicht mit dem SUV. War es möglich, dass einer der Leute, die ihm unterstellt waren, den Volvo fuhr? Dafür kamen dann ja nur einer der beiden Toten oder der Angestellte in Frage, den sie noch im Amt angetroffen hatten. Wer von den Dreien konnte sich denn so einen Wagen leisten?

Es war bereits kurz vor einundzwanzig Uhr, als Behrends endlich in Förste ankam und in der kleinen Pizzeria in der Wassergasse zwei Pizzen zum Mitnehmen bestellte. Wenig später fuhr er zu Hause unter sein Carport. Die Wolkendecke war aufgerissen und eine weitere sternenklare, eisige Nacht kündigte sich an.

Als Behrends in den Hausflur trat, die warmen, duftenden Pizzakartons auf dem Arm, stand Sir Toby, sein irischer Setter, nicht wie gewohnt schwanzwedelnd direkt hinter der Haustür. Er lag auf seinem Kissen am Ende des Flures und schenkte ihm nur ein müdes Blinzeln. Aus dem Wohnzimmer drangen leise Stimmen und Musik. Das bedeutete, dass seine Freundin geblieben war und nach einer ausgiebigen Abendrunde mit dem Hund jetzt vor dem Fernseher saß und auf ihn wartete. Darauf hatte Behrends gehofft und in weiser Voraussicht die zweite Pizza mitgebracht.

Katrin besaß nach wie vor ihre eigene Wohnung. Aber es zog sie nur noch selten dahin zurück. Die Nächte verbrachte sie meist bei ihm, und auch tagsüber kam sie immer öfter nach der Arbeit direkt in sein Haus. Seit einigen Monaten war sie wieder in ihrem alten Beruf als Arzthelferin beschäftigt, nachdem sich ein junger Allgemeinmediziner in der jahrelang verwaisten Arztpraxis in Förste niedergelassen hatte.

Behrends stellte die Pizzen auf dem Schuhschrank unter der Garderobe ab. Sein Blick fiel auf die dicke Damen-Daunenjacke. Er hatte bisher nie mit Katrin darüber gesprochen, ganz zusammenzuziehen. Schon komisch, dachte er. Es schien, als würde das einem Tabubruch gleichkommen. Er starrte einen Moment in den Spiegel über dem Schränkchen, verzog dann sein Gesicht zu einer albernen Fratze und fuhr sich mit den Fingern durch die Haare, bevor er das Wohnzimmer betrat.

»Hey, Schatz«, flötete er, als er auf Katrin zusteuerte, die auf der Couch vor dem Fernseher lümmelte, »schön, dass du geblieben bist.« Er drückte ihr einen flüchtigen Kuss auf die Stirn. »Du hast Glück, dass ich keine Nachtschicht machen musste.«

»Wäre kein Problem gewesen.« Katrin blickte zu ihm auf und lächelte. »Mir gefällt's bei dir. Auch wenn du mal nicht da bist. Dann leistet mir eben Sir Toby Gesellschaft.« Sie hatte ihren Frust über das missratene Labskaus offensichtlich überwunden.

»Ich habe uns Pizza mitgebracht«, sagte Behrends, »was hältst du von einem verspäteten Abendessen, hm? Wird Zeit, dass ich was in den Magen kriege.«

Katrin schälte sich aus dem weichen Lederpolster: »Hört sich gut an«, schnurrte sie, »ich habe zwar schon eine Kleinigkeit gegessen ... na, egal, für ein oder zwei Stück Pizza ist immer Platz.« Sie ging in die Küche, um Teller und Besteck zu holen. »Was ist überhaupt passiert?«, fragte sie über die Schulter zurück. »Irgendwas Schlimmes?«

»Ich erzähle es dir gleich«, rief er ihr hinterher, »jetzt hole ich mir erstmal ein Fläschchen Köstritzer aus dem Keller. Dagegen hast du doch hoffentlich nichts einzuwenden, oder?« Er wartete ihre Antwort nicht ab und verließ das Wohnzimmer in Richtung Kellertreppe. Mit ihrer zeitweise demonstrativen Abneigung gegen Alkohol hätte sie ihn sonst wahrscheinlich zurückgehalten. Da galt es, Fakten zu schaffen. Wenn er ihr die Getränkewahl überließe, gäbe es auch für ihn wieder nur Mineralwasser zu trinken.

»Deine Mutter hat übrigens angerufen«, sagte Katrin, nachdem sie eine Weile schweigend gegessen hatten. Behrends hatte ihr zuvor von seinem Einsatz in Lerbach erzählt und wie immer große Betroffenheit bei ihr ausgelöst. Sie würde es nie verstehen, dass Menschen zu solchen Taten fähig waren.

Er hingegen war erstaunt, mit welcher Gelassenheit sie ihm die Nachricht vom Anruf seiner Mutter mitteilte. Die beiden Frauen hatten noch nie zuvor miteinander gesprochen. Das hatte er immer zu verhindern gewusst. Aus gutem Grund. Seine Mutter hatte es bis heute nicht verwunden, dass es »diesem Weib«, wie sie sich ausdrückte, gelungen war, Wunsch-Schwiegertochter Lena zu verdrängen. Oft genug hatte Behrends versucht, ihr klarzumachen, dass die Beziehung zu Lena schon lange vor Katrin in die Brüche gegangen war. Es war zwecklos gewesen, und ihr Verhältnis hatte sich darüber merklich abgekühlt.

Und jetzt erzählte ihm Katrin von ihrem Gespräch mit seiner Mutter, als sei es das Normalste der Welt. »Sie hat *uns* eingeladen. Sie möchte, dass wir Weihnachten zu ihr kommen«, sagte sie.

»Wir?«, wunderte sich Behrends. »Sie hat uns eingeladen? Dich und mich?«

»Allerdings! Ich habe mich übrigens sehr gut mit ihr unterhalten. Eine wirklich nette alte Dame, deine Mutter. Ehrlich gesagt, ich verstehe nicht, was du mir immer erzählst, von wegen, sie hat was gegen mich und all das ...«

»Das begreife ich auch nicht«, entgegnete Behrends irritiert.

Es fiel ihm schwer, Katrins herausforderndem Blick standzuhalten. Glaubte sie etwa, er hätte ihr absichtlich ein negatives Bild seiner Mutter gezeichnet, um den Kontakt zwischen ihnen zu verhindern? Das konnte sie nicht im Ernst annehmen! Er musste unbedingt in Goslar anrufen und herausfinden, was den plötzlichen Meinungsumschwung seiner Mutter bewirkt hatte.

Behrends war nicht überrascht, die Stimme seiner Schwester am Telefon zu hören. Seine Mutter wohnte bei ihr und ihrer Familie mit im Haus. Traditionell verband die beiden Frauen ein sehr vertrauliches Verhältnis, das auch vor Wohnungstüren keinen Halt machte. Nach einer knappen Begrüßung wunderte er sich dann aber doch. »Was? Mama ist nicht da? Um diese Uhrzeit? Ist was passiert?«

Er hörte seiner Schwester einen Moment lang zu.

»Sie hat ... was?« fragte er, um Fassung bemüht. Er glaubte, nicht richtig zu verstehen. »Ein Rendezvous? Was? Wo hat sie den kennengelernt? Beim Nordic Walking?« Sein Atem ging zunehmend schwerer. »Wieso ... wie kommt sie denn dazu, Nordic Walking zu machen? Sie kann doch nicht mit diesen blöden Stöcken durch die Landschaft ... das ist ja albern!« Er war diesem vermeintlichen

Volkssport schon immer mit Misstrauen begegnet, wie allem, was sich urplötzlich und beinahe seuchenartig in der Bevölkerung ausbreitete. Jetzt also auch seine Mutter! In ihrem Alter! Er verstummte und lauschte weiter angespannt.

Seine Mundwinkel wurden zusehends Opfer der Erdanziehungskraft. Dabei war das, was ihm seine Schwester mitteilte, nun wahrlich kein Grund zur Trauer. Vielleicht kam die Ankündigung einfach etwas zu überraschend für ihn. »Heiraten? Meine Güte, wieso will sie denn heiraten? Muss das wirklich sein?« Er schnappte nach Luft, wie ein Karpfen auf dem Trockenen, während seine Schwester am anderen Ende munter weiterplapperte. Dann murmelte er: »Richtig aufgeblüht, ah ja. Ich dachte immer, in Mamas Alter blüht nichts mehr. Wie heißt er denn eigentlich, der Casanova?«

»Henning Hohnstein. Wirklich ein netter Mensch, Ingo, das kannst du mir glauben.«

»Ach! Du kennst ihn wohl schon?«

»Ich habe mal am Telefon mit ihm gesprochen.«

»Das reicht dir natürlich aus, um dir ein Urteil über ihn zu bilden. Typisch! Hohnstein heißt er, sagst du?«

»Genau! Er ist Rentner. Hat als Architekt gearbeitet. Willst du sonst noch was wissen?«

»Danke, das reicht mir«, raunzte er. Irgendwo in einem versteckten Winkel seines Gehirns hatte es zu arbeiten begonnen. Hohnstein ... Hohnstein. In welchem Zusammenhang war ihm der Name schon mal untergekommen? Es wollte ihm nicht einfallen.

»Na, dann grüß Mama mal schön, Schwesterherz«, beendete er das Gespräch. »Kannst ihr sagen, ich freue mich wie verrückt! Hauptsache, ich muss den Herrn nicht mit Vati anreden. Tschüs!« Er warf das Telefon achtlos in den Kissenberg auf der Couch.

»Meine Mutter will heiraten«, blaffte er Katrin an, die ihm aus der Küche entgegenkam, »deshalb dieser plötzliche Sinneswandel. Sie schwebt auf Wolke sieben und möchte wohl Weihnachten ihre Verlobung bekannt geben. Bei der Gelegenheit segnet sie unsere Beziehung dann auch gleich mit ab. Ich fasse es einfach nicht! Völlig beknackt, oder?«

»Ist doch toll!«, freute sich Katrin. »Ich finde es klasse, wenn alte Menschen noch mal das große Glück finden.«

»Hätte ich mir denken können! Ihr Frauen tickt wohl alle so. Trotzdem, muss sie denn unbedingt heiraten? Reicht es nicht, wenn sie mit dem Herrn stöckelnd durch die Gegend flaniert? Sie macht jetzt nämlich Nordic Walking, musst du wissen.«

»Deine Mutter tut wenigstens was für ihre Gesundheit«, konterte sie mit Blick auf seine unübersehbare Hüftrolle.

»Ja, ja, schon gut«, maulte er, war aber gar nicht mehr richtig bei der Sache. Irgendeine länger zurückliegende Geschichte wühlte sich gerade aus seinem Unterbewusstsein an die Oberfläche. Und sie hatte eindeutig etwas mit dem Mann zu tun, der in nächster Zukunft sein neuer Papa werden sollte.

3.

Behrends saß völlig gerädert an seinem Schreibtisch und versuchte, seine Gedanken zu ordnen. Hinter ihm lag eine schlaflose Nacht. Kurz nach dem Anruf bei seiner Schwester hatte er nicht einfach so zur Tagesordnung übergehen können.

Die Nachricht von den Heiratsabsichten seiner Mutter hing ihm danach wie ein Klotz am Bein, wenngleich er sich redlich bemüht hatte, sie und ihren Liebhaber im Licht der Fernsehreklame zu sehen, die sich zunehmend auch auf die Zielgruppe Siebzig-Plus konzentrierte. Er brauchte ein wenig Zeit zum Verdauen, Zeit, die ihm Katrin nicht geben wollte. Sie hatten diskutiert. Noch im Bett, anstatt sich zu lieben. Um ein Haar wäre ihre Diskussion in einen giftigen Streit ausgeartet. Ehe es soweit kommen konnte, hatte Behrends ermattet aufgegeben und sich von ihr weggedreht. Doch es war ihm nicht gelungen, im seligen Schlummer Vergessen zu finden. Die Gedanken an wild ihre Stöcke schwingende greise Damen und Herren hatten ihn in kurzen Abständen aus seinem unruhigen Schlaf gerissen, ebenso wie das Bild eines gesichtslosen, heiratswütigen alten Mannes, dessen Name ihm aus irgendeinem unerklärlichen Grund nicht aus dem Kopf gehen wollte.

Seine Mutter hätte sich keinen schlechteren Zeitpunkt für ihre Attacke auf sein seelisches Gleichgewicht aussuchen können! Ausgerechnet jetzt, wo er alle Konzentration brauchte, um die anstehenden Ermittlungen im Lerbacher Mordfall in die richtigen Bahnen zu lenken!

Die Tür zu seinem Büro wurde aufgerissen, und Maike de Baer platzte herein:

»Wieso hast du mich gestern nicht alarmiert«, fauchte sie giftig.

Behrends blickte ihr mit müden Augen entgegen: »Guten Morgen erstmal. So viel Zeit muss sein, meine Liebe.«

»Ja, Entschuldigung, guten Morgen.« Ihre Erregung ebbte ein wenig ab. »Also, warum bist du mit dem Rattenfänger los und nicht mit mir? Du hättest mich abholen können!«

»Du warst krank«, erwiderte er arglos.

»Krank?«

»Ja, krank. Darum geht man ja wohl zum Arzt, oder?«

Maike de Baer stutzte, dann schüttelte sie den Kopf. Und plötzlich lächelte sie. Ein geheimnisvolles Lächeln, das ihn verunsicherte: »Einen anderen Grund kannst du dir nicht vorstellen, was?«

»Na ja ...«, überlegte er, »doch ... schon, aber du hast so blass um die Nase ausgesehen. Ich dachte wirklich, dir geht es nicht gut.«

»Ganz im Gegenteil, Ingo. Es ist mir nie besser gegangen!« Ihr Lächeln wirkte noch eine Spur geheimnisvoller. »Also, was liegt an? Treffen im Sitzungszimmer? Ich bin zu allen Schandtaten bereit.«

»Meine Güte, hast du irgendwas eingeworfen?« Behrends verzog das Gesicht. »Ist ja fast nicht zu ertragen, so eine Energie! Na gut. Ich nehme an, du hast dich auf dem Weg zu mir bereits schlaugefragt und weißt über das, was gestern passiert ist, Bescheid.«

»Ja, in groben Umrissen.«

»Ich habe vor ein paar Minuten mit der Staatsanwaltschaft telefoniert. Die Wedekind ist wieder an Bord und hat vorgeschlagen, für die Ermittlungen in dem Fall unser Hauptquartier vorübergehend von Northeim ins Kommissariat in Osterode zu verlegen. Ich denke, das ist eine gute Idee. Sie leitet alles Nötige in die Wege. Wir werden neben unseren Leuten sämtliche verfügbaren Kräfte der Osteroder Dienststelle in die Arbeit mit einbeziehen. Außerdem werden wir heute Morgen die Medien informieren und einen Aufruf an die Bevölkerung herausgeben. Die Leute sollen sich melden, falls ihnen etwas Verdächtiges aufgefallen ist. Es sind um die Mittagszeit mehrere Schüsse gefallen. Die muss man im Ort unten im Tal gehört haben.«

»Es sei denn, die Waffe hatte einen Schalldämpfer«, gab Maike de Baer zu bedenken.

Behrends wiegte den Kopf: »Das ist eine Möglichkeit. Ich glaube nicht, dass er einen benutzt hat. Wozu auch, soweit ab vom Schuss? Mal abwarten, was unsere Techniker dazu sagen können.« Er blickte zur Wanduhr. »Wir treffen uns in fünfzehn Minuten zur Lagebesprechung. Danach werden wir beide nach Osterode fahren und die Kollegen der zwei Toten befragen.«

Im Verlauf ihrer Zusammenkunft im Sitzungszimmer sprachen Behrends und seine Leute alle Details und Hinweise an, die sie in den zurückliegenden Stunden zusammengetragen hatten. Zunächst die neuen Erkenntnisse aus der Rechtsmedizin, die den angenommenen Zeitpunkt der Tat bestätigten. Danach die Ergebnisse der Spurensuche.

Behrends lauschte angespannt, als Kalle und Micha anhand ihrer Bilder vom Tatort und etlicher zusammengetragener Gegenstände und gesicherter Spuren einen ungefähren Tathergang aufzeichneten. Bei der Waffe, so viel hatte die unmittelbar eingeleitete kriminaltechnische Untersuchung der Projektile ergeben, handelte es sich um ein Automatikgewehr, Kaliber 8 mm. Also keine Waffe, die für die Nahdistanz ausgelegt war. Ein Schalldämpfer wurde nicht benutzt, bestätigte Kalle Behrends' Vermutung.

Es gab Spuren, kaum mehr als schwache Vertiefungen im Schnee, die zum Tatort hin- und wieder wegführten. Möglicherweise stammten sie vom Täter. Sie seien von irgendwoher aus dem Wald gekommen und hatten sich dort auch wieder verloren, jedoch in beinahe entgegengesetzter Richtung. Eine genauere Bestimmung der Abdrücke habe der anhaltende Schneefall unmöglich gemacht. Niemand könne sagen, ob der Täter zum Tatzeitpunkt irgendwo in der Nähe des Tatortes ein Auto abgestellt hatte oder ausschließlich zu Fuß unterwegs gewesen war.

»Und dann sind wir einer weiteren Spur nachgegangen, von der wir vermuteten, dass sie zu dem Toten vor dem Bus gehörte«, mischte sich Kalle plötzlich in Michas Vortrag ein. Dabei warf er einen giftigen Blick auf Tim Seidel, der scheinbar desinteressiert wieder mal ein Lied seiner Lieblingsband *My Inner Burning* vor sich hinsummte: »Das dürfte dich auch interessieren, Rattenfänger!«

Seidel verschränkte herausfordernd die Arme vor der Brust und fixierte den Erkennungsdienstler: »Na, da bin ich aber gespannt.«

Kalle ließ sich nicht provozieren: »Der Mann war austreten! Hat im Gebüsch sein großes Geschäft erledigt. Ganz banal. Hat sich ein Loch gebuddelt und dann ... An seinem stillen Örtchen lag noch ein Spaten und eine Rolle Klopapier. Der Mörder muss ihn durch seinen Schuss aufgeschreckt haben, und er ist Hals über Kopf zurück zum Dienstbus gerannt. Deshalb auch seine unkorrekte Kleiderordnung.«

»Also hatte ich Recht mit meiner Vermutung, dass der Täter von dem Typ überrascht worden ist«, knurrte Seidel zufrieden.

Kalle verdrehte die Augen. Er tat sich schwer, dem jungen Kollegen zuzustimmen.

»Raubmord kommt übrigens nicht in Frage«, bestätigte Micha nach einer kleinen Pause mit Seitenblick auf Behrends, »darüber waren wir uns ja gestern schon weitgehend einig. Alles, was man so an Wertsachen bei sich trägt, haben wir bei den Leichen gefunden. Und was diesen Laptop angeht — na ja, ihr habt euch die Bilder angesehen.«

»Könnte es sonst noch etwas Wertvolles geben, was den Täter interessiert hat?« fragte Richard Unrein.

Micha schüttelte den Kopf: »Keine Ahnung, was das gewesen sein sollte. Vielleicht wissen das die Vermesser im Osteroder Katasteramt.«

»Ich werde sie danach fragen.« Behrends nickte zustimmend.

»Dann frag doch auch gleich mal, was sie hierzu sagen können«, meinte Kalle und reichte ihm einen Plastikbeutel, in dem sich eine Zigarillo-Schachtel aus Pappe befand. »Die steckte in der Hemdtasche von diesem Ingenieur Weber.«

Behrends nahm den Beutel entgegen und wendete ihn wenig interessiert: »Hm ... was sollen sie schon dazu sagen? Dass er starker Raucher war, vielleicht? Und ihnen mit dem Gestank von diesen Glimmstängeln das Leben schwergemacht hat?«

»Möglicherweise auch das«, gab Kalle zu, »aber die Schachtel ist leer, und im Inneren befindet sich eine Skizze. Mit Kugelschreiber reingezeichnet. Sieht aus, wie eine technische Zeichnung mit Maßzahlen. Ich habe vorhin mal nebenan bei den Northeimer Katasterleuten nachgefragt und ihnen das merkwürdige Gemälde gezeigt. Sie meinten, es könne sich tatsächlich um Notizen zu einer Vermessung handeln. Eine Art Grundrissdarstellung mit ermittelten Längenmaßen.«

»Das ist nicht dein Ernst, oder?«, maulte Seidel.

»Doch, das ist es. Wieso fragst du?« Kalle wusste nicht, worauf er hinauswollte.

»Ganz einfach, Herr Kollege: Es spricht nicht gerade für die viel gerühmte Präzisionsarbeit der Herren Vermessungsbeamten, wenn sie sich die Ergebnisse ihrer Arbeit in Zigarillo-Schachteln notieren.«

Behrends beugte sich zu Maike de Baer hin: »Unser Rattenfänger hat irgendwas gegen Vermesser«, raunte er ihr zu, »das ist mir gestern schon aufgefallen.« Laut sagte er in die Runde: »Kommt, Männer, nur die Ruhe. Ich werde die Schachtel mit nach Osterode ins Katasteramt nehmen und danach fragen. Dann wissen wir eventuell mehr.«

Seidel nickte und machte Anstalten, sich in das Schneckenhaus seiner Gedanken zurückzuziehen. Sofort wurde er von Micha wieder aufgescheucht: »Moment, Tim, hier ist noch was für dich. Wir haben im Schnee diesen USB-Stick gefunden.« Er hielt einen weiteren Beutel hoch. »Keine Ahnung, wem der gehört. Kann sein, dass der Stick im Laptop gesteckt hat, als der draußen am Baum zerdeppert wurde. Schau dir das Ding mal genauer an. Du bist doch unser Computerfreak.«

»Yep«, Seidel verzog seinen Mund zu einem schiefen Grinsen. Endlich eine Arbeit nach seinem Geschmack.

»Sind die Angehörigen der Opfer benachrichtigt worden?«, fragte Behrends einige Augenblicke später in die Runde.

»Christian und ich haben das erledigt ...«, sagte Richard Unrein mit Blick auf Oberkommissar Dyballa, der neben ihm saß.

»Und?«, fragte Behrends lauernd. Er hatte das Zögern aus Unreins Worten herausgehört und auch seinen eigenartigen Gesichtsausdruck bemerkt. »Irgendwas Besonderes? Konnten euch die Angehörigen etwas sagen, was für uns wichtig ist?«

»Na ja«, begann Dyballa, »eigentlich nicht. Die Frau von dem König ist völlig am Ende, wie ihr euch vorstellen könnt. Wir haben ihren Hausarzt verständigt. Aus dem, was sie zusammengestammelt hat, sind wir nicht so richtig schlau geworden. Es scheint, als wäre ihr Mann mit Weber nicht besonders gut ausgekommen. Ist von ihm wohl immer ziemlich fertiggemacht worden. Was genau dahintersteckt, haben wir nicht erfahren. Der Frau ging es einfach zu schlecht.«

»Und bei dem Vermessungsingenieur? Der war doch auch verheiratet. Sagt jedenfalls sein Chef.«

»Also, das war schon merkwürdig«, erklärte Dyballa breit grinsend, »wir klingeln bei ihm zu Hause. Müssen ziemlich lange warten. Dann öffnet so eine Asiatin die Tür. Wir dachten, das sei die Putzfrau oder so, und erklären ihr, dass wir Frau Weber sprechen möchten. Ich Frau Weber, sagt die darauf in gebrochenem Deutsch. Kaum zu verstehen. Wir wiederholen unseren Wunsch, sie wieder: Ich Frau Weber. Wie sie heißt, wollten wir wissen. Sagt sie: Weber, Malinda. Okay, denken wir, dann ist es wohl so, dass sie die Ehefrau ist. Wir teilen ihr mit, was passiert ist. Sie versteht nicht gleich. Blickt uns so merkwürdig an, als ob sie uns nicht traut. Plötzlich scheint sie zu begreifen und gerät in Panik. Hat auf einmal eine Heidenangst. Wimmert und brabbelt irgendwas in so 'nem unverständlichen Kauderwelsch und dazwischen immer wieder: Muss nach Thailand zurück? Die ganze Zeit ging das so. Ich weiß nicht recht, aber so richtig koscher scheint mir das mit der Ehe zwischen dieser Thai-Mutti und dem Ingenieur nicht gewesen zu sein — wenn sie denn wirklich verheiratet waren.«

»Du meinst, die haben eine Scheinehe geführt?«, fragte Maike de Baer. »Vielleicht hat sich dieser Weber die Frau ja gekauft. Man kennt doch die Typen, die sich was Nettes, Asiatisches aus dem Katalog bestellen.« Ihre Nasenflügel bebten, und das nicht nur, weil sie sich über die herablassende Art ärgerte, in der ihr Kollege den Besuch geschildert hatte.

»Maike, bitte!«, bremste Behrends seine Partnerin. Er wusste, wie sehr sie sich aufregen konnte, wenn es auch nur um die kleinste Andeutung von Menschenhandel ging. »Keine Vorverurteilungen!« Zu Dyballa sagte er: »Gebt das mal an die Ausländerbehörde weiter. Die sollen sich darum kümmern und uns informieren. Vielleicht findet sich da eine Spur.« Er stand von seinem Stuhl auf. »Okay, Leute, ihr wisst, was zu tun ist. Und ab morgen sehen wir uns im Kommissariat in Osterode.«

Auf der kurvenreichen, leicht ansteigenden Strecke, die sich hinter Dorste zum Gipswerk hinzog, war ein Überholen unmöglich. Langsam rollten Behrends und Maike de Baer in ihrem BMW einem voll beladenen Lastwagen hinterher. Zeit für ihn, seine Gedanken schweifen zu lassen. Sie landeten ohne Umwege bei seiner Mutter: »Sag mal, Maike, was hältst du davon, wenn uralte Menschen heiraten?«, überfiel er seine Partnerin.

»Was?« Sie riss ihre Augen von dem dreckverschmierten Nummernschild des vorausfahrenden LKW los und musterte Behrends ungläubig. »Wie kommst du denn jetzt auf das schmale Brett?«

»Ach nichts, war nur so ein Gedanke«, machte er hastig einen Rückzieher.

»Du kannst komische Gedanken haben. Ist irgendwas?«

»Nee ... Ich habe gestern Abend 'nen Beitrag gesehen über Fitness und Liebe im Alter und so«, log er. »Im Grunde ja nicht übel. Aber komisch ist es schon, wenn du ständig suggeriert bekommst, dass die Welt nur aus jungen, dynamischen Menschen besteht, und plötzlich siehst du uralte Frauen und Männer mit Ski-Stöckern durch die Gegend watscheln. An so ein Bild muss man sich erst gewöhnen.«

»Hey, Ingo, du wirst auch mal alt! Willst du dann lieber am Ofen hocken und richtig Fett ansetzen?«

»Besser, als sich vor aller Welt zum Affen machen«, maulte Behrends ausweichend. Jetzt hieb sie noch zusätzlich in die Wunde, die ihm Katrin gestern Abend geschlagen hatte! Verbissen schielte er an dem LKW vorbei und setzte schließlich zum Überholen an.

»Eine Sache verstehe ich an diesem Mord ganz und gar nicht«, wechselte er das Thema, als er wieder auf die rechte Fahrbahn eingeschert war.

»Und das wäre?«

»Laut Dienstplan haben die beiden Männer in Osterode auf dem ehemaligen Krankenhausgelände gemessen. Getötet wurden sie aber im Wald oberhalb von Lerbach. Da liegen einige Kilometer dazwischen. Ein geplanter Abstecher, oder ein spontaner Entschluss?«

»Warten wir ab, was uns die Katasterleute dazu sagen können«, schlug Maike de Baer vor.

»Der Amtsleiter hatte jedenfalls keine Ahnung«, entgegnete Behrends. »Der wusste nur etwas von der Messung, die auf dem Plan eingetragen war.«

»Das hat nichts zu sagen«, gab sie grinsend zurück. »Wer etwas erfahren will, darf nicht den Chef fragen.«

Sie wurden an der Haupteingangstür des Katasteramtes von einem Bediensteten empfangen, der sie quer durch das Haus zu einem kleinen Versammlungsraum direkt unter dem Dach führte. Die knapp dreißig Angehörigen des Amtes saßen auf ein paar Stuhlreihen verteilt und blickten sich, als sie eintraten, schweigend und mit betroffenen Gesichtern nach ihnen um. Vor den Bediensteten hatte man zwei Tische zusammengestellt, die eine Art Podium bildeten. Dahinter standen vier Stühle. Auf einem davon saß Lothar Schramm, der Osteroder Amtsleiter, und starrte auf seine gefalteten Hände vor sich auf der Tischplatte. Auch Dr. Freiberg, der leitende Vermessungsdirektor, hatte sich eingefunden. Der große, hagere Mann, verantwortlich für die drei südniedersächsischen Katasterämter, stand etwas seitlich neben den Tischen an einem der wuchtigen, unverkleideten Holzpfeiler, die das Dach direkt über dem kleinen Versammlungsraum trugen. Leicht nach vorn gebeugt, um nicht mit der Dachschräge zu kollidieren, stützte er sich mit einer Hand an dem Pfeiler ab und starrte ihm und Maike de Baer mit versteinerter Miene entgegen.

Behrends war dem Vermessungsdirektor auf einem gemeinsamen Hoffest der Polizisten und ihrer Hausnachbarn vom Northeimer Katasteramt vorgestellt worden und hatte ihn auf Anhieb unsympathisch gefunden. Daran änderte sich auch nichts, als der Mann ihn und seine Partnerin jetzt mit höflichen Worten begrüßte:

»Meine Damen, meine Herren, ich möchte Sie mit Herrn Hauptkommissar Behrends und seiner Kollegin, Frau Kommissarin de Baer von der Northeimer Kriminalpolizei bekannt machen.« Mit Blick auf die zwei Polizisten deutete er auf die beiden leeren Stühle neben Schramm. »Willkommen in unserem Haus. Bitte nehmen Sie Platz.« Dann wandte er sich wieder an die kleine Vermesserschar und sein Blick verdunkelte sich schlagartig. Seine Augen wanderten von einem zum anderen, schienen sich in die Köpfe der Anwesenden zu bohren: »Ein schreckliches Verbrechen ist geschehen!«, donnerte er. »Die Kollegen Weber und König wurden brutal ermordet. Das wissen Sie ja bereits! Herr Behrends und Frau de Baer sind beauftragt, die Morde aufzuklären. Darum haben wir Sie hier zusammengerufen, meine Damen und Herren! Ich will eine schnelle Aufklärung der Morde und dazu fordere ich mit allem Nachdruck Ihre Mithilfe ein! Sie werden den beiden Beamten ohne Wenn und Aber alles sagen, was sie wissen wollen!«

Behrends sah sich in seiner Abneigung Dr. Freiberg gegenüber bestätigt. Das war der Mann, den er kennengelernt hatte. Die ersten Köpfe senkten sich, und die Blicke der Vermesser wanderten Richtung Fußboden. Na, wunderbar, dachte er, die fühlen sich jetzt schon, als stünden sie vor Gericht. Wenn der so weiterredet, dann hat er sie bald derart eingeschüchtert, dass wir gar keine Fragen mehr zu stellen brauchen.

»Herrschaften, ich verlange schonungslose Offenheit von Ihnen!«, fuhr Dr. Freiberg mit unvermindert dröhnender Stimme fort. »Rücksichtnahme gegenüber jedweder Person ist fehl am Platz. Das gilt sowohl für die Verstorbenen, als auch für die Kolleginnen und Kollegen hier im Raum. Und sollte jemand wichtige Hinweise verschweigen, vielleicht, um sich selbst ins rechte Licht zu rücken, wird er mit Konsequenzen rechnen müssen, ist das klar? Es geht darum, einen Täter zu fassen. Der feige Mord an unseren beiden Männern muss schnellstmöglich aufgeklärt werden!« Er machte eine kurze Pause und kontrollierte mit Blick in die Runde die Wirkung seiner Worte. Auch der Letzte hatte mittlerweile seinen Kopf gesenkt, um den direkten Blickkontakt zu vermeiden. »Ich hoffe, wir haben uns verstanden!«, schloss Dr. Freiberg scharf und nahm abrupt neben Lothar Schramm Platz, der im Schatten seines Vorgesetzten klein und hilflos wirkte.

Behrends räusperte sich: »Meine ... Damen und Herren«, begann er vorsichtig, »zunächst einmal möchte ich Ihnen sagen, dass es mir sehr leid tut, was mit Ihren Kollegen passiert ist. Ich denke, es ist auch in Ihrem Interesse, dass die Tat so schnell wie möglich aufgeklärt wird. Für uns ist es natürlich wichtig, alles über die beiden Mordopfer zu erfahren, was uns bei den Ermittlungen weiterhelfen könnte. Das betrifft ihren Dienst ebenso wie ihr Privatleben. Ich vermute, Sie sind diejenigen, die, abgesehen von den Familien der Toten, die meiste Zeit des Tages mit Ihren ermordeten Kollegen verbracht haben. Daher kann ich Dr. Freiberg nur zustimmen — seien Sie offen und ehrlich zu uns.«

Nach einer guten halben Stunde lösten sie die Versammlung auf. Es hatte keinen Zweck. Unter den strengen, kontrollierenden Augen des Behördenleiters wagte niemand, etwas zu sagen, was die toten Kollegen und möglicherweise ihn selbst in Misskredit brachte. Sie beschlossen, die Vermesser einzeln zu befragen. Ohne den Behördenleiter im Nacken. Dem machten sie unmissverständlich klar, dass seine Anwesenheit nicht mehr erwünscht war. Unter Protest und mit der Drohung, sich an höchster Stelle über sie zu beschweren, verließ er schließlich den Raum.

»Weber war ein Arschloch!« Schon der erste Mitarbeiter, der ihnen gegenübersaß, ließ keinen Zweifel daran, was er von seinem toten Kollegen hielt. »Fachlich hatte er es ja drauf, das muss man ihm lassen. Aber sonst? Ein Kameradenschwein erster Güte. Hat sich rücksichtslos Privilegien rausgenommen, für die ein anderer mindestens eine Abmahnung bekommen hätte. Aber an Weber hat sich ja keiner rangetraut. Die hatten doch alle Schiss vor ihm. Ganz ehrlich, ich weine ihm keine Träne nach.«

»Womit hat er sich denn so unbeliebt gemacht?«, wollte Behrends wissen.

»Große Klappe. Hat die Leute rumkommandiert und für sich springen lassen, wenn er im Innendienst war. Hat sich auf jeder

Feier den Wanst vollgeschlagen, aber nie selbst mal was ausgegeben, dieser Geizhals.«

»Kein Grund für eine Abmahnung«, warf Maike de Baer ein.

»Nee, dafür nicht«, bestätigte der Angestellte, der sich zusehends in Rage redete. »Aber für seine Privatgeschäfte, die er allesamt während des Außendienstes erledigt hat. Jeder hier im Haus wusste davon. Dagegen unternommen hat keiner was.«

»Und um was für Geschäfte ging es dabei?«

»Woher soll ich das wissen? Darüber hat er sich immer ausgeschwiegen! Ich habe allerdings mal gehört, er soll irgendwelche dubiosen Finanzgeschäfte abgewickelt haben. Hat sich angeblich mit diesen reichen Afrikanern eingelassen, die einem auch per Email und gegen dicke Provisionen anbieten, ein paar Millionen Dollar auf dem eigenen Konto zwischenzulagern.«

»Und wer hat Ihnen das erzählt?«, wollte Behrends wissen.

»Kann ich mich nicht mehr dran erinnern. War irgendwann mal abends, beim Bier.« Der Mann schüttelte den Kopf, schien fassungslos. »Und solche Typen mischen dann auch noch in der Politik mit, und bestimmen in irgendwelchen Gremien über unser Schicksal.«

»Weber war politisch aktiv?« Behrends wunderte sich nicht wirklich über diese Information. Sie bestätigte ihm nur das oft gehörte Stammtisch-Vorurteil, dass Menschen mit einem derart versauten Charakter über kurz oder lang in der Politik Karriere machten.

»Und wie er aktiv war! Saß für seine Partei im Osteroder Stadtrat. War Mitglied des Bauausschusses.«

»Was ist mit Lutz König, dem zweiten Mann?«, fragte Maike de Baer, »Angeblich konnte er nicht gut mit Weber.«

»König ist ein armes Schwein. Um den tut es mir wirklich leid.« Die Betroffenheit des Angestellten schien echt. »Nur weil Möller, der angestammte Messgehilfe von Weber, krank ist, hat König in die Bresche springen müssen, damit die Vermessungsarbeiten auf dem Krankenhausgelände weitergehen konnten. Bestimmt ist er gestern Morgen wieder mit Magenschmerzen in den Dienstbus gestiegen. Der Weber hat ihn doch bei jeder sich bietenden Gelegenheit lächerlich gemacht. Weiß der Kuckuck, warum. Das Schicksal ist manchmal ziemlich grausam.«

»Tja, das ist es wohl«, seufzte Behrends, dachte dabei jedoch nicht an den Tod des Vermessungsgehilfen König. »Aber noch mal zu dem gestrigen Tag. Können Sie sich denken, was Ihre Kollegen im Lerbacher Forst zu tun hatten?«

Der Angestellte schüttelte den Kopf: »Tut mir leid, da bin ich überfragt. Wie schon gesagt, was Weber im Außendienst so getrieben hat, weiß ich nicht. Vermessen hat er da oben im Wald aber bestimmt nicht. Vielleicht sollten Sie seinen Zimmerkollegen fragen. Der ist allerdings erst morgen wieder im Haus.«

Eine Antwort, die sie nicht weiterbrachte. Auch diejenigen, die sie in der Folge befragten, konnten kein Licht ins Dunkel bringen. Im Gegenteil — vage Andeutungen von vermummten Gestalten mit Ferngläsern, die in der Nähe des Krankenhausgeländes herumgeschlichen waren und Weber angeblich beobachtet hatten, verwässerten die ohnehin dünne Faktenlage zusätzlich. Möglicherweise seien es welche von den Ökofuzzis gewesen, hieß es. Die machten schon seit Monaten Stimmung gegen das dort geplante Projekt. Wirklich bedroht hatten sie Weber jedoch nicht.

Behrends hatte nur kurz über die Möglichkeit eines politisch motivierten Anschlags nachgedacht. Dann konzentrierte er sich auf das, was die Vermessungstechnikerin Angela Blanke zu sagen hatte, die ihnen nun gegenübersaß. Gerade verriet sie ihnen etwas über Webers Auto-Faible.

»Der Volvo? Oh, ja, ja, der gehört ihm ... gehörte, muss ich wohl sagen. Ist nicht sein erster Wagen dieser Preisklasse.«

»Konnte er sich das denn leisten?«, fragte Maike de Baer. »Auch wenn er vielleicht zu den Besserverdienenden in Ihrem Amt gezählt hat, mein Gott, seien wir mal ehrlich, so hoch kann sein Gehalt nicht gewesen sein. Er war Angestellter im öffentlichen Dienst! Wir haben bereits gehört, er hatte eine teure Scheidung hinter sich und sein Lebensstil so, wie Ihre Kollegen ihn uns geschildert haben, war nicht gerade billig. Wie hat er das nur alles gemacht? Können Sie sich das erklären? Schulden? Lottogewinn? Erbschaft? Seine Geschäfte vielleicht? Ich meine, die außerdienstlichen.«

Die Technikerin zuckte mit den Schultern: »Fragen Sie mich nicht. Der eine hat's eben, der andere nicht, hat er immer nur gemeint und dabei gelacht.«

»Frau Blanke, wissen Sie, was das hier zu bedeuten hat?« Behrends hatte die Zigarilloschachtel aus seiner Jackentasche gezogen und schob sie ihr über den Tisch.

»Hm, Webers Zigarillos, nehme ich an. Er hat mit diesen Stinkstängeln doch überall die Luft verpestet.«

»Öffnen Sie die Schachtel«, forderte er die Frau auf.

Sie warf nur einen kurzen Blick in das Innere, dann verzog sich ihr Mund zu einem breiten Grinsen: »Typisch«, sagte sie.

»Was meinen Sie mit typisch?«

»Naja, Sie müssen wissen, Weber ist noch ein Außendienstler vom alten Schlag. Hat im Laufe seines Berufslebens so seine Eigenheiten entwickelt. Wenn es zum Beispiel darum geht, wie einer eine Vermessung vor Ort angeht und durchführt. Die Truppführer im Außendienst sind da in gewisser Weise Individualisten. Es gibt halt viele Wege, ein Ziel zu erreichen. Und Weber hat seine Notizen schon mal auf Dingen gemacht, die er gerade zur Hand hatte. Wie eben auf Zigarilloschachteln oder auf ein Stück seiner Tageszeitung, die er immer gelesen hat. Er hasste es, zu viele Unterlagen mit sich herumzuschleppen. Ob das nun sinnvoll war, weiß ich nicht – er ist jedenfalls gut damit zurechtgekommen.«

»Das heißt also, es handelt sich bei der Skizze und den Zahlen in der Schachtel tatsächlich um Aufzeichnungen zu einer Vermessung«, folgerte Behrends.

»Anzunehmen«, bestätigte die Technikerin.

»Und können Sie mir auch sagen, um welche Messung es dabei geht und wo die stattgefunden hat?«

»Nee, tut mir leid.« Sie degradierte ihn mit einem einzigen bedauernden Blick zu einem einfältigen Trottel. »Das kann man daraus nun wirklich nicht erkennen. Dazu müsste ich erst wissen, wo er was zu tun hatte, den entsprechenden Antrag finden und sichten, in der Hoffnung, sein Gekritzel zuordnen zu können. Das hat Weber üblicherweise immer selbst erledigt und seine Notizen in die Fortführungsrisse, also in die offiziellen Unterlagen, eingetragen. Uns hat er dann eine saubere Messung zur Weiterverarbeitung überreicht.«

»Würden Sie das für uns tun?«, fragte Behrends treuherzig. »Es ist sehr wichtig.«

»Was soll ich tun?«

»Den entsprechenden Antrag finden und sichten und all das.«

Sie verzog das Gesicht, als habe er ihr einen unsittlichen Antrag gemacht: »Wissen Sie eigentlich, was Sie da verlangen? Na schön, ich werfe mal einen Blick in seine gesammelten Werke. Aber versprechen kann ich Ihnen nichts!«

»Mir reicht es schon, wenn Sie es versuchen. Danke, Frau Blanke!« Bei seinem letzten Satz warf er Maike de Baer einen verschmitzten Blick zu und sah, dass sie sich ein Lachen nur mühsam verkneifen konnte. Die Technikerin hingegen erhob sich von ihrem Platz und zog unbeeindruckt von derart gereimter Dankbarkeit mit der Zigarilloschachtel ab. Sie hatte eine wichtige Mission zu erfüllen.

»Was glaubst du, wer könnte etwas gegen diesen Weber gehabt haben?«, fragte Behrends seine Partnerin, als sie nach der Befragung im Katasteramt das Osteroder Polizeikommissariat ansteuerten.

»Gegen ihn persönlich? Keine Ahnung. Vielleicht ging es doch um dieses Bauprojekt auf dem Krankenhausgelände, und unsere beiden Vermesser waren tatsächlich die Zielscheibe von ein paar durchgedrehten Aktivisten innerhalb dieser Protestbewegung gegen das Projekt. Denk nur an den zerstörten Laptop — darauf werden doch die Vermessungsergebnisse gespeichert, wenn ich das richtig verstanden habe. Das könnte ein Indiz sein: Der Mörder hat den Rechner und damit die Arbeit vernichten wollen.«

»Ich weiß nicht ...« Behrends war ausgestiegen und stützte sich mit einem Arm auf die geöffnete Autotür. Nachdenklich betrachtete er einen Augenblick das mehrstöckige Polizeigebäude, das sich in seiner schlichten Zweckmäßigkeit nicht gerade harmonisch in die umliegenden Altbauten einfügte. Dann warf er die Tür zu und steuerte das Kommissariat an. »Ich kann nicht glauben, dass diese Gegen-was-weiß-ich-auch-immer-Demonstranten so weit gehen, jemanden zu ermorden, der obendrein noch nicht mal für das Bauprojekt verantwortlich ist«, sagte er zu Maike, die neben ihm ging.

»Du vergisst, dass er in seiner politischen Funktion als Mitglied des Bauausschusses möglicherweise doch direkt in das Projekt eingebunden war.«

»Und wenn schon«, wischte Behrends ihren Einwand weg, »die besetzen eher das Gelände, um Aufmerksamkeit zu schinden. Außerdem passt der Tatort ganz und gar nicht zu dieser Theorie. Nee, da steckt was anderes dahinter, glaub mir.« Sie hatten den Eingang erreicht. »Wir sollten seine Kollegen nicht außer Acht lassen. Wenn er bei den Mitarbeitern im Katasteramt schon nicht beliebt war, vielleicht war er ja bei einem von ihnen besonders unbeliebt.«

»Du meinst also tatsächlich ...?« Maike de Baer ließ den Satz unvollendet.

Behrends grinste schief und hielt ihr die Tür auf: »Ist nur ´ne fixe Idee. Aber weiß man's? Auszuschließen ist es nicht, nach allem, was wir in den letzten Stunden gehört haben ...«

4.

Schon kurz nach ihrer Ankunft waren Behrends und Maike de Baer wieder aus dem Osteroder Kommissariat geflohen. Es herrschte ein ziemliches Durcheinander in den Räumen, die für die Mordkommission vorbereitet wurden. An ein vernünftiges Arbeiten war dabei nicht zu denken.

Behrends hatte einen schnellen Blick in das Büro geworfen, das für die Dauer der Ermittlungen sein Arbeitsplatz sein sollte. Zwei Männer waren damit beschäftigt gewesen, das Zimmer für ihn herzurichten. Zwei, drei Stunden müsse er sich noch gedulden, dann könne er einziehen, hatten sie ihm gesagt. Bei Maike sah es ähnlich aus. Er fand sie in einem Zimmer, das sie sich mit zwei Osteroder Kollegen teilen sollte. Etwas verloren stand sie da und blickte auf das Chaos. Er zog sie mit sich nach draußen auf den Flur.

»Und? Was machen wir mit dem angebrochenen Tag?«, fragte er.

»Hm ...« Mit verschränkten Armen lehnte sie am Türrahmen und musterte nachdenklich ein altes Veranstaltungsplakat, das eingerahmt an der Wand gegenüber hing. »Hier verschwenden wir nur unsere Zeit. Wie wäre es, wenn ich Webers geschiedener Frau in Northeim einen Besuch abstatte und du fährst zu diesem Möller? Wenn der ständig mit Weber im Außendienst war, kann er dir bestimmt noch ein paar Dinge über seinen Chef verraten, die sonst keiner seiner Kollegen weiß. Ich könnte dich an der Inspektion absetzen.«

»Möller ... der kranke Vermessungsgehilfe ...«, überlegte Behrends. »Warum nicht? Ein paar Fragen wird er schon aushalten, trotz seiner körperlichen Probleme. Periodisches Rückenleiden! Kannst du dir was darunter vorstellen?«

Maike zog verächtlich ihre Mundwinkel nach unten und winkte ab: »Dazu sage ich lieber nichts. Frag den Mann einfach, wenn du nicht von selbst darauf kommst.«

Behrends starrte aus dem Beifahrerfenster des Dienst-BMW auf die verschneite Ebene, die sich rechts von der Bundesstraße zwischen Dorste und Katlenburg bis nach Northeim erstreckte. Er hatte Maike de Baer das Steuer überlassen, etwas, das er angesichts ihres rasanten Fahrstils nur höchst selten und dann auch meist unfreiwillig tat. Kein Wunder, dass sie sich besorgt nach seinem Wohlbefinden erkundigt hatte. Er müsse über einige Dinge nachdenken, war seine lapidare Erklärung gewesen. Mehr hatte er zu seinem ungewöhnlichen Verhalten nicht sagen wollen.

Seine Augen hakten sich an den Baumgerippen fest, die unweit der Bundesstraße das Ufer der Söse säumten und Wiesen und Felder im harten Kontrast zu der Schneedecke wie ein schwarzes Band durchzogen. Langsam folgte sein Blick dem dunklen Strich bis zu einem Punkt in der Ferne. Dort hinten im Dunst musste der Zusammenfluss von Söse und Rhume liegen.

Die Rhume entspringt an der Rhumequelle in Rhumspringe. — Für einen Moment versuchte er seine Grübeleien auf die geografische Lage deutscher Wasserstraßen umzulenken. — Zwischen Katlenburg, Berka und Elvershausen treffen die beiden Flüsse aufeinander. Hinter Northeim fließt die Rhume in die Leine, und die Leine, die mündet dann ... verdammt. Leine in Aller? Leine in Weser? Aller in Weser oder alles ohne Aller? Was denn nun? Was kam gleich noch mal zwischen Leine und Nordsee? Wie konnte er das denn vergessen haben! Er war immer einer der Besten gewesen in Erdkunde!

Seine Gedanken hetzten weiter. Weg von den Flüssen und zurück zu seiner Mutter. Unwohl räkelte er sich in seinem Sitz, setzte ein paar Mal an, um etwas zu sagen, hielt dann aber doch den Mund. Maike blieb seine innere Unruhe nicht verborgen.

»Was ist los, Partner? Irgendwas quält dich doch. Hat es mit unserem Fall zu tun?«

»Nein.«

»Sondern?«

»Nichts. Vergiss es!« Er wandte sich wieder dem Seitenfenster und der verschneiten Landschaft zu.

»Los jetzt, raus damit!«, zischte Maike nach einigen weiteren Schweigeminuten. Wenn Behrends sich so gebärdete, war er kaum zu ertragen. »Rede endlich und benimm dich nicht wie ein Idiot. Dass du mir vertrauen kannst, weißt du hoffentlich noch.«

»Meine Mutter will heiraten!«, platzte es aus ihm heraus.

Sie nahm im Reflex den Fuß vom Gas. Schnell wurden sie langsamer und nachfolgende Fahrzeuge zogen an ihnen vorbei.

»Heiraten? Deine Mutter?«

»Genau die«, bestätigte Behrends, ohne den Blick von der vorbeifliegenden Landschaft abzuwenden.

»Aber ist die nicht weit über siebzig?«

»Du sagst es.«

»Und dann hat sie noch mal ihre große Liebe gefunden? Mensch Ingo, wie verrückt ist das denn?«

Er drehte sich ruckartig seiner Kollegin zu: »Genau das ist es — verrückt. Völlig bescheuert!«

»Nein, das meine ich nicht!« Er nahm mit Sorge das Leuchten in ihren Augen wahr. »Ich meine, das ist doch total süß, wenn sich zwei alte Menschen noch mal verlieben können. Frühling im Spätherbst sozusagen.«

»Du siehst dir eindeutig zu viele von diesen Daily-Soaps an«, stellte Behrends schroff fest.

»Wie heißt er denn?«, fragte Maike begeistert.

»Wer?«

»Na, er! Der zukünftige Ehemann deiner Mutter«, sie zögerte kurz, »dein Stiefpapa in spe«, fügte sie kichernd hinzu.

Er schnaubte ungehalten und biss die Zähne zusammen. Vielleicht hätte er das Problem mit Diekmann und Hildebrandt erörtern sollen, oder mit irgendeinem seiner anderen Stammtischbrüder. Die hätten wahrscheinlich mehr Verständnis für seine Lage aufgebracht als so ein junges Küken wie Maike. Am besten, man behelligte überhaupt keine Frau mit derartigen Dingen. Die Themen Liebe und Heirat waren beim weiblichen Geschlecht, egal welchen Alters, eindeutig emotional besetzt und ließen eine sachliche Betrachtung kaum zu.

»Er heißt Henning Hohnstein«, presste er schließlich giftig hervor. »Und genau da liegt das Problem.«

Maike de Baer zog die Augenbrauen hoch: »Problem? Wieso?«

»Weil er bei uns aktenkundig ist, glaube ich jedenfalls. Ich werde das überprüfen.«

»Aktenkundig, ah so«, Maike de Baers Stimme triefte vor Spott. »Da musst du natürlich unbedingt was unternehmen.«

»Du hast es erfasst.«

»Ingo, weißt du, was ich glaube?«

»Na?«

»So, wie du dich anhörst, vermute ich, dir gefällt es nicht sonderlich, was deine Mutter da vorhat. Aus welchem Grund auch immer. Und deshalb willst du dem Mann irgendeine krumme Geschichte anhängen. Damit hoffst du, die Hochzeit zu verhindern.«

»Pass lieber auf, wo du hinfährst!«, schnauzte Behrends und deutete mit seinem Kinn nach vorn. »Vermute doch, was du willst! Ich sage dir, mit diesem Hohnstein stimmt was nicht. Sobald ich die Zeit dazu finde, werde ich unseren Computer befragen.« Er atmete tief ein und fügte versöhnlich an: »Verdammt noch mal, Maike, ich möchte einfach nicht, dass meine Mutter eine Dummheit macht.«

»Deine Mutter eine Dummheit macht, soso, dann musst du jetzt also auf sie aufpassen, quasi als Erziehungsberechtigter, weil ja alte Leute wieder wie die kleinen Kinder werden.«

»Was für ein Quatsch!«

Maike war froh, die Polizeiinspektion erreicht zu haben. Behrends würde in seinen betagten Octavia Kombi umsteigen, während sie ihren Weg ins Wieter-Viertel zur geschiedenen Frau Weber fortsetzte.

»Wo hat sie ihren Traumprinzen denn kennengelernt?«, fragte sie, als er, die Füße schon auf dem Tausalz-getränkten Pflaster des Parkplatzes, sich aus dem tiefen Sitz des BMW hochdrückte.

»Beim Stockenten-Treffen«, ächzte er.

»Bitte ... was?«

»Nordic Walking!« Er warf die Beifahrertür zu und beeilte sich, seinen eigenen Wagen zu erreichen, um weiteren Fragen zu entkommen.

Behrends nahm den Weg über Lindau und Bilshausen, um nach Wulften zu gelangen. Die direkte Verbindung zwischen Dorste und seinem Zielort war gesperrt. Immer noch. Schon weit mehr als ein Jahr. Ein Zustand, der ihm auch heute wieder ein verständnisloses Kopfschütteln abnötigte. Es dauerte eine Weile, ehe er sich, von Süden kommend, durch die verwinkelten Straßen des Dorfes zum Fachwerkhaus der Möllers durchgekämpft hatte. Zum blauen Wunder hieß die Straße. Nomen est Omen!, dachte er.

Bernd Möller war nicht zu Hause. Dafür aber seine Frau, die Behrends hereinbat.

»Wir haben schon gehört ...«, sprudelte es aus ihr heraus, kaum dass sie ihn begrüßt hatte, »mein Gott, der arme Mann! Wer macht denn nur so was? Und dann auch noch der König! Ich bin ja so froh, dass mein Bernd nicht dabei war. Stellen Sie sich mal vor, er wäre mit Weber in den Außendienst gefahren, anstatt krank zu Hause zu sitzen!«

Behrends mochte sich lieber nicht vorstellen, wie Möllers Frau reagiert hätte, wenn ihr Mann anstelle seines Kollegen erschossen worden wäre. Im Augenblick jedenfalls deuteten ihre weit aufgerissenen Augen und die rosa Hautflecken, die sich von ihrem Dekolleté bis zum Haaransatz an der Stirn hinaufzogen, eher auf nervöse Neugier hin als auf Bestürzung oder gar Trauer.

»Haben Sie denn schon eine Spur? Irgendeinen Verdächtigen?« Sie redete ohne Punkt und Komma. »Mein Bernd sagt ja immer, der Weber, der weiß, wie man zu Geld kommt. So einer hat natürlich viele Neider. Da ist bestimmt einem die Sicherung durchgebrannt. Und dann ist er ja auch noch ganz dick in der Politik.«

»War, Frau Möller, war«, unterbrach Behrends ihren Wortschwall. »Er ist ja nun leider tot.«

»Oh ... äh, ja ... stimmt, das ist er wohl.« Ihr Redemotor kam merklich ins Stocken. Sie fing sich aber sofort wieder und wechselte das Thema. »Möchten Sie eine Tasse Kaffee? Ist ganz frisch. Ich habe ihn gerade durchlaufen lassen. Ein Stück Kuchen können Sie auch bekommen, wenn Sie wollen. Wir trinken um diese Zeit immer Kaffee, mein Bernd und ich.«

Behrends blickte erstaunt auf seine Armbanduhr: »Immer?«

Frau Möller verstand den Fingerzeig. Ihre Hautflecken verdunkelten sich noch um eine Nuance: »Am Wochenende natürlich«, erklärte sie hastig, »und an Tagen wie heute, wenn er wegen seiner Rückenprobleme krankgeschrieben ist und ich auch schon zu Hause bin. Das passiert in letzter Zeit mehr als mir lieb ist — das mit seinem Rücken, meine ich. Er müsste eigentlich mal was dagegen tun. Krankengymnastik oder so. Aber das will er nicht. Da ist er stur wie ein Esel. Bernd, sage ich immer, wenn du nicht langsam was tust, dann sitzt du eines Tages im Rollstuhl, und ich habe die ganze Arbeit am Hals!«

»Wo ist er denn gerade, Ihr Mann?«, wunderte sich Behrends.

»Er geht spazieren. Der Arzt hat ihm gesagt, dass er sich ruhig bewegen soll. Das hilft.« Sie blickte etwas unschlüssig zur Wohnzimmertür. »Ich frage mich allerdings auch, wo er bleibt. Normalerweise müsste er längst zurück sein.«

In dem Augenblick öffnete sich irgendwo im Haus eine Tür und wurde gleich darauf wieder geschlossen.

»Hallo Schatz! Wartest du schon mit dem Kaffee?«, hörte Behrends die Stimme eines Mannes. »Ich war noch drüben bei Willi. Wir haben uns wohl ein bisschen verquatscht. Tut mir leid.« Die Tür zum Wohnzimmer wurde aufgerissen, und Bernd Möller stürmte herein. Angesichts des Besuchers im Ledersessel neben dem Couchtisch zuckte er merklich zusammen und blieb abrupt stehen.

»Wir haben einen Gast«, klärte ihn seine Frau unnötigerweise auf.

»Das sehe ich«, schnappte er. Von einer Sekunde zur anderen hatte er eine Leidensmiene aufgesetzt und kam leicht humpelnd auf Behrends zu.

Der hatte sich erhoben und ging dem Hausherrn mit ausgestreckter Hand entgegen: »Hauptkommissar Behrends, Polizeiinspektion Northeim. Guten Tag, Herr Möller.«

»Tach.« Möller ergriff die Hand und erwiderte schlaff den Gruß. »Dann suchen Sie wohl Webers Mörder, nehme ich an«, sagte er verdrießlich.

»Richtig. Und den von Lutz König, Ihrem anderen Kollegen.«

Der kranke Hausherr steuerte die Couch an und ließ sich stöhnend darauf nieder. Dabei griff er sich theatralisch an den Rücken. Ein wirklich mieser Schauspieler, dachte Behrends.

Möllers Frau schenkte ihrem Mann Kaffee ein und legte ihm ein Stück Kuchen auf den Teller.

»Nehmen Sie auch eins, Herr Kommissar. Echter Schwiegershäuser Schmandkuchen. Ich glaube nicht, dass Sie so was Gutes schon mal gegessen haben.«

»Das mache ich gern. Vielen Dank.« Behrends lief angesichts des Kuchens das Wasser im Mund zusammen. Der Duft des frischen Bohnenkaffees beflügelte zusätzlich seine Sinne.

»Und wie kann ich Ihnen helfen?«, fragte Möller, nachdem er missbilligend abgewartet hatte, bis seine Frau den Gast versorgt hatte — mit seinem Schmandkuchen! »Ich war vorgestern Abend beim Arzt. Seitdem bin ich zu Hause. Ich weiß eigentlich gar nichts. Mein Chef hat mich angerufen und mir erzählt, was los ist. Mann o Mann, das ist vielleicht ein Ding!«

»Sehr betroffen scheinen Sie nicht zu sein«, wunderte sich Behrends. Ein merkwürdiges Pärchen, die beiden.

»Na ja, was wollen Sie denn hören? Natürlich hat mich das umgehauen. Ich wusste im ersten Moment wirklich nicht, was ich sagen sollte. Und dann auch noch der König. Seine Frau und die Kinder ... doch, das tut einem schon leid. Aber verdammt, normalerweise wäre ich das arme Schwein gewesen, das dieser Irre da einfach über den Haufen knallt! Da darf man ja wohl froh sein, wenn man dem Tod gerade so von der Schippe gesprungen ist, oder?«

»Ja, natürlich«, gab Behrends zu. »Ich will Ihnen bestimmt nicht zu nahe treten. Wie Sie damit umgehen, ist Ihre Sache. Ich möchte von Ihnen nur etwas über Ihren Kollegen Weber erfahren. Wie ich gehört habe, waren Sie derjenige, der üblicherweise mit ihm im Außendienst war, ihn also wohl besser kannte als jeder andere im Katasteramt. Wenn wir davon ausgehen, dass der Mord nicht auf einen verhängnisvollen Zufall zurückzuführen ist, dann ist anzunehmen, dass die Tat gezielt Ihren Kollegen gegolten hat. Wir müssen wissen, was den oder die Täter veranlasst haben könnte, Weber und König zu ermorden.«

»Was sehen Sie mich so an? Ich habe ihn nicht umgebracht!« Möller lachte rau auf und fasste sich an den Rücken. »Keine Chance. Ich habe ein Alibi, Herr Kommissar.«

»Hätten Sie denn einen Grund gehabt, Ihren Truppführer zu töten?«, nahm Behrends den Faden auf. Irgendetwas an dem Mann reizte ihn zu der kleinen Provokation.

»Ich? Gott bewahre, nein! Wie kommen Sie darauf?«

»Man hört, dass er bei seinen Kollegen nicht sehr beliebt war.«

»Ich bin prima mit ihm klar gekommen«, widersprach Möller, »er war ein guter Mann.«

»Es gab also keine Probleme zwischen Ihnen?«

»Nein, verdammt! Was soll die Frage?«

Behrends lehnte sich im Sessel zurück: »Ganz einfach: Sie sind bisher der Einzige, der gut über Weber redet. Ansonsten haben wir nur gehört, wie unkollegial er war und wie oft er im Dienst seinen privaten Interessen nachgegangen ist.«

»Hm ... ja, schon, das ist wahr«, gab Möller zögernd zu. Er schien abzuwägen, wie viel er sagen durfte, ohne selbst ins Zwielicht zu geraten.

»Und Sie haben da mitgemacht?«

»Mitgemacht? Wie, mitgemacht?«

»Nun, Sie waren regelmäßig mit ihm im Außendienst. Da müssen Sie gewusst haben, was er während der Dienstzeit so treibt.«

»Ich habe nichts Verbotenes getan!«, regte sich Möller auf. »Er war mein Chef! Da musste ich tun, was er mir sagt. Ich bin nur ein kleiner Messgehilfe!«

»Ich will Ihnen nichts unterstellen«, besänftigte Behrends den Mann, »ich möchte einfach nur von Ihnen wissen, wie so ein Tag bei Ihnen im Außendienst abgelaufen ist und wie ich mir diese Privatgeschäfte vorstellen muss, denen Weber nachgegangen ist. Herr Möller, Sie müssen davon doch etwas mitbekommen haben!«

Die Lider des kranken Vermessungsgehilfen begannen nervös zu flackern. Seine Augen huschten unruhig hin und her, versuchten, den Blickkontakt mit seinem Gegenüber zu vermeiden: »Eigentlich weiß ich gar nichts«, sagte er ausweichend, »wir haben unsere Arbeit gemacht, wie es sich gehört. Und wenn wir fertig waren, dann habe ich Weber mal hier-, mal dahingefahren. Wo er gerade was zu erledigen hatte. Mehr nicht. Ich habe mich irgendwo auf einen Parkplatz oder woanders hingestellt. Weber ist weggegangen und ich habe gewartet, bis er zurückgekommen ist.«

»Und Sie wollten nie wissen, was er treibt, während Sie warten mussten?«, wunderte sich Behrends. »Hat Sie das nicht interessiert?«

»Nein«, behauptete Möller, »ich habe meinen Schnabel gehalten. Was ich nicht weiß, macht mich nicht heiß, ist meine Devise. Außerdem hätte er mir sowieso nichts verraten.«

»Aber über den *Puschkin* hat er mit dir mal gesprochen«, mischte sich die Frau des Vermessungsgehilfen plötzlich ein. Bisher hatte sie angespannt schweigend in dem zweiten Sessel gesessen, immer auf eine Gelegenheit lauernd, sich am Gespräch der Männer zu beteiligen.

»Puschkin? Wer ist das?« Behrends war nicht entgangen, dass Möllers Augen sich für den Bruchteil einer Sekunde vor Schreck geweitet hatten, ehe er seiner Frau einen vernichtenden Blick zuwarf.

»Ach, nichts, da war nichts«, ruderte sie sofort zurück und überließ wieder ihrem Mann das Wort.

»Das ist eine alte Geschichte«, erklärte er eine Spur zu hastig, »hat sich zu Zeiten abgespielt, als es die DDR noch gab. Weber war damals, als sie die Zonengrenze zusammen mit den Ossis vermessen haben, der Chef vom Vermessungstrupp aus unserem Amt. Da hat er den Puschkin angeblich kennengelernt. Das war so'n Stasi-Offizier und mit dem hat er eine Zeit lang ein paar dicke Dinger ... na ja, abgewickelt. So hat er das genannt. Das liegt aber, wie gesagt, schon etliche Jahre zurück. Hat mit dem Mord sicher nichts zu tun.« Möller stieß ein verlegenes Lachen aus.

»Und was haben sie da ... abgewickelt?«, wollte Behrends wissen. »Was für Sachen waren das?«

»Keine Ahnung.«

»Puschkin, sagten Sie? Das war doch aber bestimmt nicht der richtige Name dieses Stasi-Offiziers, oder?«

»Weiß nicht«, gab sich Möller verschlossen, »anders hat Weber ihn nie genannt.«

»Na schön«, seufzte Behrends. Alte Geschichten. Er griff zur Tasse und trank den kleinen Rest Kaffee, der sich noch darin befand.

»Darf ich ihnen nachschenken, Herr Kommissar?«, fragte Möllers Frau sofort.

»Danke, nein.« Behrends lächelte ihr freundlich zu und wandte sich wieder an ihren Mann: »Also, dann beschäftigen wir uns mal mit ein paar Dingen aus dem Hier und Jetzt. Mit Ihrer Vermessungsarbeit, zum Beispiel. Bevor Sie krank geworden sind, stand doch schon laut Dienstplan fest, dass Sie gestern mit Weber zusammen auf dem Krankenhausgelände hätten messen sollen. Wollte Ihr Truppführer vielleicht noch irgendwo anders eine Messung durchführen? Hat er Ihnen etwas gesagt? Von einem Auftrag, der nicht auf dem Plan stand und von dem niemand etwas wusste?«

Ehe der Vermessungsgehilfe antworten konnte, ertönte von der Haustür her eine schrille Stimme: »Hallo, jemand zu Hause? Wo seid ihr?« Augenblicklich sprang seine Frau auf und eilte aus dem Wohnzimmer.

»Meine Schwiegermutter«, grollte er und verdrehte entsetzt die Augen. »Sie kommt immer so unangemeldet.«

Offensichtlich auch, ohne zu klingeln, schoss Behrends ein Gedanke durch den Kopf, lenkte ihn aber nur kurz vom Thema ab. »Wie war das denn nun«, fragte er, »wussten Sie von einer weiteren Messung?«

Möller schüttelte den Kopf, war aber nicht bei der Sache. Sein Interesse galt der Wohnzimmertür, durch die von draußen undeutlich und leise die Stimmen der beiden Frauen drangen: »Keine Ahnung, nein, ich glaube nicht«, entgegnete er, ohne seinen Gast dabei anzusehen. Stattdessen reckte er sich leicht zur Tür hin, schien zu lauschen.

»Ist irgendwas?«, fragte Behrends neugierig.

Jetzt erst schenkte Möller ihm wieder die volle Beachtung: »Äh ... was? Nein, nein, es ist nichts, 'tschuldigung.«

»Das heißt, Sie wissen von keiner anderen Messung.«

»Nein!«

»Und kurzfristig oder ganz spontan, hat Weber da vielleicht mal eine Planänderung vorgenommen?«

»Hm, ja, das kam schon mal vor«, blieb Möller vage. »Aber wenn er das gestern getan hat, dann hätte ich es ohnehin nicht gewusst. Er hat mich jedenfalls nicht angerufen und in seine Pläne eingeweiht.« Wieder sein raues Lachen, er freute sich über seinen Geistesblitz.

»Sie wissen also nicht, was er oberhalb von Lerbach, in dem Waldstück, gemacht haben könnte?«

»Wahrscheinlich hat er in dem Ort etwas vermessen und hat sich dann ein Plätzchen für die Mittagspause gesucht, wo er nicht gestört wurde. Ich weiß, dass er vor etwa einem halben Jahr schon mal mehrere Tage da war und unsere Katasterkarten aktualisiert hat. Da hat er sich mittags bestimmt auch immer im Wald verkrümelt. Aber ich war nicht dabei, weil ich zu der Zeit Urlaub hatte. Meine Güte, wenn ich jetzt darüber nachdenke, dann kann ich mich gar nicht daran erinnern, wann ich das letzte Mal in Lerbach war. Muss schon eine Ewigkeit her sein.«

»Was könnte Weber denn jetzt in Lerbach vermessen haben.«

»Tut mir leid, da bin ich überfragt.«

Die Stimmen nebenan wurden lauter. Möller rieb sich nervös die Hände, blickte unruhig zur Tür. Auch Behrends war nicht entgangen, dass die Diskussion zwischen Mutter und Tochter dort draußen an Schärfe zugenommen hatte und in einen Streit umzuschlagen drohte. Nur gut, dass er das Gespräch mit dem Vermessungsgehilfen nun schnell zu Ende bringen konnte, sonst würde er noch zwischen die Fronten einer Familienfehde geraten.

»Eine letzte Frage noch«, sagte er, »Ihnen ist es bestimmt nicht entgangen, dass Weber auf ziemlich großem Fuß lebte. Wissen Sie vielleicht, wie er zu so viel Geld gekommen ist?«

»Na klar!«, erklärte Möller. »Er hat in Bad Lauterberg Land besessen. Hinten, nach Bartolfelde raus. Am Paradies, falls Ihnen das etwas sagt. Kurz nach der Wende ist das Bauland geworden und er hat es verkauft. Hat dabei 'nen richtig guten Schnitt gemacht! Wir haben Jahre später sogar zusammen die Bauplätze abgesteckt. Aber gebaut hat da bis heute keiner.«

Der Rest der Information ging unter in heftigen Beschimpfungen, die sich die zwei Frauen draußen an den Kopf warfen. Gleich darauf fiel eine Tür krachend ins Schloss und jemand polterte eine Treppe hinauf.

Möller sackte auf der Couch in sich zusammen, blickte seinen Gast mit süß-saurer Miene an, versuchte ein Lächeln.

»Sie harmonieren wohl nicht sehr gut miteinander?«, fragte Behrends vorsichtig nach. Den Streit hatte er unmöglich ignorieren können.

»Ritas Mutter mischt sich immer wieder in unser Leben ein«, gab Möller kleinlaut zu. »Sie meint, weil es ihr Haus ist, hat sie ein Recht dazu.«

»Das Haus Ihrer Schwiegermutter? Und ich dachte, es gehört Ihnen.«

Der Vermessungsgehilfe schüttelte den Kopf: »Leider nicht. Wir bewohnen es nur. Dauernd kommt sie hier reingeschneit und lässt uns das deutlich spüren. Und hinterher heult Rita Rotz und Wasser!« Er drückte sich umständlich aus der Couch hoch. »Wenn Sie dann keine Fragen mehr haben ...«

Behrends erhob sich ebenfalls: »Nein, ich denke, das wäre es fürs Erste. Vielen Dank! Bleiben Sie ruhig hier, ich finde allein hinaus.« Er beeilte sich, das Zimmer zu verlassen. Hinter seinem Rücken ließ sich Möller mit einem erleichterten Seufzen zurück in die Polster fallen.

5.

Wenn man Rainer Rausch, dem Angestellten im Osteroder Rathaus, glauben wollte, dann wurde hinter den dicken Mauern des Verwaltungsgebäudes betrogen und manipuliert. Dann wechselten Schmiergelder unter dem Tisch von einer Hand in die andere. Dann ging es um Vorteilsnahme und andere Schweinereien. Und alles im Zusammenhang mit der Planung und Auftragsvergabe für das Bauprojekt auf dem Gelände des alten Krankenhauses. Bei einem Volumen von etlichen Millionen Euro war es durchaus denkbar, dass eine Handvoll Sachbearbeiter sich mit ein paar unerlaubten Federstrichen das magere Gehalt aufbessern wollten. Und Rausch war diesen Betrügern anscheinend auf die Schliche gekommen.

Holger Diekmann kratzte sich am Kopf. Wieder und wieder las er die SMS, die vor wenigen Augenblicken auf seinem Handy eingegangen war: »Habe die Infos. Übergabe heute 20:00 Uhr. Treffpunkt wie gehabt. RR«. Es war so weit. Verdammt noch mal, der verrückte Hund hatte es tatsächlich geschafft und nicht nur Sprüche geklopft. Rainer Rausch, sein Kontaktmann für alle offiziellen Presseinformationen aus dem Rathaus, verfügte endlich über die nötigen Hinweise, um den Skandal öffentlich zu machen. Warum, zum Kuckuck, überfiel ihn dann plötzlich das große Muffensausen?

Seit Diekmann über sein Online-Magazin »Burgblick« den Landkreis Osterode am Harz mit aktuellen Nachrichten versorgte, war er auf der Jagd nach der Sensation, nach der ultimativen Reportage, die ihn in den Journalisten-Olymp aufsteigen ließ. Vielleicht sah er die Sache etwas zu unrealistisch — er berichtete schließlich nicht aus den pulsierenden Metropolen des Landes, sondern aus der tiefsten Provinz. Aber auch hier passierten Dinge, die in der Berichterstattung ihren Weg über die Landkreisgrenzen hinaus schafften und den überregionalen Blätterwald zum Rauschen brachten. Nur, davon hatte er herzlich wenig. Er wollte die Bombe finden und vor aller Augen selbst zur Explosion bringen, nicht dabei zuschauen, wie es andere taten. Der Mord, der sich vor zwei Tagen in Lerbach ereignet hatte, würde ihm jedenfalls keine Journalistenpreise einbringen. Er hing am Tropf der Polizeipressestelle. Auch bei seinem Stammtisch-Spezi, Hauptkommissar Behrends, war für gewöhnlich nicht viel zu holen. Allerdings — anrufen sollte er seinen Freund Ingo schon und ein bisschen nachbohren. Man wusste nie ...

Aber im Augenblick hatte er diese Geschichte hier am Haken. Die Dinge entwickelten sich tatsächlich zu einer Bombe, deren Druckwelle, sofern sie explodierte, für eine ordentliche Verwüstung und entsprechende Nachwirkungen sorgen könnte.

Schon seit einigen Jahren hatte Diekmann den Verfall des alten Krankenhauses am Ende des Fuchshaller Weges verfolgt und mit etlichen Fotos dokumentiert. Dann kam der Abbruch der verwahrlosten Ruine, und die Debatten um die Neugestaltung des Geländes begannen. Ein Verkauf des Grundstücks scheiterte, da die Handvoll Interessenten mit verheißungsvollen Investitionsideen einer nach dem anderen von ihren Angeboten wieder Abstand nahmen. Daraufhin hatte sich die Stadt entschlossen, auf dem Terrain einen Naturlehrpfad und andere kleinere Objekte ganz im Sinne einer ökologischen und kinderfreundlichen Nutzung einzurichten und damit die Lebensqualität der Stadt zu erhöhen.

Doch plötzlich und in letzter Sekunde war wie aus dem Nichts ein Investor aufgetaucht, der versprach, erhebliche Geldsummen in die Kassen ihres Kämmerers zu spülen, wenn die Stadtväter das Gelände in seinem Sinne bebauten und ihm danach zur Nutzung überließen. Wie immer, gab auch in diesem Fall das Geld den Ausschlag. Allerdings regte sich von Anfang an Unmut gegen die Bauabsichten. Von Betrug gegenüber der Stadtbevölkerung war die Rede, man sprach von Zerstörung der Landschaft und von Steuergeldern, die zugunsten einer privilegierten Minderheit verschwendet würden. Außerdem ging die Angst um, es könnten vielleicht anstelle stressgeplagter Manager braune Parteigänger in die geplanten Gebäude Einzug halten. An den Stammtischen redeten sich Befürworter und Gegner die Köpfe heiß, die Fronten verhärteten sich zunehmend.

Diekmann gehörte zur Gruppe derer, die das Unternehmen mit einiger Skepsis begleiteten, ohne jedoch offen Stellung zu beziehen. Er zog sich lieber auf die Position des neutralen Berichterstatters zurück. Es war gefährlichfür ein kleines Magazin wie dem Burg-blick, Partei zu ergreifen. Das konnte ihm das Genick brechen. Also schrieb er mit der nötigen Distanz und ließ die geballte Faust in der Tasche.

Dann hatte überraschend Rausch bei ihm vor der Tür gestanden, aufgeregt, beinahe hysterisch. Er sei einer ganz krummen Sache auf der Spur, hatte er ihm geflüstert. Bei der »Manager-Oase«, wie sie das Bauprojekt auf dem ehemaligen Krankenhausgelände im Bauamt nannten, liefen im Hintergrund einige ziemlich miese Kun-geleien ab.

Rausch war ein Gegner des Projektes und machte daraus auch an seinem Arbeitsplatz keinen Hehl. Folglich hielt man ihn von allen Arbeiten im Zusammenhang mit dem Bauvorhaben fern, so weit es eben ging. Das hinderte ihn aber nicht daran, sich an allerlei Ver-schwörungstheorien zu beteiligen. Damit war er Diekmann schon mehr als einmal auf die Nerven gegangen, hatte ihn gedrängt, doch auch im Burgblick eine Front gegen die Pläne der Stadt aufzuma-chen. Diekmann war natürlich nicht darauf eingegangen und hatte sich dafür von seinem Informanten auch schon einmal beschimp-fen lassen müssen. Sogar als Verräter hatte der ihn abgestempelt, sich aber später dafür entschuldigt.

Auch als er an jenem Abend unerwartet bei ihm läutete, hatte Diekmann zunächst geglaubt, Rausch wolle ihm wieder nur ein paar seiner Hirngespinste unterjubeln, sah sich aber schnell getäuscht.

Da laufe eine riesengroße Schweinerei, hatte sein Informant be-hauptet. Bestechung, Manipulation, das ganze Programm. Er sei darauf gestoßen, als er bei der Sammlung für ein Jubiläumsge-schenk in das Zimmer eines Kollegen gegangen und sein Blick rein zufällig auf dessen ungesperrten PC-Bildschirm gefallen sei. Dort habe er eine geöffnete Email überflogen, ehe die automatische Bild-schirmsperre aktiviert wurde. Eine Email mit wirklich brisantem Inhalt, wie selbst Rausch es sich bisher nicht hatte vorstellen kön-nen.

Diekmann war hellhörig geworden, hatte seine Chance gewittert und sich schon als Enthüllungsjournalisten gesehen. Dennoch ließ er Vorsicht walten. Er hatte Beweise von ihm verlangt, die der ihm beschaffen wollte.

Erst später war er auf die Idee gekommen, die illegalen Machenschaften im Zusammenhang mit der »Manager-Oase« vielleicht lieber der Polizei zu überlassen. Schmiergeldzahlungen und Vorteilsnahmen in derart großem Stil waren keine Kavaliersdelikte. Und wer wusste schon, wozu die Hintermänner fähig waren, wenn man sie in die Enge trieb? Aber hätte er die Sache wirklich aus der Hand geben sollen? Dann hätte er wieder genau dort gestanden, wo er immer stand — ganz am Ende der journalistischen Informationskette. Den Kuchen würden, wie üblich, andere unter sich aufteilen.

Der Gedanke an die Polizei holte ihn auch jetzt wieder ein, als er zum x-ten Mal den Wortlaut von Rauschs SMS stumm vor sich hinbuchstabierte. Noch einmal kratzte er sich am Kopf und stöhnte gequält. Schließlich drückte er die Antworttaste und schrieb nur ein einziges Wort.

»Okay.«

6.

Es gab zwei Grundsätze in Katrin Kühnes Leben, die waren unumstößlich. Erstens: Zu jedem Weihnachtsfest gehört ein anständiger Weihnachtsbaum. Und zweitens: Diesen Baum zu besorgen, ist in einer Partnerschaft Aufgabe des Mannes. Der Frau wiederum oblag es ihrer Meinung nach, das Prachtstück später zu Hause kritisch in Augenschein zu nehmen und die offensichtlichen Mängel an Wuchs und Gestalt anzuprangern.

Behrends hingegen war in seiner Lüneburger Zeit unter dem Einfluss von Lena, seiner Ex, zum Weihnachtsbaummuffel mutiert. Die Plastikalternative, die sie ihm nach ihrer Trennung großzügigerweise überlassen hatte, war auch während der ersten beiden Jahre in seiner neuen Heimat Förste einziges sichtbares Zeichen des Weihnachtsfestes gewesen. Katrin hatte sich mit dem mäßig dekorativen Gerippe aus Kunststoff in seinem Wohnzimmer nur deshalb arrangiert, weil sie die meiste Zeit noch in ihrer eigenen Wohnung verbrachte. Dort konnte sie ihre herrliche, reich und geschmackvoll geschmückte Blautanne bewundern, während er an Heiligabend und dem ersten Weihnachtsfeiertag ohnehin zu seiner Mutter nach Goslar fuhr, um dort mit ihr und der Familie seiner Schwester zu feiern. Das hatte sich in diesem Jahr geändert.

Katrin hatte sich unzweifelhaft zu seiner Lebensabschnittsgefährtin gemausert und lebte mit ihm mehr oder weniger zusammen unter einem Dach. Das kleine Schlupfloch, das sie sich offengehalten hatte, ihre eigene Wohnung, verlor immer mehr an Bedeutung. Dafür übernahm sie mit jedem neuen Tag ein wenig mehr die Regie in seinem Haus. Und dazu gehörte eben auch die klare Ansage, dass der Plastikweihnachtsbaum ausgedient hatte und ab sofort wieder eine anständige Tanne, frisch aus dem Wald, das Fest verschönern sollte. Allein der Duft natürlichen Tannengrüns könne schon für eine weihnachtliche Stimmung sorgen, war sie überzeugt. So etwas würde einem hässlichen Gestell aus Kunststoff niemals gelingen!

Behrends saß also in der Falle. Katrin hatte ihm ein Ultimatum gestellt: Entweder er würde sich ihren Wünschen beugen und beizeiten auf die Suche nach einem Baum gehen — nein, nicht nach irgendeinem Fichtengerippe, sondern nach dem ultimativen Weihnachtsbaum — oder er könne das Fest ohne sie mit seinem Plastikgestell verbringen. Sie habe schließlich immer noch ihre eigene Wohnung. Und was wolle er dann seiner Mutter sagen, wenn er trotz ihrer Einladung an sie beide wieder allein auftauche? Sollte er sich als Baumverweigerer aufspielen, wäre sie nämlich auf gar keinen Fall bereit, ihn nach Goslar zu begleiten. Zu gern wüsste sie, wie er dann seinen Kopf aus der Schlinge zöge.

In schwere Gedanken versunken, was in naher Zukunft auf ihn zukommen würde, schlitterte Behrends in aller Herrgottsfrühe auf eisglatter Straße langsam dem Osteroder Kommissariat entgegen. Die Vorstellung, sich irgendwo im Westerhöfer Wald, bewaffnet mit Axt und Säge, mit den Weihnachtsbaumprofis aus Förste und den umliegenden Orten um das beste Tännchen zu balgen, bereitete ihm Bauschmerzen. Es musste doch Alternativen geben.

Als Behrends auf den Parkplatz der Dienststelle einbog, hatte er einen Entschluss gefasst: Der Baumkauf sollte ihm nicht nur Verdruss bringen, sondern auch ein wenig Spaß machen. Und der wurde zweifelsohne im Baum-Depot von Herbert Hufnagel gegenüber dem Förster Schreibwaren-Eck geboten. Hier sollte man nicht nur Christbäume aller Preiskategorien finden, sondern auch mit erstklassig zubereitetem Glühwein und anderen magenwärmenden Getränken verwöhnt werden. Es hieß, an diesem Ort werde der Baumkauf zum unvergesslichen Ereignis und so manch braver Förster Ehemann habe schon das ganze Haushaltsgeld in alkoholische Heißgetränke investiert und sei ohne Baum nach Hause gekommen. Behrends fand, diesen schwärmerischen Stammtischgeschichten müsse er auf den Grund gehen. Vorfreude stieg in ihm auf.

Im Kommissariat hatten die Osteroder Kollegen alles zu seiner Zufriedenheit hergerichtet. Nachdem er sich kurz orientiert hatte, startete er einen telefonischen Rundruf, um die Mitglieder des Ermittlungsteams zusammenzutrommeln. Es waren bereits alle im Haus, ausgenommen Maike de Baer. Also schob er die Zusammenkunft eine halbe Stunde nach hinten. Niemand wusste, wo seine Partnerin steckte. Das wunderte ihn, denn normalerweise war sie sehr pünktlich. Es war nicht ihre Art, die Dinge schleifen zu lassen. Vielleicht war das einer der Gründe, warum sie so gut miteinander harmonierten.

Behrends vertiefte sich nicht weiter in seine Gedanken an Maike de Baer, griff zum Telefonhörer und rief Frau Wedekind von der Göttinger Staatsanwaltschaft an. Sie hatte ihn schon gestern um Rückruf gebeten. In dem allgemeinen Durcheinander hatte man aber vergessen, ihren Wunsch an ihn weiterzuleiten. Wie immer fühlte er sich nicht ganz wohl, wenn er mit der Staatsanwältin reden musste. Ihre forsch-fordernde Art machte ihm zu schaffen und erschwerte die notwendige Zusammenarbeit mit ihr oft unnötig, weil sich in ihm stets ein Widerstand aufbaute, den er nur mit Mühe unterdrücken konnte.

Die Wedekind nahm schon nach dem ersten Klingeln ab und überfiel ihn postwendend mit ihrer Frage nach dem Ermittlungsstand. Sie musste mit der Hand am Hörer auf seinen Anruf gewartet haben.

»Nein, Frau Wedekind, wir haben bisher keine heiße Spur«, raunzte er und ließ sich in dem ihm fremden, aber überaus bequemen Bürostuhl zurückfallen, nur um sofort wieder vorzuschnellen. »Scheiße!«, brüllte er erschrocken. Wer immer ihm diesen Stuhl ins Zimmer gestellt hatte, er hatte vergessen, die Rückenlehne festzustellen. Um ein Haar wäre Behrends kopfüber nach hinten zu Boden gestürzt.

Die Staatsanwältin am anderen Ende bezog den verbalen Gefühlsausbruch auf sich und reagierte empört. Es kostete ihn einige erklärende Worte, ehe sie die Situation begriff und sich wieder ihrem Anliegen zuwandte. Sie habe einen Anruf aus der Landesverwaltung in Hannover erhalten. Man sei sehr an der zügigen Aufklärung der Morde interessiert. Verdammt, dachte er, das brauchte sie ihm nun wirklich nicht zu sagen. Ihm war auch nicht an langwierigen Ermittlungen gelegen. Aber das hing nun wahrlich nicht allein von ihm ab!

Ob sich denn nach dem Aufruf in Radio und Fernsehen schon Zeugen gemeldet hätten, hakte die Wedekind nach. Behrends konnte ihr die Frage nicht beantworten. Er musste sich eingestehen, dass er an den Aufruf noch gar keinen Gedanken verschwendet hatte, und versicherte ihr, sich sofort darum zu kümmern. Sie schien fürs Erste zufrieden. Mit einer eindringlichen Ermahnung, sie ja umgehend über alle Ermittlungsfortschritte in Kenntnis zu setzen, verabschiedete sie sich von ihm und legte auf. Verdattert starrte Behrends den Telefonhörer an. Er konnte sich nicht erinnern, die Staatsanwältin jemals so schnell losgeworden zu sein.

Kurz nach dem Telefonat verließ er sein Büro und erkundigte sich beim diensthabenden Beamten nach den Reaktionen auf den Appell an die Bevölkerung. Tatsächlich waren, insbesondere nachdem der Aufruf heute früh auch im Osteroder Tageblatt und im Online-Magazin »Burgblick« gestanden hatte, schon etliche Anrufe von Lerbacher Einwohnern eingegangen, die nicht nur zur genannten Zeit und nicht nur aus der fraglichen Richtung Schüsse gehört haben wollten. Eigentlich seien am Mordtag die ganze Zeit und überall um Lerbach herum Schüsse gefallen. Horden von Gewehrschützen mussten demnach in den umliegenden Wäldern herumgeballert haben. Dazu kamen noch das durchdringende Kreischen von Motorsägen, verdächtige Fahrzeuggeräusche, vornehmlich von Traktoren und anderem schweren Gerät, sowie das Johlen und Brüllen diverser wandernder Menschengruppen. Nordic Walker, dachte Behrends bei Letztgenannten sofort und verzog angesäuert das Gesicht. Unterm Strich, so stellte er resigniert fest, war am Tag der Tat in den Harzwäldern um Lerbach wohl mehr los gewesen als in einer Großstadt zur Rushhour, glaubte man den Zeugenaussagen. Und all diesen Hinweisen musste nun nachgegangen werden.

Maike de Baer war noch immer nicht da. So langsam wurde es Zeit für ihre erste Team-Besprechung. Er verschob die Zusammenkunft um eine weitere halbe Stunde. Dann wählte er Maikes Festnetznummer zu Hause und versuchte es, als sie auch nach dem siebten oder achten Klingeln nicht abhob, auf ihrem Handy. Ohne Erfolg. Wenn sie in der nächsten Viertelstunde nicht aufkreuzte, musste er die Besprechung wohl oder übel ohne sie beginnen.

Er klimperte etwas unschlüssig auf der PC-Tastatur herum. Dann tat er das, was ihm schon seit gestern unter den Nägeln brannte, und hackte den Namen Henning Hohnstein in die Tasten.

»Ja, ich wusste es!«, rief er nach einer Weile angestrengten Suchens triumphierend, genau im dem Moment, als Maike de Baer in sein Büro trat.

»Was wusstest du?«, fragte sie und baute sich hinter Behrends' Rücken auf. Über seine Schulter blickte sie auf den Computer-Bildschirm und studierte das Ergebnis seiner Recherche.

»Henning Hohnstein ...«, murmelte sie. »Du kannst es wohl nicht lassen.«

»Hier, siehst du das?« Er ignorierte ihren warnenden Unterton. »Illegales Glücksspiel! Der Mann ist bei einer Razzia in dieser Spielhölle aufgegriffen worden.«

»Und er wurde wieder laufen gelassen, weil er ein Opfer unglücklicher Umstände war.«

Maike de Baer ging um den Stuhl herum und baute sich so vor Behrends auf, dass sie ihm direkt in die Augen blicken konnte. »Ingo, ich kann lesen! Der Mann ist Architekt und war nur zufällig in dem

Haus. Er hat als öffentlich bestellter Gutachter den Wert der Immobilie ermittelt. Zusammen mit weiteren Gutachtern, die ebenfalls in die Fänge der Polizei geraten sind und freigelassen werden mussten.«

»Und das hast du alles in den paar Sekunden gelesen, die du hier bist?«, wunderte er sich. Sie erstaunte ihn immer wieder.

»Ich habe auch recherchiert«, gab sie zu. »Gestern noch. Daher weiß ich das.«

»Ach nee! Und für dich ist damit klar, dass er nichts mit dem Glücksspiel in dem Haus zu tun hatte?«

»Hast du Beweise für das Gegenteil?«, fragte Maike zurück.

»Das nicht«, gab Behrends zu, »aber ein merkwürdiger Zufall ist es doch.« Er hatte ihren Argumenten nichts entgegenzusetzen. Nach der Aktenlage war der Fall klar. Die Ermittlungen waren eingestellt worden. Dennoch störte ihn etwas an der Geschichte. Es war nur so ein Gefühl. »Wer sagt mir, dass Hohnstein nicht trotzdem ein Spieler ist. Und die anderen, seine angeblichen Gutachterkollegen, sind es auch. Gaben sich mit ihrem vermeintlichen Auftrag gegenseitig ein Alibi.«

»Du hast doch 'ne Macke, Ingo!« Maike sog hörbar die Luft ein. »Ich denke, wir sollten uns besser um unsere aktuellen Morde kümmern, anstatt deinen Hirngespinsten hinterherzujagen.«

»Stimmt«, gab Behrends zu und wandte sich schweren Herzens von seinen Privatermittlungen ab. »Wieso kommst du eigentlich erst jetzt? Ich habe die Besprechung schon zweimal verschoben.«

»Mir ging es nicht so gut«, murmelte Maike de Baer kleinlaut, »mir war schlecht, ich musste mich übergeben.«

»Wenn es dir nicht gutgeht, warum meldest du dich nicht krank?«

»Ich bin nicht krank!« Sie trat einen Schritt von seinem Schreibtisch zurück und verschränkte herausfordernd ihre Arme vor der Brust.

»Was dann?«, fragte Behrends.

»Nichts. Es ist schon wieder in Ordnung.«

»Aber du bist nicht ans Telefon gegangen. Ich habe bei dir zu Hause angerufen.«

»Da war ich wohl schon unterwegs.«

»Ich hab's auch auf deinem Handy versucht.« Er blickte sie zweifelnd an.

Maike de Baer griff in ihre Tasche und zog das Mobiltelefon heraus: »Oh, verdammt, ich hatte vergessen, es einzuschalten. Tut mir leid, Ingo, aber heute Morgen ging alles ziemlich drunter und drüber.«

»Schon gut«, lenkte er ein. »Dann komm, unsere Kollegen warten.«

Behrends tat sich anfangs etwas schwer, in ungewohnter Umgebung die erste Teamsitzung zusammen mit den Beamten des örtlichen Kommissariats zu leiten. Die meisten der Osteroder kannte er nur vom Sehen. Er wiederholte in wenigen Sätzen die Ergebnisse, die sie schon gestern Morgen in der Northeimer Inspektion erörtert hatten, um alle Anwesenden auf den gleichen Stand zu bringen. Danach trugen sie all das zusammen, was in den zurückliegenden vierundzwanzig Stunden an neuen Erkenntnissen hinzugekommen war.

»Was hast du von Webers geschiedener Frau erfahren?«, wollte Behrends von Maike de Baer wissen.

»Nichts«, entgegnete sie, »die Frau wohnt nicht mehr in Northeim. Sie ist vor wenigen Wochen nach Sankt Andreasberg umgezogen, ist aber noch an ihrer alten Adresse gemeldet. Angeblich hat sie da oben im Harz ein Haus gekauft oder geerbt. Was genau sie dahin verschlagen hat, kann sie uns vielleicht selbst sagen. Ich habe mir ihre neue Anschrift geben lassen.«

Behrends nickte: »Na, dann werden wir zwei wohl einen kleinen Trip in den Harz unternehmen müssen, um der Dame an ihrem neuen Wohnsitz einen Besuch abzustatten.« Die geschiedene Frau Weber konnte ihnen bestimmt einiges zu ihrem Ex-Ehemann sagen. Darauf wollte er auf gar keinen Fall verzichten.

Allerdings gab es im Augenblick Dinge, die ihm wichtiger erschienen. Und dazu gehörte eindeutig das, was Seidel an Neuigkeiten parat haben musste. Dessen Aufmerksamkeit schien jedoch mehr auf seinen MP3-Player gerichtet.

»Herr Kollege, wie wäre es, wenn du zur Abwechslung mal wieder uns dein Interesse schenkst, anstatt an deinem Player herumzufummeln«, blaffte Behrends ihn über den Tisch an. »Deine Inner-Dingsbums kannst du nach Feierabend hören.«

»Burning«, bemerkte Seidel ungerührt.

»Was?«

»Die Band heißt *My Inner Burning*. Müsste euch Kulturbanausen hier in Osterode doch bekannt sein.« Die angesprochenen Kollegen reagierten nicht auf seine kleine Provokation, sondern saßen nur mit reglosen Mienen da. Er wandte sich wieder Behrends zu. »Außerdem war ich die ganze Zeit über voll bei der Sache.«

»Schön. Dann lass mal hören, was sich auf dem USB-Stick verborgen hält.«

Dem Rattenfänger war es am Vortag gelungen, große Teile des kleinen Speichermediums zu erforschen. Nachdem er über die erste Passwort-Hürde hinweggekommen war, hatte sich vor ihm ein weites Feld unterschiedlichster Dateien aufgetan. Einen letzten Programmordner hatte er aber noch nicht öffnen können. Er war zusätzlich gesichert, und zwar mit einer äußerst kryptischen Verschlüsselung.

»Vielleicht steckt in dem Datentresor ja das ultimative Rezept zum Brennen von Wodka«, meinte Seidel grinsend, als er auf den geschützten Ordner zu sprechen kam.

»Wie kommst du denn auf den Quatsch?« Oberkommissar Junghans von den Osterodern schüttelte verständnislos den Kopf.

»Weil der Ordner den Namen Puschkin trägt«, erklärte Seidel, »und Puschkin ist, wie jeder weiß ...«

»Sagtest du Puschkin?« Für einen Augenblick war Behrends unkonzentriert gewesen. Gedankenverloren hatte er mit seinem Kuli herumgespielt. Der Ordnername rief jedoch mit einem Schlag alle seine Sinne wieder wach.

»Äh, ja, warum?« Seidel war irritiert. Er verstand den Grund für Behrends' plötzliche Erregung nicht.

»Weil ich den Begriff, nein, den Namen Puschkin gestern schon mal gehört habe!«

»Klar«, erwiderte der Rattenfänger etwas enttäuscht, »steht ja auf jeder zweiten Wodkaflasche, die du in den Supermarktregalen findest.«

»Red keinen Stuss«, schnappte Behrends giftig. Plötzlich sah er sich dem süffisanten Schmunzeln mehrerer Kollegen gegenüber. »Ich war gestern noch bei Webers angestammtem Vermessungsgehilfen, Bernd Möller. Wie schon gesagt, der Mann ist krankgeschrieben. Und genau dieser Bernd Möller erwähnte im Zusammenhang mit Weber ebenfalls den Namen Puschkin. Das heißt, seine Frau nannte ihn mir und bekam von ihm dafür einen heftigen Rüffel.«

»Warum das denn?«, fragte Maike de Baer verwundert.

»Das wüsste ich auch zu gern«, seufzte Behrends und lehnte sich in seinem Stuhl zurück. Der Kuli begann erneut zu tanzen. »Er hat es als alte Sache abgetan. Längst vergessen und vorbei. Der Weber hat damals seinen Worten zufolge einen Trupp geleitet, der die DDR-Grenze vermessen hat. Gemeinsam mit einer zweiten Gruppe, die aus dem Osten kam. Dabei hat er vermutlich diesen Puschkin kennengelernt. Einen Stasi-Offizier, wie er meinte.«

»Und der hieß tatsächlich so?«, staunte Seidel.

»Das konnte mir der Mann auch nicht sagen. Vielleicht wollte er es auch nicht. Ich vermute, dass es sich eher um einen Spitznamen gehandelt hat oder vielleicht auch um einen Decknamen. Jedenfalls meinte Möller, dass Weber mit diesem Puschkin ein paar dicke Dinger abgewickelt hat.«

»Der Mann weiß ja 'ne ganze Menge. War der denn dabei?« Die Frage kam von einem weiteren Osteroder Beamten, dessen Name Behrends schon wieder entfallen war. Dafür war ihm aber nicht entgangen, dass der junge Mann bis eben ziemlich ungeniert seine Partnerin Maike angestarrt und mit den Augen ausgezogen hatte. Er holte tief Luft, um den Kollegen mit einer spitzen Bemerkung zusammenzustutzen, biss sich aber im letzten Moment auf die Zunge und schluckte seinen Ärger hinunter.

»Nein, Herr Kollege«, sagte er ein wenig gereizt, »die Vermessung der DDR-Grenze liegt bald vierzig Jahre zurück. Da war Bernd Möller gerade fünf oder sechs Jahre alt. Weber hat ihm die Geschichte wohl mal erzählt, hat vielleicht damit vor ihm angegeben.«

»Wenn das schon so lange zurückliegt, was geht es uns dann an, was damals passiert ist?«, bohrte der Beamte weiter.

Behrends beugte sich nach vorn, blickte auf den Schreibblock vor seiner Nase und malte nachdenklich Kreise aufs Papier: »Bis eben hätte ich gesagt, die Sache braucht uns nicht zu interessieren. Wenn Weber jedoch einen Datenordner auf seinem USB-Stick mit genau diesem Namen versieht, dann ist das meiner Meinung nach kein Zufall.«

»Was aber nicht automatisch heißt, dass sich da Verbindungen in die Gegenwart ergeben, die für uns von Interesse sein können.«

»Und warum nicht, Herr ... Ludwig?« Ihm war endlich der Name des Kollegen wieder eingefallen.

»Na ja, vielleicht wollte Weber den Ordner nur irgendwie bezeichnen, erinnert sich an die seligen Zeiten und denkt: Hey, ich nenne den Ordner einfach nach meinem alten Kumpel Puschkin.«

»Hey, was für eine grandiose Idee«, lästerte Behrends, »der Mann packt Informationen, die niemand sehen darf, in einen gut gesicherten, digitalen Datentresor und nennt ihn dann Puschkin – mal eben so, just for fun.«

»Ja, sicher. Warum nicht?«

Behrends wurde wieder ernst: »Möglich ist das natürlich«, sagte er. »Aber wissen Sie, warum ich das nicht glaube?« Er machte eine kurze Kunstpause, ehe er fortfuhr. »Wer benennt denn einen Datenordner in seligem Angedenken an einen Kumpel? Der Name ist in der Regel auch Hinweis auf den Inhalt. Und sei es nur für einen selbst. Als Gedankenstütze, sozusagen.« Er wandte sich an Seidel: »Tim, wir müssen wissen, was sich in dem Ordner verbirgt. Glaubst du, dass du den Schlüssel knackst?«

»Ja, logo!«, antwortete der Rattenfänger lakonisch. »Ich arbeite dran.«

»Gut, dann mal weiter im Text. Die anderen Daten vom Stick, kannst du uns die im Einzelnen vorstellen?«

Die Pläne eines Bauwerkes erregten ihr besonderes Interesse. Für ein privates Wohnhaus war das Gebäude einfach zu groß und Begriffe wie Sitzungssaal, Fitnessbereich oder PC-Arbeitsplätze deuteten nicht auf eine Einrichtung hin, die dem Privatvergnügen diente.

Behrends beschloss, direkt im Anschluss an die Besprechung noch einmal das Katasteramt aufzusuchen. Diese Bauskizzen konnten durchaus etwas mit Webers Vermessung auf dem Gelände des alten Krankenhauses zu tun haben. Merkwürdig nur, dass sie sich auf seinem privaten USB-Stick befanden. Es sei denn, der mobile Datenspeicher gehörte doch zur Dienstausrüstung.

Maike de Baer begleitete Behrends zum Katasteramt. Stumm ging sie neben ihm her. Ein wenig zu stumm, fand er. Und das konnte nicht nur daran liegen, dass sie über den Mordfall nachgrübelte. Sie bereitete ihm Sorgen. Das erste Mal, seit er sie kannte, spürte er, dass etwas mit ihr nicht stimmte. Sie verhielt sich nicht wie sonst. Er musste mit ihr reden. Ernsthaft. Falls sie Probleme hatte, wollte er das wissen. Sie kannten sich gut genug und sollten Vertrauen zueinander haben. Außerdem war sie seine Partnerin. Er musste sich auf sie verlassen können! Wie sollte das gehen, wenn sie ihm etwas Wichtiges verschwieg?

Nachdenklich betrachtete der Vermessungsoberamtsrat Lothar Schramm die Pläne, die Behrends soeben vor ihm auf dem Tisch ausgebreitet hatte. Es waren großformatige Ausdrucke der Dateien vom USB-Stick. Dann griff der Amtsleiter zum Telefon und rief seinen für den Außendienst zuständigen Beamten zu sich. Er hatte einen Verdacht und bat den Mann, die Unterlagen für die Gebäudeabsteckung auf dem Krankenhausgelände mitzubringen.

Schon wenige Minuten, nachdem die beiden Vermesser die Grundrisse miteinander verglichen hatten, war klar, dass es sich um ein und dasselbe Bauvorhaben handelte, nur mit dem kleinen Unterschied, dass die Pläne auf Webers Stick komplette Bauzeichnungen waren, wesentlich umfangreicher, als die Darstellung für die Gebäudeabsteckung.

»Also haben diese Kopien hier nichts mit Ihren Absteckungsarbeiten zu tun?«

»Nein, garantiert nicht.« Lothar Schramm blickte erneut auf die Ausdrucke, die Behrends mitgebracht hatte. Energisch schüttelte er den Kopf. »Viel zu detailliert.«

»Außerdem wurden uns die Pläne erst gestern per Post zugesandt«, gab Finke zu bedenken. »Weber hätte sie also gar nicht auf einem USB-Stick haben können. Und wenn doch, dann wohl kaum auf seinem privaten Datenspeicher.«

»Das heißt also, dass der Stick definitiv sein Privateigentum ist?«, meldete sich Maike de Baer zu Wort.

»Genau so ist es. Im Dienst benötigen wir die Dinger nicht.«

»Gut, ich verstehe«, sagte Behrends.

»Andere Frage: Könnten die Bauzeichnungen was mit seiner politischen Tätigkeit zu tun haben? Er sitzt doch im Bauausschuss der Stadt.« Neugierig blickte er erst auf Teamleiter Finke, dann auf den Amtsleiter.

Darauf wusste Amtsleiter Schramm keine Antwort. Stattdessen gab er ihnen den überflüssigen Rat, in der Stadtverwaltung nachzuhaken. Wenigstens konnte Behrends ihm wesentliche Informationen über die Historie des Bauprojekts am alten Krankenhaus entlocken, vor allem dass es zu einem Deal mit der Firma King-Size-Events gekommen war und nun statt eines Naturlehrpfads ein Freizeit- und Schulungszentrum für die Manager der deutschen Wirtschaft geplant wurde, das zahlungskräftige Kunden nach Osterode locken sollte.

Kaum war die Katze aus dem Sack, hatten die Proteste und Verdächtigungen eingesetzt und in dem Gerücht gegipfelt, es solle zwar ein Schulungszentrum gebaut werden, allerdings für die braune Elite. Neo-Nazis im Südharz, deswegen war die Region immer mal wieder in die Schlagzeilen geraten.

»Danke für Ihre Auskünfte, meine Herren.« Behrends glaubte nicht, den beiden Männern noch irgendwelche nützlichen Informationen entlocken zu können. Die hoffte er von Webers Zimmerkollegen zu erhalten.

Sie verabschiedeten sich von den beiden Männern. Behrends war schon durch die Tür, als Maike de Baer, die hinter ihm ging, sich noch einmal umdrehte: »Hat Weber Ihnen gegenüber eigentlich je den Namen Puschkin erwähnt?«

»Nein. Wer soll das sein?«

Die beiden Vermesser waren wirklich keine große Hilfe.

Volker Töpperwien, der Mann, mit dem Weber das Zimmer geteilt hatte, wusste auch nichts von einem Puschkin. »Tut mir leid«, sagte er, »ich kann mich nicht erinnern, dass Klaus den Namen je erwähnt hat. Puschkin ... das ist doch wohl eher ein Spitzname, oder?«

Behrends zuckte mit den Schultern, erwiderte aber nichts darauf.

»Vielleicht sollten Sie mal den alten Schuster fragen«, fuhr Volker Töpperwien fort. »Rudi war damals bei den DDR-Grenzvermessungen dabei, als einer von Webers Vermessungsgehilfen. Ist schon ein paar Jahre in Rente. Wenn einer Bescheid weiß, was damals an der Grenze passiert ist, dann Rudi.«

»Und wo finden wir den Mann?«

»Wohnt in Osterhagen. Sie wissen schon, das kleine Kaff hinten nach Bad Sachsa raus.«

Behrends nickte. Er ließ sich nicht anmerken, dass er noch nie etwas von dem Ort gehört hatte, und hoffte, Maike könne ihm später aus der Verlegenheit helfen.

»Wer hat Ihnen denn von diesem Puschkin erzählt?«, wollte Töpperwien wissen.

»Das war Möller, Ihr Vermessungsgehilfe. Weber soll ihm gegenüber mal diesen vermeintlichen Stasi-Offizier erwähnt haben«, erklärte Behrends knapp.

»Ach, Möller ...«

Etwas an der Reaktion des Mannes ließ Behrends aufhorchen: »Was ist mit Möller?«, fragte er.

»Der?« Töpperwien lachte auf. »Der ist ein richtig armes Schwein. Kann einem nur leid tun.«

Maike de Baer gab ein leises Stöhnen von sich: »So schlimm, seine Rückenprobleme?«, fragte sie.

Töpperwien grinste hämisch: »Ach was! Die benutzt er, um sich manchmal eine ... na ja, sagen wir mal, Auszeit zu nehmen. Nee, ich meine seinen Stress mit Weber. Was für ein Charakterschwein der sein konnte, haben Sie ja bestimmt schon gehört, nehme ich an. Das hat Möller natürlich auch erfahren müssen.«

»Mir hat er was anderes gesagt«, unterbrach ihn Behrends. »Angeblich ist er bestens mit Weber ausgekommen.«

»Was soll er auch sonst sagen?«, entgegnete Töpperwien. »Niemand gibt es gern zu, wenn er von dem Mann, dem er bis zum Schluss aus der Hand gefressen hat, aufs Kreuz gelegt worden ist.«

»Aufs Kreuz gelegt? Was meinen Sie damit?«

»Weber hat ihn zu einer hochriskanten Geldanlage überredet. Und Möller, dieser Idiot, ist darauf eingegangen. Haus und Hof waren danach futsch. Seine Schwiegermutter hat ihn und seine

Frau daraufhin in einem ihrer beiden Häuser in Wulften aufgenommen. Bis zuletzt hat Möller versucht, wenigstens einen Teil des Geldes von Weber zurückzuerhalten.« Als Töpperwien das erzählte, machte er nicht den Eindruck, als tue ihm der Vermessungsgehilfe wirklich leid. Eine unüberhörbare Schadenfreude schwang in seinen Worten mit. »Vorgestern haben sie sich darüber wieder heftig gestritten. Im Außendienst. Das hat mir Weber abends erzählt und sich wieder über Möller lustig gemacht, wie er es immer tat. Der arme Hund hätte von Weber nie auch nur einen Cent zurückbekommen. Na ja, jetzt, wo er tot ist, hat sich das Thema sowieso erledigt.«

Also doch, dachte Behrends. Er hatte gleich so eine Ahnung gehabt, dass mit dem Vermessungsgehilfen etwas nicht in Ordnung war. Aber wäre er fähig gewesen, seinen Truppführer zu ermorden? Und König, den anderen Kollegen, gleich dazu? Immerhin, ein Motiv gab es ja nun. Allerdings musste Möller klar gewesen sein, dass ein Toter kein Geld mehr herausrücken kann. Oder hatte er begriffen, dass Weber ihm nie aus seiner hoffnungslosen Lage heraushelfen würde?

Als sie sich von Töpperwien verabschiedeten und das Katasteramt verließen, trugen sie weit mehr Fragen mit sich, als noch bei ihrer Ankunft. Die Antworten darauf mussten sie an anderer Stelle suchen.

»Hast du Lust auf einen Kaffee?«, fragte Behrends seine Partnerin, als sie wieder auf der Straße standen.

Maike de Baer, die sich schon in die entgegengesetzte Richtung zum Kommissariat hin orientiert hatte, drehte sich verwundert um. »Du lädst mich ein? Einfach so? Wie komme ich denn zu der Ehre?« Sie konnte sich nicht erinnern, dass er ihr jemals spontan und grundlos irgendetwas ausgegeben hatte. Deshalb musterte sie ihn mit einer gehörigen Portion Misstrauen im Blick.

»Mir war gerade danach«, antwortete er ausweichend, »also, was ist? Magst du? Kannst dir auch aussuchen, wohin wir gehen.«

Maike entschied sich für das Café Dornemann, das sie nach einem zehnminütigen Fußmarsch durch die Osteroder Innenstadt erreichten. Sie setzten sich an einen Tisch am Fenster und bestellten. Behrends nahm zu seinem Kaffee ein Stück Käsesahnetorte. Es hatte ihn schon beim Eintreten aus der Auslage heraus verführerisch angelacht. Maike mochte es lieber deftiger und wählte ein Salamibrötchen und einen Kräutertee.

»Keinen Kaffee?«, fragte Behrends erstaunt.

»Mir ist gerade nicht danach« machte sie ihn nach. Es schien Behrends, als verberge sie etwas hinter ihrem Lächeln.

Bis die Kellnerin mit ihrer Bestellung zurückkam, plauderten sie über Belangloses. Der frühe und strenge Winter war ihnen ebenso ein paar Worte wert, wie der überraschende Wetterumschwung, den sie schon auf ihrem Gang zum Café verspürt hatten. Milde Luft aus Südwest wehte heran und ließ den Schnee schon wieder tauen.

Als Kaffee und Tee, Kuchen und Brötchen vor ihnen standen, kauten sie eine Weile und starrten schweigend vor sich hin. Ab und zu schaute Behrends aus dem Fenster, vermied es jedoch, Blickkontakt aufzunehmen. Eigentlich hatte er mit seiner Partnerin reden wollen. Nicht über das Wetter und auch nicht über ihre Ermittlungen. Doch jetzt wusste er nicht, wie er es anpacken sollte.

Auch Maike de Baer fühlte sich zunehmend unwohl. Sie hatte es von vornherein geahnt, dass Behrends sie nicht aus einer Laune heraus eingeladen hatte. Ihm lag etwas auf dem Herzen, das spürte sie. Deshalb ergriff sie die Initiative: »Also, Ingo, jetzt mal raus mit der Sprache. Weshalb sitzen wir hier?«

»Nur so ... weil ich Lust hatte, mit dir einen Kaffee trinken zu gehen«, sagte er und blickte an ihr vorbei zum Tisch in ihrem Rücken, an dem sich zwei ältere Damen angeregt unterhielten.

»Red keinen Stuss!« Sie ließ sich nicht gern veralbern. Schon gar nicht von Behrends. »Ich will jetzt wissen, was los ist.«

»Das frage ich dich!«, schnappte er gereizt. »Du gehst zum Arzt, du kommst morgens zu spät, weil du dich auskotzen musst, du wirkst zeitweise so gedankenverloren — Maike, wenn du krank bist, dann muss ich das wissen.« Er zögerte, traute sich kaum, auszusprechen, was ihn besonders quälte: »Ist es gefährlich? Hast du was Schlimmes?«

Gerade wollte sie einen Schluck Tee trinken, hatte die Tasse bereits an den Lippen. Überrascht verharrte sie in der Bewegung, starrte Behrends an, als komme er von einem anderen Stern. Langsam setzte sie die Tasse wieder ab, verzog den Mund zu einem verhaltenen Lächeln. Ich kann ihm vertrauen, dachte sie. Ihr Lächeln wurde zum breiten Grinsen, ihre Augen begannen zu strahlen. Dann brach sie in schallendes Lachen aus. Die Damen am Nachbartisch schreckten aus ihrer Unterhaltung hoch und wandten sich stirnrunzelnd zu ihnen um. Sie fühlten sich gestört.

»Oh Gott, Ingo, du bist wirklich süß«, flötete Maike, nachdem sie sich wieder unter Kontrolle hatte, »wenn mein Sven sich auch solche Sorgen um mich machen würde ...«

»Wieso, tut er das nicht?«, wunderte sich Behrends. »Soll ich mal mit ihm reden?«

»Bloß nicht!« Sie kicherte hinter vorgehaltener Hand. »Er denkt doch, dass er bisher der Einzige ist, der es weiß.«

»Was weiß?«

»Mensch, Ingo, ich bin schwanger!«

Jetzt war es raus. Laut genug, dass es die Nachbardamen hören konnten und neugierig darauf warteten, was der vermeintliche Vater, für den sie Behrends hielten, wohl zu dieser Neuigkeit sagen würde. Maike hielt für einen Moment die Luft an. Überrascht von sich selbst und gleichzeitig erschrocken. Sie hatte sich hinreißen lassen. Eigentlich hatte sie es vor Behrends noch geheim halten wollen, hatte gedacht, er merke es nicht. Vielleicht war er feinfühliger, als er sich immer gab.

»Schwanger?«, hauchte Behrends. Fassungslos starrte er die Frau ihm gegenüber an. Wieso war sie schwanger? »Das kann doch nicht wahr sein.«

Nach einem kurzfristigen Blackout jagten die Konsequenzen, die Maikes Schwangerschaft mit sich brachte, im Zeitraffertempo durch seine Gedanken. Keiner davon konnte er etwas Positives abgewinnen.

»Hey, Ingo, freust du dich denn nicht für mich? Wenigstens ein bisschen?« Sie suchte in seinen Augen nach einem kleinen Sternenfunkeln. Doch da war nichts. Nur stockdunkle Nacht. »Ich bin jedenfalls total happy!«

Die Nachbardamen zogen empört die Stirn kraus. Das war wieder typisch, dachten sie, erst mit dem Mädchen ins Bett springen und Spaß haben, sich dann aber vor den Folgen drücken wollen!

»Ich weiß nicht«, murmelte Behrends, »das kommt jetzt schon etwas plötzlich. Was soll ich denn ohne dich machen? Ich meine, du bist meine Partnerin. Das wird doch eine Ewigkeit dauern, bis wir wieder zusammen ...«

Maike de Baer schluckte, würgte einen Kloß hinunter, der sich in ihrer Kehle gebildet hatte. Es würde ihn weit härter treffen, wenn sie ihm sagte, dass sie nach der Geburt vielleicht gar nicht zurückkäme. Ihre Zukunftspläne hatten sich in den vergangenen Tagen in eine Richtung entwickelt, die ihm kaum gefallen konnte. Aber davon musste er jetzt noch nichts wissen.

Behrends hatte einen Moment lang wie versteinert auf seinem Stuhl gesessen und die Blumenvase in der Mitte der Tischplatte angestarrt. Dann stand er plötzlich auf und ging langsam um den Tisch herum.

»Komm mal her, mein Mädchen«, sagte er väterlich und streckte die Hände nach ihr aus. Maike erhob sich, und er zog sie in seine Arme. »Natürlich freue ich mich für dich, du dummes Huhn! Was glaubst du denn? Ich wünsche dir und deinem Sven alles Gute.« Er konnte nicht sehen, wie sich eine Träne aus ihrem Augenwinkel stahl.

Die Damen am Nachbartisch hätten am liebsten Beifall geklatscht. Doch sie wussten sich in der Öffentlichkeit zu benehmen.

7.

Nach ihrem Besuch im Café Dornemann war Behrends nach Hause gefahren. Er musste nachdenken. Ganz in Ruhe und möglichst allein. Das hatte er so deutlich natürlich niemandem gesagt, außer Maike. Der konnte er das sagen. Die bekam das nicht in den falschen Hals. Im selben Atemzug hatte er sie ebenfalls nach Hause geschickt. Aus reiner Vorsicht. Sie müsse sich ja nun etwas schonen, hatte er ihr zugeraunt, und da könne sie gleich heute anfangen. Mit ihrem Protest war sie bei ihm nicht durchgekommen. Er verstehe das als dienstliche Anordnung, war alles, was er dazu noch sagte. Natürlich wusste er selbst, dass er mit dieser etwas schroffen Aufforderung überreagiert hatte, aber es tat manchmal einfach gut, ein fürsorglicher Vorgesetzter zu sein.

Katrin war nicht mehr zu Hause. Wie Behrends nicht anders erwartet hatte. Ihre Arbeit in der Arztpraxis begann zwar erst in einer Stunde, für gewöhnlich erledigte sie zuvor aber ein paar Einkäufe. Vor zwanzig Uhr würde sie nicht zurück sein. Er hatte das Haus und seine Gedanken für sich allein ... jedenfalls fast. Es gab ja noch Sir Toby. Und der begrüßte ihn freudig schwanzwedelnd. So früh hatte der Setter nicht damit gerechnet, sein Familienoberhaupt wiederzusehen.

Er kraulte dem Hund den Kopf: »Ist ja gut, mein Alter«, brummte er, »wir gehen gleich Gassi.«

Seit Tante Lina, seine Nachbarin, vor einem Vierteljahr ganz plötzlich gestorben war, hatte Sir Toby die wichtigste seiner drei Bezugspersonen verloren. Jetzt gab es neben ihm nur noch Katrin, die sich um das Tier kümmerte, wann immer sie Zeit hatte. Das war heute nicht der Fall. So konnte Sir Toby von Glück sagen, dass sein Herrchen sich kurzfristig zu einer hundefreundlichen Dienstplanänderung entschlossen hatte.

Auf dem Küchentisch fand Behrends einen Zettel mit einer kurzen Nachricht von Katrin vor. Sie hinterließ ihm öfter solche Zettelchen, schrieb ihm ihre Wünsche auf. Meist drehte es sich dabei um irgendwelche Hausarbeiten, die er ihrer Meinung nach unbedingt zu erledigen hatte. Ihre handschriftlichen Anweisungen ärgerten ihn ungemein. Sie raubten ihm ein Stück seiner Selbstständigkeit und er fühlte sich wie ein kleiner Junge, der nach der Schule erst seiner Mutter helfen musste, ehe er spielen gehen durfte. Aber wenigstens vergaß Katrin nie, ihm auf diesem Wege auch stets liebe Grüße und tausend Küsse zu hinterlassen. Wenn sie dann abends nach Hause kam, hatte er seinen Ärger längst wieder vergessen.

Heute stand Rinderwurst auf ihrem Wunschzettel. Er möge doch bitte, wenn er es schaffe, nach Katlenburg fahren und in der Fleischerei Neidhardt welche besorgen. Auch wenn es ihm möglich gewesen wäre, diesem Wunsch hätte er auf gar keinen Fall widersprochen. Die Neidhardt'sche Rinderwurst war tatsächlich eine Delikatesse und stand dem verpassten Labskaus vom Montag fast in nichts nach.

Behrends zog sich um, schlüpfte in seine ausgetretenen Trekkingschuhe, riss seine alte Winterjacke vom Garderobenhaken und forderte Sir Toby auf, ihm zu folgen. Er lud den Hund kurzerhand ins Auto und machte sich auf den Weg nach Katlenburg. Warum nicht zwei Fliegen mit einer Klappe schlagen?, dachte er. Er wusste, dass dort nur wenige Meter hinter dem Zug-Haltepunkt am Ortsrand die Feldmark begann, wo man wunderbar eine Runde mit Hund drehen konnte. Schön eben und übersichtlich war der Weg, keine Kraxelei, keine schwer zu überwindenden Hindernisse. Ideal auch, um die Gedanken baumeln zu lassen.

Zu der Rinderwurst kaufte Behrends in der Fleischerei noch einige andere Leckereien. Angesichts einer gut gefüllten Wursttheke ließ er seinem Bauchgefühl bei der Auswahl freien Lauf. Danach fuhr er in die Bahnhofstraße und stellte den Octavia auf dem von uralten Laubbäumen umsäumten Parkplatz am Haltepunkt ab. Er ging über den Bahnübergang und erreichte kurz darauf das Ende der geteerten Siedlungsstraße. Sie mündete in einen unbefestigten Weg und mit dem letzten der drei Schrebergärten rechts der Straße endete auch das Dorf.

Wie aus dem Nichts hatte sich genau an der Grenze zur Feldmark eine Nebelfront aufgebaut. Eine scheinbar undurchdringliche Wand, massiv und abweisend, die Behrends den Blick über die Ebene mit ihren Feldern verwehrte, auf denen noch Schnee lag. Ein solch markantes Naturschauspiel hatte er noch nie erlebt.

Er ließ Sir Toby von der Leine und ging auf die Nebelwand zu. Von einem Schritt zum nächsten befand er sich in einer anderen Welt. Das Dartmoor in Arthur Conan Doyles »Hund von Baskerville« wurde in seinen Erinnerungen wach. Feucht und kalt sog ihn der Nebel in sich auf, nahm ihm die Sicht. Eine düstere, bedrohliche Stimmung umfing ihn und legte sich auf sein Gemüt. Ihn schauderte. Mit jedem Meter, den er sich weiter in das weiße Nichts vorwagte, rechnete er damit, dass Doyles riesige Bestie aus dem dichten Grau auftauchte und ihm an die Gurgel ging.

Angestrengt versuchte er, mit seinen Augen den Nebel zu durchdringen, um einen möglichen Angriff rechtzeitig zu erkennen und abzuwehren. Aber nichts geschah. Der Hund blieb, was er war — eine Fiktion. Stattdessen löste sich der feuchte Schleier in Höhe seines Kopfes plötzlich auf und schuf eine bizarre Szenerie. Behrends hatte freie Sicht über ein mächtiges Wattepolster hinweg, das Himmel und Erde scharf voneinander trennte und wabernd die weite Fläche der Äcker und Weiden zudeckte. Aus dem Nebelteppich ragten die wuchtigen Stämme einiger vereinzelt stehender Eschen und Eichen heraus. Ihre schwarzen, knorrigen Äste formten sich zu Kuppeln aus bizarr verkrüppelten Gliedmaßen und bildeten einen gespenstischen Kontrast zu der milchigen Einöde. Und dann sah er sie — Alfred Hitchcocks Vögel! Auf den kahlen Armen des Baumes, der ihm am nächsten stand, hatten sie sich versammelt. Dicht an dicht hockten mehr als hundert Krähen und führten eine krächzende Unterhaltung.

Behrends hielt an und beobachtete die Tiere. Eigenartig, dachte er, es scheint tatsächlich, als redeten sie über mich. Zögernd setzte er seinen Weg fort. Einige der Vögel flatterten kurz hoch, nur um sich an anderer Stelle auf den Ästen neben ihren Artgenossen niederzulassen. Szenen des Hitchcock-Films tauchten vor seinem geistigen Auge auf. Realität und Einbildung schienen miteinander zu verschmelzen. Als er die Eiche fast erreicht hatte, ging ein Rauschen durch die Baumkrone. Die Krähen stoben auseinander, um sich gleich darauf wieder zusammenzufinden. Im Pulk flogen sie den nächsten, ein Stück weiter entfernt stehenden Baum an und nahmen ihn in Besitz. Das Spiel begann von Neuem und wiederholte sich noch zwei oder drei Mal. Ein Angriff der Vögel blieb jedoch aus. Anstatt sich auf ihn zu stürzen und mit ihren Schnäbeln zu bearbeiten, ließen sie ihn ziehen.

Wenig später hatte ihn der Nebel wieder vollständig eingehüllt. Der Wechsel war schnell und unbemerkt vonstatten gegangen. Stille umgab Behrends und verschluckte die Geräusche um ihn herum, sogar seine eigene Stimme hörte sich merkwürdig dumpf und fremd an, wenn er Sir Toby zu sich rief. Die Glocken der Kirche auf dem Katlenburger Burgberg läuteten. Nur sehr leise erreichte ihr Klang sein Ohr — als liege der Ursprung des Läutens unendlich weit entfernt.

Behrends fing an, die Wanderung zu genießen, gab sich ganz der Stille hin und ließ sich blind durch die milchige Watte treiben. Alle äußeren Einflüsse waren ausgeschaltet. Sir Toby war nicht mehr als ein Schatten, der kurz auftauchte und wieder verschwand. Er war allein — mit sich und seinen Gedanken. Endlich!

Puschkin, Puschkin ... wieder und wieder. Welchen Faden er auch anfasste, er endete bei Puschkin. Und damit auch bei Möller. Niemand sonst hatte von einer Verbindung Webers zu diesem mysteriösen Stasi-Offizier gesprochen. Aber das war ja auch schon lange her, während der Grenzvermessung. Vielleicht war diese Verbindung ja nie abgerissen. Behrends dachte an den Puschkin-Ordner auf dem Datenstick. War das tatsächlich die Spur, die ihn zum Mörder führte? Er traute der Geschichte nicht.

Nach allem, was er in den vergangenen Stunden im Katasteramt über Möller erfahren musste, hatte er erhebliche Zweifel, ob alles, was ihm der Vermessungsgehilfe erzählt hatte, der Wahrheit entsprach. Dafür zählte der mittlerweile selbst zu den Verdächtigen. Einen Grund, Weber zu ermorden, hätte er gehabt. Und vermutlich sogar die Gelegenheit. Aber hätte er Ort und Zeitpunkt für die Tat planen können? Doch, das war denkbar. Er war Weber nahe gewesen, hatte eventuell Einblick in dessen geplanten Tagesablauf gehabt und diesen in seinem Sinne manipulieren können.

Behrends spann den Gedanken weiter und brachte Puschkin wieder ins Spiel. Angenommen, Weber und sein alter Spezi Puschkin hatten tatsächlich auch in der Gegenwart ihre »Dinger durchgezogen«. War Möller ihnen dann vielleicht zum Opfer gefallen, ganz bewusst aufs Kreuz gelegt mit einer faulen Geldanlage? Möllers Frau hatte sich verplappert, und er hatte eilig versucht, von Puschkin abzulenken. Der Vermessungsgehilfe hatte ihm darüber hinaus die Wahrheit über seine persönliche Situation verschwiegen. Alles Hinweise, die gegen ihn sprachen. Aber reichten diese Indizien aus, in ihm einen eiskalten Mörder zu sehen, der seine Tat genau durchplant und schließlich auch noch einen unschuldigen Kollegen umbringt, dessen Tod sogar bewusst in Kauf nimmt? Möller musste auf jeden Fall gewusst haben, dass Weber nicht allein in den Außendienst fährt. Mindestens zwei Leute bildeten jeweils einen Vermessungstrupp. Das war die Regel.

Je länger er darüber nachdachte, desto weniger glaubte er, dass Möller die Morde begangen hatte. Trotzdem — er sollte bei dem Messgehilfen nachhaken um herauszufinden, ob Möller, Weber und Puschkin etwas verband und was das sein konnte. Außerdem brauchte er schnellstens Zugang zu dem verschlüsselten Ordner auf dem USB-Stick! Er musste graben, tief graben. Puschkin und die Zeit der DDR-Grenzvermessung, vielleicht waren das doch die Schlüssel zu allem!

Behrends rieb sich mit den Händen die Ohren warm. Die Temperaturen, so schien es ihm, waren nach dem lauen Lüftchen vom Vormittag wieder gesunken. Er hätte sich eine Mütze aufsetzen sollen. Oder wenigstens ein Stirnband. Aber er hatte weder das eine, noch das andere dabei.

Maike! Sie drängte sich in seine Gedanken, kaum dass er ein wenig von Möller, Weber und Puschkin abgelassen hatte. Maike — die kleine, schwangere Maike. Wollte ihre Dienstwaffe einfach gegen ein Milchfläschchen tauschen! Was sollte er nur ohne sie anfangen? Ohne ihre Intuition, wenn er nicht weiterwusste, ohne ihre harschen Worte, mit denen sie ihm den Kopf zurechtrückte, ohne ihre Rückendeckung, sobald es mal eng wurde? Maike, verdammt! Wieso musstest du mir das antun? Konntest du nicht auch ein bisschen an mich denken?

Katzenjammer überfiel ihn. Das Leben machte mit ihm, was es wollte, es hatte ihn noch nie nach seinen Wünschen gefragt. Viel hätte nicht gefehlt und er wäre in Tränen ausgebrochen. Er beließ es bei einem vibrierenden Kinn, zog den Rotz hoch und schluckte den Kloß hinunter. Vor Sir Toby durfte er sich keine Blöße geben. Was sollte der Hund denn von seinem Herrchen denken?

»Und? Wie war dein Tag?«, fragte Behrends, als sich Katrin abends hundemüde auf der Couch in seinen Arm kuschelte. Er lag schon seit einiger Zeit vor dem Fernseher und ließ sich berieseln.

»Anstrengend«, seufzte sie, »und deiner?«

»Mhm, ging so«, erwiderte er brummig, »wir stochern noch im Nebel.« Die Erinnerung an seinen Nachmittagsspaziergang legte ihm die Worte in den Mund.

»Ah so.« Sie wollte keine Details wissen. »Hast du an einen

Weihnachtsbaum gedacht?« Der Baum schien ihre einzige Sorge zu sein.

»Am Wochenende kümmere ich mich darum.« Er hatte keine Lust, das Thema zu diskutieren.

Sie anscheinend auch nicht: »Schön«, war alles, was sie darauf erwiderte. Dann schwieg sie.

Behrends starrte auf das Fernsehbild, ohne etwas wahrzunehmen. Gedankenverloren strich er seiner Gefährtin über das Haar. »Maike ist schwanger«, murmelte er nach einigen Minuten.

Katrin reagierte nicht. Sie war eingeschlafen.

8.

Wo blieb Rausch, verdammt?

Diekmann sah auf seine Armbanduhr. Dann beugte er sich vor, warf von seinem Sitzplatz in der Nische einen schnellen Blick zur Eingangstür. Wie immer hatte er den Tisch rechts hinten gewählt, im Schatten des kleinen Gewölbevorsprungs, wo man ihn und seinen Informanten nicht sofort sehen konnte, wenn man den Ratskeller betrat. Er nippte an seiner Cola und schielte dabei erneut auf die Uhr. Langsam wurde er nervös. Viertel nach acht! Vor fünfzehn Minuten hätte Rausch schon da sein müssen. Sonst war er auch immer pünktlich gewesen. Dass er jetzt auf ihn warten musste, war ungewöhnlich. Hatten sie sich etwa verfehlt? War sein Informant in ein anderes Lokal gegangen? Nein, natürlich nicht! Diekmann holte sein Handy heraus und überprüfte die Nachricht noch einmal. »Treffpunkt wie gehabt« stand in der SMS. Und das bedeutete Osteroder Ratskeller.

RR wird schon auftauchen, beruhigte er sich, wahrscheinlich ist ihm was dazwischengekommen. Er trank aus und bestellte sich eine weitere Cola. Eine kleine diesmal. Vorsichtshalber. Dann wählte er die Handynummer von Rausch. Die Mailbox meldete sich. Er wird im Auto sitzen und kann nicht drangehen. Wäre möglich ... oder auch nicht. Diekmann kamen Zweifel, ob er überhaupt noch auftauchen würde. Wollte RR kurz vor dem Ziel einen Rückzieher machen? Hatte er sich etwa in seinem Rathaus-Informanten getäuscht, und die angeblichen Beweise gab es gar nicht? Zum Kuckuck, wann kam der Scheißkerl endlich?

Weitere zwanzig Minuten später war Rausch immer noch nicht aufgetaucht. Diekmann zahlte, zog sich seine Jacke über und ging. Seine Hoffnung auf die große Story war wieder einmal wie eine Seifenblase zerplatzt. Plopp! Einfach in Luft aufgelöst. Rückstandslos.

Deprimiert ließ er den Ratskeller hinter sich und schlich an der St.-Aegidien-Kirche vorbei. Der Kopf so leer, wie der Marktplatz, den er eine Minute später überquerte, steuerte er der Dörgestraße entgegen. Sein alter VW-Bus stand oben bei der Stadthalle, auf dem Parkplatz an der »Kaffeemühle«. Aus dem Torbogen zur Rinnepassage lösten sich ein paar schwarz gekleidete Gestalten und drückten sich an den Hauswänden entlang. Er nahm sie nur aus den Augenwinkeln wahr.

Was tust du hier eigentlich?, haderte Diekmann mit sich, schlägst dir den Abend um die Ohren für nichts und wieder nichts. In einer Stadt, wo nach Einbruch der Dunkelheit die Bürgersteige hochgeklappt und die Häuser in den Keller getragen werden. In diesem Kaff willst du was bewegen, willst die Ratten aus ihren Löchern jagen? Ist doch alles tot in dem Nest! Keine Sau interessiert sich für deine Enthüllungsgeschichten! Sollen sie ihre »Manager-Oase« ruhig bauen! Vielleicht kommt dann endlich mal etwas Leben in die Bude!

Er drehte sich um die eigene Achse, wollte seinem Frust mit einem letzten Blick auf das menschenleere Elend noch einmal Nahrung geben. Die Schwarzgekleideten vom Torbogen standen jetzt am Schaufenster des Ticket-Shops oben an der Ecke und studierten die Veranstaltungsplakate. Verächtlich grinsend wandte er sich ab, schob seine Hände ein Stück tiefer in die Jackentaschen und bog in die Dörgestraße ein.

Aus dem »Hemingway« kam ein Pärchen. Gutgelaunt, wie es schien. Drückte sich an ihm vorbei. Der junge Mann hatte den Arm um seine Begleiterin gelegt, sagte irgendwas zu ihr. Sie lachte hell auf. Diekmann stoppte kurz ab und schaute den beiden hinterher.

Dabei erblickte er wieder die dunklen Figuren vom Torbogen. Sie folgten ihm in gemäßigtem Abstand die Dörgestraße hinauf. Auf der anderen Straßenseite. Hielten an, als sie merkten, dass er stehen geblieben war. Wandten sich einem Schaufenster zu, in dem es schon lange nichts mehr zu sehen gab.

Verfolgten sie ihn? Diekmann beschlich ein ungutes Gefühl. Es kam öfter vor, dass einzelne Personen nachts in der menschenleeren Innenstadt scheinbar grundlos zusammengeprügelt wurden. Ob die Attacken tatsächlich ohne Grund erfolgten, ließ sich zumeist nicht klären. Er würde den Typen jedenfalls keinen Anlass geben, ihn anzugreifen. Schnell machte er, dass er weiterkam.

An der Stadthalle verließ er den Bürgersteig und nahm den Plattenweg, der direkt an der Halle entlangführte. In Höhe des Hallenrestaurants »Da Capo« knickte der Weg dann nach links ab, verlief quer durch die Grünanlagen zur »Kaffeemühle« und zum Parkplatz. Diekmanns dunkel gekleidete Schatten hatten die Straßenseite gewechselt und aufgeholt, gingen aber geradeaus weiter. Er grunzte erleichtert, hatte Gespenster gesehen. Sie wollten nichts von ihm. Die Veranstaltungsplakate an den Hallenfenstern zogen an ihm vorbei. Am »Da Capo« zögerte er kurz, schaute durch die hohen Panoramascheiben ins Innere des Restaurants, fühlte sich von dem künstlichen Kaminfeuer angezogen. Ein paar Sekunden lang war er versucht, einzutreten. Noch etwas trinken und eine Kleinigkeit essen vielleicht. Doch er überlegte es sich anders und ging weiter.

Der Schlag traf ihn am Hinterkopf, als er gerade den Schlüssel ins Schloss der Fahrertür gesteckt hatte. Er prallte nach vorn gegen das Wagenblech und sackte in sich zusammen, verlor für einen Moment das Bewusstsein. Als er stöhnend wieder zu sich kam, trat ihn jemand in die Seite. Er spürte einen stechenden Schmerz, schrie auf und krümmte sich auf dem Boden. Zu keiner Bewegung fähig, blieb er im Schneematsch liegen und wimmerte leise vor sich hin. Wie durch eine dicke, milchige Isolierfolie hindurch hörte er gedämpfte Stimmen, sah schemenhaft Beine, die in dunklen, fleckigen Hosen und schweren Stiefeln steckten. Irgendjemand wühlte in seinem VW-Bus herum.

»Los, weg jetzt!« Der den Befehl gab, stand direkt neben ihm, stupste ihn mit einem seiner grobstolligen Stiefel ein letztes Mal an. Ganz leicht, vielleicht nur, um festzustellen, ob noch ein Rest Leben in ihm war. So, wie er sich fühlte, konnte das nur ein sehr kleiner Rest sein. Augenblicke später verschwanden die Angreifer. Schnelle Schritte platschten durch Reste von Schnee, trommelten dann auf blanken Asphalt, wurden leiser, verstummten.

Diekmann versuchte, sich etwas aufzurichten. Die Schmerzen flammten auf, durchzogen seinen Körper. Behutsam führte er die Hände nach hinten, drückte sich ganz langsam hoch, fand mit dem Rücken Halt am vorderen Reifen seines Busses.

»Hilfe.« Es war nur ein schwaches Röcheln, kein Schrei, den jemand gehört hätte. Er versuchte es noch einmal, etwas lauter. »Hilfe!« Der Schmerz drohte, ihn zu zerreißen. Vorsichtig wendete er den Kopf hin und her. Ein paar vereinzelt stehende Autos sah er, aber nirgends eine Menschenseele. Er löste eine Hand vom Boden, tastete stöhnend in der rechten Jackentasche nach seinem Mobiltelefon. Nichts. Probierte es mit links in der anderen Tasche. Ebenfalls nichts. Suchte mit seinen Fingern im Zeitlupentempo die Innentaschen ab. Kein Handy. Nur irgendein Stück Papier, das da vorher nicht war – glaubte er. Egal. Was er brauchte, war sein Telefon. Und das war weg! Es lag auch nicht irgendwo in Sichtweite im Matsch.

»Scheiße ...«, wimmerte er leise, sackte wieder in sich zusammen, lehnte den Kopf zurück an den Reifen. Ausruhen. Nur einen Moment. Neue Kräfte sammeln. Überlegen, was zu tun sei. Er schloss die Augen. Seine Gedanken lösten sich auf. Unmöglich, sie zusammenzuhalten.

Als ihn die Gäste aus dem »Da Capo« auf ihrem Weg zum Auto entdeckten, Krankenwagen und Polizei alarmierten und er ins Krankenhaus nach Herzberg gefahren wurde, glaubte er, das alles wie aus weiter Ferne zu beobachten, als ob es ihn nichts anginge.

Diekmann hatte die Untersuchungen klaglos über sich ergehen lassen. Vollgepumpt mit Schmerzmitteln fand er sich kurz darauf in einem 6-Bett-Zimmer wieder, in dem noch drei weitere Patienten vor sich hindämmerten, ohne ihn zu beachten. Als Heike, seine Frau, eintraf, war er wenigstens einigermaßen in der Lage, ihr entgegenzulächeln. Sie konnte sein Lächeln nicht erwidern. Dazu war sie viel zu schockiert. Sie beugte sich über ihn und hauchte ihm einen Kuss auf die Stirn.

»Mein Gott, was ist denn nur passiert?« Sie tätschelte ihm die Wange. »Gehirnerschütterung und drei gebrochene Rippen, sagt der Arzt.«

»Sie haben mich zusammengeschlagen, auf dem Parkplatz ... ein paar Typen, die mir gefolgt sind. Soweit ich mich erinnern kann.« Er keuchte. Trotz der Tabletten tat es verdammt weh.

»Was wollten die denn von dir?«

Ein paar Details fielen ihm wieder ein: »Mein Handy ist weg. Mein Geld auch, glaube ich. Darauf hatten sie es wohl abgesehen.« War das Portemonnaie wirklich verschwunden? Er wusste es selbst nicht mehr genau. »Gibst du mir mal meine Jacke? Die ist da im Schrank.« Eine Schwester hatte seine Sachen dort verstaut, als sie ihn ins Zimmer geschoben hatten.

Heike ging hin, holte die Jacke heraus, klopfte die äußeren Taschen ab, griff in die Innentaschen: »Kein Telefon, kein Portemonnaie.«

Er hatte es befürchtet. Mit seinem Portemonnaie waren nicht nur sein Ausweis und sein Führerschein verschwunden, sondern auch seine Geldkarten. Eine mittlere Katastrophe! Er musste schnellstens die Karten sperren lassen!

»Diese Schweine! Sieh doch noch mal genau nach. Bitte! Ist tatsächlich alles weg?«

Sie tat ihm den Gefallen, untersuchte ein zweites Mal alle Taschen. »Nichts. Bis auf diesen Brief hier.«

»Brief?« Ganz schwach erinnerte er sich, zwischen seinen Fingern Papier gefühlt zu haben, als er nach seinem Handy gesucht hatte. »Zeig her ...«

Er streckte die Hand aus. Nahm das Kuvert entgegen. Kein Adressat, kein Absender. Er riss es auf. Zog den Briefbogen heraus, faltete ihn auseinander:

WENN DU NICHT WILLST, DASS NOCH SCHLIMMERES PASSIERT, DANN STECK DEINE NASE IN ZUKUNFT NICHT IN DINGE, DIE DICH NICHTS ANGEHEN!

Er starrte auf die Zeilen, spürte das Blut aus seinem Kopf weichen. Gut, dass er schon lag. Wahrscheinlich wären ihm sonst die Beine weggeknickt.

»Was ist?«, fragte Heike. »Was steht drin?«

Diekmann stöhnte leise. Sie brauchte es nicht zu wissen. Er wollte sie nicht beunruhigen, faltete den Bogen zusammen, schob ihn zurück ins Kuvert: »Nichts Wichtiges«, log er, »ein kleiner Anzeigenartikel für den Burgblick. Von Elektro-Meyer. Hat er mir heute Nachmittag gegeben. In dem ganzen Schlamassel habe ich nicht mehr dran gedacht. Steckst du den Brief wieder in die Jacke?«

Sie fragte nicht nach. Nahm ihm die Lüge ab.

Diekmann ließ seinen Kopf nach hinten ins Kissen fallen und schloss die Augen. Die Warnung war deutlich. Und aus welcher Ecke sie kam, war ihm ebenfalls klar. Rausch musste aufgeflogen sein. Deshalb war er nicht im Ratskeller aufgetaucht. Ob sie ihn auch zusammengeschlagen hatten? Er hätte nicht gedacht, dass die Typen gleich so weit gingen!

»Ich bin müde ...«, sagte er.

Heike verstand: »Schlaf dich aus«, entgegnete sie verständnisvoll, »ich komme morgen wieder.«

Er nickte schwach und hielt ihr die Hand hin. Sie griff danach, beugte sich über ihn und küsste ihn sanft: »Tschüss, mein Held.«

»Bringst du mir mein Netbook mit?«, rief er ihr mit gepresster Stimme hinterher. Wer weiß, wie lange sie ihn hier behielten. Wenn es ihm morgen besser ging, musste er hier ja nicht untätig herumliegen.

Bevor er endgültig zur Ruhe kam, besuchten ihn noch zwei Polizisten, um mit ihm über den Tathergang zu sprechen. Diekmann protestierte, wollte in Frieden gelassen werden. Ob es nicht bis zum nächsten Morgen Zeit hätte, ihn zu befragen, wollte er wissen. Es sei schließlich schon fast Mitternacht! Zu guter Letzt erzählte er, was er wusste, von dem Augenblick an, als er die Typen am Torbogen zur Rinnepassage entdeckt hatte, bis hin zum Schlag auf den Hinterkopf und den Tritt in die Rippen. Den Brief erwähnte er nicht. Die Beamten hatten nun den Eindruck, als habe es sich um einen spontanen, reichlich planlosen Raubüberfall mit einer recht spärlichen Ausbeute gehandelt.

Diekmann wusste es besser. Als die Polizisten das Zimmer verlassen hatten, gab er sich immer noch der vagen Hoffnung hin, die Story — seine Story — retten zu können. Am Morgen nach einer wenig erholsamen Nacht war ihm klar, dass er einen Fehler gemacht hatte, indem er nicht mit der ganzen Wahrheit herausgerückt war. Er beschloss, mit Ingo Behrends zu reden. Weil er glaubte, seinem Stammtischbruder und Freund die Ursachen des Überfalls besser erklären zu können, als dessen uniformierten Kollegen. Außerdem drängte sich ihm plötzlich ein Name ins Bewusstsein, dem er bisher keine Beachtung geschenkt hatte. Weber! Der ermordete Vermesser. Der Mann, den Rausch mehrmals erwähnt hatte und der offensichtlich eine wichtige Rolle im Zusammenhang mit dem Bau der »Manager-Oase« gespielt hatte. Und natürlich musste er wissen, was mit seinem Informanten passiert war. Um das herauszufinden, brauchte er ebenfalls seinen Freund.

9.

Behrends hatte am Abend zuvor etwas für seine Bildung getan, ohne konkrete Absicht. Weil er noch nicht müde gewesen war, Katrin aber bereits schlief, hatte er aus Langeweile den Computer angeschaltet und war ziellos durchs Internet gesurft. Dann war er auf die Idee gekommen, den Begriff Puschkin ins Google-Suchfenster einzugeben. Einfach so. Der Name ging ihm gerade im Kopf herum. Er war bei Wikipedia gelandet. Wo sonst?

Natürlich hatte er schon vorher gewusst, dass sich hinter seinem Suchwort nicht nur ein Wodka verbarg, sondern auch ein berühmter, verstorbener Russe. Viel mehr wäre ihm dazu allerdings nicht eingefallen. Bis zu diesem Augenblick. Jetzt wusste er, dass der Mann mit Vornamen Alexander Sergejewitsch hieß und ein russischer Nationaldichter und Begründer der modernen russischen Literatur war. Behrends erinnerte sich. Hatte plötzlich wieder Zugriff auf einen Rest Allgemeinwissen. Von den im Artikel aufgelisteten Werken des Dichters hatte er aber noch nie etwas gehört. Mit dem unguten Gefühl, ein Kulturbanause zu sein, war er schließlich eingeschlafen.

Einer der uniformierten Osteroder Kollegen fing ihn am Morgen auf dem Weg zu seinem Büro ab.

»Herr Hauptkommissar, Sie kennen doch Holger Diekmann ...« Der Beamte schien etwas aufgeregt, wusste nicht, wohin mit seinen Händen. »Das ist der Redakteur vom Burgblick.«

»Ja, ich weiß. Und?« Fragend musterte Behrends den jungen Mann, den er bisher höchstens im Vorbeigehen wahrgenommen hatte. Wieso sprach der ihn auf seinen Freund Holger an? »Was ist mit ihm?«

»Nun, vielleicht wissen Sie es ja noch nicht ...«

»Was? Sagen Sie schon!« Er hatte keine Lust auf Ratespiele.

»Diekmann wurde gestern Abend überfallen. Na ja, und da Sie ja quasi ein guter Bekannter von ihm sind, habe ich jedenfalls gehört, dachte ich, es ist besser, wenn ich Sie heute Morgen sofort ...«

»Überfallen?«, unterbrach Behrends ihn. »Wo? Was genau ist passiert?«

Der Beamte gab ihm einen kurzen Abriss des Geschehens vom Vorabend. Sein zögerliches Gehabe hatte er schlagartig abgelegt. Er war einer derjenigen gewesen, die man zum Ort des Überfalls gerufen hatte. Später hatte er Diekmann im Krankenhaus befragt.

Ein knappes Danke war alles, was Behrends dem jungen Kollegen entgegnete. Damit ließ er ihn auf dem Flur stehen und hastete weiter. Er hatte es plötzlich eilig. In seinem Büro warf er sich auf den Schreibtischstuhl und griff zum Telefon.

Heike Diekmann meldete sich, kaum dass er gewählt hatte. Sie klang aufgeregt, als sie ihm die Informationen des Streifenbeamten bestätigte, ohne ihnen Genaueres hinzufügen zu können. Immerhin hatte Holger keine gefährlichen Verletzungen davongetragen und würde das Krankenhaus wohl schon in den kommenden Tagen wieder verlassen.

Behrends versprach ihr, Holger ebenfalls zu besuchen, sobald er es heute schaffte. Wahrscheinlich gegen Abend. Sie solle ihm das ausrichten. Dann legte er auf.

Verdammt, was hat der Kerl denn jetzt wieder angestellt? Er trommelte unruhig mit den Fingern auf der Tischplatte, mochte nicht glauben, dass sein Freund und Stammtischbruder nur zufällig Opfer eines Überfalls geworden war. Bei Diekmann geschah selten etwas zufällig. Sollte wieder eine seiner blödsinnigen Rechercheaktionen dahinterstecken, dann würde er ihm die Leviten lesen! Gleich heute Abend im Krankenhaus. Scheißegal, ob Diekmann Schmerzen hatte und sich elend fühlte oder nicht!

Als Behrends zur morgendlichen Gesprächsrunde des Ermittlerteams auftauchte, war bereits die ganze Mannschaft versammelt und wartete auf ihn. Er erklärte ihnen kurz seine Verspätung, dann tauschten sie ihre Ermittlungsergebnisse vom Vortag aus.

Behrends hatte sich denken können, dass sie im Bauamt keine neuen Hinweise bekämen. Dennoch war er enttäuscht und verkniff sich nur mühsam eine wütende Bemerkung. Dafür ließ ihn Seidel aufhorchen, der sich zur Überraschung aller nicht geistesabwesend seiner digitalen Heavy-Metal-Sammlung widmete, sondern konzentriert dem Gespräch folgte. In seiner gewohnt lässigen Art meldete er sich zu Wort.

»Dann will ich euch mal 'n bisschen aufheitern, Leute.« Er machte eine kurze Pause, genoss die Aufmerksamkeit der Kollegen. »Ich habe gestern diese Scheiß-Verschlüsselung geknackt. Ganz schön vertrackter Code, das könnt ihr mir glauben. Hätte gut und gerne noch Tage gedauert, wenn ich nicht ...«

»Sag uns lieber, was sich in dem Ordner verbirgt«, fuhr ihm Behrends in die Parade, »den Beweis deiner Fähigkeiten darfst du uns beim Feierabendbier nachreichen — falls du das Bier ausgibst.«

Der Rattenfänger quittierte den anschließenden Heiterkeitsausbruch mit einem schrägen Grinsen.

»Also, was hast du?«

Das Lachen erstarb und sämtliche Blicke waren auf Seidel gerichtet.

»Eine Telefonnummer.«

»Und weiter?«

»Nichts.«

»Mach keine Witze! Das ist wirklich alles?«

»Yep.«

»Verdammt!« Behrends warf den Kugelschreiber in seiner Hand verärgert auf den Schreibblock vor sich. »Was soll das? Warum versteckt einer eine Telefonnummer in einem abgesicherten Datentresor? Weißt du, zu welchem Anschluss die Nummer gehört?«

Seidel schüttelte den Kopf: »Ist 'ne Geheimnummer. Ich bin noch dran. Aber ich fürchte, wenn ich bei der Telefongesellschaft ohne plausible Erklärung und ein bisschen Schützenhilfe von der Staatsanwaltschaft anklopfe, läuft nicht viel. Datenschutz und der ganze Firlefanz. Freiwillig rückt da keiner was raus.«

»Hast du denn nicht mal versucht, die Nummer anzurufen?«, fragte Maike de Baer verwundert dazwischen.

»Na, sicher doch, werte Frau Kommissarin.« Seidel fühlte sich schnell angegriffen und das verbarg er gern hinter Ironie. »Aber das ist nicht nur eine einfache Geheimnummer, die ist sogar noch geheimer! So geheim, wie du es dir gar nicht vorstellen kannst!«

»Ja, was denn nun?«, schnauzte Maike de Baer zurück. »Lass uns endlich an deinem Wissen teilhaben!« Dieser Schnösel sollte nur nicht versuchen, sie hier vor versammelter Mannschaft lächerlich zu machen!

»Okay, okay, ist ja gut«, ruderte Seidel zurück. »Also, wenn du die Nummer wählst, landest du bei einer Computerstimme, die von dir ein Passwort verlangt. Kannst du das nicht nennen, ertönt binnen Sekunden ein Besetztzeichen und das war's dann. Tja, da war sogar ich mit meinem Latein am Ende. Habe ein paar Versuche gestartet — was mir gerade so eingefallen ist — Puschkin und so weiter, alles Fehlanzeigen. Keine Ahnung, wer sich so einen Schwachsinn ausdenkt. Da muss einer wohl ziemlich Schiss haben, dass man ihn aufscheuchen und ihm auf die Schliche kommen könnte.«

»Das glaube ich auch«, murmelte Behrends nachdenklich. »Rattenfänger, du bleibst da dran. Okay?«

Seidel nickte tatendurstig: »Sicher doch, Chef.«

Behrends warf einen Blick auf Micha und Kalle, die wie immer einträchtig nebeneinandersaßen, danach sah er Richard Unrein an. »Ich möchte, dass ihr euch um Webers Haus kümmert. Richard, du besorgst dir den Durchsuchungsbeschluss«, seine Augen wanderten wieder zu Kalle und Micha zurück, »und dann stellt ihr die Bude gründlich auf den Kopf. Es muss doch irgendwelche greifbaren Hinweise auf die angeblichen Geschäfte des Mannes geben und auf die Leute, die dahinterstecken. Dieser USB-Stick ist nicht alles, das glaube ich nie im Leben!« Er rutschte mit dem Stuhl ein Stück vom Tisch weg und erhob sich. »Das wäre es für den Moment. Ich verabschiede mich jetzt mit Maike in den Oberharz. Wir werden der geschiedenen Frau des Toten einen Besuch abstatten. Mal sehen, was die Gute uns zu ihrem Ex-Gatten zu sagen hat.«

Er war bereits an der Tür, als er sich noch einmal umdrehte: »Ach, ehe ich es vergesse, schafft mir für heute Nachmittag den Möller ran. Ich muss mit ihm ein paar ernste Worte wechseln. Und lasst euch nicht darauf ein, wenn er sich damit herausreden will, er sei krankgeschrieben. So krank ist der Mann nicht! Davon konnte ich mich selbst überzeugen. Außerdem hat ihm sein Arzt Bewegung verordnet. Also, um fünfzehn Uhr möchte ich ihn im Verhörzimmer sehen.«

Behrends Fahrten zu seiner Mutter nach Goslar hatten ihn immer auf direktem Weg über die Berge geführt, seit er in Förste wohnte. Osterode, Clausthal-Zellerfeld, Goslar, manchmal auch nördlich darum herum, über Seesen. Was da links und rechts der Straße lag, hatte er nur aus den Augenwinkeln wahrgenommen. Der Harz war ihm also immer noch ziemlich fremd.

Kein Wunder, dass er erschüttert war, als sie die Schützenstraße in Sankt Andreasberg hinabfuhren und ihm mit jedem Meter die Illusion eines blühenden Fremdenverkehrsortes abhanden kam. Seit dem 1. November gehörte das Harzstädtchen zur Gemeinde Braunlage, das hatte er irgendwann mal gelesen. Ihm war auch in Erinnerung geblieben, dass die katastrophale finanzielle Situation zum Zusammenschluss der zwei Orte geführt hatte. Aber was er jetzt mit eigenen Augen sah, verschlug ihm doch die Sprache. Zwar ließ die Schneelandschaft hier oben für Wintersportler keine Wünsche offen, der Ort selbst verbreitete jedoch nichts weiter als Tristesse. Leerstände, verfallene Häuser und eine beinahe greifbare Depression empfingen ihn und Maike de Baer und drückten beiden aufs Gemüt. Nur wenige Menschen begegneten ihnen, meist ältere. Ob Einheimische oder Touristen, das war nicht zu erkennen, sah man von den paar Wintersportlern ab. Wenigstens ließen sie darauf schließen, dass das Herz der Bergstadt noch schlug, auch wenn ihr Puls nur schwach zu spüren war. Blieb zu hoffen, dass der Fusion demnächst eine lebensrettende Infusion folgte.

Es dauerte eine Weile, ehe das Navigationsgerät sie über ein paar Umwege zum Hangweg manövriert hatte. Ingeborg Weber wohnte in einer kleinen Pension, die bis vor kurzem noch von ihren Eltern betrieben wurde. Mittlerweile hatten die beiden fast achtzigjährigen Herrschaften das Zepter aber in die Hände ihrer Tochter gelegt. Schon beim Eintreten war Behrends und auch Maike de Baer klar gewesen, dass ohne hohe Investitionen in Bausubstanz und Einrichtung mit dem heruntergekommenen Haus in Zukunft kein Staat zu machen war, sollte der Fremdenverkehr wieder an Fahrt gewinnen.

Angesichts dieser wenig rosigen Aussichten wunderte es Behrends, dass sich Webers geschiedene Frau in ihrem Alter noch mit der Pension herumschlagen wollte. Zwar schien sie, oberflächlich betrachtet, trotz ihrer bald sechzig Jahre eine recht jugendliche und dynamische Person zu sein, die genug Energie hatte und anpacken konnte. Doch bei genauerem Hinsehen entdeckte man tiefe Spuren, die das Leben hinterlassen hatte.

Ingeborg Weber lachte bitter auf, als Behrends sie nach ihrer Motivation fragte, die Pension weiterzuführen. Es sei schließlich ihr Elternhaus, sagte sie. Und da es in inzwischen niemanden mehr gebe, der sie vor einer Dummheit bewahre, habe sie eben dem langjährigen Drängen ihrer Eltern nachgegeben. Geld sei ausreichend vorhanden, um den Karren wieder aus dem Dreck zu ziehen. Wenn das touristische Angebot in Zukunft besser werde, habe vielleicht auch ihr Haus eine Chance.

»Wie meinen Sie das, es gibt niemanden mehr, der Sie vor einer Dummheit bewahrt?« Behrends hoffte, das Gespräch ohne große Umschweife auf den eigentlichen Anlass ihres Besuches lenken zu können. Ganz bestimmt wollte er mit ihr nicht über das Gästehaus sprechen. »Meinen Sie damit Ihren Ex-Ehemann? Haben Sie von seinem Tod gehört?«

»Allerdings!«, erwiderte Ingeborg Weber schroff. »Stand ja in der Zeitung. Außerdem gab es genug alte Bekannte und sogenannte Freunde von früher, die nichts Eiligeres zu tun hatten, als mir von Klaus' Tod zu berichten. Nein, der Mann, mit dem ich nach meiner Scheidung jahrelang in Northeim gelebt habe, ist bei Nacht und Nebel ... er hat mich verlassen!« Sie blickte zur Decke, schluckte und holte tief Luft. »Auch so ein Mistkerl. Er fand, es sei an der Zeit, sich was Jüngeres zu suchen.« Ihrem gequälten Lächeln folgte ein hilfloses Schulterzucken. »Ich falle halt immer auf die falschen Typen rein.«

»Haben Sie eigentlich Kinder?«, wollte Maike de Baer wissen.

»Einen erwachsenen Sohn. Aus meiner Ehe mit Klaus. Er lebt und arbeitet in England. Ist sehr früh von zu Hause weggegangen. Ich habe nur noch selten Kontakt zu ihm.«

»Weiß er vom Tod seines Vaters?«

Sie nickte: »Wir haben telefoniert. Er war nicht sonderlich betroffen.«

»Wird er zur Beerdigung kommen.«

»Sicher nicht.«

»Frau Weber, erzählen Sie uns doch bitte von Ihrem geschiedenen Mann«, bat Behrends sie, »nach allem, was wir wissen, hat er über seine reguläre Arbeit hinaus noch ein paar Nebengeschäfte getätigt und ist so zu mehr Geld gekommen, als er als Vermessungsingenieur jemals verdient hätte. Wie war das, haben Sie durch Ihre Scheidung davon nicht profitiert?«

»Ach Gott, sind Sie wirklich so naiv?«, höhnte Ingeborg Weber. Ihr kantiges Gesicht erstarrte zur Maske. »Mir stand nur etwas von dem zu, was offiziell vorhanden war. Gut, arm bin ich nicht aus der Ehe mit ihm rausgegangen. Auch ohne die versteckten Gelder war Klaus nicht ganz unvermögend. Und er war großzügig, das muss ich ihm lassen.«

»Kommen wir noch mal auf seinen Nebenverdienst zurück, Frau Weber«, sagte Behrends. »Sie sprachen gerade die versteckten Gelder an, was für mich heißt, dass er sie am Finanzamt vorbei erwirtschaftet hat. Vielleicht ja nicht nur das. Waren die Geschäfte selbst möglicherweise auch illegal? Wissen Sie etwas darüber?«

Ingeborg Weber zögerte. Sie schien ihre Worte abzuwägen, ihr Körper spannte sich, ging in Verteidigungsstellung: »Dazu kann ich Ihnen gar nichts sagen. Das mit den versteckten Geldern ist auch nur eine Vermutung. Er hat mich nie ins Vertrauen gezogen. Und ich war nicht so blöd, ihm hinterherzuschnüffeln und vielleicht die Steuerfahndung und noch ein paar andere Leute ins Haus zu schicken. Was hätte mir das denn gebracht? Vielleicht etwas Genugtuung, aber kein Geld. Das wäre in den Taschen von Vater Staat verschwunden.«

»Kommen Sie, Frau Weber«, bohrte Behrends, »Sie wollen mir doch nicht erzählen, dass Sie überhaupt nichts mitbekommen haben. Es kursieren Gerüchte, er habe seine Finger in dubiosen Finanzgeschäften gehabt.«

Sie wich seinem Blick aus, drehte den Kopf zur Seite. Nervös spielten ihre Finger mit dem Anhänger ihrer Halskette. Hatte sie Angst?

Behrends versuchte, die Frau zu beruhigen: »Hören Sie, wir sind nicht hier, um einen Fall von Wirtschaftskriminalität zu untersuchen. Sie brauchen also keine Sorge zu haben, dass wir Ihr Wissen gegen Sie verwenden. Und Ihrem Ex-Mann können Sie auch nicht mehr schaden.«

Ingeborg Weber seufzte. Etwas resigniert schaute sie Behrends an: »Mein Gott, ja, vielleicht waren es illegale Finanzgeschäfte, an denen er beteiligt war.«

»Und weiter?« fragte Behrends lauernd. »Sind Ihnen mal irgendwelche Dokumente, Briefe oder andere Papiere in die Hände gefallen, die darauf hinwiesen? Gab es Leute, mit denen er sich bei Ihnen zu Hause getroffen hat?«

»Nein«, antwortete sie, »er hatte sein Arbeitszimmer immer vor mir verschlossen. Davon ganz abgesehen, ich hätte ohnehin nichts davon verstanden, nehme ich an. Geldgeschäfte haben mich nie interessiert.« Sie lehnte sich in ihrem Sessel zurück und verschränkte die Hände hinter ihrem Kopf. »Klaus hat keinem Menschen vertraut, mir am allerwenigsten. Von seinen sogenannten Geschäftspartnern, ja da war schon mal ab und zu einer bei uns zu Besuch. Mit dem hat er sich dann aber eilig zurückgezogen. Sie wollten von niemandem gestört werden.«

»Kamen die Leute wegen der Geschäfte?«

»Woher soll ich das wissen?«, fauchte Ingeborg Weber. »Vielleicht. Vielleicht auch nicht!«

»Kannten Sie die Besucher? Waren es Deutsche? Ausländer? Können Sie uns Namen nennen?«

Ingeborg Weber schüttelte heftig den Kopf: »Mein Gott, nein! Natürlich nicht!« Plötzlich zögerte sie. »Doch, an einen kann ich mich schon erinnern. Ein Deutscher. Lodahl war sein Name.«

»Warum ausgerechnet an den?«, wunderte sich Maike de Baer.

»Sie haben so eine Art Wiedersehen gefeiert«, sagte Ingeborg Weber.

»Wiedersehen?«

»Genau. Mit reichlich Wodka. Ich musste sie bedienen, Schnittchen machen und so weiter. Als sie richtig in Fahrt waren, sollte ich mich zu ihnen setzen. Dieser Typ hat mich befummelt, wollte mich zu sich auf die Couch ziehen. Ich hatte Mühe, mich aus seinen Klauen zu befreien. Dann bin ich raus aus dem Wohnzimmer. Klaus hat nur dagesessen und gelacht. Später ist der Mann sternhagelvoll mit seinem Auto weggefahren.«

»Was war denn der Anlass für die Feier?« Behrends hatte sich in seinem Sessel neugierig vorgebeugt.

Ingeborg Weber griff neben sich nach einer Schachtel Zigaretten, die auf einem Tischchen zwischen der Couch und dem Sessel lag, auf dem Maike de Baer saß.

»Was dagegen?«, fragte sie und zog einen Aschenbecher zu sich heran.

Behrends wollte etwas erwidern, auf die Schwangerschaft seiner Kollegin hinweisen. Maike de Baer ahnte das und kam ihm zuvor: »Schon in Ordnung«, sagte sie, »ist schließlich Ihr Haus.«

Er warf ihr einen vorwurfsvollen Blick zu.

»Also, dieser Lodahl kam von drüben«, fuhr Ingeborg Weber fort, »aus der DDR. Einen Tag nach der Grenzöffnung ist der bei uns aufgetaucht. Klaus hat mir gesagt, er sei ein alter Bekannter aus der Zeit, als er und seine Leute zusammen mit den Kollegen aus dem Osten die Zonengrenze vermessen haben.«

»Lodahl?«, hakte Behrends ein. »Sie sagten gerade, der Mann hieß Lodahl.«

»Ja, das war sein Name.« Ingeborg Weber zog an ihrer Zigarette, inhalierte tief und blies den Rauch aus. »So hat er sich bei mir vorgestellt.«

»Nicht Puschkin?«

»Puschkin?«

»Genau. Wissen Sie, ob Ihr Mann ihn damals vielleicht so angesprochen hat?«

Sie musterte ihn mit skeptischem Blick: »Machen Sie sich über mich lustig?« Sie lachte auf. Kalt, höhnisch. »Vielleicht hieß der Wodka so, das weiß ich aber nicht mehr. Ich kann mich nur daran erinnern, dass sie den gesoffen haben wie Wasser. Möglich, dass einer von den beiden hinterher geglaubt hat, er sei Puschkin — ist das nicht so ein russischer Nationalheld?«

»Dichter«, klärte Maike de Baer sie auf, »russischer Nationaldichter.«

»Von mir aus«, raunzte Ingeborg Weber und drückte die Zigarette halb aufgeraucht im Aschenbecher aus.

»Wieso haben Sie sich von Ihrem Mann scheiden lassen?«, fragte Behrends plötzlich. »Oder war er es, der sich von Ihnen trennen wollte?«

»Er?« Wieder bekam ihr Gesicht diese harten Züge. »Oh nein! Er hätte so weitergemacht. Ich bin ihm immer recht nützlich gewesen. Ich war zuständig für die saubere Fassade, während er dahinter seinen Machenschaften nachgegangen ist. Eines Tages hatte ich die Nase voll. Nicht etwa, weil mir Bedenken gekommen wären. Aber dass er an mir als Frau kein Interesse mehr fand, sondern sich seine Befriedigung nur noch außer Haus geholt hat, das war irgendwann zu viel für mich.«

»Er ist fremdgegangen, und Sie wussten es?«, fragte Maike de Baer.

»Allerdings wusste ich davon, Schätzchen«, erwiderte Ingeborg Weber bitter, »er hat keinen Hehl daraus gemacht, wenn er sich alle paar Tage im Puff herumgetrieben hat. Das wäre aber nicht das Ende gewesen. Doch dann fing er an, mich zu demütigen, wann immer es ging, brachte sogar seine Flittchen mit nach Hause. Ob ich da war oder nicht, war ihm egal. Da hatte ich die Nase gründlich voll. Können Sie das verstehen?«

»Was hältst du von ihr?«, fragte er, als sie sich von Ingeborg Weber verabschiedet hatten und wieder im Auto saßen.

»Die ist ganz schön fertig«, erwiderte Maike de Baer, »hat mit ihren Männern nicht gerade Glück. Und dann kommen wir und graben in alten Geschichten herum. Ich hoffe nur, wir haben keinen großen Schaden bei ihr angerichtet.«

»Sie wird es überleben«, meinte Behrends lakonisch. »Wir müssen uns um andere Sachen Gedanken machen. Um einen Mörder, zum Beispiel. Schon komisch, je weiter ich in das Leben von diesem Weber eindringe, desto mehr scheint mir der Fall zu entgleiten.«

»Wir haben einen Namen«, bemerkte Maike de Baer fast beiläufig, »einen Namen und wahrscheinlich einen Spitznamen, nämlich Puschkin.«

»Puschkin und Lodahl ... hm«, Behrends starrte durch die Windschutzscheibe auf das dunkle Asphaltband, das sich durch das glitzernde Weiß der Hochharzer Schneedecke zog. »Glaubst du auch, was ich glaube?«

»Keine Ahnung, was in deinem Kopf gerade herumgeht«, erwiderte Maike de Baer, »aber ich denke, der Puschkin, den dein Möller erwähnt hat, und der Lodahl von Ingeborg Weber könnten ein und dieselbe Person sein. Und irgendwas hat diesen Lodahl-Puschkin mit unserem Opfer bis zu dessen Tod verbunden.«

»Was uns dem Mörder allerdings um keinen Zentimeter näherbringt. Wir haben eine Menge übler Sachen von Weber gehört, sind aber auf niemanden gestoßen, der ein Mordmotiv gehabt hätte.«

»Und was ist mit deinem Möller?«

»Ja, okay, der hätte ein Motiv, aber ... also, ich weiß nicht, der ist einfach nicht der Typ. Der hätte den Weber vielleicht im Affekt getötet, erschlagen, als sie sich gestritten haben. Was da oben im Wald passiert ist, das hat eine andere Qualität, das war planvolles Vorgehen und trägt nicht die Handschrift dieses Messgehilfen.«

»Wenn du dich da mal nicht täuschst.« Sie fummelte in ihrer Jackentasche herum, zog eine Tüte Gummibärchen heraus. »Ich kenne den Mann natürlich nicht. Du hast mit ihm gesprochen. Nicht ich. Hier«, sie hielt Behrends die Tüte hin, »willst du?«

»Gummibärchen?«, wunderte er sich. Wann hatte Maike die denn jemals zuvor gekaut? Wahrscheinlich war etwas dran an der Behauptung, dass Frauen in der Schwangerschaft seltsame Gelüste entwickeln. »Danke«, sagte er und griff zu.

Sein Handy klingelte. Er reichte das Gerät an seine Partnerin weiter: »Gehst du bitte dran?«

Maike de Baer lauschte dem Anrufer. »Warte mal einen Moment«, sagte sie kurz darauf und wandte sich an Behrends. »Es ist Jutta. Sie sagt, die im Katasteramt haben herausgefunden, zu welcher Messung diese Skizze gehört, die der Weber in seine Zigarilloschachtel gemalt hat.«

Er richtete sich ein Stück im Fahrersitz auf, griff etwas fester um das Lenkrad: »Wo?«, fragte er.

»In Lerbach, da hat er irgendwelche Maße geprüft.«

»Haben die vom Katasteramt die Adresse durchgegeben?«

Maike de Baer erkundigte sich bei Oberkommissarin Jutta Engelke. »Ja, haben sie«, sagte sie an ihren Partner gewandt.

»Gut«, entgegnete er, »Jutta soll sich jemanden schnappen und sofort hinfahren. Ich will wissen, was da genau passiert ist.« Entschlossen atmete er durch, spürte Hoffnung in sich aufkeimen. Endlich kam Bewegung in die Sache.

»Hallo! Falsche Richtung!«, rief Maike de Baer, als Behrends am nördlichen Stadtrand von Zellerfeld nach rechts abbog. Sie deutete auf das Hinweisschild: »Kannst du nicht lesen? Wir müssen links runter. Durch die Stadt. Da geht es nach Osterode!«

Er warf ihr einen kurzen Blick zu: »Wer sagt eigentlich, dass ich nach Osterode zurückwill?«, witzelte er.

»Wohin sonst?«

»Kleiner Abstecher nach Goslar. Wo wir schon mal hier oben sind — auf halber Strecke.«

Maike de Baer starrte ihn verständnislos an: »Bist du bescheuert? Was willst du denn in Goslar? Ingo, kannst du mir mal sagen, was das soll?«

»He, he, jetzt komm wieder runter«, versuchte Behrends seine Partnerin zu besänftigen, »denk lieber an den kleinen Lümmel da. Der verträgt das nicht, wenn du dich so aufregst.« Verschmitzt grinsend deutete er auf ihren Bauch.

»Das lass mal meine Sorge sein«, blaffte Maike ihn an. »Also, was hast du vor?«

»Ich will mir nur schnell ein Bild machen«, entgegnete er ausweichend.

»Ein Bild machen? Wovon? Ich kann mich nicht erinnern, dass

99

irgendwas oder irgendwer in Goslar mit unserem Fall zu tun hat.«

»Mit meinem Fall schon.«

»Ingo, bitte, verarsch mich nicht.«

»Okay, okay, ist ja gut.« Er nahm für einen Moment die Hände vom Lenkrad, streckte sie ergeben nach oben.

»Mensch, pass auf!« Maike war nahe daran, überzukochen.

»Ich will dem Liebhaber meiner Mutter einen Besuch abstatten.«

»Du willst ... was?«

»Dauert doch nicht lange«, versuchte Behrends einzulenken, »ich muss mir ein Bild von dem Mann verschaffen, der meine Mutter heiraten möchte. Kannst du das denn nicht verstehen?«

Maike de Baer blickte ihn an. Einige endlose Sekunden. Ihre Gesichtszüge wechselten zwischen Erstaunen, Unverständnis und einem Anflug von Entsetzen. War das wirklich noch ihr Partner, der Mann, der zwar manchmal etwas unorthodoxe Ansichten und Ermittlungsmethoden vertrat, ansonsten aber ein zuverlässiger, klar denkender Polizist war? Was er hier abzog, näherte sich der Grenze des Erträglichen. War es wirklich nur die Sorge um seine Mutter, die ihn zu diesem übertriebenen Ermittlungsfeldzug veranlasste? Und wenn, dann nicht während der Dienstzeit. Das war seine Privatsache, und er täte besser daran, sie nicht auch noch mit hineinzuziehen.

»Du hast doch nicht alle Latten am Zaun! Das ist krank!«, fauchte sie schließlich und warf sich mit verschränkten Armen in die Polster des Beifahrersitzes zurück. Bis sie die Stadtgrenze passierten, sagte sie kein Wort mehr, ließ sich auch nicht durch Behrends' krampfhafte Versuche beeindrucken, sie mit witzigen Bemerkungen aus der Reserve zu locken.

Seit einigen Minuten schon standen sie vor der Villa am Ende der Zeppelinstraße am südwestlichen Rand von Goslar, hoch über der Stadt. Wie ausgestorben wirkte das Haus, aber nicht verwahrlost. »Henning Hohnstein, Architekt und Gutachter«, gab die Gravur auf dem Messingschild Auskunft. Das Schild war in einen der Torpfosten aus Sandstein eingelassen. Hinter dem aufwändig gearbeiteten, schmiedeeisernen Zaun zog sich eine rot gepflasterte Zufahrt bis zur

100

Garage hinauf, die sich stilvoll in das Haupthaus einfügte. Überhaupt strahlte das gesamte Grundstück eine wohltuende Harmonie aus, gepaart mit dezentem Luxus. Hier hatte jemand mit Köpfchen und Sachverstand geplant, gebaut und angelegt, das musste sogar Behrends zugeben. Sein Bild eines zockenden Hallodri, der mit einer scheinbar seriösen Fassade ältere, leichtgläubige Damen hinters Licht führte, begann zu bröckeln. Was er hier sah, machte nicht den Eindruck, als sei es nur Fassade. Aber so leicht wollte er nicht klein beigeben. Zwar wirkte das Anwesen wie das eines gut situierten Herrn, dennoch konnte sich alles Mögliche dahinter verbergen. Sein aktueller Mordfall lieferte ihm wieder einmal den besten Beweis dafür. Er war Kriminalbeamter und als solcher von Berufs wegen misstrauisch. Er hatte nicht vor, sich täuschen zu lassen. Es wäre ein Fehler, seine Skepsis vorschnell aufzugeben, fand er.

»Und, bist du jetzt zufrieden?«, riss ihn Maike de Baer aus seinen Gedanken. Er hatte beinahe vergessen, dass sie neben ihm saß.

»Hm«, grunzte er unwirsch. Nein, er war noch lange nicht von der Seriosität des Mannes überzeugt, sah aber auch keinen Grund, vor dem Haus stehen zu bleiben und die Aufmerksamkeit neugieriger Nachbarn auf sich zu ziehen. In dieser Wohngegend konnte schnell mal jemand auf die Idee kommen, das Architektenhaus werde von Einbrechern ausspioniert.

»Wie ist es«, schlug er Maike de Baer vor, »wollen wir noch eine Runde über den Goslarer Weihnachtsmarkt drehen? Ein Tässchen Kakao mit Rum trinken?« Er lächelte sie verlegen an. »Wo wir schon mal hier sind ...«

»Wir sind im Dienst, Ingo. Hast du das vergessen?«

»Dann eben ohne Rum.«

»Na gut«, sagte sie versöhnlich. Sie fand, sie hatte ihn genug schmoren lassen. Und irgendwie war es ja auch rührend, wie sich Ingo um seine Mutter sorgte. »Du bist wirklich ein verrückter Hund!«, fügte sie grinsend hinzu.

Trotz der frühen Tageszeit war der Weihnachtsmarkt schon recht belebt. Sie hatten ihren Dienstwagen auf dem Parkplatz an der Kaiserpfalz abgestellt und waren die wenigen Meter in die Innenstadt geschlendert. Gerüche von gebrannten Mandeln, Bratwurst und Glühwein, von exotischen Tees und Gewürzen hingen in der Luft, und als sie den Goslarer Marktplatz erreichten, verfielen sie im Handumdrehen der weihnachtlichen Stimmung, die den Platz beherrschte. Mit den malerischen Gebäuden und ihren schneebedeckten Schieferdächern im Hintergrund fühlten sie sich ein wenig, wie in eine kitschige Postkarten-Landschaft versetzt. Sogar das nervige Gedudel der immer gleichen Weihnachtslieder passte ins Bild — irgendwie.

Sie lehnten am Tresen einer Glühweinbude und wärmten sich die Finger an ihren Tassen mit heißem Kakao ohne Rum. Schweigend und gedankenverloren beobachteten sie das Treiben auf dem Platz, jeder für sich. Plötzlich knallte Behrends seine halbleere Kakaotasse auf die Theke und starrte in das Menschengewimmel zu seiner Linken.

»Was ist denn mit dir los?«, wunderte sich Maike de Baer.

Er drückte sich auf seine Zehenspitzen hoch, versuchte über die Menschen hinweg zu schauen.

»Hey, Ingo, ich rede mit dir!«

»Meine Mutter«, murmelte er, »da ist eben meine Mutter vorbeigegangen. Mit einem Mann!« Er hatte sie nur aus den Augenwinkeln wahrgenommen. Aber sie waren es gewesen, sie und dieser Hohnstein! »Komm mit!«, forderte er seine Partnerin auf und setzte sich in Bewegung.

»Mensch, Ingo, bleib hier!«, rief sie ihm hinterher. »Was soll das denn? Ich denke ...«

Behrends hörte nicht auf sie. Er entfernte sich mit schnellen Schritten immer weiter.

»Scheiße«, zischte sie, stellte hastig ihren Becher ab und beeilte sich, ihm zu folgen.

In der schmalen Ladenstraße, die zum Karstadt-Kaufhaus führte, hatte Maike de Baer ihn eingeholt. Er stand gegenüber einer Bäckereifiliale und starrte durch die Schaufenster ins Innere des zum Bersten gefüllten Cafés.

»Da, eben sind sie da rein«, brummte er und deutete mit einem Kopfnicken über die enge Passage hinweg. »Jetzt sitzen sie da hinten. Siehst du sie? Die halten Händchen! Meine Güte!«

»Ja und? Verdammt noch mal, Ingo! Komm endlich zur Vernunft!«, rief sie aufgebracht. »Die beiden sind ein verliebtes Paar. Da macht man so was!«

»Aber in dem Alter doch nicht!«

»Was ist eigentlich dein Problem?«, fragte Maike de Baer. Sie war jetzt richtig wütend.

Behrends schwieg. Wenn er das nur selbst gewusst hätte! Es war so schwer, sich über das Bild hinwegzusetzen, das ihm alte Menschen jenseits der siebzig, insbesondere seine Mutter, immer in einer Art eigenen Kosmos zeigte. Ein partnerschaftliches Liebesleben, das sich nicht nur emotional, sondern auch körperlich äußerte, hatte in seiner Gefühlswelt etwas mit Jugend zu tun, war mit dem Alter nicht vereinbar. War er denn wirklich ein so verklemmter, reaktionärer Knochen, dass er die Vorstellung von sich liebenden alten Menschen nicht ertrug? Er konnte sich einfach nicht erklären, warum seine Gefühle dermaßen verrückt spielten! Beschämt wandte er den Blick ab, senkte den Kopf.

»Na, los, geh endlich da rein und kläre das mit den beiden!«, stichelte Maike de Baer. »Sag ihnen, dass du nicht mit ihrer Beziehung klarkommst, dass du der Überzeugung bist, eine neue Liebe sei nichts für alte Menschen! Und dann lass uns, verdammt noch mal, wieder an unsere Arbeit gehn. Ich bin es leid, mich in deiner Nähe zum Affen zu machen!«

Behrends fühlte sich ertappt. Maike hatte ihn durchschaut. Wie so oft. Man konnte einfach nichts vor ihr verbergen.

»Komm«, sagte er verstimmt, »lass uns gehen.«

10.

»Die Frau konnte sich nur an den Besuch der Vermesser vor einem halben Jahr erinnern. Dass sie noch mal bei ihr waren, wusste sie nicht«, sagte Jutta Engelke. Sie war zusammen mit Richard Unrein in Lerbach gewesen, um dem Hinweis auf Webers außerplanmäßige Arbeiten nachzugehen. »Sie war an dem Tag gar nicht zu Hause.«

»Und trotzdem haben die da gemessen? Dürfen die das? Einfach so auf fremde Grundstücke gehen?«

»Die dürfen das«, mischte sich Seidel ein, der vor wenigen Augenblicken in Behrends' Büro zu ihnen gestoßen war. »Die graben dir sogar den Garten um, wenn sie es für ihre Arbeit für nötig erachten. Ohne dich lange um Erlaubnis zu bitten. Die sagen dir nur, sie brauchen diesen oder jenen Vermessungspunkt, der sich dummerweise genau in deinem Blumenbeet befindet. Mindestens dreißig Zentimeter tief. Und dann fangen die an zu buddeln. Da bleibt kein Stein auf dem anderen.«

Behrends fragte sich, wieso der Rattenfänger so gut über die nicht gerade alltägliche Arbeit der Vermesser Bescheid wusste und was ihn so gegen die Männer aufbrachte. Irgendwann sollte er ihn mal fragen, ob er mit dieser Spezies Mensch schlechte Erfahrungen gemacht hatte.

»Vielleicht hat Weber die Skizze ja auch gar nicht an dem Tag gefertigt, als er und sein Gehilfe ermordet wurden.«

»Doch, hat er«, widersprach Jutta Engelke. »Wir haben in der Nachbarschaft herumgefragt. Einige haben die Vermesser gesehen, einer — er wohnt schräg gegenüber — sogar auf dem Grundstück. Komischer alter Kauz.«

»Komisch? Wieso?«

»Na ja, wir haben ihn natürlich gefragt, warum er sich nicht gleich bei uns gemeldet hat. Ob er den Aufruf in der Presse überlesen habe. Da stand, es sollen sich diejenigen melden, die um die Mittagszeit Schüsse gehört haben, hat er uns angeblafft. Und Schüsse habe er nicht gehört. Also hielt er es nicht für nötig, uns anzurufen oder zu uns zu kommen, um eine Aussage zu machen.«

Behrends zuckte mit den Schultern: »Wohl einer von denen, die es ganz genau nehmen? Na ja, was soll's. Hat der Mann sonst noch was gesehen? Ob sich jemand in der Nähe aufgehalten und die Vermesser beobachtet hat? Ein Fremder? Einer, der da normalerweise nicht auftaucht?«

»Hat er nicht. Die Vermesser seien auch kaum zehn Minuten da gewesen und danach verschwunden.«

»Wohin? Hat er das gesehen?«

»In die falsche Richtung, hat er gesagt.«

»Was heißt das denn?«

»Er meinte damit, dass die beiden Vermesser nicht durch den Ort zurück nach Osterode gefahren sind, sondern entgegengesetzt in Richtung Harzhochstraße und Clausthal. Damit war dann die Auskunftsfreude des Herrn komplett erschöpft. Er hat uns ziemlich deutlich zu verstehen gegeben, dass er uns möglichst schnell von hinten sehen will. Wie ich bereits sagte — komischer Vogel. Ein alter, zäher Hund. Hatte einen Blick drauf, sage ich dir! So ... keine Ahnung. Auf jeden Fall mag ich solche Typen nicht.«

»Na gut«, seufzte Behrends, »wirklich viel ist das ja nun nicht. Aber wenigstens bestätigt es unsere Annahme, dass Weber und König zum Schwimmbad und dann hoch zum Hexenstieg gefahren sind und von da zu ihrem versteckten Ruheplatz.«

»Zu ihrem ewigen Ruheplatz klingt irgendwie besser«, warf Seidel dazwischen.

»Ha ha, du Witzbold.« Behrends sah ihn fragend an. »Was willst du eigentlich hier? Suchst du Arbeit? Was ist mit dieser Telefonnummer? Hast du endlich rausgekriegt, was damit los ist?«

»Noch nicht«, gab der Rattenfänger zu, »aber darum bin ich auch nicht gekommen. Dieser Möller ist jetzt da und sitzt im Verhörzimmer. Da, wo du ihn haben wolltest.«

Behrends stöhnte auf: »Verdammt, ja. Den hätte ich fast vergessen. Danke, Tim.«

Er stand auf und ging zur Tür. »Maike, kommst du? Damit du ihn auch mal kennenlernst. Du weißt schon ...«

Möllers Gesicht war in Bewegung. Es war ihm anzusehen, dass er Angst hatte. So sehr er sich bemühte, er bekam das Zucken seiner Mundwinkel nicht in den Griff. Das Flackern der Augenlider ebenso wenig. Und die Schweißperlen auf seiner Stirn rührten nicht von übermäßiger Hitze im Verhörraum her! Mit den Händen rieb er unentwegt an seinen Hosenbeinen.

Behrends saß ihm regungslos gegenüber und starrte ihn an. Versuchte, seine Augen zu erreichen, die ihm immer wieder auswichen. Maike de Baer am Kopfende des Tisches tat so, als ginge sie das Ganze gar nichts an.

»Herr Möller, wissen Sie, warum Sie hier sind?«, fragte er nach einer gefühlten Ewigkeit in die Stille.

»Nein, keine Ahnung.« Der Vermessungsgehilfe wich seinem Blick aus, schielte haarscharf an seinem Kopf vorbei in Leere.

Er seufzte: »Kommen Sie! Natürlich wissen Sie das. Sie haben mich belogen.«

»Was? Das ist nicht wahr!« Möller riss die Augen auf, glotzte entsetzt auf Behrends. Endlich hatten sie Augenkontakt!

»Doch, Herr Möller. Sie haben mir zum Beispiel nicht gesagt, dass Weber Sie zu einer höchst spekulativen Investition überredet hat, durch die Sie letztendlich Ihren ganzen Besitz und Ihr Barvermögen verloren haben. Sie stehen mit einer Menge Geld bei Ihrer Bank in der Kreide. Und das Haus, in dem Sie wohnen, gehört nicht Ihnen, sondern Ihrer Schwiegermutter, die Sie in Ihrer Not dort aufgenommen hat.«

Der Mann sackte in sich zusammen: »Haben die im Amt gequatscht. Hätte ich mir denken können. Ja, mein Gott. Ich habe Mist gebaut und mich zu der Geschichte überreden lassen. Aber was hat das mit dem Mord an Weber zu tun?« Man konnte sehen, wie es hinter seiner Stirn arbeitete. »Das mit dieser Geldanlage ist doch wohl allein meine Angelegenheit!«

»Nicht ganz, Herr Möller«, sagte Behrends in ruhigem Ton, »nicht, wenn Sie sich noch am Tag vor seinem Tod mit Ihrem Truppführer heftig gestritten und das Geld von ihm zurückverlangt haben, um das Sie sich von ihm betrogen fühlten. Am Tag darauf kommen Sie nicht zur Arbeit, weil Sie angeblich krank sind, und Weber und König werden ermordet.«

»Wer erzählt so einen Schwachsinn? Ich bin krank! Ich war beim Arzt! Sie glauben doch nicht ...« Der Vermessungsgehilfe war erschrocken von seinem Stuhl hochgesprungen.

»Bitte setzen Sie sich wieder«, forderte ihn Behrends auf.

Möller gehorchte: »Ich habe die beiden nicht umgebracht«, winselte er, »das schwöre ich.«

»Besitzen Sie ein Gewehr, ein Automatikgewehr?«

»Nein, verdammt! Nicht mal 'ne Wasserpistole!«

»Schön, wir werden das prüfen.« Behrends lehnte sich in seinem Stuhl zurück, streckte seine Beine unter dem Tisch aus. Er warf

Maike de Baer einen schnellen Blick zu. Sie saß da und machte auf Sphinx. Hielt ihre Gedanken vor ihm verborgen. »Wo waren Sie am Dienstag um die Mittagszeit? Zwischen zwölf und vierzehn Uhr?«

»Zu Hause. Ich bin krankgeschrieben.«

»Das kann Ihre Frau sicher bestätigen, oder?«

»Ja ... nein ...« Möller wand sich. »Also ... nein, ich war bei meinem Nachbarn. Wir haben an seiner Modelleisenbahn gebaut. Aber bitte, das muss mein Chef nicht unbedingt erfahren, ja?«

»Modelleisenbahn?«

»Genau. Er hat eine riesige Anlage im Keller. Daran basteln wir, wann immer es geht. Schon seit Jahren. Seit meiner Kindheit war das mein Traum. Hätte ich selbst gern gehabt, aber, naja ... Fragen Sie ihn, er kann bezeugen, dass ich da war.«

Behrends nahm bei Maike de Baer ein feines Lächeln wahr. Er wusste, was es bedeutete. Männer sind eben doch große Kinder, wollte sie damit sagen.

»Seien Sie versichert, wir werden das überprüfen, Herr Möller. Aber ich habe trotzdem noch ein paar Fragen. Zu diesem ominösen Puschkin, zum Beispiel.«

Tatsächlich! Puschkin existierte leibhaftig. Immer noch! Er war derjenige, für den Weber die ruinöse Geldanlage an seinen Messgehilfen vermittelt und verkauft hatte. Nicht, ohne selbst eine dicke Provision zu kassieren. Mehr war dem Vermessungsgehilfen zu dem Mann nicht eingefallen. Auch zum Namen Lodahl konnte oder wollte er nichts sagen. Behrends hatte sich nicht damit zufrieden geben wollen und tiefer gebohrt. Hatte Weber denn nie mehr von diesem Puschkin preisgegeben als dessen Spitznamen und die Geldanlagen, die er verhökerte? War ihm denn gar nichts anderes über ihn herausgerutscht? Was Persönliches? Irgendein Erlebnis, eine Anekdote? Bei einem Schwatz unter Arbeitskollegen?

Möller erinnerte sich plötzlich, dass Webers Lieblingsthema die Vermessung an der DDR-Grenze gewesen sei. Mit seinen Heldentaten während der Zeit habe der Ingenieur gern geprahlt. Dann war dem Vermessungsgehilfen auch eine Geschichte seines Truppführers wieder eingefallen, die mit jenem Puschkin zu tun hatte.

»Der Mann soll damals Stasi-Offizier bei der Vermessertruppe gewesen sein. Und einer von denen hat wohl vorgehabt, in den

Westen abzuhauen. Weber war irgendwie in diese Fluchtgeschichte verwickelt. Puschkin hat von der Sache Wind bekommen und Weber unter Druck gesetzt. Der hat dann sogar helfen müssen, die Flucht zu vereiteln. Gegen seinen Willen! Angeblich, um internationale Verwicklungen zu vermeiden. Ha, internationale Verwicklungen! Dass ich nicht lache! Das habe ich ihm von Anfang an nicht geglaubt, und später hat er dann auch zugegeben, dass ihm der Stasi-Mensch seine Kooperation fürstlich entlohnt hat. Dieses Schwein!«

Behrends vermutete, Möllers Abscheu gegenüber seinem toten Truppführer hatte wenig mit dem Verrat zu tun. Der Vermessungsgehilfe schien nicht der Mensch, dem die Opfer derartiger Machenschaften sonderlich leidtaten. Sein eigenes finanzielles Elend dagegen war wohl eher der Grund für seine Wut. Wie auch immer — sie würden sein Alibi überprüfen, auch wenn sein Bauchgefühl ihm sagte, dass Möller nicht der eiskalt planende Killer war, den sie suchten.

Das Verhör war beendet, Möller wollte den Raum gerade verlassen. In der Tür drehte er sich noch einmal um: »Übrigens, ich habe den gesehen.«

»Wen?« Behrends stand leicht nach vorn über den Tisch gebeugt und spitzte die Ohren.

»Den Ossi, der, den Weber verraten hat. Jedenfalls glaube ich, ihn erkannt zu haben. Vielleicht ist ihm später doch noch die Flucht gelungen oder er ist rüber, als die DDR am Ende war.«

»Das müssen Sie mir erzählen.« Mit einer Handbewegung forderte er den Vermessungsgehilfen auf, zurückzukommen und sich wieder zu setzen. Ein kurzer Blick auf Maike de Baer zeigte ihm, dass seine Partnerin genauso erstaunt war wie er.

»Rudi Schuster hat uns mal Fotos von damals gezeigt«, begann Möller, noch während er sich wieder setzte. »Die scheinen sich ja echt gut verstanden zu haben. Auf einem sieht man Weber, den Arm um einen Kumpel mit einem blonden Lockenkopf gelegt. Ziemlich großer Kerl, mindestens einen Kopf größer als Weber.«

»Rudi Schuster? Der Vermessungsgehilfe, der jetzt in Rente ist?«

»Genau. Der war damals in Webers Trupp. Auf dem Foto war jedenfalls auch dieser Ost-Messgehilfe drauf. Ich weiß natürlich nicht, ob das nun tatsächlich der war, den Weber verraten hat, aber ich kann eins und eins zusammenzählen. Schuster hatte nämlich von dem blonden Lockenkopf auf dem Foto gesagt, er sei eines Tages nicht mehr im Ost-Trupp dabei gewesen. Angeblich habe man ihn zu anderen Arbeiten abgezogen.«

»Und Sie wollen ihn jetzt wiedergesehen haben?«, fragte Maike de Baer skeptisch. »Wie können Sie denn wissen, dass es genau der Mann war? Das Foto muss doch vor über fünfunddreißig Jahren aufgenommen worden sein.«

»Zuerst habe ich ihn auch nicht wiedererkannt. Nicht wirklich, obwohl der immer noch blonde Locken hatte.«

»Zuerst?« Behrends beugte sich über den Tisch, musterte Möller, hatte das Gefühl, der Mann wolle ihnen ein Märchen auftischen.

Möller nickte: »Ja, ich habe ihn zweimal gesehen, das erste Mal auf dem Marktplatz in Osterode. Ist jetzt schon ein paar Wochen her. War an einem Samstag. Da sehe ich plötzlich Rudi Schuster. He, das ist ja mein alter Kollege!, schießt es mir durch den Kopf. Dann will ich zu ihm hin, doch er spricht gerade mit jemandem. Lass mal, denke ich, du störst nur, und bin weitergegangen. Der, mit dem Rudi gesprochen hat, der ist mir irgendwie bekannt vorgekommen. Allerdings wusste ich nicht sofort, wo ich den Hünen hinstecken soll. Vor ein paar Tagen, also, am letzten Freitag, da habe ich ihn noch mal gesehen. Und dann ist es mir wieder eingefallen. Mann, dachte ich, das ist ja der Ossi mit den blonden Locken! Klar, er ist älter geworden. Trotzdem, es war der Mann von dem Foto, vielleicht mit ein paar grauen Strähnen in dem Blond, das konnte ich nicht auf die Entfernung sehen.«

»Wo ist er Ihnen denn am Freitag begegnet?«

»Vor unserem Amt. Ich habe gerade Feierabend und komme zur Tür raus, da fährt er ganz langsam mit seinem Auto auf der Straße vorbei. Als hätte er irgendwas gesucht.«

»Und Sie irren sich bestimmt nicht? Es war derselbe Mann?«

»Mhm ... ich glaube schon, na ja, wenn ich es mir genau überlege, vielleicht habe ich es mir auch nur eingebildet, und es war überhaupt nicht der Ossi. Ist ja wirklich ziemlich alt gewesen, das Foto.«

Behrends hatte es befürchtet. Nichts Konkretes, nur heiße Luft: »Schon gut«, sagte er und reichte dem Mann über den Tisch hinweg die Hand. »Trotzdem danke, Herr Möller, dass Sie sich so kooperativ gezeigt haben. Auf Wiedersehen.«

Nachdem der Vermessungsgehilfe gegangen war, erkundigte sich Behrends nach dem Stand der Hausdurchsuchung bei Weber. Da die Analyse der sichergestellten Sachen noch andauerte, brach er zum Herzberger Krankenhaus auf. Morgen begann das Wochenende und er war sicher, dass er viel zu tun haben würde. Also nutzte er die Gelegenheit, um Diekmann schon heute zu besuchen.

Im Herkules-Einkaufszentrum, unten, wo die Doktor-Frössel-Allee zur Klinik abzweigte, legte er einen kurzen Halt ein und kaufte eine Schachtel Pralinen. Etwas Besseres war ihm auf die Schnelle nicht eingefallen, aber mit leeren Händen wollte er nicht bei seinem Freund auftauchen.

Als er das Krankenzimmer betrat, sah er eine kleine Männerrunde um Diekmanns Bett versammelt und ins muntere Gespräch vertieft. Alle redeten und lachten durcheinander, nur Diekmann selbst, der zwischen den Oberkörpern seiner Gäste hindurchlugte, machte einen etwas gequälten Eindruck. Bei Behrends' Eintreten flogen die Köpfe der Besucher herum und augenblicklich verstummte das Gespräch. Er trat an das Bett heran und überreichte seinem Freund die Pralinen. Die Männer, von denen er keinen kannte, begrüßte er mit einem knappen Hallo.

»Na, hoffentlich sind die mit Hochprozentigem gefüllt«, meinte einer von ihnen spöttisch, »damit unser armer Holger schnell wieder auf die Beine kommt.«

»Nee, Schnapspralinen mag ich nicht«, konterte Behrends, »ich verschenke nur, was ich selbst esse.« Aus den Augenwinkeln bemerkte er, wie Diekmanns Lippen für einen der Männer ein stummes Signal formten. Der reagierte sofort: »Ja, Jungs«, sagte er zu den anderen, »ich glaube, wir gehen dann mal wieder.« Wie auf Kommando erhoben sie sich und verließen mit einigen ebenso aufmunternden, wie dummen Sprüchen das Zimmer.

»Wer waren die denn?«, wunderte sich Behrends.

»Hördener Karnevalisten«, presste Diekmann hervor und drückte sich dabei etwas in seinem Bett hoch.

»Bitte, wer?«

»Ja, komm, kuck nicht so blöd. Die haben mich zu ihrem Maskottchen auserkoren, als Dank für meine Bildreportage von ihrem letzten Rosenmontagsumzug, die sie angeblich so toll fanden. Tja, manchmal kann man sich seine Freunde eben nicht aussuchen.«

»Allerdings«, entgegnete Behrends mit einem schnellen Blick zur Tür. Dann wandte er sich wieder Diekmann zu: »Und? Wie fühlst du dich? Was hast du denn bloß wieder angestellt? Du willst mir doch nicht erzählen, dass die Attacke auf dich Zufall war, oder?«

»He, he!«, protestierte Diekmann. »Wird das ein Verhör?«

»Red keinen Stuss!«

»Na schön — mir geht es so lala, verbrochen habe ich nichts, und der kleine Angriff war nicht geplant — dachte ich wenigstens zuerst.«

»Also doch«, seufzte Behrends resigniert, »ich wusste es. Dann erzähl mal! Was war los?«

»Das können wir draußen bereden«, raunte Diekmann, »muss keiner was mitbekommen.«

Behrends blickte kurz hoch. Die anderen Zimmerinsassen hatten ihr demonstratives Desinteresse abgelegt und lauschten angestrengt zu ihnen herüber.

»Du darfst aufstehen?«

»Klar doch! Ein paar gebrochene Rippen und 'ne Gehirnerschütterung sind kein Grund, hier den ganzen Tag flachzuliegen.«

Auf dem Weg in die Raucherecke musste Diekmann jedoch alle drei Schritte eine kurze Pause einlegen. Sein Brustkorb schmerzte bei jeder Bewegung. Er wagte kaum, Luft zu holen.

»Hier, diesen Brief habe ich nach dem Überfall in meiner Jackentasche gefunden«, sagte er, als sie, abgeschirmt von neugierigen Augen und Ohren, an einem Tisch saßen, und reichte seinem Freund das Kuvert mit der Drohbotschaft. »Das heißt, Heike hat ihn entdeckt, kurz nach meiner Einlieferung. Aber den Inhalt kennt sie nicht. Den konnte ich vor ihr geheim halten.«

Behrends zog das Blatt Papier aus dem Umschlag und überflog die wenigen Zeilen: »Mann, Holger, in was für eine Scheiße hast du dich denn da wieder reingeritten?«, fragte er fassungslos. Er suchte seine Taschen ab. Zum Glück hatte er noch einen von den kleinen Plastikbeuteln dabei, die er fast immer mit sich herumschleppte. »Was dagegen, wenn ich den eintüte und im Labor untersuchen lasse?« Er hatte den Brief schon in den Beutel geschoben. »Jetzt das Kuvert, bitte.« Die Wahrscheinlichkeit, darauf verwertbare Fingerabdrücke zu finden, war zwar nicht sehr groß, aber man konnte nie wissen. »So, mein Lieber. Dann erzähle mal. Ich bin ganz Ohr.«

Es war eine reichlich abenteuerliche Geschichte, die Behrends von Diekmann aufgetischt bekam: Von einer »Manager-Oase« und von einem Korruptionsskandal erster Güte in der Osteroder Stadtverwaltung, in die eine Baufirma namens Dahlkin-Bau verwickelt war. Es überraschte Behrends kaum, als er hörte, dass die Dahlkin-Bau ein Subunternehmen der Investmentfirma King-Size-Events war, und noch weniger erstaunte es ihn, als Diekmann den Namen Weber erwähnte, der angeblich im Hintergrund die Fäden gezogen hatte.

Behrends sah keinen Grund, an Diekmanns Worten zu zweifeln. Vieles ließ sich nahtlos mit seinen bisherigen Informationen zusammenfügen. Dumm nur, dass seinem Freund die Beweise für seine Story fehlten, nachdem dessen Informant Rainer Rausch nicht zum verabredeten Termin erschienen war, um die belastenden Dokumente zu übergeben. Und der Drohbrief reichte nicht aus, um eine Untersuchung in Gang zu bringen.

Alles in allem hatte Diekmann die Sache versemmelt. Bereits in dem Moment, als er glaubte, er könne die Informationen für sich ausbeuten, anstatt sie der Polizei zu übergeben.

»Ingo, ich mache mir Sorgen um Rausch«, murmelte Diekmann, nachdem ihm Behrends sein unverantwortliches Verhalten vorgeworfen hatte. »Er ist normalerweise zuverlässig. Wenn die Typen mich gefunden haben und wissen, was ich weiß, dann kennen sie auch meinen Informanten. Ich befürchte, sie haben ihm vielleicht nicht nur die Rippen gebrochen.«

»Kennst du die Adresse von deinem Informanten?«

»Glaubst du, sie haben ihn ...?«, Diekmann wagte nicht, seine Befürchtung laut auszusprechen.

Behrends zuckte mit den Schultern und wählte auf seinem Handy eine Nummer im Osteroder Kommissariat, nachdem sein Freund ihm die Anschrift mitgeteilt hatte. Er erläuterte mit wenigen Sätzen die Situation und bat darum, einen Kollegen zu Rainer Rausch zu schicken.

Sie hatten die Tür zum Krankenzimmer erreicht und verabschiedeten sich voneinander.

»Machs gut, du Starreporter«, spottete Behrends. »Sobald ich weiß, was mit deinem Informanten ist, melde ich mich.«

»Alles klar.« Diekmann verschwand in seinem Zimmer. Er machte keine glückliche Figur, und dafür gab es mehr als einen Grund.

Es schneite. Windböen trieben dichte Vorhänge nasser Flocken vor sich her, überzogen die Fahrbahn im Handumdrehen mit einer weißen Decke. Die Scheibenwischer von Behrends Octavia quälten sich, schoben mühsam die unmittelbare Sicht für ihn frei, fochten den Kampf Technik gegen Naturgewalt auf dem kleinen Schlachtfeld Windschutzscheibe aus. Millionen reflektierender Punkte im Scheinwerferlicht hoben alle Dimensionen auf. Machten es ihm unmöglich, Entfernungen einzuschätzen. Rücklichter vorausfahrender Fahrzeuge kamen näher — gefährlich schnell.

Behrends trat auf die Bremse. Wie in Trance war er durch die Flockenwand gepflügt, ohne vom Gas zu gehen. Erst der drohende Aufprall auf den LKW vor ihm brachte ihn zur Besinnung.

80 — die Verkehrszeichen am Rand der Schnellstraße in Richtung Osterode waren fast vollständig zugeschneit. Wer nichts von ihnen wusste, dem wären sie wohl entgangen. Aber heute gab ohnehin das Wetter die Geschwindigkeit vor, egal was auf den Schildern stand. Behrends hätte sie wahrscheinlich auch bei besserem Wetter übersehen — genau wie diejenigen, die der Verkehrspolizei vor etwa einem Jahr in die Radarfalle gegangen waren. Fette Beute hatten sie an jenem Tag gemacht und den südniedersächsischen Gazetten damit Stoff für mehr als die übliche Randnotiz geliefert. Zumindest in der unmittelbaren Folgezeit wusste jeder Autofahrer, was ihm auf diesem Straßenabschnitt blühen konnte. Doch wie nicht anders zu erwarten, war die Erinnerung schnell verblasst. Die Schilder hingegen waren geblieben. Bis zum heutigen Tag. Es wurde wieder gerast, nur nicht heute!

Als er das Ortsschild von Förste passierte, spürte er die Schmerzen in seinem Nacken. Die Anspannung während der Schneesturmfahrt hatte ihre Spuren hinterlassen. Ihm stellte sich die Wahl zwischen einem heißen Bad und einem kühlen Glas Köstritzer. Er warf einen schnellen Blick auf die Digitaluhr am Armaturenbrett. Der schwarze Bär hatte seit zehn Minuten geöffnet. Er entschied sich für das Bier und ließ die Einfahrt zur Sültebreite links liegen. Das Bad konnte warten.

»Sieh da, unser Kommissar aus der Puffstraße! Lange nicht gesehen!«

Behrends nahm den einzigen Gast ins Visier, der am hinteren Ende der Theke vor seinem Bier hockte und ihm erwartungsvoll entgegenblickte. »Du mich auch, Didi«, erwiderte er trocken.

Didi schlug vor Begeisterung über seine Reaktion mit der flachen Hand auf den Tresen und krümmte sich vor Lachen. Nur wer den Mann kannte, wusste, dass er tatsächlich lachte. Jeder andere hätte geglaubt, er habe sich sein Bier auf Ex in die Luftröhre geschüttet. Behrends machte eine abfällige Handbewegung. Dann wandte er sich um und beachtete ihn nicht weiter. Stattdessen quetschte er sich an den Bistrotisch gleich neben dem Eingang. Er hoffte, Didi würde nicht auf den Gedanken kommen, sich zu ihm zu setzen. Zum Glück klebte der aber an seinem Hocker fest, blubberte und glückste vor sich hin und dachte gar nicht daran, seinen Platz zu verlassen.

Puffstraße! So nett es war, in einem überschaubaren Dorf zu wohnen — es gab auch Nachteile. Und dazu zählte eindeutig die Gerüchteküche, in der zuweilen merkwürdige Nachrichten angerichtet wurden. Und in der dörflichen Welt wurde überall noch kräftig nachgewürzt. So auch nach Linas Tod. Das Anwesen, das Behrends Nachbarin hinterlassen hatte, stand seither leer. Schon kurz nach der Beerdigung waren ihre beiden Söhne aufgetaucht und hatten sich ums Erbe gebalgt. Das war den Dorfbewohnern nicht entgangen, und jemand hatte gefragt, was denn nun aus dem Haus werden solle. Der ältere der beiden Söhne hatte der wissbegierigen Frau daraufhin mit bierernster Miene erklärt, dass das Haus verkauft werde. An einen Mann, der ein Bordell daraus machen wolle.

Der Steppenbrand war danach nicht mehr aufzuhalten gewesen und binnen Stunden war die Sültebreite zur Puffstraße umgewidmet worden. Eine wunderbare Adresse für einen Kriminalbeamten!

Das Köstritzer Schwarzbier vor sich, versuchte Behrends einige Minuten später, an nichts zu denken. Ein lächerliches Vorhaben, das wusste er selbst. Trotzdem musste es ihm irgendwie gelingen, den Meteoritenschwarm in seinem Hirn zu zerstören, ehe die Gedankentrümmer von innen gegen seine Schädeldecke prallten und heftige Kopfschmerzen auslösten. Er starrte auf sein Glas und sah, wie sich die Crew um Harry Stamper aus dem »Armageddon«-Film im cremigen Schaum seines Bieres materialisierte. In seinem Hinterkopf spielten Aerosmith, und Steven Tyler sang voll quälender Hingabe »I don't want to miss a thing«.

Stamper und Kollegen lösten sich in Luft auf und gaben den Platz für andere Protagonisten frei. Einer von ihnen war Henning Hohnstein, der Behrends' Mutter umarmte und sie zärtlich auf die faltigen Lippen küsste. Behrends kniff die Augen zusammen. Er wollte das nicht sehen. Eine Erinnerung stieg in ihm hoch, das Bild von einem riesigen bäuerlichen Anwesen. Die Domäne in Schladen, die seiner Tante Anna gehörte! Ein heißer Tag. Die Sonne brannte erbarmungslos auf den staubigen, rechteckigen Platz, um den sich Scheunen, Stallungen und das Fachwerk-Wohnhaus gruppierten. In dem Haus wurde Hochzeit gefeiert. Im Schatten der großen Linden vor der Haustür waren Tische aufgebaut. Nach Kaffee und Kuchen gab es Bier, Schnapps und Likör. Er saß, vollgestopft mit Torte, auf dem ausgetretenen Steintritt und langweilte sich. Der Nachmittag wollte nicht enden.

Er war sechs Jahre alt damals und doch erinnerte er sich in beinahe allen Einzelheiten an den Tag und besonders an die Nacht. Ins Schlafzimmer von Tante Anna hatten sie ihn gesteckt, in ein riesiges Doppelbett mit gewaltigen Federkissen, die sich über ihm auftürmten. Später wollten sich Mama und Papa das Bett mit ihm teilen. Seine Schwester war im Dachgeschoss untergebracht. Er war müde, fand aber keinen Schlaf. Die Feiernden füllten das ganze Haus mit ihrem Lärm. Dann hörte er die Schreie. Ein helles, spitzes Kreischen. Seine Mutter! Er sprang aus dem Bett, tapste mit schnellen, nackten Füßen über den Flur zum Zimmer gegenüber, aus dem der Lärm drang. Die Tür stand einen Spalt offen. Er linste hindurch, blickte in ein Durcheinander von tanzenden Frauen- und Männerkörpern. Schreien und Lachen von allen Seiten. Aber er nahm es nicht wahr.

Er hörte nur seine Mutter. Und dann sah er sie! Sie ließ sich nach hinten fallen, gehalten von den Armen eines fremden Mannes. Der Mann beugte sich über sie, sein Gesicht nah an ihrem. Sie kreischte, lachte, kreischte. Er verstand nicht, was da vorging, es machte ihm Angst. Der Fremde tat Mama weh, tat ihr etwas an! Sie schien sich zu wehren und gleichzeitig auch wieder nicht. Es sah merkwürdig aus. War es ein Spiel? Ließ Papa es deshalb geschehen, statt dazwischenzugehen? Jemand kam von draußen über den Flur und sah ihn an der Tür stehen. Schickte ihn mit lallender Stimme zurück ins Bett. Er ging, legte sich wieder hin. Lag wach. Fast die ganze Nacht. Voller Angst. Die Bettenberge wurden zu Riesen, griffen mit gewaltigen Klauen nach ihm. Er konnte nicht um Hilfe rufen. Zentnerlasten drückten auf seine Brust, raubten ihm die Luft. Irgendwann musste er eingeschlafen sein, erwachte am Morgen zwischen Mama und Papa »auf der Ritze«. Alles schien gut.

Behrends nahm einen tiefen Schluck. Wütend. Was mischten sich die Dämonen seiner Kindheit ein und verdarben ihm den Spaß an seinem Feierabendbier? Er versuchte ein Ablenkungsmanöver. Ließ in Gedanken Worte kreisen. Namen. Zwei Namen, um genau zu sein. Formte sie mit seinen Lippen, lautlos, ohne sie auszusprechen: Puschkin/Lodahl, Lodahl/Puschkin, PuschPusch, LoLo, DahlDahl, KinKin — Dahlkin! Natürlich! Puschkin plus Lodahl gleich Dahlkin. Oder anders herum. Egal, wie man die Gleichung aufstellte, das Ergebnis änderte sich nicht. Drei Namen, eine Person!

Ein weiterer Name gesellte sich hinzu: Schuster. Der ehemalige Vermessungsgehilfe. Der wusste Bescheid. War damals dabei gewesen. Konnte der Mann die Richtigkeit der Gleichung bestätigen? Vielleicht musste Behrends den losen Fäden tatsächlich fünfunddreißig Jahre zurück in die Vergangenheit folgen, um auf die Spur des Täters zu stoßen. An der ehemaligen DDR-Grenze. Der Mann, den Möller erwähnte — auch so ein Relikt aus der damaligen Zeit. Plötzlich wieder aufgetaucht. Selbst auf die Gefahr hin, dass es sich dabei nur um ein Hirngespinst handelte, er musste der Spur nachgehen. Möglicherweise konnte er die gegenwärtigen Zusammenhänge besser verstehen, wenn er die Vergangenheit kannte.

»Na, du alter Ermittler? Habt ihr euren Mörder etwa gefasst, dass du dir um diese Tageszeit schon ein Bier gönnst?«

Die wohlbekannte Stimme riss ihn aus seinen Gedankenspielen. Er blickte auf und sah Gerhard Hildebrandt neben seinem Tisch stehen. Nachdem sie sich vor einiger Zeit unter wenig erfreulichen Umständen kennengelernt hatten und er kurz danach im letzten Moment einen Mordanschlag auf Hildebrandt verhindern konnte, waren sie nun freundschaftlich miteinander verbunden. In schöner Regelmäßigkeit besuchten sie einander, trafen sich auf Feiern oder eben auch im Schwarzen Bären. In diesem Augenblick hatte Behrends allerdings nicht damit gerechnet, ihm zu begegnen.

»Leider nicht«, seufzte er, »ist alles etwas verworren.«

»Du schaffst das schon, mein Lieber, da bin ich mir ganz sicher.«

Behrends lachte auf: »Dein Wort in des Mörders Gehörgängen. Vielleicht stellt er sich ja freiwillig, wenn er begreift, dass er gegen mich keine Chance hat«, sagte er mit sarkastischem Unterton.

Hildebrandt setzte sich zu ihm: »Willst du noch 'n Bier?« Er winkte zur Theke hin.

»Nee, kein Bier. Nur 'ne Cola.«

Er wandte sich Carola zu, die an ihren Tisch getreten war. Die junge Frau hatte Schorse, das Urgestein, am Zapfhahn ersetzt, nachdem der Mitte des Jahres in Rente gegangen war und jetzt nur noch als Gast im Bären auftauchte. »Dann bring dem Sheriff mal 'ne Cola und mir ein Hefeweizen.«

»Hast du eigentlich schon ein Weihnachtsgeschenk für Katrin?« fragte Hildebrandt nach einer Weile belanglosen Plauderns.

Behrends fühlte sich an einer sehr empfindlichen Stelle getroffen: »Verdammt nein!«, schnappte er. »Warum musst du mich denn ausgerechnet jetzt daran erinnern?«

»Vielleicht, weil in zwei Wochen Weihnachten ist?«, entgegnete Hildebrand gemütlich.

»Und du? Hast du was?«

»Kreuzfahrt. Wir schenken uns 'ne Ostseekreuzfahrt. Im kommenden Frühling. Stockholm, Tallin, St. Petersburg. Deshalb frage ich dich ja.«

»Wieso?«, wunderte sich Behrends. »Willst du Katrin und mich mitnehmen?«

Hildebrandt lachte auf: »Das hättest du wohl gern! Nee, die Fahrt überschneidet sich mit dem Pop-meets-Classic-Konzert in der Göttinger Lokhalle, für das wir schon Karten haben. Willst du mir die Karten nicht abnehmen , als Geschenk für Katrin? Ich glaube, die steht auf so was.«

Behrends hätte Hildebrand um den Hals fallen können. Gut zu wissen, dass sich manche Probleme wider Erwarten beinahe von allein lösten. Sie waren sich schnell einig über den Preis für die Eintrittskarten.

»Und? Wie steht es mit deinem Weihnachtsbaum? Hast du den schon besorgt?«

Behrends, gerade noch obenauf, sackte in sich zusammen: »Mann, du machst mich fertig«, stöhnte er erschüttert. »Mir reicht es, wenn Katrin mich damit nervt. Willst du mir deinen Baum auch verkaufen?«

»Nee, ich habe noch gar keinen. Den hole ich nächste Woche in Herberts Depot. Komm einfach mit. Nettes Bäumchen aussuchen, danach ein oder zwei Glühweinchen schlürfen. Na, wie findest du das? Ruf mich vorher an, und dann ziehen wir los.«

Behrends nickte zustimmend. Das Leben konnte so einfach sein.

11.

»Dein Kollege hat angerufen. Du sollst dringend zurückrufen«, empfing ihn Katrin mit leicht vorwurfsvollem Unterton. »Er hat gesagt, du gehst nicht ans Handy.«

Behrends fummelte unwirsch sein Mobiltelefon aus der Jackentasche. Solche Begrüßungen liebte er. Ein kurzer Blick verriet ihm, dass der Akku leer war. Gestern Abend hatte er ihn aufladen wollen und es vergessen.

»Und wen soll ich anrufen? Hat er seinen Namen genannt?«

»Kann sein. Weiß ich nicht mehr.« Katrin hockte vor dem Regal mit DVDs und kramte in dem Stapel mit den selbstgebrannten Silberlingen herum. »Er sagte, es ist wegen Rausch. Du wüsstest schon ...«

Na toll! Wer oder was war Rausch? Was sollte er denn noch alles wissen? »Das war's? Mehr hat er nicht gesagt? Was suchst du da überhaupt?«

Katrin erhob sich, drehte sich zu ihm um und schlang ihm die Arme um den Hals: »Nein, mein Schatz«, flötete sie süß, »das war alles, was der gute Mann von sich gegeben hat. Und ich suche nach der Titanic-DVD. Ich dachte mir, wenn einer von deinem Verein anruft, dann musst du bestimmt noch mal los. Und da wollte ich mir einen gemütlichen Fernsehabend machen. — Übrigens, falls du vorher doch noch Zeit zum Essen haben solltest, kannst du dir 'ne Pizza in die Mikrowelle legen. Das ist doch in Ordnung, oder? Ich habe nichts gekocht.« Sie übersäte sein Gesicht mit kleinen, zarten Küssen und zwang ihn so, seine Erwiderung hinunterzuschlucken.

Es gab diese Tage, da konnte er sich nicht gegen sie wehren! Furchtbar sauer wollte er eben noch sein, wollte seinen aufsteigenden Ärger herauslassen — keine Chance. Katrin zerstörte mit ihrem zärtlichen Getue seine Schimpfkanonaden, ehe sie ihm über die Lippen kamen. Er musste sich setzen, lachte resigniert. Sie hatte es geschafft, ihm jegliche Spannung aus dem Körper zu saugen. Er fühlte sich schlapp. Seine Muskeln waren wie Pudding. So war es immer, wenn sie ihre Aura um ihn ausbreitete. So nannte sie ihr Treiben — ihre Aura um ihn ausbreiten und ihn damit wehrlos machen.

Rausch, natürlich! Diekmanns Informant! Angesichts der Tiefkühlpizza in seinen Händen war die Erinnerung zurückgekehrt. Er warf die Pizza in die Mikrowelle, schaltete das Gerät ein und lief zum Telefon. Es dauerte einen Augenblick, ehe der diensthabende Kollege Behrends zu Richard Unrein durchgestellt hatte.

»Schieß los, Richard, was habt ihr herausgefunden? Was ist mit diesem Rausch passiert?«

»Nichts«, hörte er die Stimme des Kollegen am anderen Ende. Sie klang etwas enttäuscht.

»Wie ... nichts?«

»Der Mann ist unversehrt und darüber hinaus völlig ahnungslos«, erklärte Unrein lapidar.

»Was? Komm, Richard, rede keinen Blödsinn!«

»Ist kein Blödsinn. Wir haben ihn mit der Geschichte von Diekmann konfrontiert. Rausch sagt, ihm sei nichts von Schmiergeldern oder Unregelmäßigkeiten im Bauamt bekannt. Andernfalls wäre er damit zur Polizei gegangen, anstatt zur Presse.«

»Aber das kann nicht sein! Ich kenne Diekmann!«

»Er auch«, erwiderte Unrein, »und er meint, das mit der Korruption im Zusammenhang mit dieser Manager-Oase sei nur eine fixe Idee von deinem Burgblick-Menschen. Der wollte unbedingt eine heiße Story daraus stricken. Aber wo nichts ist ...«

Unmöglich! Das konnte nicht sein! Sein Freund war zwar ein verrückter Hund und seine Aktionen ließen zuweilen ein wenig an Vernunft vermissen, aber ein Spinner war er nicht! Wenn er so etwas erzählte, dann bestimmt nicht, um sich mit irgendwelchen Märchen wichtigzumachen. Behrends dachte an den Brief, den er immer noch in seiner Tasche mit sich herumtrug. Er hätte auf der Rückfahrt von Herzberg in Osterode einen Abstecher ins Kommissariat machen sollen, um ihn sofort zur labortechnischen Untersuchung abzugeben!

»Was hat dieser Rausch für einen Eindruck auf euch gemacht?«, fragte er. »Deutete irgendwas darauf hin, dass ihn jemand attackiert oder unter Druck gesetzt hat?«

Unrein zögerte. Druckste dann herum: »Na ja ... ein bisschen neben sich stand der Mann schon. Wirkte ziemlich eingeschüchtert. Aber Spuren von Gewalt? Fehlanzeige. Was sollten wir denn machen? Wir konnten ihn doch nicht in die Mangel nehmen und irgendwas aus ihm rausquetschen! Wir haben ihn gefragt, ob ihn jemand bedroht. Das hat er vehement bestritten.«

Nicht bedroht, ha!, dachte Behrends. Und wie der bedroht wird! Erst haben sie diesen Rausch zum Schweigen verdonnert und sich dann Diekmann vorgeknöpft. Irgendeine riesige Schweinerei lief da im Hintergrund. Richard Unrein riss ihn aus seinen Gedanken: »Der Rattenfänger hat übrigens herausbekommen, wem diese hochgeheime Telefonnummer gehört.«

»Und?« Behrends lauerte angespannt.

»Ist eine Adresse in Stadtoldendorf. Der Anschluss von einem gewissen Lodahl.«

Puschkin — Lodahl — Dahlkin, fiel ihm wieder ein. Gab es hier einen Zusammenhang aus Vergangenheit und Gegenwart? Er glaubte fest daran. Aber er brauchte konkrete Anhaltspunkte, die seine Vermutungen untermauerten!

»Da soll sofort jemand hinfahren. Organisiere das bitte!«, forderte er den Kollegen auf. »Ich will genau wissen, wo das ist und wie es da aussieht. Keine große Aktion. Nur ansehen.«

»Heute noch? Wie ist es mit Luftbildern? Reicht das nicht?«

»Nein, das ist mir nicht genug! Meine Güte, Richard!« Manchmal war Unrein aber auch ... »Ich will, dass ihr euch mit eigenen Augen einen Eindruck verschafft. Wen immer du da hinschickst, er soll ruhig ein paar Fotos machen, vielleicht rumfragen, wer da so ein und aus geht. Na ja, du weißt schon ...«

»Verstehe ... übrigens, Ingo ...«

»Ja?«

»Deine ganz spezielle Freundin war heute im Haus. Wollte dich sprechen, aber du warst wieder nicht da. Hat sie dich noch erreicht?«

»Die Wedekind?«, stieß er aus. Er kannte niemanden, auf den diese knappe Beschreibung besser zutraf als auf die Staatsanwältin.

»Natürlich, wer sonst?« Behrends sah Unreins breites Grinsen vor sich.

»Und? Was wollte sie?«

»Das Übliche. Nach dem Stand der Ermittlungen fragen und gleichzeitig Druck ausüben, versteht sich. Dieser Behördenleiter von dem Katasterverein, Dr. Freiberg oder wie der heißt, der muss ihr wohl ziemlich Feuer unter dem Hintern gemacht haben. Kann ich mir bei der Frau eigentlich gar nicht vorstellen. Für Montag hat sie jedenfalls eine Pressekonferenz anberaumt. Die Öffentlichkeit verlangt Informationen.«

Behrends verstand: »Was bedeutet, wir sollen dann möglichst den Täter präsentieren. Na, wunderbar!«

Die Mikrowelle sonderte Alarmsignale ab. Er hörte sie bis in sein kleines Arbeitszimmer.

»Ingo, die Mikrowelle!«, kommentierte Katrin Sekunden später von ihrer Couch aus lautstark das nervende Piepen.

Spätestens jetzt wusste er, dass seine Pizza ihren Aggregatzustand ausreichend verändert hatte: von knochenhart tiefgekühlt zu locker-fluffig mikrowellenverstrahlt. Er hastete in die Küche, drückte die Stopptaste des Gerätes, nahm den Teller heraus und ließ ihn stehen. Ihm war plötzlich der Appetit auf Pizza vergangen. Eigentlich hatte er Tiefkühlpizzen noch nie gemocht. Stattdessen kramte er aus dem Brottopf eine Scheibe altes Graubrot hervor und schnitt sich ein großes Stück von der Eichsfelder Mettwurst ab, die Katrin frisch eingekauft hatte.

Kauend und würgend — trockenes Brot war auch in Kombination mit saftiger Wurst ganz ohne Getränk nur schwer herunterzubekommen — stand Behrends an die Arbeitsplatte der Küchenzeile gelehnt und überlegte. Er hatte Diekmann versprochen, ihm sofort Bescheid zu geben, wenn es Neuigkeiten von seinem Informanten gäbe. Was er zu nun hören bekäme, würde ihm nicht gefallen. Vielleicht sollte Behrends die Sache noch ein wenig vor sich herschieben. Morgen war früh genug.

Plötzlich wurden leise Zweifel an Diekmanns Glaubwürdigkeit in ihm wach. Vielleicht sagte dieser Rausch ja doch die Wahrheit. Kannte er seinen Stammtischbruder wirklich gut genug, um für ihn die Hand ins Feuer zu legen? Er fühlte sich nicht ganz wohl bei dem Gedanken. Zu gut wusste er, dass sie beide liebend gern den Strohhalm ergriffen hätten, der sich ihnen mit der angeblichen Korruption im Osteroder Rathaus bot. Diekmann wollte unbedingt eine Story, da hatte Rausch sicher Recht, und er brauchte einen Fahndungserfolg. Er musste sich vorsehen, nicht blind einer falschen Fährte zu folgen, obwohl — es war bisher die einzige plausible, wenn auch sehr vage Spur, die er hatte. Und, bei allen berechtigten Zweifeln, es erschien ihm lohnenswert, sie nicht aus den Augen zu verlieren.

Er beschloss, doch sofort mit seinem Freund zu reden. Aber er würde bei dem Sauwetter nicht noch einmal nach Herzberg fahren. Er ging zum Telefon.

»Sag', dass das nicht stimmt!«

Behrends sah den aufgebrachten Diekmann vor sich, wie er aus seinen Krankenbettkissen hochfuhr, dabei das Gesicht ob des stechenden Schmerzes in den Rippen zur Grimasse verzog. Was hätte er machen sollen? Irgendwie musste er es ihm ja beibringen.

»Doch, Holger, leider. Dein Informant behauptet steif und fest, dass du dir die Geschichte nur einbildest, weil du eine Profilneurose hast.«

»Der ist ja besoffen«, japste Diekmann am anderen Ende, »wie kann er so was nur behaupten?«

»Sag du es mir.«

»Die erpressen ihn! Was sonst?«

»Wie auch immer, Holger, ohne einen Beweis oder wenigstens einen stichhaltigen Hinweis sind wir machtlos«, sagte er. »Wir können nicht einfach ins Rathaus platzen und die Bude auf den Kopf stellen. Und bei Dahlkin-Bau rumschnüffeln geht genauso wenig. Meine Frau Staatsanwältin bläst mir den Marsch, wenn ich sie ohne irgendwas in den Händen um einen Durchsuchungsbeschluss bitte. Hast du denn wirklich nichts? Nichts, womit wir zumindest deinem Informanten nachweisen könnten, dass er lügt?«

»Seine SMS«, hörte Behrends Diekmann am anderen Ende aufgeregt krächzen. »Er hat mir eine SMS geschickt, in der steht, dass er die Beweise besitzt und mir übergeben will ... Scheiße!«

»Was ist?«

»Mein Handy! Das ist ja auch weg, verdammt!«, hörte er seinen Freund stöhnen. »Wenn ich nur nicht hier drin rumhängen müsste, verflucht! Dann würde ich mich selber um die Sache kümmern. Ich brauche keinen Durchsuchungsbeschluss!«

Behrends glaubte, sich verhört zu haben. Manchmal war es mit Diekmanns Geisteszustand wirklich nicht weit her: »Sag mal, Holger, bist du bescheuert? Hast du immer noch nicht genug? Du hältst dich ab sofort da raus, hörst du? Das ist unsere Sache!«

»Aber ich ...«

»Nichts, aber!«, fuhr er ihm dazwischen. »Sei froh, dass du noch lebst. Beim nächsten Mal könnte es nicht so glimpflich abgehen. Also, du weißt Bescheid.«

»Okay, okay, ich hab verstanden.«

»Na dann, mach's gut und sieh zu, dass du schnell wieder auf die Beine kommst.« Behrends legte auf, nicht ahnend, dass sein Freund sich gleich darauf zufrieden lächelnd in die Kissen zurückfallen ließ. Soweit kam es noch, dass man einem Holger Diekmann vorschrieb, wo er wann seine Nase hineinstecken durfte!

Katrin war nicht erbaut davon, die Titanic in Behrends' Gesellschaft versinken zu sehen. Zwar sagte sie ihm, dass es schön sei, wenn er nicht mehr aus dem Haus müsse, aber ihre Miene spiegelte Untergangsstimmung wider — gut dreißig Filmminuten vor der Eisbergkollision.

Er konnte sich auch etwas Besseres vorstellen, als den Hollywood-Schinken zum x-ten Mal über sich ergehen zu lassen, aber er war einfach zu müde, wegen des Films mit Katrin zu streiten. Also legte er sich auf die Couch und hoffte, Celine Dion würde ihn binnen weniger Minuten in seligen Schlummer singen. Einzig Sir Toby schien wahrhaft erfreut, seine beiden Menschen um sich zu haben. Er hatte sich zu ihnen ins Wohnzimmer gesellt und genoss, auf dem Teppich neben dem Sofa liegend, die Streicheleinheiten von Behrends' locker herabhängender Hand.

Es hätte die perfekte Feierabendidylle eines alternden Ehepaares sein können, wäre Katrin nicht auf die Idee gekommen, mitten in die berühmte schweißtreibende Liebesszene unter Deck im Fond des Automobils hinein zu fragen: »Schatz, was wollen wir deiner Mutter und ihrem Zukünftigen eigentlich zur Verlobung schenken?«

Behrends wurde aus seinem friedlichen Dämmerzustand in die kalte Realität zurückgerissen: »Mhm ... was ...?«, murmelte er, begleitet von einem leisen Schmatzen. Ein feiner Speichelfaden rann aus seinem Mundwinkel.

»Was wir ihnen zur Verlobung schenken wollen«, wiederholte sie ungeduldig, »wir können uns da nicht lumpen lassen.«

»Was weiß denn ich?«, knurrte er wütend. Er fühlte sich um seinen Schlaf betrogen. Außerdem war das Thema das Letzte, womit er sich jetzt beschäftigen wollte. »'ne Heizdecke vielleicht, für Liebespaare im dritten Frühling.«

»Nimm das bitte mal ernst und rede nicht so einen Blödsinn«, giftete Katrin zurück.

»Ich habe jetzt keine Lust auf den Quatsch. Ich bin müde.« Behrends hatte die Beine von der Couch geschwungen und sich aufgesetzt. Seine Haare standen wirr zu Berge. Wenn er sich jetzt auf eine Diskussion mit ihr einließ, wäre es mit seiner Ruhe vorbei und der Abend würde doch im Streit enden. »Ist besser, ich gehe zu Bett und lese noch 'ne Seite. War ein anstrengender Tag.« Er erhob sich und stolperte über Sir Toby hinweg zur Tür.

»Aber wir müssen das besprechen!« Katrin wollte es geklärt haben. Jetzt. Hier. Auf der Stelle!

»Morgen. Wenn ich ausgeschlafen bin«, grunzte Behrends, ohne sich umzudrehen. »Gute Nacht.« Er zog die Tür hinter sich zu. Auf ihre ärgerlichen Kommentare, die ihm durch die Wohnzimmertür hinterherflogen, reagierte er nicht.

Kurz darauf im Bett wollten ihm die Augen auch nach der dritten Seite des Winterfell-Abenteuers von George R.R. Martin nicht zufallen und die Hoffnung auf seliges Dahinschlummern hatte sich verflüchtigt. Seine Gedanken zerrten und rüttelten, wie ein giftiger Terrier. Sie hatten sich festgebissen – an seiner Mutter, an Henning Hohnstein und an einer Heizdecke für zwei Personen.

»Was hat denn nun die Durchsuchung bei Weber gebracht?«, wollte Behrends wissen, als er am nächsten Morgen unausgeschlafen die Dienstbesprechung leitete.

»Reichlich Adressen und Telefonnummern, 'ne Menge Kontobewegungen und andere Kleinigkeiten, die auf rege Tätigkeiten als Vermittler oder Zwischenhändler für heiße Waren schließen lassen«, erklärte Seidel. Kalle und Micha nickten unisono dazu. »Um was es dabei im Einzelnen geht, das müssen wir erst noch aufdröseln. Allein die ganzen Kontakte zu checken, wird einige Zeit in Anspruch nehmen.«

»Na also. Wenigstens etwas.«

Behrends war halbwegs zufrieden. Es gab also neue Spuren. Und die führten auf die eine oder andere Weise in einen morastigen Sumpf, in dem Weber knietief gestanden hatte – eher noch tiefer. Irgendwann würden sie in dieser Güllegrube etwas finden, das sie zum Mörder führte. Ganz bestimmt! Jedenfalls hoffte Behrends das – nicht nur, weil die Wedekind schon wieder so unanständig drängelte!

»Der Eisenbahnerfreund von diesem Möller hat dessen Alibi übrigens bestätigt«, bemerkte Unrein beiläufig in die Stille hinein, als alle darauf warteten, ihre Aufgaben für den Tag zugeteilt zu bekommen.

»Dachte ich mir«, sagte Behrends. Er hatte den Mann ohnehin nicht mehr auf seiner Rechnung gehabt. »Wo bleibt eigentlich Maike?«, fragte er mit ärgerlichem Blick zur Tür. Sie schien es sich mittlerweile zur Gewohnheit zu machen, unpünktlich zum Dienst zu kommen.

»Hat sich vorhin bei mir zum Arzt abgemeldet«, sagte Seidel. »Die scheinen auch nicht mehr so gut zu verdienen wie früher, wenn sie jetzt schon samstags Sprechstunde haben. – Ist ziemlich oft beim Arzt in letzter Zeit, findest du nicht auch?«

»Oh, du interessierst dich tatsächlich für das Wohl deiner Mitmenschen?«, stichelte Jutta Engelke und warf dem Rattenfänger über den Tisch hinweg ein abfälliges Grinsen zu. »Ich dachte immer, du dröhnst dich nur mit der Musik von dieser Metal-Truppe zu und merkst gar nicht, was um dich herum passiert.«

»So kann man sich täuschen«, schnappte Seidel beleidigt. Er wusste, was Jutta meinte. Sie hatte ein paar Mal versucht, ihn in ein privates Gespräch zu verwickeln. Ohne Erfolg. Weil ihn ihre Annäherungsversuche nicht interessierten und er sie loswerden wollte, hatte er sich demonstrativ die kleinen Stöpsel in die Ohren gedrückt und mit dem Kopf im Takt der Musik genickt, während sie munter weiterplapperte.

»Maike wird schon ihre Gründe haben«, bemerkte Behrends kurz angebunden und bedeutete den beiden Kontrahenten mit einem strengen Blick, dass das Thema damit erledigt sei. Jedenfalls in dieser Runde.

Für ihn selbst war die Sache allerdings noch nicht ausgestanden. Er machte sich langsam Sorgen um Maike. Wenn sie gesundheitliche Probleme hatte, dann wollte er das wissen! Er musste ohnehin mit ihr reden. Sie war schwanger und das bedeutete, dass der Außendienst ab sofort für sie gestrichen war. Dann ließ sich eben nicht mehr verheimlichen, dass sie ein Kind bekam! Ihr würde das ganz und gar nicht gefallen – genauso wenig, wie ihm. Aber so war nun mal die Sachlage und er trug die Verantwortung. Nicht auszudenken, was geschah, wenn ihr während eines Einsatzes etwas passierte!

»So weit, so gut«, flüchtete er sich in eine Plattitüde. »Lasst uns an die Arbeit gehen. Ich möchte, dass ihr mal bei der Dahlkin-Bau ein wenig auf den Busch klopft. Macht ein bisschen Druck. Sagt, ihr ermittelt in einem Mordfall und ihr habt Informationen über Unregelmäßigkeiten im Zusammenhang mit dem Bauprojekt auf dem Krankenhausgelände erhalten. Steckt ihnen, dass der Tote darin verwickelt gewesen sein soll. Seht zu, dass ihr den Inhaber persönlich erwischt. Nehmt euch ruhig ein paar von den uniformierten Kollegen mit. Die können ein bisschen die Augen offenhalten. Mal sehen, wie die in dem Laden darauf reagieren, wenn unerwartet die Polizei bei ihnen aufkreuzt.« Behrends suchte Blickkontakt zu Jutta Engelke: »Jutta, du wirst mich nach Osterhagen begleiten. Ich möchte nicht allein fahren, und da Maike nun mal nicht da ist ...«

»Osterhagen?«

»Genau. Da wohnt der alte Messgehilfe. Rudi Schuster. Ich will endlich wissen, wer dieser Puschkin ist! Meine ganzen Theorien helfen mir nicht weiter, solange ich mit dem Gefühl herumlaufe, dass ich es mit einem Geist zu tun habe. Ich muss mir ein Bild machen können von einem Mann, der bis jetzt nur als geheimnisvolle Figur in irgendwelchen Erzählungen existiert und als Name auf einem USB-Stick. Dieser Rudi Schuster scheint der Einzige zu sein, der uns zu ihm und der ganzen Geschichte was sagen kann und vielleicht sogar Fotos von ihm hat. Auf jeden Fall war er dabei, als die DDR-Grenze vermessen wurde, zu der Zeit also, als sich Weber und Puschkin angeblich kennengelernt haben.«

Sie verließen die vierspurige B243 vor Bad Lauterberg und durchquerten kurz darauf Barbis. Noch immer schleppten sich unzählige LKW in beide Richtungen von und nach Osten über die Straße. Nach jahrelangen Protesten gegen Lärm- und Abgasbelästigung verschärften nun Geschwindigkeitsbegrenzungen das Problem. Jedenfalls sah Behrends das so, denn der dichte Verkehr rollte nicht mehr, er quälte sich dahin und kam vor parkenden Autos immer wieder zum Erliegen. Verkehrsfluss war wirklich etwas anderes! Außerdem musste man höllisch aufpassen, dass man sich an die vorgeschriebene Geschwindigkeit von sage und schreibe 30 Kilometern pro Stunde hielt. Überall hatten die installierten Kameras ein scharfes Auge auf die Vorbeifahrenden.

Es wurde höchste Zeit, dass man die Umgehungsstraße, die sich östlich des Ortes auf dem Bergkamm entlangzog, fertigstellte und für den Verkehr freigab. Ein Aufatmen würde durch die Bevölkerung gehen, die entlang der alten Bundesstraße nach Nordhausen wohnte. Möglicherweise war es ein letztes Aufatmen, argwöhnte Behrends. Bartolfelde, Osterhagen, Nüxei — welcher Durchreisende hätte noch ein Interesse daran, die Umgehungsstraße zu verlassen und einen Abstecher in die todgeweihten Dörfer zu machen, deren Menschen schon jetzt mehr oder weniger perspektivlos vor sich hindämmerten?

Von diesen düsteren Gedanken umwölkt, steuerte Behrends den Dienstwagen durch Osterhagen, nahm aus den Augenwinkeln Alter und Verfall wahr, bis er vor Schusters Haus stand. Autoabgase hatten auf dem bleichen Fassadenputz dunkle Schlieren hinterlassen. Zum Teil bretterverkleidete Wände, irgendwann einmal in leuchtendem Grün gestrichen, verloren die Farbe, rissige Wunden offenbarten sich in stumpfem Grau. Das Rot der Dachziegel verschwand unter einer schmierigen, grünlich-schwarzen Moosschicht. Die schmale Gasse zum Nachbarhaus war mit winterkahlen Sträuchern überwuchert, der Zugang versperrt von einer Pforte, die nur noch lose in den Angeln hing, die morschen Bretter notdürftig zusammengehalten von rostigen Nägeln.

Behrends drückte auf den Klingelknopf, der in seiner Führung festgerostet zu sein schien. Ob er dennoch irgendwo im Haus ein Läuten auslöste, konnte er ebenso wenig hören wie Jutta Engelke. Er wartete einen Augenblick, ehe er es noch einmal versuchte. Ohne Erfolg. Nichts regte sich. Sie sahen sich fragend an, gingen dann um das Gebäude. Ein massiv gemauerter Schuppen schloss sich an den Wohntrakt an. In die Schuppenwand eingelassen ein Garagentor. Das Tor war nicht geschlossen, sondern leicht nach oben gekippt. Behrends griff an die Unterkante und zog es vollständig hoch. Kreischend gab es den Blick frei in einen düsteren Verschlag und auf einen uralten Toyota Corolla. Eine Rückwand hatte die vermeintliche Garage nicht. Vielmehr schien das Ganze ein Durchgang zu einem Innenhof zu sein.

Sie zwängten sich an dem Auto vorbei, betraten den Hof. Trost-losigkeit und Verfall auch hier. Nackte Ziegelsteinmauern, an man-chen Stellen löcherig und eingefallen, abblätternder Putz, ein Schutthaufen an der Grundstücksgrenze zwischen dichtem Ge-strüpp; bleiche, dürre Stängel, die aus kleinen Schneehügeln her-ausragten. Eine Ratte bahnte sich auf schnellen Beinchen ihren Weg vorbei an leeren Plastikbehältern, Blechkanistern und wahllos übereinandergestapelten, morschen Brettern, huschte über ge-borstene Betonplatten und verschwand im dichten Geflecht ver-trockneter Unkräuter.

Jutta Engelke zuckte zurück, unterdrückte einen Aufschrei. »Hast du das gesehen?«, flüsterte sie entsetzt. Behrends nickte nur, zog angewidert die Mundwinkel nach unten.

Jemand kramte im Schuppen herum, in einem Raum direkt ne-ben dem Durchgang. Die windschiefe Holztür stand offen. Sie war-fen einen Blick in das dunkle Innere, sahen im Kegel des einfallen-den Tageslichtes einen Mann in derber Arbeitshose, die ihm um die Beine schlackerte. Sein Oberkörper steckte in einer zerschlisse-nen, blassblauen Baumwolljacke. Eisgraue Haarstoppeln sprossen unter dem Rand einer speckigen Mütze hervor und zogen sich bis tief in seinen Nacken hinunter. Er stand ihnen abgewandt inmitten von staubüberzogenem Gerümpel und spaltete Holz auf einem wuchtigen Hackklotz. Die Scheite flogen zur Seite auf den Boden. Er sammelte sie auf und verstaute sie in einem Weidenkorb.

»Herr Schuster?« Behrends war hinter ihn getreten.

Der Mann fuhr herum, ließ die Axt sinken und musterte ihn ver-wirrt, blickte mit wachen, neugierigen Augen aus einem alten, fal-tigen Gesicht an ihm vorbei auf Jutta Engelke, die ebenfalls durch das Tor gekommen war.

»Ja, bitte?«

»Kriminalhauptkommissar Behrends, Polizeiinspektion Nort-heim.« Er hielt ihm seinen Ausweis hin und deutete auf seine Kol-legin. »Und das ist Oberkommissarin Engelke.«

»Ah ja, verstehe. Weber, das arme Schwein. Sie sind wegen Weber hier, stimmts?«

»Richtig«, bestätigte ihm Behrends erstaunt. »Woher wissen Sie ...«

»Na, hören Sie, Herr Kommissar. Ich lese Zeitung. Und wenn die Kripo höchstpersönlich bei mir auftaucht, dann weiß ich, was die Uhr geschlagen hat. Ich bin noch nicht verkalkt.« Ein breites Grinsen zog sich über sein wettergegerbtes, mit Bartstoppeln übersätes Gesicht. »Aber ich habe ihn nicht ermordet, da sind Sie bei mir falsch.«

»Besonders erschüttert scheinen Sie aber auch nicht zu sein«, wunderte sich Jutta Engelke. »Er war immerhin mal Ihr Arbeitskollege.«

Rudi Schuster nickte: »Richtig, das war er. Und vor Jahren hätte es mir vielleicht noch leid getan um ihn.«

»Wie darf ich das verstehen?« Behrends versuchte im Zwielicht des Schuppens in den Augen des Alten zu lesen.

»Tja«, brummte der, griff an den Schirm seiner Mütze, hob sie etwas an und kratzte sich am Kopf, »ein schwieriger Hund war er ja Zeit seines Lebens. Aber ich war immer der Meinung, in seinem Inneren stecke ein guter Kern. Leider hat er mich kurz vor meiner Pensionierung vom Gegenteil überzeugt. Ein elender Drecksack, mein ehemaliger Kollege, und ich habe es nicht mal gemerkt! Soll ich ihm dafür jetzt eine Träne nachweinen?«

»Herr Schuster, wenn es Ihnen nichts ausmacht, würden wir gern etwas mehr über Herrn Weber erfahren. Sie sind derjenige, der ihn wahrscheinlich am besten gekannt hat — vielleicht sogar besser, als seine geschiedene Frau.«

Schuster nickte lachend: »Da haben Sie vermutlich Recht. So viel Zeit, wie wir miteinander verbracht haben. Aber dann sollten wir lieber reingehen. Ist 'n bisschen ungemütlich hier draußen.«

Das war es allerdings in dem vor Dreck starrenden Schuppen. Und kalt. Angesichts dessen, was Behrends und Jutta Engelke bisher zu Gesicht gekommen war, machten sie sich jedoch keine großen Hoffnungen, dass es im Inneren des Hauses besser aussehen könnte. Vielleicht war es etwas wärmer. Schuster schnappte sich den Korb mit dem Feuerholz. Behrends wollte ihn tragen, doch er wehrte ab und ging ihnen voraus.

»Besonders interessiert uns die Zeit, die Sie damals mit Weber an der DDR-Grenze verbracht haben«, sagte Behrends auf dem Weg über den Hof, hin zu einer Tür mit Sprossenfenster. »Sie waren doch bei der Vermessung mit dabei, oder?«

»Allerdings«, ächzte der Alte und schüttelte verwundert den Kopf. »Ist schon merkwürdig, wie viele Leute sich in diesen Tagen für das interessieren, was damals geschehen ist.«

Behrends blieb abrupt stehen. Um ein Haar wäre seine Kollegin auf ihn aufgelaufen: »Was? Wer hat denn noch danach gefragt?«

»Ja, das ist wirklich eine seltsame Geschichte«, holte der alte Schuster aus. Er hatte die Tür erreicht und stellte den Korb ab. Jutta Engelke kam ihm zuvor und hielt ihm die Tür auf.

»Danke, Frau Kommissarin«, sagte er und griff wieder nach dem Weidenkorb, »jetzt kommen Sie aber erstmal rein. Und bitte nicht erschrecken. Es sieht etwas unordentlich aus. Ich hab's nicht so mit dem Haushalt. Seit meine Frau gestorben ist ...« Er senkte den Kopf und schlurfte voran. Seine beiden Gäste folgten ihm.

Sie gingen auf quietschenden Dielen durch einen düsteren Flur und in die Küche. Dort warf Schuster sofort ein paar Scheite in einen gusseisernen Ofen, mit dem die Küchenzeile abschloss.

»Ich habe nicht in allen Räumen Zentralheizung«, sagte er entschuldigend. »Solange ich denken kann, heize ich hier mit Holz. Im Wohnzimmer steht auch noch ein alter Kaminofen. Gibt einfach 'ne gemütlichere Wärme, finde ich.«

Entgegen ihrer Befürchtungen war es in der Küche richtig heimelig. Alt und heruntergekommen war es schon, und es roch muffig, dennoch — in allen Ritzen zwischen den Küchenmöbeln, auf jedem Zentimeter der Tapeten mit dem Windmühlenmuster hafteten Erinnerungen an längst vergangene, vermeintlich bessere Zeiten, die Wärme des Ofens und das Knistern des Feuers strahlten Behaglichkeit aus und schürten Sehnsüchte.

»Kann ich Ihnen etwas anbieten?«, fragte Schuster unsicher. Er hatte selten Gäste, das war zu spüren. »Möchten Sie vielleicht einen Kaffee? Ist schnell gekocht.«

»Kaffee wäre gut.« Behrends nickte zustimmend.

»Wenn Sie mir zeigen, wo alles steht, übernehme ich das mit dem Kaffeekochen.« So nett Jutta Engelke den alten Schuster auch fand, auf seine Kaffeekochkünste wollte sie nicht vertrauen. Sie hatte die Kaffeemaschine ins Visier genommen und war froh, dass nicht alle Segnungen der Technik an diesem Haus vorübergegangen waren.

»Wenn Sie wollen«, entgegnete er und grinste dankbar. »Den Kaffee finden Sie oben links in dem Schrank. Tassen sind rechts daneben.«

»Ja, Herr Schuster, Sie haben mich ziemlich neugierig gemacht«, begann Behrends. Er hatte auf einem der vier Stühle Platz genommen und den Tisch vor sich soweit freigeräumt, dass er Platz hatte, seine Ellenbogen auf die Platte zu legen. »Was meinten Sie damit, dass sich noch andere Menschen für die Vergangenheit interessieren? Wer sollte das sein?«

Auch Schuster hatte sich hingesetzt. Er nahm die speckige Mütze vom Kopf und legte sie auf den Stuhl neben sich: »Ich muss da vielleicht etwas ausholen, wenn es Ihnen nichts ausmacht?«

»Nein, keineswegs«, beteuerte Behrends, »erzählen Sie nur.«

»Tja, also, das war im Oktober, da ist mir der Mann in die Arme gelaufen«, begann der Alte. »Unten in Osterode, auf dem Marktplatz. Mensch, Alfred, rufe ich, du hier? Wie ist das denn möglich! Nach so vielen Jahren! Er war ganz erstaunt und ich dachte schon, wieso schaut er mich bloß so an? Er muss mich doch auch wiedererkennen. Hat er aber nicht. Ich sage zu ihm: Alfred, ich bin's, der Rudi Schuster. Erinnerst du dich? Schließlich hat sich herausgestellt, dass er gar nicht mein alter Kumpel aus dem Osten ist, der mit uns damals an der DDR-Grenze gemessen hat. Dabei hat er ihm aufs blondgelockte Haar geglichen, ich schwöre es! Na klar, er war älter geworden, genau wie ich. Waren ja immerhin siebenunddreißig Jahre vergangen, trotzdem — ich dachte, ich habe Alfred vor mir, Alfred Poppe aus Auleben. Das sage ich ihm, und er lacht und meint, das könne nicht sein. Er heiße schon immer Heinrich Zander und er komme ganz bestimmt nicht aus Auleben.«

»Heinrich Zander?« Jutta Engelke hatte ihr Hantieren mit Tassen und Kaffeemaschine eingestellt und war zu ihnen an den Tisch getreten. »Kam der Mann vielleicht aus Lerbach?«

»Ja, richtig. Das hat er gesagt. Woher wissen Sie ...?«, wunderte sich Schuster. Auch Behrends sah seine Kollegin erstaunt an.

Jutta Engelke stützte sich auf der Stuhllehne vor sich ab. Mit Blick auf ihren Kollegen sagte sie: »Der Mann, der Weber und König beim Vermessen des Gebäudes in Lerbach gesehen hat, der Nachbar, von dem ich dir erzählt habe, der hieß Zander.«

»Heinrich Zander?«

»Den Vornamen weiß ich nicht, tut mir leid«, gab sie zu, »aber ich glaube nicht, dass es so viele Zanders in dem Ort gibt. Und vom Alter her könnte es auch hinkommen. Er hat auf mich zwar einen äußerst fitten Eindruck gemacht, um die siebzig Jahre alt muss er trotzdem gewesen sein.«

»Stimmt, so alt ist er ungefähr«, bestätigte Rudi Schuster.

»Sie sagten, er habe Sie an diesen Alfred Poppe erinnert. An den Mann, mit dem Sie damals zusammen an der Grenze waren.«

»Nicht erinnert«, korrigierte der Alte, »er sah genauso aus, wie er! Ein Hüne von einem Mann. Und immer noch diese blonden Locken.«

»Was haben Sie mit dem Mann bei Ihrem Treffen noch beredet?«

»In Osterode? Gar nichts. Ich hatte es ein wenig eilig, wegen eines Termins. Dann ist er Anfang November plötzlich bei mir aufgetaucht, völlig überraschend. Der muss mich regelrecht gesucht haben. Ich hatte ihm bei unserer Begegnung auf dem Marktplatz ja meinen Namen genannt und ihm auch gesagt, dass ich ihn von der Grenzvermessung kenne. Er sah wirklich aus, wie der Zwillingsbruder von meinem Kumpel Alfred. Ich war wie vor den Kopf gestoßen, wollte es einfach nicht begreifen, dass er es nicht war! Er hat mir gesagt, es müsse wohl eine Laune der Natur sein. Es gebe ja immer wieder solche Doppelgänger. Mit einem Alfred Poppe habe er jedenfalls nie etwas zu schaffen gehabt. Danach wollte er wissen, ob ich ihm meine Erlebnisse während der Grenzvermessung schildern könne. Er sei dabei, ein Buch über die Geschichte der innerdeutschen Grenze zu schreiben, hat er gesagt. Und ich sei ein Zeitzeuge und dürfe mein Wissen nicht für mich behalten. Tja, da habe ich ihm eben erzählt, was ich wusste.«

Behrends dachte an Möller. Der wollte Schuster zusammen mit dem Mann auf dem Osteroder Marktplatz gesehen haben. Und später war ihm der vermeintliche Vermesser aus der ehemaligen DDR angeblich noch einmal vor dem Katasteramt begegnet. Anscheinend hatte Möller nicht gelogen und sich auch durch die Ähnlichkeit der Männer täuschen lassen.

»Würde es Ihnen etwas ausmachen, uns das alles noch mal zu erzählen?«, fragte Behrends. »Vielleicht haben Sie ja sogar Fotos aus der Zeit.«

»Fotos? Oh ja, die habe ich! Die hat der Zander auch zu sehen bekommen. Am liebsten hätte er sie mitgenommen. Aber das konnte ich dann doch nicht, sie so einfach einem Fremden überlassen. Da hängen schließlich Erinnerungen dran! Moment, ich hole mal eben das Album.« Schuster stand auf und verschwand aus der Küche.

Jutta Engelke stellte Tassen, Zucker und Kondensmilch auf den Tisch: »Was hältst du von der Geschichte?«, fragte sie Behrends.

»Dieser Doppelgänger?« Er rieb sich das Kinn. »Hm, ich weiß nicht, so richtig blicke ich da nicht durch, aber ich glaube nicht, dass wir dem weiter nachgehen müssen. – Zumindest macht der Alte auf mich keinen verwirrten Eindruck. Schauen wir uns doch einfach mal die Fotos an und lassen ihn erzählen. Mich interessiert in erster Linie unser Freund Puschkin. Über den haben wir noch gar kein Wort verloren.«

Rudi Schuster kam mit einem Fotoalbum zurück. Seine Augen leuchteten vor Aufregung: »So, da sind die Bilder. Immer wenn ich sie mir betrachte, dann denke ich daran, wie viel Spaß wir miteinander hatten. Zusammen mit den Kollegen aus dem Osten. Man sollte es kaum glauben, bei allem, was man sonst immer so gehört hat. Nein, es war wirklich eine schöne Zeit damals.«

Dem alten Mann war anzusehen, wie sehr er sich freute, dass es jemanden gab, der Interesse an ihm zeigte und von seinen Erlebnissen hören wollte. Auch wenn es sich dabei um die Kriminalpolizei handelte!

12.

Schuster legte das Fotoalbum geöffnet vor Behrends auf den Tisch. Jutta Engelke beugte sich über die Schulter ihres Kollegen. Gemeinsam betrachteten sie ein Gruppenbild, das auf einer Waldlichtung vor einem Militärjeep entstanden war.

»Das ist unsere Truppe: Weber, Baumann, der ja leider auch schon tot ist, dann der Truppführer von drüben, der Ulrich Seifert, und Siegfried Schorner. Das da bin ich und der hier, das ist mein alter Kumpel von damals, Alfred Poppe. Ich habe wirklich gedacht, dass er es ist, da in Osterode auf dem Marktplatz.« Bei jedem Namen, den er nannte, deutete er mit dem Finger auf eine der Personen auf dem Foto. »Wir haben das Bild mit Selbstauslöser gemacht. Den Apparat haben die Kollegen von drüben zu uns in den Westen geschmuggelt. Eine Praktika-Spiegelreflexkamera. Ein richtig gutes Gerät! Weber hat sich die Kamera sofort unter den Nagel gerissen.«

Behrends blickte auf und musterte Jutta Engelke, die angestrengt das Foto anstarrte: »Und? Erkennst du den Mann aus Lerbach wieder, den du befragt hast?«

»Ich bin mir nicht ganz sicher ... doch, zumindest sieht der Zander diesem Alfred Poppe sehr ähnlich.« Der Kaffee war durchgelaufen, die Maschine röchelte. Sie wandte sich wieder der Küchenzeile zu.

»Er sieht Alfred nicht nur ähnlich, er ist ihm wie aus dem Gesicht geschnitten!«, widersprach Schuster vehement. »Warten Sie, ich habe da noch ein besseres Foto.« Er blätterte ein paar Seiten weiter. »Hier, das ist es. Schauen Sie sich den langen Lulatsch an. Neben dem wirkt Weber wie ein Zwerg.«

Behrends zog das Album ein Stück zu sich heran. Das musste das Foto sein, das Möller ihm während der Befragung beschrieben hatte. Er schob das Album weiter zu seiner Kollegin.

»Und?«, fragte er. »Wie ist es mit dem Bild?«

Jutta Engelke wiegte den Kopf: »Ich weiß nicht recht. Wie ich schon sagte, es gibt eine große Ähnlichkeit. Aber ob es wirklich ein und derselbe Mann ist?«

»Ich bitte Sie, Frau Kommissarin!«, ärgerte sich Schuster. »Seine Größe! Und diese hellen Locken! Die Ähnlichkeit kann Ihnen doch nicht entgangen sein! Der Mann gleicht meinem alten Kumpel aufs Haar! Ich war lange genug mit Alfred zusammen. Ich kann das beurteilen!«

Behrends nickte: »Das glaube ich Ihnen«, sagte er beschwichtigend, »ich zweifle nicht an Ihrem Urteilsvermögen. Für meine Kollegin ist es etwas schwieriger, sie hat Ihren Freund ja nicht aus früheren Zeiten gekannt.«

Schuster grunzte zufrieden.

»Also, wie war das nun damals?«, forderte er den Alten auf, seine Geschichte zu erzählen.

»Tja, das war schon eine verrückte Zeit«, seufzte Schuster voller Wehmut, »ich sehe es noch genau vor mir, wie die Kollegen aus dem Osten jeden Morgen mit ihrem G.A.S. durch den Zaun gerumpelt sind.«

»G.A.S.?«, hakte er ein.

»So haben die ihren Russen-Jeep genannt.« Schuster tippte auf das Foto. »Ist 'ne Abkürzung für Gorkowski Awtomobilny Sawod, das heißt Autowerk Gorki. Also, mit dem sind die immer gekommen. Wir haben am vereinbarten Treffpunkt gestanden und auf sie gewartet. Je nachdem, wo wir gerade mit der Messung zugange waren, hatten die Soldaten von drüben ein provisorisches Tor in den Grenzzaun gebaut. Dort durfte der G.A.S. durch den Zaun auf unsere Seite fahren. Das konnte an der Kläranlage in Neuhof sein oder unten im Tal bei Nüxei, da, wo heute die Straße geradeaus nach Mackenrode und Nordhausen führt, oder in Bartolfelde, hinten raus nach Bockelnhagen.« Er blickte zu Behrends auf und dann zu Jutta Engelke, die soeben Kaffee eingoss. »Vielleicht wissen Sie das gar nicht, aber die eigentliche Grenze zur DDR verlief ja noch vor dem Zaun, manchmal bis zu dreihundert Meter, und sie war nur durch vereinzelte Schilder gekennzeichnet. Was glauben Sie, wie viele hier aus dem Westen damals schon auf DDR-Gebiet herumgelaufen sind, ohne es zu wissen. Manche haben allerdings auch Bekanntschaft mit den Vopos gemacht.«

»Und das war die Grenze, die Sie vermessen sollten?«, fragte Behrends. Er schüttete sich einen Schluck Milch in den Kaffee und gab drei Teelöffel Zucker dazu. Während er bedächtig umrührte, sprach Schuster weiter.

»Genau. Und auf den Telegrafenmasten im Todesstreifen haben die Vopos gehockt und uns überwacht. Die reparieren die Leitung, hieß es. Aber wir haben uns nicht verscheißern lassen. Weber hat sofort klargestellt, dass die Bewachung aufhören muss, weil wir sonst die Arbeiten einstellen. Er war da ziemlich konsequent. Hat seine Forderung sehr drastisch geäußert. Er konnte sich das erlauben. Er hatte ja auf unserer Seite das Sagen, und die von Drüben haben tatsächlich gekuscht. Die Vermessung musste weitergehen und auch fristgerecht fertigwerden, andernfalls hätte es bestimmt großen Ärger gegeben. Politisch, wenn Sie verstehen, was ich meine. Das wollte natürlich keiner.«

»Verstehe ich Sie richtig? Man hat Sie dann nicht mehr überwacht?«, wunderte sich Jutta Engelke.

»Quatsch!« Schuster lachte auf. »Die haben uns auch weiter im Visier gehabt. Nur weniger offensichtlich. Die sind immer schön in Deckung hinter ihrem Zaun geblieben. Dadurch fehlte ihnen allerdings der große Überblick und sie konnten nicht in jeden Winkel glotzen. Aber die vom Bundesgrenzschutz waren ja auch noch da. Die haben auf unserer Seite aufgepasst, dass nichts aus dem Ruder läuft. War schon ein komisches Gefühl ... Na ja, die Zusammenarbeit hat jedenfalls geklappt, und nachdem wir uns ein bisschen beschnuppert haben, sind wir auch persönlich richtig gut miteinander ausgekommen, zumindest wir Messgehilfen. Besonders der Schorner von drüben und unser Baumann, die waren wie ein Herz und eine Seele. Haben schon morgens das Bier in sich reingeschüttet und billige Pornos angeguckt, die Baumann immer mitgebracht hat. Der Schorner konnte gar nicht genug davon bekommen.« Er hielt inne und schüttelte amüsiert den Kopf.

»Und wenn ich daran denke, wie oft der Baumann besoffen den Dienstbus gefahren ist -Mannomann!« Er blickte seinen Gast an, als sei ihm erst jetzt klar geworden, wen er an seinem Tisch sitzen hatte. »Macht ja wohl nichts, wenn ich das sage, oder? Baumann ist doch schon tot. Da kann ihm ja keiner mehr den Führerschein abnehmen.«

»Nee, das geht nicht, da haben Sie Recht«, bestätigte Behrends. »Und wie verhielt sich das mit Ihren Chefs, den Truppführern?«

»Hm, ja ...«, Schuster überlegte, schien sich selbst nicht sicher, »... na, ich denke, die waren nicht ganz so dicke miteinander. Aber insgesamt lief die Zusammenarbeit ganz hervorragend, sonst hätten wir bestimmt nicht so viel Scheiß machen können.«

»So viel Scheiß?«

»Ja! Das mit der Kamera zum Beispiel. Überhaupt gab es einen regen Warenaustausch. Die haben uns von drüben Sachen mitgebracht, an die wir so ohne Weiteres nicht gekommen wären, und im Gegenzug haben die was aus dem Westen über die Grenze geschmuggelt. Schmuck, Parfüm oder Kleidung haben sie in ihrem G.A.S. mit durch den Zaun genommen und irgendwo im Sperrgebiet an einem vereinbarten Ort, in einem Getreidefeld oder so, wieder rausgeworfen, wo sie von ihren Frauen oder Freunden abgeholt wurden. Und wenn sie beim Einrücken in die Kaserne, in der sie die Woche über untergebracht waren, gefilzt wurden, hat man nichts gefunden.« Schuster schüttelte schmunzelnd den Kopf. Es schien, als könne er im Rückblick auf das Erlebte selbst nicht glauben, was er gerade erzählte.

»Hin und wieder sind wir mit unseren Ost-Kollegen sogar heimlich von der Grenze abgehauen. Nach Walkenried oder Bad Lauterberg. Manchmal sind wir einfach so durch die Gegend kutschiert. Meine Güte, die haben vielleicht Augen gemacht! Einmal waren wir beim Autohaus Blume. Haben denen die Ausstellungsräume gezeigt. Schorner und Poppe haben doch tatsächlich geglaubt, wir hätten das inszeniert und die Autos extra für sie dahingestellt.«

Er machte eine Pause, starrte in seinen Kaffee. Das Donnern vorbeifahrender Lastwagen brach in die Stille ein. Die Scheibe des kleinen Küchenfensters, das zur Straße hinausging, klirrte leise. Ein schwaches Vibrieren erzeugte feine Wellenringe in den Kaffeetassen. Jutta Engelke schaute zum Fenster, zog die Stirn kraus. Schuster bemerkte es.

»Das geht den ganzen Tag so. Seit die Grenze offen ist, rumpeln die hier durch. Dazu das Baustoffwerk gleich hinter dem Bahnübergang. Bei den meisten Leuten im Ort liegen die Nerven blank. Ich habe mich mittlerweile dran gewöhnt. Höre den Lärm fast gar nicht mehr. Wenn das erst alles über die neue Umgehungsstraße läuft, ich glaube, dann fehlt mir richtig was.«

Behrends hatte das Fotoalbum noch einmal zu sich herangezogen, blätterte ein wenig darin herum. Immer die selben Personen auf den Bildern. Einzeln, zu zweit, dann wieder als Gruppe. Mit und ohne G.A.S., an verschiedenen Orten, aber immer im Schutz von Bäumen oder hohen Sträuchern.

»Sagen Sie mal, Herr Schuster, waren die aus dem Osten denn alle sauber? Ich meine, gab es keinen Spitzel in dem Trupp?«

Schuster lachte auf: »Oh doch, natürlich! Ohne Stasi lief bei denen nichts! Einer war der Anstands-Wau-Wau. Hat sich uns aber nicht vorgestellt.«

»Und wie konnten Sie dann all diese Sachen machen, ohne erwischt zu werden?«

»Raffinesse, Instinkt und auch eine Portion Glück haben uns geholfen. Es kam ja, nachdem die Messungen längst im Gange waren, noch ein Mann aus dem Osten zu uns dazu. Wir haben natürlich sofort vermutet, dass der uns überwachen sollte. Auf den hatten wir immer ein Auge. Da wir oft zu zweit an unterschiedlichen, weit auseinanderliegenden Stellen in unübersichtlichem Gelände gearbeitet haben, einer von hier und einer von drüben, konnten wir uns paarweise sogar verdrücken. Es war immer so ein wenig ein Katz- und Maus-Spiel. Wir haben natürlich vermutet, dass die uns mit Richtmikrofonen belauschen. Also, was haben wir gemacht? Wollten wir miteinander reden, was Privates oder so, dann haben wir eben unsere Motorsägen angeworfen, und so getan, als müssten wir für die Vermessungslinien Sichtschneisen schneiden. Stattdessen hat der Sägenlärm unsere Unterhaltung übertönt. Ganz einfach.«

»Und das ist nie schiefgegangen? Es hat nie jemand etwas bemerkt und gemeldet? Puschkin zum Beispiel?«

Behrends brachte bewusst den Namen ins Spiel. Möglich, dass Schusters Erzählung noch darauf zugesteuert wäre. Vielleicht hätte er den Namen auch lieber verschwiegen, aber das war nun kaum mehr möglich.

Der Alte zog die Augenbrauen hoch, blickte ihn ahnungsvoll an und nickte: »Ah, jetzt weiß ich, worauf Sie hinauswollen. Ja klar! Weber ist ermordet worden. Und da müssen Sie natürlich irgendwann auf Puschkin stoßen. Wie sind Sie denn auf den gekommen?«

»Ermittlungsarbeit, Herr Schuster.« Jutta Engelke lächelte ihn freundlich an. »Das ist unser tägliches Brot.«

»Ist Puschkin auch auf einem der Bilder?«, wollte Behrends wissen.

»Oh nein!« Der alte Vermessungsgehilfe richtete sich kerzengerade in seinem Stuhl auf, warf ihm einen strafenden Blick zu. »Wo denken Sie hin? Der doch nicht. Der war einer von den Großen im

Hintergrund. Stasi-Offizier. Gehörte zur Kommission, die mit uns zu Beginn unserer Arbeiten die Grenze abgegangen ist und den zu vermessenden Grenzverlauf festgelegt hat. Ich habe ihn danach jedenfalls nicht wiedergesehen. Im Gegensatz zu Weber, wie mir allerdings erst viel später klargeworden ist.«

»War denn Puschkin überhaupt sein richtiger Name?«, fragte Jutta Engelke.

»Nein, natürlich nicht! Lodahl hieß der Mann! Unter den Kollegen von drüben ging das Gerücht um, dass Lodahl während seiner jahrelangen Stasiausbildung nicht nur die Schule des Geheimdienstes kennengelernt hatte, sondern auch das Wodkasaufen. Da hatte er den Spitznamen sofort weg. Heute nennt er sich Dahlkin, dieser Drecksack. Hat 'ne Baufirma. Solche Mistkerle fallen immer wieder auf die Füße.«

Behrends hatte Schuster aufmerksam zugehört. Na bitte! Hatte er doch den richtigen Riecher gehabt. Puschkin war Lodahl und Lodahl war Dahlkin! Und endlich gab es auch ein Gesicht zu den drei Namen — Dahlkins Zeitungsgesicht. Er triumphierte. Nun fehlte ihm noch der entscheidende Baustein, um einen Zusammenhang zwischen dem Baulöwen und dem Mord an Weber und dessen Vermessungsgehilfen herzustellen. Hielt Schuster den noch versteckt?

»Woher wissen Sie überhaupt, dass Dahlkin der Mann von damals ist?«

»Herr Kommissar, ich habe Augen im Kopf und ich lese Zeitung!«, entrüstete sich Schuster. »Grinst unverschämt in die Kameras, dieser Verbrecher, spielt sich zum Wohltäter der Stadt Osterode auf — auch wenn ich ihm nur einmal begegnet bin, manche Gesichter vergisst man nicht! Und Puschkins kann ich, darf ich nicht vergessen, weil er, zusammen mit meinem sauberen Truppführer Weber, meinen Freund Poppe auf dem Gewissen hat.«

Schuster hatte plötzlich seine Ruhe und Gelassenheit verloren. Unruhig rutschte er auf seinem Stuhl hin und her. In ihm kochte es. Die Kiefer mahlten, die Lippen hatte er zu einem Strich zusammengepresst.

»Können Sie uns das noch etwas genauer erklären?«, fragte Behrends. »Uns sind da nämlich auch schon Andeutungen in der

Richtung zu Ohren gekommen, die wir aber nicht ganz verstanden haben.«

Schuster entspannte sich wieder ein wenig und sank mit dem Oberkörper nach vorn. Die Arme auf dem Tisch, rieben die Handflächen gegeneinander, als ob er dadurch seinen Schmerz zermahlen könnte.

»Alfred wollte fliehen.«

»Fliehen? Der Vermesser aus dem Osten? Waren die Männer von drüben denn nicht besonders zuverlässig?«

Schuster nickte: »Natürlich! Linientreu und durch ihre Familien fest an ihr Zuhause gebunden. So hat man uns unsere Ost-Kollegen im Vorfeld ja auch beschrieben. Irgendwelche Wackelkandidaten hätten die nie da rausgelassen, um mit uns zusammenzuarbeiten. Sie waren sich aber ganz sicher, dass ihre gut ausgewählten Leute abends immer alle wieder ins Nest zurückkehrten. Und Alfred hat sich auch zu Anfang überhaupt nichts anmerken lassen. Aber eines Tages, als ich mit ihm allein auf Tour war, da hat er die Katze aus dem Sack gelassen. Das war, nachdem wir gemeinsam in Bad Lauterberg gewesen waren. Da hatte er in einer Apotheke eingekauft — Okasa Gold! Weil Baumann ihm weisgemacht hat, wie toll das Zeugs wirkt. Und dann musste er da plötzlich unbedingt wieder hin, mit mir allein. Angeblich, um Nachschub zu holen. Als wir los sind, hat er mir unterwegs gebeichtet, dass er die Helferin aus der Apotheke wiedertreffen will, angeblich Liebe auf den ersten Blick — so ein Unfug! Er hat sich nicht davon abbringen lassen, und ich habe ihn noch zwei weitere Male rausgeschleust. Aber mir wurde das langsam zu heiß. Dann wollte er ganz rübermachen, um mit der Dame neu anzufangen, können Sie sich das vorstellen?«

»Abenteuerlich.« Mehr fiel Behrends dazu nicht ein..

Für Jutta Engelke ergab die Geschichte keinen Sinn: »Und das haben Sie ihm abgenommen? Da schicken sie Leute zum Vermessen, die als absolut linientreu gelten, die außerdem Familie haben, die also wahrscheinlich nicht einmal im Traum daran denken zu fliehen und dann so was? Kam Ihnen das nicht spanisch vor?«

»Und ob! Er hat sich ja auch vorher nie etwas anmerken lassen und den guten Kommunisten gemimt. Keine Ahnung, wie er das konnte. Egal, er wollte weg.«

141

»Aber er war doch verheiratet, oder?«

»Na klar!«, bestätigte Schuster. »Hat uns sogar Fotos von seiner Frau und seinem Sohn gezeigt. Vom Urlaub an der Ostsee. Eine glückliche, kleine Familie eben. Wie aus dem sozialistischen Bilderbuch.Was wird denn mit deiner Frau, deinem Sohn?, habe ich gefragt und er sagte nur, die würden sich damit abfinden. Wegen denen würde er nicht in der Scheiße da drüben ersticken. Dann wollte er, dass ich ihm helfe. Die Vorbereitungen sind fast abgeschlossen, sagte er. Sobald der Tag gekommen ist, weihe ich dich in meine Pläne ein. Mehr hat er mir nicht verraten. Er hatte schon alles vorbereitet, nachts sollte es geschehen, und ich als Fluchthelfer. Stellen Sie sich das mal vor! Ich habe ihm gesagt, das schaffe ich nicht! Aber was antwortet mir der sture Hund darauf? Dann mache ich es eben allein, und wenn ich dabei draufgehe!«

»War der so verliebt, dass er alles riskieren wollte?«, wunderte Jutta Engelke sich.

»Ich glaube, das war nicht sein einziges Motiv.« Schuster schlug das Album an der letzten Seite auf und zog aus einer in den Albumdeckel eingearbeiteten Papptasche mehrere zusammengefaltete Blätter Papier. »Die hat Alfred mir an jenem Tag zugesteckt. Wenn du das liest, wirst du wissen, dass euer schöner Traum von der Wiedervereinigung mit unserer Vermessung ein für allemal ausgeträumt ist, hat er gesagt. Die Grenze bleibt für immer und ewig! Wir nageln sie gerade richtig fest! Und meine Genossen da drüben werden die Sicherungsanlagen noch verstärken, glaub mir! Wenn ich jetzt nicht versuche abzuhauen, bin ich bis an mein Lebensende eingesperrt. — Lesen Sie, Herr Kommissar«, er reichte Behrends die Blätter, »dann sehen Sie, dass es sich um interne Staatspapiere oder so was Ähnliches handelt. Auf jeden Fall hätte Poppe die gar nicht besitzen dürfen. Ich frage mich immer noch, wie ihm die Dokumente in die Hände gefallen sind. Ich weiß heute weniger denn je, wer Alfred wirklich war. Als er mir die Blätter in die Hand gedrückt hat, mahnte er mich, sie bloß nicht den falschen Leuten zu zeigen.«

Behrends überflog den Text. Hochbrisante Geheimnisse enthielt das Dokument nicht. Lediglich die Interpretation des Grundlagenvertrages mit der Bundesrepublik Deutschland aus Sicht der DDR-

Funktionäre war darin festgehalten. Neben den üblichen Anfeindungen und Sticheleien gegen den kapitalistischen Westen, insbesondere die BRD, wurde in dem Papier vehement auf die eigene Staatssouveränität und völkerrechtliche Anerkennung gepocht. Trotz des wenig überraschenden Inhaltes erkannte Behrends dennoch die Gefahr für denjenigen, der das Schriftstück seinerzeit unerlaubt an sich genommen hätte. Für Poppe war es ganz bestimmt ein großes Wagnis gewesen, es mit sich herumzutragen.

»Und?«, fragte er. »Haben Sie die Papiere den falschen Leuten gezeigt?«

»Leider«, jammerte Schuster kleinlaut, »ich habe mit Weber über die ganze Angelegenheit gesprochen. Abends, als wir wieder im Amt waren. Die Dokumente habe ich ihm auch gegeben. Er wollte sie sich zu Hause in Ruhe durchlesen und überlegen, was er für den armen Schuster tun könne. Ich habe ihm geglaubt und gedacht, der Weber, der hat nicht so viel Angst, wie ich, der hat Mumm in den Knochen. Wenn der sich bereit erklärt, ihm zu helfen, dann klappt das auch. Am Tag darauf hat er mir die Papiere wiedergegeben und gesagt, er werde mal sehen, was sich da machen ließe. Ihm sei schon etwas durch den Kopf gegangen, aber das müsse erst noch reifen. Ich hatte wirklich Vertrauen zu Weber!«

»Was der gründlich missbraucht hat«, folgerte Jutta Engelke und stand vom Tisch auf: »Noch jemand Kaffee?«

»Danke, nein.« Behrends schmeckte ihr Gebräu nicht sonderlich.

Schuster hingegen ließ sich einschenken. Dann stellte er die Tasse vor sich hin, blickte hinein. Er musste sich einen Moment besinnen. Seine Kiefer mahlten, die lederige Haut spannte sich über seinen Wangenknochen. Ehe er den Kopf wieder anhob und weitersprach, schluckte er heftig: »Ein paar Tage lang passierte nichts. Bis zum Wochenende verlief alles in gewohnten Bahnen. Morgens kam der G.A.S. durch das provisorische Tor gerumpelt, und wir brachten die Grenzvermessung Meter um Meter voran. Poppe verhielt sich so normal, wie sonst auch. Keiner merkte ihm etwas an. Aber als wir am darauffolgenden Montag wieder zusammentrafen, stieg ein neuer Mann aus dem Russen-Jeep, als Ersatz für Alfred. Der sei heute Morgen vom Trupp abgezogen worden, erklärte Seifert, der Ost-Truppführer. Die hätten ihn direkt von der Kaserne zu einem wichtigen Arbeitseinsatz im Hinterland mitgenommen. Mehr erfuhren wir nicht, wir wagten auch nicht, Fragen zu stellen.«

Wieder machte Schuster eine Pause, nahm einen Schluck Kaffee, blickte zum Ofen. Stand auf und griff in den Korb mit den Holzscheiten. Während er die Ofenklappe öffnete und nachlegte, sprach er, mit dem Rücken ihnen zugewandt, weiter: »Jahrelang habe ich geglaubt, was der Seifert uns an dem Morgen erzählt hat. Und weil von Alfred nie ein Lebenszeichen kam, ist er bei mir dann irgendwann in Vergessenheit geraten. Wir haben zwar später im Amt noch oft über die Zeit an der Grenze gesprochen, Poppes plötzliches Verschwinden aber nur hin und wieder erwähnt. Nicht mal spekuliert haben wir, was das wohl für ein Einsatz gewesen sein mochte, zu dem man ihn abkommandiert hatte.«

»Und dann hat Weber Ihnen die Wahrheit gesagt«, beendete Behrends die Geschichte, »genau an jenem Tag, als Sie Ihren Abschied in den Ruhestand gefeiert haben.«

»Sie sind ja wirklich bestens informiert«, entgegnete Schuster sarkastisch und setzte sich wieder an den Tisch. »Ja, natürlich haben Sie Recht. Das war so eine Art Abschiedsgeschenk von ihm an mich, indem er mir beichtete, er habe zusammen mit Puschkin dafür gesorgt, dass Alfred verhaftet worden sei. Dieser Dreckskerl hat sogar noch die Frechheit besessen, mir zu sagen, dass es ihm ja auch leid täte, aber das Geld sei einfach zu verlockend gewesen, das man ihm geboten habe. Erst da ist mir klar geworden, was für ein Mensch der Weber tatsächlich ist. Leider viel zu spät. Ich weine ihm jedenfalls keine Träne nach.«

»Und als Ihnen der Mann auf dem Marktplatz in Osterode über den Weg gelaufen ist, haben Sie gedacht, Ihr alter Kumpel Alfred Poppe sei aus der Versenkung aufgetaucht.« In Behrends Kopf rasten die Gedanken. Eine vage Theorie begann sich zu entwickeln. Die berühmte Stecknadel im Heuhaufen war von einem Sonnenstrahl getroffen worden und blitzte inmitten der getrockneten Grashalme.

»Ja, richtig!«, rief Schuster aufgeregt. »Ich dachte, mich trifft der Schlag! Nach so vielen Jahren! Aber der Mensch kuckt mich nur an, als sei ich irgendein Volltrottel, und fragt mich, was ich von ihm wolle. Und dass sein Name Zander sei, sagt er. Tja, den Rest kennen Sie.«

Behrends wandte sich zu Jutta um: »Denkst dasselbe wie ich?«

»Was soll ich denn denken?«, erwiderte sie verwundert.

Er stöhnte. Stumm. In Gedanken. So, dass sie seine Enttäuschung nicht bemerkte. Sie war eben nicht Maike de Baer. Die hätte sofort gewusst, was ihm durch den Kopf ging. Weil sie dieselben Schlussfolgerungen gezogen hätte. Warum war sie nur nicht da gewesen heute Morgen? Warum musste sie ausgerechnet jetzt schwanger sein? Hätte sie damit nicht noch warten können? Sofort ärgerte er sich über sich selbst. Solche Gedanken waren seiner nicht würdig! Er wandte sich dem Alten zu, ignorierte Juttas Frage.

»Was glauben Sie, Herr Schuster, könnte der Mann, den Sie getroffen haben, doch Ihr verschollener Kumpel von damals sein?«

»Alfred? Aber ich ...« Wieder rieb er nervös die Handflächen aneinander. »Ich möchte es ja auch gerne glauben! Nur warum streitet er es dann ab?«

Das war die Frage: »Warum?« Behrends blickte nachdenklich zum Küchenfenster. Die Schatten donnernder Riesen zogen vorbei. »Können Sie sich vorstellen, dass ihm die Flucht irgendwann doch gelungen ist? Vielleicht hat er tatsächlich seine Apothekenhelferin geheiratet. Oder er hat sich nach der Grenzöffnung von seiner Familie getrennt und ist nach Lerbach gezogen.«

»Dann hätte er sich doch bei mir gemeldet«, sagte Schuster. »Er wusste, wo ich wohne. Und warum gibt er sich als jemand anderes aus, als ich ihm in Osterode begegne.«

Behrends nickte zustimmend: »Ja, das begreife ich allerdings auch nicht. Es sei denn ...«

»Es sei denn«, fiel ihm Jutta Engelke ins Wort, »er wollte etwas vor Ihnen verheimlichen, zum Beispiel gewisse Rachepläne.« Sie hatte verstanden, worauf ihr Kollege hinauswollte. »Wir sollten diesem Zander noch mal einen Besuch abstatten.«

»Rachepläne?«, wunderte sich Schuster. »An wem hätte er sich denn rächen wollen?«

Behrends blickte ihn erstaunt an. Er musste jedoch nichts sagen. Bei dem Alten fiel noch im selben Augenblick der Groschen.

»Sie meinen, er könnte ... Weber?« Sein Entsetzen war nicht gespielt. »Aber das ist, meine Güte, vielleicht will er mich ja auch ... Er muss doch denken, ich habe ihn damals verraten!«

145

»Immer mit der Ruhe, Herr Schuster«, versuchte Behrends, ihm die Angst zu nehmen, »dazu hatte er ja schon reichlich Gelegenheit. Offensichtlich hat er nicht Sie im Visier, wenn der Mann überhaupt etwas mit Webers Tod zu tun hat.« Er überlegte kurz, kaute auf seiner Unterlippe herum. »Die Frau Poppe und ihr Sohn, Sie sagten, die Familie habe damals in Auleben gewohnt. Wissen Sie, wo das liegt?«

»In der Nähe von Nordhausen. Ich habe da Verwandte«, klärte ihn Jutta Engelke auf.

Behrends wandte sich wieder an Schuster. »Ich glaube, wir haben Ihre Zeit lange genug in Anspruch genommen. Falls es weitere Fragen gibt, melden wir uns wieder. Und vielen Dank für den Kaffee.«

Jutta Engelke wollte die Tassen zusammenstellen. »Lassen Sie nur alles stehen«, hielt der Alte sie davon ab. »Ich räume das später weg.« Er erhob sich und griff nach Behrends' ausgestreckter Hand: »War schön, mal wieder mit jemandem zu reden. Passiert einem alleinstehenden Mann wie mir nicht so oft.« Er zögerte eine Sekunde. »Manchmal fehlt mir das, ein bisschen Gesellschaft ... Ach, hören Sie nicht auf mein Geschwätz. Kommen Sie ruhig wieder vorbei, wenn Sie wollen. Auf Wiedersehen.« Er verabschiedete sich auch von Jutta Engelke und geleitete seine Gäste nach draußen. Durch die Tür zur Bundesstraße. Beißende Kälte und ein vorbeifahrendes Schwerlast-Ungetüm empfingen sie.

13.

Das konnte er, sein Kontaktmann — organisieren. Es war gut, in ihm nicht nur einen alten Kameraden, sondern auch einen guten Freund zu haben, dem er sich vorbehaltlos anvertrauen konnte. Der nicht mit ihm diskutierte, sondern handelte.

Sein alter Kamerad — und Freund — würde es so arrangieren, dass er untertauchen konnte, sobald er seine Aufgabe erledigt haben würde. Er hatte ihm auch das Zimmer besorgt. Nichts Besonderes, kein Hotel oder Gasthof, nur eine Schlafmöglichkeit für zwei Nächte. Bei einer Frau, die ab und zu an Durchreisende vermietete. Die außerdem den Mund fest verschlossen hielt, wenn man es wünschte und es ihr mit einem kleinen Aufschlag auf den Zimmerpreis vergütete. Das jedenfalls hatte der Kamerad ihm gesagt und er wusste, auf dessen Wort war Verlass. Keine Einträge in ein Gästebuch, keine Fragen, keine Spuren. Strategisch günstig zu seinem Ziel gelegen. Er konnte tun und lassen, was er wollte, ohne aufzufallen.

Es tat ihm leid um seine Waffensammlung und die anderen Dinge in seinem Kellerverlies, die ihm lieb geworden waren. Aber es war nicht möglich, alles mitzunehmen. Die Pistole, das Automatikgewehr und die dazugehörige Munition, das musste reichen. Sein Freund hatte ihn ermahnt, nur mit sehr kleinem Gepäck zu reisen. In seiner neuen Heimat könne er noch mal von vorn anfangen, sich all das wieder aufbauen, was er hier hinter sich lassen müsse. Er sei noch nicht zu alt dazu. Leicht gesagt! Wahrscheinlich konnte sein Kamerad überhaupt nicht abschätzen, welch großer Verlust ihm entstand, wenn er all seine Schätze zurückließ. Aber natürlich hatte er Recht, das Jammern führte zu nichts. Es wurde Zeit, mit der Vergangenheit abzuschließen. Mit einem letzten Schuss den Schlusspunkt unter ein Leben setzen, dem wenig Frieden vergönnt gewesen war. Vielleicht doch noch ein wenig zur Ruhe kommen in der Gewissheit, dass alles gesagt, alles getan war und dass es keine offenen Fragen mehr gab.

Er starrte auf das dicht beschriebene Blatt Papier. Während die Zeilen vor seinen Augen verschwammen, kreisten seine Gedanken erneut um das Geschehen oben am Hexenstieg. Noch immer nagte an ihm die Wut auf sich selbst. Warum war der Vermessungsgehilfe so schnell zurückgekommen? Den Mann umzubringen, war nicht geplant gewesen und noch viel weniger seine eigene, überschießende Reaktion danach. Er hatte einer spontanen Regung nachgegeben und sich dem VW-Bus genähert, anstatt, wie vorgesehen, den Schuss auf den Vermessungsingenieur aus der sicheren Deckung abzufeuern und dann lautlos zu verschwinden, wie er es gelernt hatte. Jetzt begriff er, wie schwierig das disziplinierte Töten wurde, wenn man persönlich in die Sache verstrickt war. Wie oft hatte sein Ausbilder ihm das eingeschärft: Lass dich nicht von den eigenen Emotionen überrumpeln! Zum ersten Mal hatte er sich hinreißen lassen. Nun, zum Glück war es gerade noch einmal gut gegangen, und er konnte jetzt seine Aufgabe zu Ende bringen. Danach war noch einmal ein Fall zu lösen. Und er hätte Ruhe, aber keinen Frieden.

Er gab sich einen Ruck und riss die Augen weit auf. Dann konzentrierte er sich wieder auf das Blatt Papier vor sich, schrieb einen letzten Satz und steckte die Schutzkappe auf den Füllfederhalter. Den Brief legte er zu den anderen. Er würde sie später in einen Umschlag stecken und mitnehmen.

Er lehnte sich in seinem Schreibtischstuhl zurück, lenkte seinen Blick auf das Bücherregal, ließ die Augen an den Lexika in der oberen Reihe entlangwandern. An einem der Bände blieben sie hängen. Sollte er noch einmal anrufen und sich vergewissern, dass es bei der Verabredung am Sonntag blieb? Nein, nicht nötig. Es war alles geregelt. Der Mann würde da sein, sich ein vermeintlich lukratives Geschäft nicht entgehen lassen. Er durfte nur nicht vergessen, die Nummer, die er sich in dem Band dort oben als Gedächtnisstütze notiert hatte, zu entfernen, bevor er das Haus verließ. Vielleicht sollte er die entsprechende Seite gleich herausreißen und vernichten? Der Gedanke daran, ein Buch zu verstümmeln, schmerzte ihn. Er würde es tun, beschloss er. Aber später, nicht jetzt. Er atmete tief durch. Dann sah er auf den kleinen Radiowecker neben der Schreibtischlampe. Die Zeit drängte. Er musste endlich packen.

Er warf die Kofferraumklappe zu und ging zurück, um den Trolley zu holen. Gerade hatte er den flachen, schlanken Aluminiumkoffer mit den Waffen im Wagen verstaut. Er schloss die Haustür hinter sich und verharrte einen Moment. Dann durchschritt er langsam den Flur, tastete mit den Augen die Wände ab. Das Haus kam ihm so leer vor. Seelenlos, tot. Schon so lange wohnte er hier allein, aber nie hatte er es so empfunden. Einsamkeit hatte er nicht gekannt. Doch, ganz zu Anfang vielleicht, nach dem Tod seiner Frau. Aber nur kurze Zeit. Dann hatte sich das Gefühl gewandelt und war in

Erleichterung umgeschlagen. Es hatte sich angefühlt, als sei eine Last von ihm genommen worden. Und die Wände hatten sich warm und tröstend um ihn gelegt. Jetzt, da gewiss war, dass er nicht zurückkehren würde, wirkten sie kalt und abweisend.

Er betrat das Wohnzimmer, setzte auch hier bedächtig einen Schritt vor den anderen. An der Anrichte mit dem Kerzenleuchter und mit ihrem Bild darauf blieb er stehen, stützte sich auf der polierten Eichenplatte ab. Er blickte in ihre Augen — diese immer freudlosen, vorwurfsvollen Augen, für die er sie manchmal gehasst hatte und für die er sie auch in diesem Moment wieder hasste. Er war kein tumber Schläger, keiner, der Prügel als Mittel zur Problemlösung sah. So einer war er nie. Aber diese Augen, ihre Augen, hatten ihn doch immer mal wieder so weit getrieben, dass er sich vergaß.

Auch jetzt noch, obwohl ein Foto, obwohl gefangen in einem hölzernen Bilderrahmen und hinter Glas, schaffte sie es, Wut- und Hassgefühle in ihm auszulösen. Warum hatte er sie nur geheiratet? Wieso musste er überhaupt eine feste Beziehung eingehen? Hätte er nicht ledig bleiben können? Vielleicht wäre einiges einfacher gewesen. Im Stillen verfluchte er sich dafür, dass er ausgerechnet bei ihr schwach geworden war. Warum hatte es ihm nicht gereicht, seine körperlichen Triebe zu befriedigen, anonym, zu klaren Bedingungen, ohne weitere Verpflichtungen? So, wie die ganzen Jahre zuvor? Er kannte die Antwort nur zu genau. Eine unangenehme Wahrheit, an die er sich nicht gern erinnerte: Er hatte geglaubt, in der Ehe das zu finden, was er von der Truppe gekannt hatte, seiner »Familie«! Dieser Ort der Geborgenheit, der Gemeinsamkeiten, des gegenseitigen Verstehens, in manchen Augenblicken sogar des Mitfühlens. An dem Tag aber, als er die Waffenbrüder verlassen hatte, war es ein wenig, als habe man ihm den Boden unter den Füßen weggezogen — wieder einmal.

Nun, es war sein eigener Entschluss gewesen zu gehen. Er hatte nicht damit gerechnet, in ein Loch zu fallen. Schon deshalb nicht, weil einer seiner besten Kameraden mit ihm gegangen war, ihm versprochen hatte, sich mit seinen Kontakten für ihn einzusetzen, um im »normalen« Leben schnell Fuß zu fassen. Vielleicht hätte er es wissen müssen und bleiben sollen! Aber der Dienst in der Truppe war nichts für die Ewigkeit. Je später man ging, desto schwieriger wurde es, sich draußen zurechtzufinden. Da tickten die Uhren anders. Dort stand man verlassen, auf freier Wildbahn, ohne Deckung oder Feuerschutz. Ja, natürlich — er hatte gelernt, allein zu kämpfen, sich unbemerkt hinter die feindlichen Linien vorzuarbeiten, den Gegner auszukundschaften. Aber dennoch hatte er sich nie schutzlos gefühlt, war sich der Nähe seiner Kameraden, seiner »Familie« immer gewiss gewesen. Sie hatten ihm geholfen, zu überleben. Und er hatte es als seine Pflicht angesehen, alles dafür zu tun, um am Leben zu bleiben. Es war seine Bringschuld ihnen gegenüber.

Sein Kamerad hatte ihm tatsächlich Wege und Möglichkeiten eröffnet. Er konnte spät noch sein Abitur nachholen und ein Jurastudium beginnen. Das alles in der Obhut der Berliner Immobilienfirma, zu der ihn der alte Weggefährte vermittelt hatte. Diese Firma wurde seine neue Familie. Auf das zweite Staatsexamen hatte er verzichtet. Niemand hatte Wert darauf gelegt. Es reichte ihnen, einen halbwegs gewieften Juristen in den eigenen Reihen zu haben, der es zuweilen auch verstand, das Recht in die richtige Richtung zu beugen. Er hatte immer gewusst, was zu tun war. Loyalität gegenüber der Firma war das oberste Gebot. Ihr zu dienen, war Pflicht und rechtfertigte sogar Wege abseits der vorgeschriebenen Bahnen. Dennoch war es nicht mehr so wie in der Truppe. Er war austauschbar geworden, bekam nicht das zurück, was er bereit war zu geben. Er übte nur noch einen Beruf aus. Der Fokus war nicht länger auf den Menschen gerichtet, sondern auf das Geld, das er einbrachte. Weder gab es Kameraden, noch den Triumph im Sieg, den man Seite an Seite im gemeinsamen Kampf errungen hatte. Schnell war er in dunkle Tristesse gefallen.

Dann war sie ihm über den Weg gelaufen. Sie, mit ihren kummervollen Augen, denen in jenen Tagen noch nicht diese ewigen, unausgesprochenen Vorwürfe anhafteten. Sie war sein Hoffnungsschimmer am Horizont gewesen. Aus ihren Worten sprachen Treue und Fürsorge, sie konnte ihm ein Zuhause geben, dessen war er gewiss.

Sie konnten keine Kinder bekommen. Dabei war ein Sohn sein größter Wunsch gewesen. Immer und immer wieder war seine bange Hoffnung enttäuscht worden. Ihm waren erste Zweifel gekommen. Er war sich nicht mehr sicher, dass sie wirklich ein Kind von ihm haben wollte. Sie hatte sich untersuchen lassen. Es sei alles in Ordnung mit ihr, hieß es. Also musste sie Mittel und Wege gefunden haben, eine Schwangerschaft zu verhindern. Vielleicht hatte sich auch ihre Seele gegen ein Kind gesträubt und damit gleichermaßen gegen ihn. All das hatte er ihr gesagt. Sie hatte ihm vehement widersprochen. Dann war sie tatsächlich so weit gegangen, eine ungeheuerliche Vermutung anzustellen. Vielleicht sei er ja schuld an ihrer Kinderlosigkeit, hatte sie geargwöhnt. Möglicherweise könne er ja keine Kinder zeugen.

In dem Moment hatte sich etwas in ihren stets kummervollen Augen verändert. Plötzlich hatte er die Vorwürfe in ihnen schimmern gesehen. Da war er aus der Fassung geraten. Das erste Mal, seit er sie kannte. Sie hatte es klaglos ertragen, ihn aber seit jenem Tag mit ihren Blicken gequält. Bis an ihr Lebensende hatten sie ihn verfolgt. Vielleicht hätte er sich von ihr trennen sollen. Aber die Angst, wieder eine Familie zu verlieren, hatte ihn daran gehindert und er war bei ihr geblieben.

Als sie gestorben war, hatte er schnell begriffen, wie wenig sie für ihn das Zuhause gewesen war, nach dem er gesucht hatte. Er vermisste sie nicht, nicht eine Sekunde lang. Auf dem Friedhof nahe ihrer ehemaligen Wohnung in Berlin, hunderte Kilometer von seinem jetzigen Heimatort entfernt, hatte er sie bestatten lassen. Er wollte sie nicht mehr in seiner Nähe wissen und sein Leben allein in Ruhe zu Ende leben. Ein Leben, in dem er auch die trügerische Hoffnung auf eine wirkliche Familie beerdigt hatte. Bis sie vor wenigen Wochen wieder auferstanden war.

»Du weißt doch gar nicht, worum es geht!«, grollte er ihrem Konterfei verbittert entgegen. »Hast du dich jemals gefragt, wie es in mir aussieht?« Er hatte sich schon wieder entschuldigt, stellte er erschüttert fest. Erneut der Versuch einer Rechfertigung! Nahm das denn nie ein Ende? Und immer noch dieser Blick, ihr ewiger, elender, vorwurfsvoller Blick! Mit einem wütenden Handstreich wischte er das Bild von der Vitrine. Es fiel zu Boden. Glas splitterte. Er ließ alles liegen wie es war, kümmerte sich nicht darum, hastete aus dem Wohnzimmer.

Als er mit seinem Trolley das Haus verließ und die Tür hinter sich verriegelte, sah er aus den Augenwinkeln, wie sich die Gardinen im Fenster der Wohnung gegenüber leicht bewegten. Er grinste in sich hinein, mochte nicht wissen, wie viele Augenpaare ihn bei seinem Treiben beobachteten. Was würden sie der Polizei sagen, diese unsäglichen Spione? Gute Nachbarn nannten sie sich, taten aber kaum etwas anderes, als hinter vorgehaltenen Händen Gerüchte über ihre Mitmenschen zu verbreiteten, die Ergebnisse ihrer Bespitzelungen, gewürzt mit allerlei wüsten Vermutungen. Ein ungenießbares Gebräu!

Wann wohl die Polizei auftauchte? Ahnten sie überhaupt schon etwas? Diese Kommissarin, die bei ihm vor der Tür gestanden hatte und wissen wollte, ob ihm im Zusammenhang mit dem Mord oben im Wald etwas aufgefallen sei, hätte ihr nicht längst ein Licht aufgehen müssen? Wann stellte sie die richtigen Verknüpfungen her? Er zweifelte nicht daran, dass es ihr und ihren Kollegen gelänge. Es gab ihn nicht, den perfekten Mord, davon war er überzeugt. Auch ihm kämen sie auf die Spur. Diese Erkenntnis bereitete ihm jedoch keine Sorge. Es ging um den Zeitfaktor. Reichte die Zeit aus, seine Arbeit zu vollenden und auf Nimmerwiedersehen zu verschwinden? Allein das war die Frage, die ihn interessierte. Ganz egal, was sie hinter ihren Gardinen beobachteten, diese Aasgeier, sie konnten nur das berichten, was sie sahen — einen alten Mann, der mit Koffern zu einem unbekannten Ziel aufbrach. Eine Urlaubsreise vielleicht. Keine Auskunft, die für die Polizei wirklich hilfreich war. Die Fahndung nach ihm, die sie möglicherweise auslösen würden, hatte er in seine Pläne einkalkuliert. Gewiss, es gab dieses Risiko, geschnappt zu werden — es gab immer ein Restrisiko. Aber es war ihm egal. Hauptsache , er konnte zu Ende führen, was er sich vorgenommen hatte.

14

Zander war nicht zu Hause. Weder stand ein Auto unter dem Carport, noch öffnete jemand auf ihr Klingeln. Die Jalousien waren heruntergelassen. Alles deutete darauf hin, dass der Mann nicht eben nur mal um die Ecke zum Einkaufen gefahren war.

»Lass uns einen Blick um das Haus werfen«, schlug Behrends vor und stieg die Stufen des Steintritts hinunter, um durch den Carport zu gehen, der die Fläche zwischen Wohnhaus und dem Nachbargrundstück ausfüllte. Ein mehr als mannshoher Gartenzaun erwartete sie dahinter — mit einer unverschlossenen Pforte.

An der Rückseite des Hauses befand sich eine Terrasse, zur Hälfte mit transparenten Stegplatten überdacht. An ihrem Rand stand ein gemauerter Kamin mit Grillrost über der Feuerstelle. Sowohl der Rost, als auch die Vertiefung für die Holzkohle waren penibel gesäubert. Nicht eine rußige Stelle oder gar ein Fettrest war zu entdecken. Ein kleiner hölzerner Geräteschuppen, wie man ihn im Baumarkt kaufen konnte, lugte etwas abseits hinter einer Reihe von hochgewachsenen Beerensträuchern hervor. Dort, in Höhe des Schuppens ging die ebene Gartenfläche in einen steil ansteigenden Hang über. Obstbäume standen verstreut, scheinbar ohne jede Ordnung, auf der schneebedeckten Hangfläche.

Der Zaun, der das große Grundstück zum linken und rechten Nachbarn begrenzte, verlor sich hinten unter dichten Bäumen, die bereits zum angrenzenden Wald gehörten. Irgendwo dort oben, gar nicht so weit entfernt, musste der Weg entlangführen, über den Behrends zusammen mit dem Rattenfänger gefahren war, als man sie zum Tatort gerufen hatte. Ob Zander wirklich nichts gehört und gesehen hatte?, überlegte er. Kaum vorstellbar. Vielleicht sollte er die Frage besser anders herum stellen: Würde es jemandem in seiner Nachbarschaft auffallen, wenn der Mann durch seinen Garten und geradewegs in den Wald hineinmarschierte?

Behrends schob seine Gedanken beiseite. Mit wilden Spekulationen war ihm nicht gedient. Er wandte sich wieder seiner Kollegin zu und gemeinsam nahmen sie die Rückfront des Hauses in Augenschein. Auch hier waren die Jalousien vor der Terrassentür und dem großen Fenster heruntergelassen. Eine Treppe aus Beton führte hinab zur Kellertür. Jutta Engelke hangelte sich vorsichtig am eisernen Geländer über die vereisten Stufen nach unten und kam gleich darauf kopfschüttelnd wieder nach oben.

»Alles verriegelt und verrammelt«, sagte sie.

»Tja, das war's dann wohl.« Behrends verspürte ein Kribbeln in der Nase. Hastig fummelte er ein Taschentuch aus der Hosentasche. Keine Sekunde zu früh. Er nieste lautstark in das Papiertuch. Es schien ihm den Brustkorb auseinanderzureißen.

»Oh, oh. Nicht gut«, kommentierte Jutta Engelke seinen Ausbruch.

»Du sagst es.« Nur jetzt keine Erkältung, dachte er. Es wunderte ihn sowieso, dass sein alljährlicher grippaler Infekt bisher ausgeblieben war. Normalerweise traf es ihn Mitte November. Jetzt war bereits Dezember, Weihnachten rückte näher und damit auch die Verlobung seiner Mutter. Vielleicht meinte es eine überirdische Macht ja gut mit ihm, und er durfte über die Feiertage das Bett hüten. Aber bis dahin musste er durchhalten — wenigstens, bis sie diesen Fall gelöst hatten!

Sie trotteten zurück durch den Carport und zu ihrem Dienstwagen.

»Da ist keiner zu Hause«, tönte es von gegenüber.

Behrends blickte hoch und sah einen Mann auf einem steinernen Podest vor seiner Haustür stehen. Er hatte sich auf das umlaufende feuerverzinkte Geländer gelehnt und schaute neugierig zu ihnen hinüber.

»Das haben wir gemerkt«, rief er dem Nachbarn zu. »Wissen Sie denn, ob der Herr Zander bald zurückkommt?«

»Glaube ich nicht.« Der Mann war fett und wirkte abstoßend schmierig. Vorsichtig tastete er sich die wenigen Stufen des Waschbeton-Steintritts hinunter. Am Straßenrand warf er kurz einen Blick in beide Richtungen und kam dann, unter der Last seines massigen Körpers schnaufend, zu ihnen hinübergewatschelt. »Der Zander ist heute früh verreist«, stieß er keuchend aus, noch ehe er ganz bei ihnen angekommen war.

»Und woher wissen Sie das? Hat er mit Ihnen gesprochen? Ihnen eventuell gesagt, wohin er reist?«

Jetzt stand der Nachbar vor ihnen. Japste. Das wabbelige Gesicht mit den Hängebacken war dunkelrot angelaufen. Schwer einzuschätzen, wie alt er war. Fünfunddreißig vielleicht? Behrends wollte sich nicht vorstellen, wie er aussah, wenn er sich wirklich anstrengen musste.

»Der Zander? Nee, der doch nicht!« Er zog die Mundwinkel beleidigt nach unten und machte eine abfällige Handbewegung. »Der hat die Zähne nie auseinandergekriegt. Ein sturer Hund und Eigenbrötler, wie er im Buche steht.«

»Aber Sie wissen trotzdem, dass er verreist ist?«, fragte Jutta Engelke.

»Das muss man ja wohl annehmen, wenn einer einen Koffer in sein Auto packt.« Er kam ihr mit seinem Gesicht gefährlich nahe. Sie wich angeekelt vor ihm zurück. Der Mann war von einem Nebel alkoholischer Ausdünstungen umgeben, zusätzlich verstärkt durch einen fauligen Geruch, der aus seiner Speiseröhre aufstieg. Behrends rettete die Situation, indem er die Aufmerksamkeit des Fettwanstes auf sich zog.

»Das heißt, Sie haben ihn beobachtet. Machen Sie das öfter?«

»Was?«

»Darauf achten, was Ihre Nachbarn so treiben.«

»Wollen Sie damit sagen, ich schnüffle den Leuten hinterher? Also, hör'n Sie mal! Ich habe ganz zufällig gesehen, wie er den Koffer ins Auto gelegt hat! Was interessiert Sie das überhaupt?« Der Dicke starrte ihn feindselig an und stemmte die Fäuste in seine speckigen Seiten, dorthin, wo man die Hüften vermuten konnte.

Behrends zog seinen Ausweis heraus: »Wir sind von der Kriminalpolizei. Sie haben nicht zufällig etwas mitbekommen von der Vermessung nebenan, bei Ihrer Nachbarin?«

»Ah, jetzt verstehe ich.« Der Mann schob sein Kinn vor und zog die Augenbrauen hoch. »Der Mord oben im Wald ... Ist mir leider entgangen, der Spaß. War ja die ganze Woche auf Montage und bin erst gestern Abend zurückgekommen. Aber Ingrid, also die Frau, bei der die gemessen haben, bevor sie gekillt wurden, die hat mir gleich alles erzählt.«

»Wohnt noch jemand in Ihrem Haus, der etwas bemerkt haben könnte?«

»Meine Conny, aber die liegt im Krankenhaus. Und mein Junge ist solange bei seiner Oma. Er wäre ja sonst hier allein, wenn ich die Woche über weg bin.«

»Ja, verstehe.« Behrends warf einen Blick zurück auf Zanders Haus. »Wie ist er denn so, Ihr Nachbar? Sie kennen sich doch bestimmt ein wenig, so über die Straße hinweg?«

»Kennen?« Der Fettwanst von gegenüber hielt das offensichtlich für einen guten Witz. Er legte den Kopf in den Nacken, soweit das bei der Speckrolle überhaupt möglich war, und lachte lauthals auf. Ein heiseres Lachen, das in einem Hustenanfall mündete. Sein Gesicht lief sofort wieder rot an. »Kennen ist gut«, quälte er hervor, »glauben Sie mir, den kennt keiner. An den kommt man nicht ran! Ein Eigenbrötler, wie ich schon sagte. Ist immer allein unterwegs, seit seine Frau tot ist. Den lieben langen Tag stromert der in der Gegend rum. So was ist doch nicht normal!«

»Und das wissen Sie alles, obwohl Sie auf Montage sind?«

»Meine Conny weiß das. Und manchmal sprechen wir über die Leute hier. Wie das Ehepaare eben so machen. Aber mir ist der Kerl eigentlich völlig egal. Was soll man mit so einem schon anfangen?«

Behrends vermutete, dass genau das Gegenteil zutraf. Dieser schmierige Typ interessierte sich garantiert brennend für seinen Nachbarn und wusste so einiges über ihn, das Wenige, was man von einem Einzelgänger wissen konnte und dazu jede Menge Vermutungen, Vorurteile und Gerüchte.

»Wie lange wohnt der Herr Zander eigentlich schon in Lerbach? Ist er einer von den Alteingesessenen?«

»Der? Wo denken Sie denn hin? So einer doch nicht!« Der Dicke musterte Behrends mit Abscheu, so als habe der etwas Unanständiges von sich gegeben. »Ungefähr fünf oder sechs Jahre ist das her, da sind die beiden, der Kerl und seine bessere Hälfte in das Haus gezogen. Es stand leer und sie haben es gekauft. Die Frau ist ja wenigstens mal zu uns rübergekommen und hat sich vorgestellt. Aber er? Glauben Sie das ja nicht!« Er schnaufte und kratzte sich ungeniert am Hintern.

Bei so einem feisten Sack hätte ich mich auch zurückgehalten, dachte Behrends angewidert. Leider konnte er sich seine Gesprächspartner nicht immer aussuchen.

»Seine Frau ist vor drei Jahren gestorben«, fuhr er fort. »Seitdem rennt der Zander hier durch die Gegend. So verrückt aufs Spazierengehen kann doch gar keiner sein! Irgendwann muss man schließlich mal was anderes machen!«

Seit fünf, sechs Jahren lebte dieser Zander hier? Behrends dachte darüber nach, wie diese Informationen zu seinen Annahmen über Alfred Poppes Lebensweg passten. Wenn er tatsächlich später irgendwie in den Westen gelangt war, den Namen Zander angenommen und möglicherweise seine Apothekenhelferin geheiratet hatte, wieso war er dann hierher, nach Lerbach gezogen? Was hatte er mit seinem späten Umzug bezweckt?

Und wenn Zander wirklich Poppe war und Weber ermordet hatte, um sich damit an dem Verräter von damals zu rächen, warum hatte er dann nicht viel früher zugeschlagen? Vielleicht hatte er erst jetzt von Webers Verrat erfahren? Dann war es gewiss für ihn ein glücklicher Zufall gewesen, Schuster zu treffen. Er hatte den ehemaligen Weggefährten in Osterhagen besucht und dem unter Vorspiegelung falscher Tatsachen die Informationen entlockt, die er benötigte: Es waren Weber und Lodahl alias Puschkin alias Dahlkin, die seine Flucht vereitelt hatten. Und er würde auch wissen, dass aus Lodahl der Bauunternehmer Dahlkin geworden war. Vielleicht sah er am Ende in Schuster ja doch einen Verräter und der fürchtete sich jetzt zu Recht vor ihm. Behrends lief es siedendheiß den Rücken hinunter. Wer war Zander? Was genau wusste er? Was hatte er getan? Und vor allen Dingen — was würde er vielleicht noch tun?

»Sagen Sie mal, Herr ...« Behrends zögerte. Ihm fiel erst jetzt auf, dass der Mann sich bisher gar nicht bei ihnen vorgestellt hatte.

»Specht, Frank Specht«, reagierte der Dicke sofort, »wie der Vogel, Sie wissen schon: Tok, tok, tok!« Er lachte wieder sein heiseres Lachen und deutete mit dem Zeigefinger ein Picken an.

»Ja dann, Herr Specht, was ich Sie fragen wollte«, er konnte nicht über den Spaß lachen, »wissen Sie, ob Ihr Nachbar ein Gewehr hat?«

»Gewehr?« Der Mann mit dem Vogelnamen riss seinen Mund weit auf, glotzte die beiden Kriminalbeamten nacheinander verdutzt an. Hinter seiner Stirn arbeitete es fieberhaft. »Sie meinen, ob er mit 'ner Knarre losgezogen ist? So'n Sonntagsjäger?«

»Mhm ... ja, vielleicht«, gab Behrends vorsichtig zurück. Er wollte nicht zu viele Details preisgeben. Besser vage bleiben. Dieser Mensch würde garantiert alles bestätigen, was man ihm an Fakten servierte. Vielleicht, um sich wichtig zu machen, bestimmt aber, um seinem Nachbarn eins auszuwischen. Der Vogelmann mochte Zander nicht. Das stand fest!

»Gut möglich, dass er ein Gewehr mit sich rumgeschleppt hat«, bestätigte Frank Specht auch prompt. »Ja, doch. Wenn ich es mir genau überlege, manchmal sah es wirklich so aus, als hätte er 'ne Flinte über der Schulter hängen.« Er hielt inne. Plötzlich hellte sich sein Gesicht auf, war überstrahlt vom Glanz der Erkenntnis. »Moment, Sie glauben, er könnte die beiden Vermesser abgeknallt haben?«

»Was denken Sie?«, fragte Jutta Engelke zurück.

Frank Specht wiegte den Kopf hin und her, schien seine Worte zu überdenken: »Wenn ich es mir recht überlege ... ja, das traue ich ihm zu«, sagte er schließlich.

Sie hatten keine andere Antwort erwartet. Im gleichen Augenblick wussten Sie aber auch, dass sie die Aussagen des Mannes später wahrscheinlich kaum verwerten konnten. Trotzdem hakte Behrends noch einmal nach: »Hat Ihr Nachbar außer seinem Koffer sonst etwas in sein Auto geladen, bevor er weggefahren ist?«

»Nein, nur einen ... äh, Trolley«, sagte der Vogelmann, »so eins von den Dingern, die man hinter sich herziehen kann ...« Er schob eine Hand in die Hosentasche, machte sich in seinem Schambereich zu schaffen. Auch da gab es etwas zu kratzen: »Kann sein, dass er auch ein Gewehr eingepackt hat«, fügte er geheimnisvoll lächelnd hinzu.

Behrends und Jutta Engelke wurden bei ihrer Rückkehr ins Osteroder Kommissariat schon im Eingangsbereich abgefangen: »Moment, Herr Hauptkommissar! Warten Sie einen Augenblick! Wir haben jemanden im Verhörraum. Einen Verdächtigen, der das Handy bei sich hatte. Ich bin ihm auf die Schliche gekommen.«

Der sie abgepasst hatte und sie mit dieser Mitteilung überraschte, war kein anderer, als der junge Polizeimeister Kurbjuweit, der Behrends schon die Nachricht von dem Angriff auf Diekmann überbracht hatte. Auf ähnlich überfallartige Weise.

Behrends blieb abrupt stehen und machte die paar Schritte bis zu dem Beamten zurück. »Verstehe ich das richtig? Sie haben jemanden festgenommen, weil der ein Handy bei sich hatte? Was hat das denn zu bedeuten? Na los, erzählen Sie!«

»Nicht irgendein Handy«, korrigierte Kurbjuweit. »Es gehört Diekmann! Sie haben uns doch zu dieser Baufirma geschickt, Dahlkin-Bau. Ihr Kollege Unrein sollte den Inhaber zu dem toten Vermesser befragen. Ich war mit von der Partie. Zusammen mit meinem Partner. Wir haben uns auf dem Firmengelände etwas umgesehen.«

Behrends horchte auf. Seine alte Spur! »Und wie sind Sie dabei an das Handy gekommen?«, fragte er.

Der junge Beamte glühte vor Feuereifer. Er fragte sich, ob der Bengel sich ihm ins Gedächtnis schreiben wollte, sich ein gutes Wort von ihm erhoffte für den Fall, dass eine höherwertige Stelle besetzt werden sollte. Nur leider würde ganz bestimmt niemand zu ihm kommen und ihn um eine Beurteilung für den Polizeimeister bitten.

»Wie ich schon sagte, mein Kollege und ich haben uns etwas auf dem Firmengelände umgesehen«, begann Kurbjuweit, »in einer Halle haben wir zwei Mitarbeiter der Firma stehen sehen. Die unterhielten sich und einer von denen fummelte an einem Handy rum. Plötzlich hörte ich den Klingelton von dem Ding, und da wusste ich, dass es Diekmann gehört.«

Behrends war platt! Das war wirklich mal eine überraschende Erklärung: »Sie erkennen die Geräte am Klingelton? Wollen Sie mit der Nummer bei *Wetten, dass..?* auftreten?«

Der Polizeimeister lachte: »Nein, Herr Hauptkommissar. Aber ich bin ja schon einige Male mit dem Holger zusammengetroffen. Ab und zu bekam er dann mal einen Anruf. Na ja, und da habe ich es eben gehört. Ein total abgefahrener Sound — die englische Nationalhymne, God save the Queen. Cool, oder?«

Wirklich cool, dachte Behrends. Er wunderte sich, warum Diekmanns Handy in seiner Gegenwart dem britischen Königshaus noch nie seine Referenz erwiesen hatte. »Und weiter?«, fragte er.

»Wir sind auf die beiden Männer zu, wollten eigentlich nur wissen, woher sie das Ding haben. Da sind die getürmt. Den einen, den mit dem Handy, konnten wir greifen. Der andere ist uns entwischt.«

»Und dieser eine sitzt jetzt im Verhörraum?«, wollte Behrends wissen. »Wer vernimmt ihn denn?«

»Kommissarin de Baer«, sagte Kurbjuweit.

»Maike?«, wunderte er sich. »Komm, Jutta.« Er hastete eilig weiter. »Danke, Herr Polizeimeister«, rief er über seine Schulter zu dem Beamten zurück, der ihnen etwas verdattert hinterherblickte.

Im Verhörraum nahm Behrends auf einem Stuhl in der Ecke Platz. Schweigend hörte er Maike de Baer zu, die einen bulligen Mann Mitte Zwanzig vernahm, der ihr am Tisch gegenübersaß. Eine Kamera zeichnete das Gespräch auf. Einige Minuten lauschte er den immer gleichen Antworten des in schwarzen Cord gekleideten Brechers: Zufällig seien er und seine Kumpel auf den Parkplatz gefahren. Sie wollten noch etwas trinken, im Da Capo an der Stadthalle. Es sei aber schon sehr spät gewesen und das Restaurant bereits geschlossen. Beim Aussteigen aus dem Auto sei er regelrecht über das Handy gestolpert. Es habe neben ihm in der Hecke gelegen. Er habe es an sich genommen. Schön, es gehöre ihm nicht. Aber er habe es in den nächsten Tagen im Fundbüro abgeben wollen. Ganz ehrlich! Ob das jetzt etwa eine Straftat sei, fragte der Mann unverschämt grinsend.

Maike hielt ihm in aller Seelenruhe entgegen, viel wahrscheinlicher sei es wohl, dass er und seine Kumpel Holger Diekmann überfallen und ihm das Handy abgenommen hätten. Ob ihr Arbeitgeber, Herr Dahlkin, ihnen den Auftrag zu dem Überfall gegeben habe, wollte sie wissen. Das sei totaler Quatsch, was sie da von sich gebe, erklärte der Muskelprotz und meinte, den Blödsinn müsse sie erst einmal beweisen.

Behrends reichte es. Er sprang auf und beugte sich über den Tisch zu dem Kerl hinab. Die Hände zu Fäusten geballt, stützte er sich auf der Tischplatte ab und funkelte den Mann zornig an: »Wir werden es Ihnen nachweisen, darauf können Sie Gift nehmen!«, fauchte er. »So, und jetzt machen Sie, dass Sie hier rauskommen! Sie dürfen gehen!«

»Na, das ist doch mal ein Wort«, erwiderte der Mann grinsend und erhob sich. Als er an der Tür war, rief ihm Behrends hinterher:

»Sie halten sich zu unserer Verfügung! Wir sind noch nicht fertig mit Ihnen!«

»Was sollte das?«, giftete Maike de Baer, als sie den Verhörraum verlassen hatten und den Flur entlanggingen. »Warum funkst du mir dazwischen und stellst mich vor dem Typen bloß? Ich hätte die Wahrheit schon aus ihm rausgeholt!«

»Nichts hättest du!«, schnappte Behrends. »Der Mann wusste genau, dass wir ihm nichts können! Wir müssen irgendeinen stichhaltigen Beweis gegen ihn in die Hand kriegen, sonst wird er mit der Geschichte überall durchkommen. Was machst du überhaupt hier? Ich denke, du warst beim Arzt?«

»War ich auch. Ich wollte das mit meiner Übelkeit heute Morgen erst abklären lassen, ehe ich zum Dienst fahre. Nur zur Sicherheit. Tut mir leid, wenn du Jutta mitnehmen musstest.«

»Das muss dir nicht leid tun«, gab Behrends zurück. Es sollte versöhnlich klingen, rutschte ihm aber recht schroff heraus. »Vielleicht wärst du besser zu Hause geblieben, um dich zu schonen, anstatt hier Verhöre mit solchen Typen zu führen und dich unnötig aufzuregen. Das tut dir und dem Kind nicht gut!«

»Hallo?« Vor der Tür zu Behrends' Büro versperrte Maike de Baer ihm den Weg und hinderte ihn daran, einzutreten. »Was soll das dumme Gerede, Ingo? Was bildest du dir eigentlich ein? Ich bin nicht krank, sondern schwanger! Ich setze mich doch nicht den ganzen Tag zu Hause hin und langweile mich. Und überhaupt, was heißt: unnötig aufregen? Verbrecher zu befragen gehört zu meinem Beruf. Das habe ich gelernt. Kannst du das verstehen? Du benimmst dich ja schlimmer als meine Mutter!«

Behrends blickte sich verlegen um. Es schien, als hätten sich sämtliche Bürotüren auf dem Flur kurz geöffnet und nach Maikes Gardinenpredigt wieder geschlossen. Erstaunlich viele Räume, in denen an diesem Samstag Leben herrschte. »Ich mache mir einfach nur Sorgen um dich«, gab er kleinlaut zu.

»Das brauchst du nicht, Ingo. Mir geht es gut.« Sie lächelte gerührt und strich ihm mit der Hand über die Wange. »Trotzdem danke.«

Er senkte verlegen den Kopf: »Was ist überhaupt mit dem Handy?«, fragte er.

161

»Das ist zur kriminaltechnischen Untersuchung«, sagte sie, während er die Tür öffnete und ihr in sein Büro folgte. »Was Diekmann dir erzählt hat, stimmt übrigens. Er hat von seinem Informanten, diesem Rausch, tatsächlich die SMS erhalten. Der Typ, den du eben nach Hause geschickt hast, der hatte die Nachricht jedenfalls noch nicht gelöscht. Ganz schön bescheuert, mögliche Beweise für Dahlkins Verstrickungen in eine Korruption und den Überfall auf Diekmann nicht gleich zu vernichten.«

»Oder ein Beleg dafür, dass der Kerl die Wahrheit sagt und gar nicht wusste, was die Nachricht auf dem Handy bedeutet. Wenn er sie überhaupt schon gelesen hat. Was hat die Befragung in der Baufirma denn eigentlich ergeben? Weißt du was davon? Hat Unrein mit dir darüber gesprochen?«

»Dahlkin selbst haben sie gar nicht angetroffen. Und alle anderen schienen sich zu wundern, dass die Polizei bei ihnen auftaucht. Mit dem Namen Weber im Zusammenhang mit ihrer Firma konnte keiner was anfangen. Einige wussten, dass ein Vermesser namens Weber ermordet worden ist. Mehr ist ihnen dazu aber nicht eingefallen. Und wann der Chef wieder im Hause sei, wusste auch niemand. Es war wie ein Besuch im Tal der Ahnungslosen. Das Handy bleibt im Augenblick unsere einzige Verbindung zu der Firma. Etwas dünn, solange sich der Kerl an seiner Aussage festklammert.« Sie kniff verärgert die Augen zusammen. »Da muss ich dir leider Recht geben, Ingo.«

Behrends nickte. »Mal sehen, was die bei der KTU herausbekommen«, sagte er. »Außerdem wird das wohl nicht in unser Ressort fallen, sollte sich Holgers Verdacht mit der Korruption bestätigen. Damit werden sich dann so oder so die zuständigen Kollegen beschäftigen.«

»Glaubst du nicht mehr, dass der Mord an Weber mit dieser Korruptionsgeschichte zusammenhängt?«, wunderte sich Maike de Baer.

»Nachdem ich heute bei diesem alten Messgehilfen Schuster war, gibt es für mich ganz neue Verdachtspunkte. Vielleicht lassen die sich ja weiter untermauern. Ich will morgen noch jemanden besuchen. Ist zwar Sonntag, aber ...«

»Ich bin dabei«, erklärte Maike de Baer. »Und wohin soll es gehen?«

»Äh, Maike ... ich glaube, wir müssen da mal was klären«, druckste Behrends. Er lehnte sich mit dem Hinterteil gegen die Kante seines Schreibtisches und blickte hilfesuchend zur Zimmerdecke. Es fiel ihm schwer, aber er musste es ihr sagen. Am besten, er brachte es sofort hinter sich, hier und jetzt.

»Ja?« Maikes Miene spiegelte Unsicherheit wider. So begannen unangenehme Nachrichten.

»Es tut mir leid, aber du wirst ab sofort nicht mehr in den Außendienst gehen.«

Sie erstarrte, war geschockt, schnappte nach Luft: »Ich ... was? Wieso das denn?« Feuchter Schimmer trat in ihre Augen. Sie wandte sich ein Stück von ihm ab, damit er nicht sehen konnte, wie enttäuscht sie war. »Habe ich was verbrochen, dass du mich nicht mehr dabeihaben willst?«, fragte sie.

»Quatsch, natürlich nicht!«, fauchte Behrends. Er hatte es gewusst. Gleich würde sie Rotz und Wasser heulen und er hilflos danebenstehen. »Maike, ich kann nicht anders. Ich muss dich zum Innendienst verdonnern. So sind die Regeln, das weißt du. Du bist schwanger!«

»Ja, Mann! Ich bin schwanger, aber nicht krank! Verdammte Scheiße!« Sie war dicht an ihn herangetreten, die Enttäuschung schlug in Wut um. »Wann werdet ihr Kerle das endlich mal begreifen und Frauen nicht auch noch fürs Kinderkriegen bestrafen?« Ihre Augen schossen giftige Pfeile ab, trafen Ingo Behrends mitten ins Herz. »Aber so 'ne Schwangerschaft ist natürlich 'ne prima Gelegenheit, uns Frauen aus dem Berufsverkehr zu ziehen!«

»Maike, hör auf, so einen Schwachsinn zu reden!«, brüllte er ihr entgegen. Das musste er sich nicht bieten lassen. »Benutze endlich deinen Verstand! Du kennst unseren Job und du weißt, dass die Maßnahmen dem Schutz der Schwangeren dienen und nicht, um euch Frauen zurück an die Kochtöpfe zu zwingen. Du bleibst ja im Dienst, im Innendienst. Also, reiß dich zusammen!« Er atmete schwer, sah, dass Maike unter seinen Worten zusammengezuckt war. Etwas versöhnlicher fuhr er fort: »Mir fällt es auch nicht leicht, auf dich zu verzichten, das kannst du mir glauben. Du wirst mir mehr fehlen, als du dir vorstellen kannst.«

»Tut mir leid, Ingo«, murmelte Maike de Baer kleinlaut. Sie hatte sich neben ihn gegen die Schreibtischkante gelehnt. Gemeinsam starrten sie die Wand gegenüber an.

»Kann ich nicht wenigstens diesen Fall noch mit zu Ende bringen?«, fragte sie nach einigen Momenten des Schweigens. »Im Außendienst, meine ich. Bisher weiß doch keiner von meiner Schwangerschaft und man sieht auch noch nichts. Du bist der Einzige, dem ich es gesagt habe. Und wenn du den Mund hältst ...«

»Mensch Maike, versteh das doch«, wehrte er sich verzweifelt gegen ihren Versuch, ihn einzuwickeln, »ich bin für dich verantwortlich! Wenn was passiert, dann haben sie mich am Haken. Aber was noch viel schlimmer ist — ich würde mir das nie verzeihen!«

»Es wird schon nichts passieren, Ingo!« Sie hatte sich vor ihn gestellt, blickte ihn frontal an. »Ich werde auf mich aufpassen. Und wenn es heikel wird, halte ich mich raus. Versprochen.«

Behrends seufzte. Wie sollte das gehen? Heikle Situationen waren nicht vorauszusehen. »Ich glaube, deinem Sven würde das nicht gefallen, wenn er wüsste, dass ich dich unnötigen Gefahren aussetze.«

»Ach der ...«, winkte sie ab.

Behrends stutzte. Was war das denn für eine merkwürdige Reaktion?

»Bitte Ingo, nur noch diesen einen Fall«, drängte Maike ihn weiter, »ist doch nichts dabei, wenn ich mit zu einer harmlosen Befragung fahre. Und wenn der Fall abgeschlossen ist, werde ich brav im Innendienst bleiben. Du hast mein Wort.«

Sein Widerstand war gebrochen: »Also gut«, gab er nach, »ich nehme dich morgen mit. Aber aus allen kritischen Aktionen hältst du dich heraus. Haben wir uns verstanden?«

»Klar, Chef!« Grinsend nahm sie Haltung an und hob die Hand zu einem militärischen Gruß. »So, was liegt morgen an?«

»Wirst du gleich erfahren. Trommelst du bitte unser Team zusammen? Ich möchte, dass wir uns noch zu einer kurzen Lagebesprechung treffen, ehe wir für heute Feierabend machen. Dann erzähle ich euch alles, was ihr wissen müsst, und brauche es nicht zu wiederholen.«

Behrends machte einen Abstecher zu Holger, bevor er nach Hause fuhr. Er hatte direkt nach der Teambesprechung im Krankenhaus angerufen. Dort wurde ihm mitgeteilt, dass man Herrn Diekmann am Morgen entlassen habe.

Diekmanns Miene hellte sich zusehends auf, als Behrends ihm mitteilte, dass sein Handy bei einem der Arbeiter der Dahlkin-Bau aufgetaucht sei.

»Also hat der Dreckskerl seine Bluthunde auf mich losgelassen«, folgerte er. »Was nur bedeuten kann, dass mein Informant aufgeflogen ist. Jemand muss ihn beobachtet haben, als er sich die belastenden Unterlagen besorgt hat, und ist dann damit zu Dahlkin gerannt. Wahrscheinlich einer, der in der Scheiße mit drinsteckt.«

»Es gibt da allerdings ein Problem«, entgegnete Behrends.

»Und das wäre?«

»Der Typ, der dein Handy bei sich hatte, behauptet, er habe es auf dem Parkplatz an der Kaffeemühle gefunden, sei zufällig darüber gestolpert.«

»Der lügt doch!«, regte sich Diekmann auf.

»Ganz sicher sogar«, pflichtete Behrends ihm bei. »Nur müssen wir ihm das erst einmal beweisen. Zum Glück war die SMS von deinem RR noch im Speicher. Grund genug für meine Kollegen, bei Rausch nachzuhaken und ihn etwas in die Mangel zu nehmen. Er ist der Schlüssel. Wenn er redet, stehen die Chancen gut, dass die Geschichte aufgeklärt wird.«

»Kollegen? Ist das nicht dein Fall?«

»Nach dem derzeitigen Stand der Dinge — nein. Anderes Delikt, anderes Ressort.«

Keine rosigen Aussichten, fand Diekmann. Er hatte gehofft, aus der ganzen verfahrenen Geschichte doch noch einen kleinen Profit zu ziehen, indem er sich aus erster Hand über den Fortgang der Mordermittlungen berichten ließ oder sogar ein paar Paralleluntersuchungen auf eigene Faust anstellte. Daraus wurde nun wohl nichts. Das sah Behrends, der Diekmanns Gedanken offensichtlich lesen konnte, genauso: »Denk nicht mal dran«, sagte er grinsend und verabschiedete sich.

Er fand Katrin im Wohnzimmer vor. Sie las in einer Illustrierten. Sir Toby lag zu ihren Füßen. Er sprang ihm nicht, wie sonst, freudestrahlend entgegen, sondern hob zur Begrüßung nur kurz den Kopf und wedelte müde mit dem Schwanz. Es kam Behrends mittlerweile so vor, als entfremde sich der Hund mit jedem Tag ein wenig mehr von ihm.

»Deine Mutter möchte, dass du sie zurückrufst«, empfing Katrin ihn und erinnerte ihn wieder an diese leidige Geschichte, die er den ganzen Tag über erfolgreich verdrängt hatte.

Im Grunde konnte Katrin ja nichts dafür, dass es sofort in Behrends hochkochte, aber so war das nun mal mit den Überbringern schlechter Nachrichten — sie wurden geköpft, geviertelt oder in siedendes Öl geworfen, je nach Zeitepoche und Kulturkreis. Er hatte zwar nicht die Absicht, ihr etwas anzutun, und im eigentlichen Sinne war ihre Information ja auch gar nichts Schlimmes, dennoch hörte es sich ziemlich giftig an, als er zurückschnauzte: »Was will sie denn?«

»Weiß nicht. Frag sie doch selbst!«

Der Grundstein für einen kritischen Verlauf des Abends war gelegt. Behrends warf hastig den Rettungsanker: »'tschuldigung, war nicht so gemeint. Ich hatte einen stressigen Tag.«

Katrin blätterte weiter in ihrer Illustrierten und tat desinteressiert: »Jaja, schon gut. Eintopf steht in der Küche. Brauchst du dir nur noch aufwärmen.«

Das war die falsche Antwort auf sein Friedensangebot. Er schluckte eine Erwiderung hinunter und stapfte aus dem Wohnzimmer — direkt in den Keller. Ein kleines Köstritzer zum Trost für eine derart kühle Ablehnung musste jetzt sein. Auch als Vorbereitung auf das Telefonat mit seiner Mutter. Und zum Eintopf schmeckte eine Flasche Bier allemal! Sollte Katrin denken, was sie wollte! Ihre Antipathie gegen sein geliebtes Schwarzbier war sowieso völlig überzogen!

Sein geheimer Vorrat an Halbliterflaschen war fast aufgebraucht, stellte er mit Schrecken fest. Seit seine Freundin, von einigen Unterbrechungen abgesehen, dauerhaft bei ihm wohnte, hatte er sich von der Gewohnheit verabschiedet, täglich ein Feierabendbier zu genießen. Er hätte es zwar trinken können, aber der Genuss wäre ihm vermiest worden. Dank Katrin! Also beschränkte er sich auf die wenigen Gelegenheiten ungestörten Alleinseins und kam zwangsläufig seltener in den Keller. Sein Restkontingent Köstritzer hatte er dabei wohl etwas aus den Augen verloren. Er musste unbedingt für Nachschub sorgen, wollte er nicht eines Tages völlig auf dem Trockenen sitzen.

Zurück in der Küche entschloss er sich angesichts des leckeren Eintopfes, zuerst zu telefonieren. Solche Gespräche sollte man möglichst schnell hinter sich bringen, damit sie einem beim Essen nicht im Magen lagen. Er bereute den Entschluss schon in dem Moment, als er seine Mutter begrüßt hatte.

»Bespitzelst du uns?«

Die Frage traf ihn wie ein Keulenschlag: »Wie kommst du denn darauf?«

»Du und diese Frau, ihr habt vor der Konditorei gestanden und uns beobachtet.«

»Was haben wir? Wo?«

»Na, gestern in Goslar! Tu nicht so ahnungslos! Wer war sie überhaupt? War das deine Katrin?«

»Das war Maike de Baer, Mama, meine Kollegin. Wir waren dienstlich unterwegs!«

»Das heißt, du überwachst Henning und mich ganz offiziell?«

Musste sie ihm denn jedes Wort im Mund umdrehen, verdammt? »Mama, bitte!« Er wand sich am Telefon wie ein Aal. Zum Glück konnte sie das nicht sehen. »Wir sind da ganz zufällig ... wir waren etwas in Eile, sonst wären wir bestimmt reingekommen und hätten euch begrüßt.«

»Red kein dummes Zeug!« Sie glaubte ihm kein Wort. »Für Henning sah das völlig anders aus. Ihr habt uns beobachtet, sagt er. Was hast du bloß gegen ihn? Ich habe schon gehört, dass du ihm was anhängen willst!«

»Mama, ich ... das ist kompletter Blödsinn!« Wem hatte er denn wann etwas über seinen Glücksspiel-Verdacht im Zusammenhang mit diesem Henning Hohnstein erzählt? Außer Maike den Baer niemandem oder? Er war sich nicht ganz sicher. Hatte sie etwa ...? Nein, soweit wäre sie nicht gegangen! Er holte tief Luft. Es war Zeit, zum Angriff überzugehen: »Hör mal, Mama, du musst ja wohl zugeben, dass es etwas komisch ist, wenn dein Herr Hohnstein während einer Razzia aufgegriffen wird. Hast du dir darüber vorher nie Gedanken gemacht, bevor ihr miteinander ... na, du weißt schon?«

»Henning ist ein ganz lieber Mensch! Er ist doch kein Verbrecher! Das ist einfach unanständig von dir, so was zu behaupten, Ingo! Pfui, schäm dich!«

Er zuckte erschrocken zusammen. Innerlich. Wann hatte sie eigentlich das letzte Mal zu ihm gesagt, dass er sich schämen solle? Jedenfalls nicht mehr, seit er aus den kurzen Hosen herausgewachsen war. Er kam sich plötzlich wieder wie ein kleiner Junge vor, der etwas Schlimmes ausgefressen hatte und nun schuldbewusst mit gesenktem Kopf dastand und seine Gardinenpredigt empfing.

»Mama, bitte!«, quengelte er, »ich will nur dein Bestes. Ich musste doch sichergehen, dass der Mann keinen Dreck am Stecken hat. Aber sei ganz beruhigt, er ist sauber.«

»Er ist sauber! Wie sich das anhört!«, schimpfte sie am anderen Ende. »Er gehört nicht zu deinen Verdächtigen, ist das klar? Ich will, dass du endlich mit diesem Unfug aufhörst, sonst ...«

Jetzt drohte sie ihm auch noch! Seine Mutter drohte ihm allen Ernstes Strafe an! Und er? Hatte er etwa Schiss? Wie damals? Ein wenig fühlte es sich so an. Er befand sich gerade auf einer turbulenten Zeitreise in die Vergangenheit: »Tut mir leid, Mama, so war das wirklich nicht gemeint! Entschuldigung, wenn ich mich falsch ausgedrückt habe. Dein Henning Hohnstein ist schon in Ordnung, denke ich.«

»Bei ihm solltest du dich entschuldigen, nicht bei mir«, greinte sie. Für sie war die Sache damit noch lange nicht aus der Welt. »Du hast ihn zutiefst beleidigt mit deinen Verdächtigungen.«

»Was habe ich?« Behrends hatte Mühe, sich zu beherrschen. Jetzt übertrieb sie aber wirklich. »Mama, ich habe ihn nicht beleidigt! Ich bin ihm nie persönlich begegnet. Ich kenne ihn gar nicht!«

»Eben. Und trotzdem setzt du solche schäbigen Behauptungen über ihn in die Welt. Glaubst du denn nicht, dass ihm das irgendwann von irgendwem zugetragen wird? Er ist ein bekannter Mann, hat viele Kontakte. Junge, du bringst das in Ordnung. Noch vor unserer gemeinsamen Weihnachtsfeier, hörst du? Du stellst dich! Schenkst ihm reinen Wein ein und entschuldigst dich bei ihm. Das verlange ich einfach von dir, verstanden? Wo er wohnt, wirst du ja wissen. Du bist schließlich bei der Polizei.«

Behrends duckte sich, zog den Kopf ein, legte die Ohren an. Was war denn nur mit seiner Mutter passiert? Was war nur aus der etwas schusseligen, leicht naiven alten Frau der letzten Jahre geworden, die seit dem Tod ihres Mannes den Eindruck vermittelt hatte, als könne sie keinen Schritt mehr allein vor die Haustür machen?

»Ja, Mama«, murmelte er kleinlaut.

»Na, dann ist es ja gut. Ich habe dich lieb, mein Junge. Tschüs.« Sie hatte aufgelegt, noch ehe er ein Wort erwidern konnte.

Nachdenklich saß Behrends wenig später am Küchentisch und löffelte Linseneintopf in sich hinein. Die Flasche Köstritzer stand ungeöffnet neben ihm. Das Gespräch mit seiner Mutter hing ihm nach. Sie hatte ihm doch tatsächlich den Kopf gewaschen! Nach allen Regeln der Kunst. Und wenn er es sich genau überlegte, hatte sie sogar Recht! Wie ein Idiot hatte er sich benommen. Aber musste er deshalb gleich den Gang nach Goslar antreten, um vor einem Mann, mit dem er noch nie in seinem Leben ein Wort gewechselt hatte, Abbitte zu tun? Er wusste, seine Mutter würde nicht locker lassen. Weigerte er sich, endete die Weihnachtsfeier höchstwahrscheinlich in einem Eklat. Ihre Drohung war nicht zu überhören gewesen. Trotzdem, so weit erniedrigen wollte er sich dann doch nicht. Es musste eine andere Lösung geben, um sie zufriedenzustellen.

Katrin kam zu ihm in die Küche, stellte sich hinter seinen Stuhl und schlang ihm die Arme um den Hals: »Na, muss mein kleiner Schatz seinen Kummer im Alkohol ertränken?«, schnurrte sie.

Ein leichter, liebevoller Spott lag in ihrer Stimme. Er konnte ihr Gesicht nicht sehen, spürte aber ihr Lächeln in seinem Nacken. Sie war wieder versöhnlich gestimmt. Sehr versöhnlich sogar. So sehr versöhnlich, dass sich augenblicklich die Lebensgeister in seinen Lenden regten. Er ließ den Suppenlöffel in den Teller fallen, griff mit beiden Händen hinter sich und zog ihren Kopf zu einem langen Kuss zu sich herab.

»Komm, lass das stehen. Ich räume das morgen weg«, hauchte sie, als sie wieder Luft bekam.

Dankbar folgte er ihr die Treppe hinauf ins Dachgeschoss. Vergessen war seine Mutter, vergessen der Teller mit dem Rest Linsensuppe. Vergessen auch die Flasche Köstritzer, die immer noch ungeöffnet auf dem Tisch stand.

Als sie später erschöpft voneinander abließen, fuhr ihm Katrin sanft mit dem Finger durch die Brusthaare auf seiner schweißfeuchten Haut und rieb zärtlich ihre Nase an seiner. »Was wollte deine Mutter eigentlich von dir?«, fragte sie unvermittelt.

Nicht schon wieder!, dachte er. Seine Muskeln spannten sich: »Sie glaubt, ich spioniere ihrem Liebhaber hinterher«, gestand er widerwillig. »Ich weiß nicht, wie sie auf so einen Quatsch kommt.«

»Ach, das weißt du nicht?« Sie drückte sich etwas hoch und ein eigentümlicher, ablehnender Ausdruck lag in ihren Augen. »Na, dann rate ich dir, mal intensiv darüber nachzudenken. Ich wette, du kommst von selbst drauf. Gute Nacht!« Sie ließ sich zurück in ihr Bett fallen und drehte sich mit einer Vehemenz von ihm weg, die mehr sagte, als alle Worte. Das ernüchternde Ende eines Liebesspieles, das er so nicht verdient hatte, fand Behrends.

15.

Einen ganzen Tag hatte er sich Zeit genommen, die Gegend zu sondieren. Er hatte gedacht, eine Festung vorzufinden, aber das Anwesen war lediglich durch einen hohen Metallgitterzaun geschützt, der sich weiträumig um das abgelegene, ehemalige Abbaugebiet herumzog. Schnell hatte er einige marode Stellen in der Umzäunung entdeckt und war mit Leichtigkeit auf das alte Betriebsgelände gelangt. Er sah Halogenstrahler auf hohen Masten, die wahrscheinlich dazu dienten, den Platz zwischen dem ehemaligen Bürohaus, dem Carport und dem weiter hinten an einer Böschung stehenden Schuppen auszuleuchten. Sie waren nicht angeschaltet.

Die Natur hatte begonnen, sich das Terrain langsam zurückzuerobern, das immer noch Spuren vom Schwerspat-Abbau aufwies. Lediglich ein paar kleinere Baracken und der alte Stolleneingang im vorderen Teil des verzweigten Geländes zeugten von der einstigen Nutzung.

Nur das alte Bürogebäude passte nicht zu dieser Umgebung. Es war von Grund auf saniert worden und erinnerte kaum noch an seine frühere Funktion, trotz der wenig dekorativen, grauen Seitenfassade. Eine ausladende Terrasse und ein Balkon im Obergeschoss, dazu neue Fenster mit Vorhängen und ein Kamin ließen die neue Nutzung zu Wohnzwecken offensichtlich werden. Er fragte sich, was einen Menschen dazu bewog, sich solch eine Fläche zu kaufen und eine Baracke zu einem gediegenen Wochenenddomizil umzugestalten. Nun, jeder hatte seinen Spleen, und wer weiß, welchen konspirativen Treffen das Haus schon gedient hatte. Nach allem, was er über den Mann erfahren hatte, war es sicher klug von ihm, sich in diese Wildnis zurückzuziehen, damit seine Geschäftspartner nicht unter den Augen der Öffentlichkeit bei ihm ein und aus gingen.

Umso besser für mich, dachte er sich, und noch dazu äußerst angenehm, dass es sich bei dem Anwesen um keinen Hochsicherheitstrakt handelt. Die drei Kameras, die er an den Dachüberständen entdeckt hatte, stellten nun wirklich kein Hindernis dar für jemanden, der vorhatte, ungesehen in das Haus einzudringen. Aber offensichtlich rechnete der Hauseigentümer nicht ernsthaft mit solch einer Möglichkeit, was auch ein Hinweis darauf war, dass dort keine Reichtümer verborgen lagen.

Noch während er seine Informationen sammelte, hatte er seinen Entschluss gefasst: Er würde sein Opfer nicht mit einem Gewehrschuss aus sicherer Deckung niederstrecken können. Die Entfernung von rund dreihundert Metern war für seine Waffe kein Problem, aber nirgends bot sich ihm ein vernünftiger Blickwinkel, der einen sicheren Schuss durch die Fensterscheiben zugelassen hätte. Und näher an das Haus heran konnte er sich für einen Distanzschuss nicht wagen, ohne entdeckt zu werden. Geschickt ausgesucht! Also würde er ihm gegenübertreten müssen, den Überraschungseffekt nutzend. Das war ihm ohnehin lieber, er wollte ihm in die Augen sehen, wenn er starb. Das Gelände ließ ihm nur diese Möglichkeit. Gott sei Dank!

Zurück in seiner Herberge, bereitete er sich in der kleinen Kochnische ein Abendessen von den mitgebrachten Konserven. Einen Bohneneintopf — nichts für Feinschmecker, aber es reichte, um satt zu werden. Während er die Suppe löffelte, ging er in Gedanken noch einmal alle Schritte durch, die er in den zurückliegenden Stunden getan hatte. Gab es einen Fehler in seinen Planungen? Hatte er irgendetwas übersehen, was die Polizei zu früh auf seine Spur bringen und sein Vorhaben damit in letzter Sekunde vereiteln könnte? Nein, alles war in Ordnung. Sollten sie in sein Lerbacher Haus eindringen, würde ihnen nicht verborgen bleiben, dass er Webers Mörder war. Aber sie würden seinen derzeitigen Aufenthaltsort nicht herausfinden.

Zufrieden lächelnd tauchte er den Löffel in die Suppe. Plötzlich hielt er inne. Siedend heiß lief es ihm den Rücken hinunter. Die Notizen! Er hatte sie entfernen, die Seite aus dem Buch herausreißen wollen und es dann doch vergessen. Ein weiterer Beweis, dass sein Gedächtnis nicht mehr wie früher arbeitete. Eine Gedankenstütze sollte der Eintrag sein — für alle Fälle. Und jetzt wurde ihm diese Vorsichtsmaßnahme vielleicht zum Verhängnis — wenn seine Jäger etwas damit anfangen könnten. Unmöglich für sie, die Zusammenhänge herzustellen! Zufrieden grunzend widmete er sich wieder seinem Eintopf.

Später, im Bett, lag er noch lange wach. Malte sich die Begegnung am nächsten Tag aus: den Moment, wenn sein Gegenüber ihn sehen, ihn erkennen und plötzlich begreifen würde. Wenn der feige Hund in Panik die Augen weit aufreißen und dann vor Angst um sein Leben winseln würde. Vergebens, denn sein Tod war besiegelt. Nur ein paar Sekunden würde es dauern, aber es waren Sekunden, die ihm alles bedeuteten. Er würde diesen Moment des Triumphes auskosten. Wie in einer Endlosschleife spulten die Bilder immer und immer wieder vor seinem inneren Auge ab, begleiteten ihn in einen unruhigen Schlaf.

16.

Am siebten Tag sollst du ruhen! Wie Gott es tat, nachdem er die Erde erschaffen hatte mit allem, was darauf kreucht und fleucht. Am siebten Tag sollst du innehalten und dich besinnen, sollst deinem Schöpfer danken und ihn loben.

Nette Idee, fand Behrends, als er im Bad vor dem Spiegel stand und sein zerknautschtes, mit Bartstoppeln übersätes Gesicht betrachtete. Mehr aber auch nicht. Vielleicht hätte Gott lieber das Böse am siebten Tag mit Stumpf und Stiel ausgerottet, anstatt zu ruhen. Oder noch besser, er hätte dem Menschen bei seinem Schöpfungsakt nur das Gute eingegeben und das Böse einfach weggelassen. Dann bräuchte niemand die Kriminalpolizei und er, Behrends, könnte ein, zwei, vielleicht auch drei Stunden länger im Bett liegenbleiben, sich in dicken Daunen vergraben, Katrin mit der Hand über die warme Haut streicheln und in einem Meer aus süßen Träumen versinken. Stattdessen trieben ihn eine unbarmherzige Staatsanwältin und ein mordendes Phantom an diesem eisigen Dezembersonntag zu unchristlicher Zeit aus dem Haus, zunächst zu einer Lagebesprechung im Osteroder Kommissariat.

Behrends' Leute hatten am Vortag gute Arbeit geleistet und eine Adresse ermittelt, die zu einem gewissen Torsten Poppe gehörte. Es bedurfte gestern Abend nur noch eines kurzen Anrufes, um zu wissen, dass sie ins Schwarze getroffen hatten. Der Mann wohnte zusammen mit seiner Mutter Waltraud unter einem Dach, und sein Vater war tatsächlich der gesuchte Alfred Poppe, der damals bei den Vermessungen an der DDR-Grenze dabei gewesen war. Nur — Alfred Poppe lebte schon lange nicht mehr!

Damit hatte sich Behrends' Theorie erledigt. Alfred Poppe konnte nicht der der rachsüchtige Mörder sein, der unter falschem Namen Vermesser umbrachte.

»Dann konzentrieren wir uns eben wieder auf das Osteroder Rathaus und die Firma Dahlkin-Bau«, sagte Behrends sichtlich enttäuscht. Und zu Maike: »Unser Besuch in Auleben hat sich damit wohl erledigt.«

»So schnell würde ich die Spur nicht aufgeben, Herr Behrends«, widersprach Oberkommissar Junghans von den Osterodern. Er war es, der am Vorabend in Auleben angerufen hatte. »Als ich Torsten Poppe nämlich mitteilte, dass jemand seinen Vater noch kürzlich in Osterode gesehen haben will, erklärte er mir, das könne der Zwillingsbruder seines Vaters gewesen sein, von dem sie gar nichts gewusst hätten und der vor nicht allzu langer Zeit unerwartet bei ihm und seiner Mutter aufgetaucht sei.«

Behrends spitzte augenblicklich die Ohren: »Interessant. Was noch? Hat er einen Namen genannt?«

»Das nicht«, sagte Junghans, »aber wäre es nicht möglich, dass es sich bei dem Zwillingsbruder um diesen Zander handelt? Ich meine, bei allem, was wir bis jetzt wissen, zum Beispiel, dass der alte Vermessungsgehilfe aus Osterhagen geglaubt hat, mit Zander seinen Kumpel aus vergangenen Tagen vor sich zu haben.«

»Ja, natürlich, das ist es, ein Zwillingsbruder!« Behrends wurde vom Jagdfieber gepackt. Endlich gab es einen konkreten Anhaltspunkt, auch wenn der ihm zunächst einen Sack voll neuer Fragen bescherte. Er hoffte, in Auleben die Antworten darauf zu finden. Wenn nicht dort, wo dann?

Es war gegen zehn Uhr, als sie ihre Lagebesprechung im Osteroder Kommissariat beendeten und Behrends sich zusammen mit Maike de Baer auf den Weg nach Auleben machte, diesem kleinen Ort hinter Nordhausen, etwa vierzig Kilometer von der ehemaligen DDR-Grenze bei Tettenborn entfernt. Sein Gefühl, auf der richtigen Spur zu sein, verstärkte sich mit jedem Kilometer, den sie weiter gen Osten fuhren.

Eine schwere, graue Wolkendecke hing tief über der »Goldenen Aue«, und nur wenig in der tristen Schneelandschaft rechtfertigte heute den Namen dieser fruchtbaren Region zwischen Harz, Kyffhäuser und Windleite. Ein Schwarm Kraniche stakste unweit der Straße Futter suchend über die Wiesen. Auf ihrem Flug in die Winterquartiere hatten die Vögel hier den üblichen Zwischenstopp eingelegt. Sie waren spät dran in diesem Jahr.

Behrends schauderte bei der Aussicht, gleich den klimatisierten Dienstwagen zu verlassen und in die feuchte Kälte treten zu müssen. Er warf einen kurzen Blick zur Seite. Maike dämmerte immer noch mit geschlossenen Augen vor sich hin. Schon hinter Herzberg, auf der vierspurigen Bundesstraße nach Bad Lauterberg hatte sie sich ganz tief in die Polster des Beifahrersitzes eingegraben und die Arme vor der Brust verschränkt. Sie sei erst gegen Mitternacht ins Bett gekommen, hatte sie ihm erklärt, zu spät, um richtig fit zu sein. Sie wolle versuchen, während der Fahrt ein wenig Schlaf nachzuholen. Behrends kannte sie mittlerweile gut genug, um zu wissen, dass es nicht der fehlende Schlaf war, der ihr zu schaffen machte. Irgendetwas stimmte nicht mit ihr, aber er wollte sie nicht schon wieder bedrängen und sich eine Abfuhr einhandeln. Er musste Geduld haben. Sie würde reden, wenn ihr danach war.

»Hast du dir jemals Kinder gewünscht?«

Maike de Baer traf Behrends mit ihrer Frage völlig unvorbereitet genau in dem Augenblick, als er noch darüber nachdachte, was für ein Problem sie wohl mit sich herumschleppte.

»Ich ... Kinder?«, fragte er etwas blöde zurück.

»Ja, genau. Kannst du dir vorstellen, mit Katrin Kinder zu haben?«

»Also, hm, naja ...« Eine innere Stimme hielt ihn davon ab, mit einem lockeren Spruch zu antworten, warnte ihn davor, ihre Frage auf die leichte Schulter zu nehmen. »Darüber habe ich mir bisher keine Gedanken gemacht. Vielleicht, andererseits — ich bin über vierzig. Da habe ich den richtigen Zeitpunkt wahrscheinlich schon verpasst. So'n Kind ist immerhin eine große Verantwortung, weißt du. Ich ...«

»Hör bloß auf, so eine Kacke zu labern!« Sie hatte sich in ihrem Sitz aufgerichtet und funkelte ihn wütend an. »Ihr Kerle seid doch alle gleich! Der richtige Zeitpunkt! Wann soll der denn sein, hä? Erst fühlt ihr euch zu unreif, dann zu alt. Und zwischendurch müsst ihr Karriere machen und habt keine Zeit. Wenn ich so einen Schwachsinn schon höre! Verdammt, warum könnt ihr Typen euch denn nie zu einem klaren Ja oder Nein durchringen? Warum eiert ihr rum, anstatt zu sagen: Wir wollen nur guten Sex, mehr nicht! Liebe oder gar Kinder, das ist uns zu stressig. — Ich verstehe euch nicht.« Sie wandte sich ab und starrte aus dem Seitenfenster.

Behrends fühlte sich, als habe er eine schallende Ohrfeige erhalten. Stellvertretend. Denn so viel war klar: Maike meinte nicht ihn!

Irgendetwas war vorgefallen und es hatte mit ihrer Beziehung zu Sven tun. War ihre Schwangerschaft der Grund? Was lief nur schief bei ihr?

Sie hielten vor dem schlichten Einfamilienhaus in der Schillerstraße. Das Gebäude musste vor nicht allzu langer Zeit eine teilweise Sanierung erfahren haben. Zumindest die helle, wärmegedämmte Fassade stand im krassen Gegensatz zu den doch recht marode wirkenden Dachziegeln und den altertümlichen, verwitterten Gauben. Wahrscheinlich wurde hier nicht in einem Rutsch, sondern nach Finanzlage renoviert. Behrends schnallte sich los.

Maike de Baer machte keine Anstalten auszusteigen. »Vielleicht ist es ja krank«, sagte sie leise. Zusammengekauert starrte sie auf das Armaturenbrett.

»Was?« Er ließ den Türöffner los, wandte sich ihr zu.

»Mein Baby. Ich will eine Untersuchung machen lassen. In der Familie meines Vaters gab es so einige Probleme, mein Cousin ...«

»Oh, das ist ...« Ihm fehlten die richtigen Worte. »Kann man das jetzt überhaupt schon sagen?«

»Ich weiß nicht. Der Arzt meint, es ginge und ich solle das tun, wenn es mich beruhigt. Er selbst glaubt ja, dass alles in Ordnung ist. Vielleicht mache ich mir auch wirklich ganz umsonst Sorgen, trotzdem, ich habe solche Angst.« Klein und zerbrechlich hockte sie in ihrem Sitz.

Am liebsten hätte Behrends sie in die Arme geschlossen und gegen das Böse in der Welt beschützt. »Und dein Sven?«, fragte er.

Maike schluckte trocken, atmete tief durch: »Der ist sich nicht mehr sicher, ob er ... ob er es überhaupt will. Er meint, es könnte eine zu große Belastung werden, wenn es tatsächlich ... In so einem Fall sollte ich es vielleicht besser ...« Sie hob ihre Hand an die Wange, wischte mit den Fingern eine heimliche Träne weg. Dann gab sie sich einen Ruck, blickte Behrends an, lächelte gequält: »Los, alter Mann, lass uns aussteigen. Es ist Sonntag und wir sind hier, um zu arbeiten, nicht, um uns mit meiner Scheiße gegenseitig runterzureißen.« Energisch riss sie die Tür auf und stieg aus.

Er folgte ihrem Beispiel und trat in eine mit wässrigem, schmutzigbraunem Schneematsch gefüllte Vertiefung im Kopfsteinpflaster.

»Oh, Mist!«, fluchte er, zog den Fuß zurück und schüttelte ihn heftig. Es nützte nichts. Die Brühe war bereits in den Schuh eingedrungen. Sofort spürte er die unangenehme Nässe an seinem Fuß und verzog angewidert das Gesicht. »Das ist heute nicht mein Tag«, knurrte er.

Torsten Poppe, ein Mann etwa in Behrends' Alter, öffnete ihnen die Tür nach dem dritten Klingeln: »Ich musste meiner Mutter eben noch in den Rollstuhl helfen«, entschuldigte er sich und führte sie in das Wohnzimmer.

Man brauchte kein Arzt zu sein, um zu erkennen, dass die Frau schwerkrank war. Schlaff hing ihr übergewichtiger Körper in dem Stuhl. Ihre faltige Haut wirkte blutleer und war mit Flecken übersät, die von Einblutungen unter der Haut stammten. Schwer zu sagen, wie alt sie war. Um die siebzig vielleicht? Sie saß an der gegenüberliegenden Wohnzimmerwand vor einem großen Fenster mit einer schönen Aussicht auf den langgestreckten Garten hinter dem Haus und empfing ihre Gäste mit neugierigem Blick.

Die Frau ist ein einziges Wrack, dachte Behrends beim Eintreten, allerdings eins mit erstaunlich wachen Augen. Er ging um den Wohnzimmertisch herum auf die Frau zu. Maike de Baer folgte ihm.

»Guten Tag, Frau Poppe.« Er reichte ihr die Hand. »Ich bin Hauptkommissar Behrends von der Mordkommission in Northeim. Das ist meine Kollegin, Kommissarin de Baer.« Flüchtig deutete er auf seine Partnerin, die höflich lächelnd nickte. »Entschuldigen Sie bitte, wenn wir Sie am Sonntag stören müssen, aber wir haben einige wichtige Fragen an Sie. Es geht um den Mord an einem Vermessungsingenieur und dessen Kollegen aus Osterode. Ihr verstorbener Mann hat den Ingenieur gekannt, soweit wir wissen. Vor etlichen Jahren soll er mit ihm zusammen an der Vermessung der ehemaligen DDR-Grenze beteiligt gewesen sein. Vielleicht kennen Sie ihn. Weber hieß er.«

»Nein, der Name sagt mir nichts«, antwortete Frau Poppe. »Das war aber keiner von den Ostvermessern, oder? Aus Osterode, sagen Sie? Da in der Nähe wohnt doch auch der Zwillingsbruder meines Mannes.«

»Gut, dass Sie Ihren Schwager erwähnen«, sagte Behrends. »Der ist nämlich der eigentliche Grund, Sie heute aufzusuchen. Wir hoffen, dass Sie uns einiges zu ihm sagen können. Über Ihre Beziehung zu ihm, wie er zu seinem Bruder gestanden hat, ob er ebenfalls mit dem Ingenieur Weber und den Vermessern von damals zu tun hatte und warum er Zander heißt und nicht Poppe, wie Ihr verstorbener Mann.«

Die Frau im Rollstuhl betrachtete ihn mit einem eigentümlichen Gesichtsausdruck. Sorge lag darin und gleichzeitig eine Genugtuung, die Behrends nicht zu deuten wusste: »Haben Sie Heinrich verhaftet?«, fragte sie.

»Verhaftet?«, wunderte er sich. »Sollten wir das denn?«

»Ich ... naja, ich dachte ...«, stammelte Waltraud Poppe. »Er hat so Andeutungen gemacht bei seinem Besuch.«

»Andeutungen?«

»Der Mann war nicht ganz bei Sinnen«, brachte Torsten, ihr Sohn, der bisher schweigend dagestanden hatte, die Sache auf den Punkt.

»Nicht ganz bei Sinnen?« Behrends zog sich einen Stuhl heran: »Darf ich?«

»Ja, selbstverständlich«, beeilte sich Waltraud Poppe zu sagen, »wie unhöflich von mir, Ihnen keinen Platz anzubieten.« Sie bedeutete Maike de Baer, sich ebenfalls zu setzen, und wandte sich dann ihrem Sohn zu: »Torsten, vielleicht kannst du für unseren Besuch einen ordentlichen Kaffee aufbrühen. Aber mit dem Handfilter. Das Zeug aus der Kaffeemaschine schmeckt nicht. Und bring auch etwas von dem Kuchen aus der Speisekammer mit.«

Der Mann verließ widerwillig das Wohnzimmer. Es gefiel ihm ganz offensichtlich nicht, seine Mutter allein zu lassen, aber er wagte keinen Widerspruch. Vielleicht ahnte er, dass sie ihn bei dem Gespräch nicht dabei haben wollte.

»Also, Frau Poppe, was meint Ihr Sohn mit *nicht ganz bei Sinnen*? Hat Ihr Schwager Ihnen etwa gedroht? Wollte er Ihnen etwas antun?«

»Ach was, nein! Wie kommen Sie denn auf so was? Moment, bitte.« Die kranke Frau schob sich mit dem Rollstuhl vom Fenster weg und hin zum Wohnzimmerschrank. Aus einem der Schubfächer in Augenhöhe angelte sie ein Fotoalbum hervor.

Wieder so ein Album, das den moderigen Mief der Vergangenheit ausdünstet, dachte Behrends. Genau wie bei Schuster. War das so, wenn das Leben sich dem Ende zuneigte? Waren die Blicke dann nur noch rückwärts gerichtet und konzentrierten sich auf die bebilderten Erinnerungen an vergangene Zeiten? Sollte das die Regel sein, so bildete seine Mutter offensichtlich die rühmliche Ausnahme. Plötzlich streichelte ihn ein Hauch von Dankbarkeit und er war froh, dass sie auf ihre alten Tage den Weg zurück ins gegenwärtige Leben gefunden hatte, samt Nordic Walking und Liebhaber.

»Wissen Sie, dass wir bis zu seinem Auftauchen bei uns überhaupt nichts von Heinrich Zander wussten?« Waltraud Poppe war wieder an ihren Platz am Fenster zurückgerollt und legte das Album neben sich auf die Fensterbank.

»Moment. Was heißt das, Sie wussten nichts von ihm? Das verstehe ich nicht.« Maike de Baer war aus ihrer Lethargie erwacht und beugte sich neugierig zu der kranken Frau hin.

»Wir kannten ihn nicht. Wir wussten schlicht und einfach nicht, dass es ihn überhaupt gibt! Können Sie sich vorstellen, was das für ein Gefühl war, als er plötzlich in der Tür erscheint? Der Schreck ist mir in die Knochen gefahren und Torsten auch! Wir dachten, Alfred ist von den Toten auferstanden. Dabei hatte Heinrich Zander sogar vorher noch angerufen, uns umständlich erklärt, worum es geht, und sich erkundigt, ob wir die Leute sind, nach denen er sucht. Dann hat er uns eröffnet, dass er Alfreds Bruder sei. Wir konnten erst gar nicht begreifen, was er da sagt, haben es irgendwie nicht in unsere Köpfe bekommen. Als er später vor uns stand, war es ein Schock für uns!«

»Und Heinrich Zander? Stimmt das? Der wusste ebenso wenig von Ihrer Existenz?«, wunderte sich Behrends. Er war neugierig, was Waltraud Poppe ihm zu erzählen hatte, und befürchtete gleichzeitig, den Weg nach Auleben doch umsonst gemacht zu haben. Höchstwahrscheinlich erwartete ihn eine rührende Familiengeschichte, mehr nicht.

»Richtig. Er ahnte nicht mal was von uns und wir nicht von ihm. Auch Alfred nicht. Das heißt, er wusste, genau wie Heinrich Zander, dass er einen Zwillingsbruder hatte. Unzertrennlich waren sie gewesen, damals in ihrer Kindheit in Schlesien. Bis der Krieg sie zur

Flucht getrieben hatte und sie mit ihrer Mutter und dem bisschen, was sie mitschleppen konnten, ihr Heimatdorf verlassen mussten.« Sie hielt inne und schluckte heftig, warf einen flüchtigen Blick in den Garten. »Alfred hat mir die Geschichte erzählt. Ein einziges Mal, als wir uns gerade ein paar Monate kannten. Danach nie wieder. Und dann taucht Heinrich Zander wie aus dem Nichts auf und schildert mir alles noch einmal. Fast genauso, wie mein Mann damals. Es war wirklich, als säße mir Alfred gegenüber.«

»Was ist passiert?«, drängte Behrends. »Damals auf der Flucht?«

»Ein Fliegerangriff hat sie auseinandergerissen. Sie haben sich danach nicht wiedergefunden. Beide dachten voneinander, sie seien tot, bei dem Angriff ums Leben gekommen. Heinrich war jedoch mit seiner Mutter und dem Treck weitergezogen, nachdem sie den Zwilling erfolglos zwischen Trümmern und Leichenteilen gesucht hatten. Aber Alfred hatte überlebt. Er muss bewusstlos gewesen sein. Als er wieder aufgewacht ist, war niemand von den anderen mehr da. Halb erfroren wurde er von nachfolgenden Flüchtlingen aufgegriffen und mitgenommen. So ist er hier in der Nähe untergekommen. Die Frau, die ihn damals auf der Flucht zwischen den Trümmern gefunden hat, ist an die Stelle seiner richtigen Mutter getreten, hat ihn später adoptiert und ihm ebenfalls erzählt, seine Familie sei bei dem Angriff ums Leben gekommen. Niemand hat je wieder von dem anderen gehört.« Einen kurzen Moment lang hing sie ihren Gedanken nach.

»Wie uns Heinrich berichtete, hat seine Mutter, im Gegensatz zur Ziehmutter meines Mannes, nach dem Krieg alles versucht, um doch noch ein Lebenszeichen ihres zweiten Sohnes zu bekommen, aber vergeblich. Ich nehme an, Alfred hat nach der Adoption den Namen seiner neuen Mutter annehmen müssen. Darüber hat er nie mit mir gesprochen. Für mich hieß er immer nur Poppe. Ich wusste nicht, dass sein Geburtsname Zander ist. Das hat uns erst Heinrich gesagt. Auf jeden Fall ist Alfred später für tot erklärt worden.«

»Das heißt also, die Zwillingsbrüder haben in den beiden Teilen Deutschlands gelebt, ohne voneinander zu wissen?«, fragte Maike de Baer. »Das ist ja schrecklich!«

»Das ist es tatsächlich«, stimmte Waltraud Poppe zu, »und wie sehr mein Mann unter dem Verlust gelitten haben muss, ist mir erst nach dem Gespräch mit seinem Zwillingsbruder klar geworden. Er hat sehr bewegend darüber sprechen können, im Gegensatz zu meinem Mann. Wie oft habe ich mir in den vergangenen Tagen gewünscht, ich hätte zu Alfreds Lebzeiten schon gewusst, was ihn quält und umtreibt. Vielleicht wäre ich verständnisvoller mit ihm umgegangen und vielleicht hätte sich auch Torsten nicht völlig mit seinem Vater entzweit.«

»Mama, du bist zu nachsichtig mit ihm!« Ihr Sohn war mit einem voll beladenen Tablett ins Wohnzimmer zurückgekehrt und stellte Tassen, Kanne und Kuchen auf den Tisch. »Papa war ein Mistkerl!«

Ein würziger Duft durchzog das Zimmer. Behrends sog das köstliche Aroma frisch gemahlener und von Hand aufgebrühter Kaffeebohnen tief durch seine Nase ein.

»Torsten, rede nicht so über deinen Vater! Er hat es nicht leicht gehabt in seinem Leben. Er hat Fehler gemacht. Und er hat dafür bezahlt. Mit dem Tod! Vergiss das nicht und begrab endlich deinen Groll!« Waltraud Poppe hatte sich erregt in ihrem Rollstuhl aufgerichtet, soweit es ging. Jetzt ließ sie sich ermattet und schwer atmend in den Stuhl zurückfallen.

Behrends wartete einen Moment, bis sie sich wieder etwas beruhigt hatte. Dann fragte er: »Er hat mit dem Tod bezahlt? Was heißt das? War er krank? Wann ist er überhaupt gestorben?«

»Schuld war diese schreckliche Grenze, war dieses ganze verdammte Land«, sagte Waltraud Poppe verbittert. »Daran ist er zugrunde gegangen.«

»Schuld war er selbst!«, widersprach ihr Sohn energisch. Behrends und Maike de Baer verstanden plötzlich, warum seine Mutter ihn nicht im Zimmer haben wollte. »Papa hat sich ständig gegen unsere Regierung aufgelehnt, das weißt du. Und gleichzeitig hat er den braven Parteigenossen gespielt, um ja nur in den Genuss aller Vorteile zu kommen. Er hat immer nur an sich gedacht. Hat nach außen hin den Biedermann gegeben, hinten herum jeden belogen und betrogen, der ihm vertraut hat, ob nun in der Partei oder in seiner Familie. Dich hat er auch kaputt gemacht. Sieh dich doch an! Ich verstehe einfach nicht, wie du sogar heute noch zu ihm halten kannst.«

»Weil ich ihn geliebt habe und noch liebe! Und weil mein Herz immer wusste, wie zerrüttet es in seinem Inneren aussieht! Ich habe gespürt, dass er nie über das hinweg gekommen ist, was damals während der Flucht geschehen ist! Heinrich hat es mir bestätigt, als er hier aufgekreuzt ist und uns seine eigenen inneren Kämpfe geschildert hat.«

Ihr Wortwechsel war lauter geworden, hatte sich mittlerweile zu einem intensiven Schlagabtausch zwischen Mutter und Sohn entwickelt. Es schien, als hätten beide ihre Gäste vergessen. Behrends und Maike de Baer ließen sie gewähren und verfolgten angespannt die Diskussion.

»Ich verstehe dich nicht!« Torsten Poppe schüttelte wütend seinen Kopf. »Er betrügt dich mit anderen Weibern, er kümmert sich einen Scheißdreck um uns, als ich noch ein Kind bin und wir ihn am nötigsten brauchen, er versaut mir meine Karriere und dir dein Leben, weil er unbedingt in den gelobten Westen abhauen will! Und du hältst zu ihm und deckst ihn bis heute! Ich sehe das anders. Die Genossen haben es mich spüren lassen, haben mich büßen lassen für das, was Vater uns eingebrockt hat. Glaub mir, ich wäre nicht so nachsichtig mit ihm gewesen wie du. Wäre ich nur alt genug gewesen, damals. Ich hätte gehandelt und ihn an seinen alten Weggenossen Lodahl verraten, anstatt das diesen Vermessertypen zu überlassen. Dann wäre mir und auch dir sicher einiges erspart geblieben!«

Bei dem Namen Lodahl richtete sich Behrends in seinem Stuhl auf. Alle Fasern seines Körpers spannten sich.

»Habe ich das richtig verstanden, sagten Sie Lodahl?«

»Ja, Lodahl«, bestätigte Torsten Poppe, »Papas Zögling bei den jungen Pionieren, später in der NVA. Was ist mit ihm? Hat ihn mein ... Onkel«, er spuckte das Wort regelrecht aus, »hat er ihn etwa schon erledigt?«

»Moment, was sagen Sie da?« Behrends wurde zunehmend unruhiger. »Wer hat wen erledigt? Sie haben vorhin schon so etwas angedeutet. Als wir gekommen sind. Da haben Sie von Rache gesprochen. Glauben Sie, Heinrich Zander hat ... »

»Der Alte war jedenfalls völlig aufgebracht und hat hier groß was von Vergeltung gequatscht, als er von uns erfahren hat, dass mein Vater im Gefängnis gestorben ist.«

»Aber jemand, der vom Tod eines anderen Menschen hört, spricht doch nicht automatisch von Rache«, stellte Maike de Baer fest.

»Wenn er den Todesgrund erfährt, vielleicht schon«, schwenkte Torsten Poppe nun höhnisch grinsend um. »Offiziell hieß es damals, mein Vater sei an einer Lungenentzündung erkrankt und habe sich davon nicht mehr erholt. Wahrscheinlicher ist es aber, dass sie ihn dort im Knast umgebracht haben. Die in Bautzen waren nicht gerade zimperlich in ihren Methoden. Das durften wir Heinrich Zander natürlich nicht verschweigen. Und auch nicht, dass Lodahl, der ehemalige NVA-Kamerad, alles zu verantworten hatte. Na schön, Beweise gab es nie. Vaters alte Kollegen aus dem Vermessungstrupp haben Mama gegenüber damals nur so etwas angedeutet. Genaues wussten die aber auch nicht. Sie konnte es sich dennoch gut vorstellen, und ich sah das später genauso. Bis heute bin ich davon überzeugt, dass die Vermutungen der Wahrheit entsprachen.« Er warf seiner Mutter einen Blick zu, als suche er ihre Bestätigung. Sie reagierte nicht.

»Wer anders, als diese Stasi-Ratte sollte seinerzeit die Finger im Spiel gehabt haben? Vater und er waren befreundet, schon von Kindesbeinen an. Lodahl war aber ein Hundertfünfzigprozentiger. Hat sich schnell an Vater vorbei nach oben gearbeitet. Den Blick immer fest auf die Parteispitze und den großen Bruder in Moskau gerichtet. Lodahl muss es gerochen haben, dass mit der politischen Einstellung seines Freundes etwas nicht in Ordnung war. Und das hat er sicher auch als persönlichen Verrat empfunden: Ausgerechnet sein Freund steht nicht verlässlich hinter dem sozialistischen Vaterland. Der Kontakt zwischen den beiden ist dann völlig abgerissen, Lodahl wurde von der Partei abkommandiert. Vater hat nie mehr von ihm gesprochen. Als ob es ihn nie gegeben hätte.« Er biss genüsslich in ein Stück Marmorkuchen und sprach kauend weiter.

»Jahre später muss Lodahl dann aber doch wieder aufgetaucht sein. Und zwar bei der Grenzvermessung. Auch wenn Vater darüber nie ein Wort verloren hat, wenn er am Wochenende nach Hause kam — seine Kollegen haben das Mama gegenüber ja später bestätigt. Ich denke, er ist Vater da noch mal über den Weg gelaufen — eine Begegnung mit verhängnisvollem Ausgang.« Torsten Poppe verstummte für einen Moment und betrachtete der Reihe nach Maike de Baer, Behrends und zuletzt seine Mutter. »Tja, über meine Vermutungen habe ich den Zwillingsbruder meines Vaters natürlich nicht im Unklaren gelassen. Das hat den richtig aufgewühlt. Und dabei hat er eben diese blödsinnigen Drohungen von sich gegeben. Stimmt's, Mama?«

Waltraud Poppe hatte die ganze Zeit auf ihre Hände gestarrt, die gefaltet in ihrem Schoß ruhten. Jetzt hob sie langsam den Kopf, sah an ihrem Sohn vorbei, fixierte den Blick auf einen Punkt irgendwo im Unendlichen. »Ich glaube nicht, dass Heinrichs Drohungen blödsinnig waren«, sagte sie nach einer Weile angespannter Stille. »Er war so ... verzweifelt. So entschlossen. Als sei es das Letzte in seinem Leben, was er noch erledigen musste.« Sie wandte sich direkt an ihren Sohn.

»Ich kannte deinen Vater besser, als du dir vielleicht vorstellen kannst. In Heinrich Zander habe ich die gleiche Unrast gesehen und gespürt, dass er auch von den Geistern der Vergangenheit gequält wird. Er hat so gehetzt gewirkt, war so getrieben von Schuldgefühlen. Er wird von seinen Schuldgefühlen noch umgebracht! So hat er es ausgedrückt. Er hat es sich nie verziehen, dass er nicht weiter nach seinem Bruder gesucht hat, auch nachdem seine Mutter ihn für tot erklären ließ. Es ist völlig absurd, weil er ihn nicht gefunden hat, fühlt er sich sogar für Alfreds Tod in Bautzen verantwortlich ...« Sie wandte sich von ihrem Sohn ab und richtete ihre Augen auf Behrends und Maike de Baer. Erschrecken flackerte darin auf. Waltraud Poppe schien sich plötzlich der Konsequenz ihrer eigenen Worte bewusst zu werden. »Ich glaube, er meinte es wirklich ernst mit seiner Rache«, flüsterte sie.

»Er wollte sofort zu Alfreds damaligem Arbeitskollegen fahren, diesem Rudi Schuster von den West-Vermessern. Ganz komisch hat er mich angeschaut und gemeint, da bekäme er sicher die Antworten, die ihm jetzt noch fehlten. Wie er so dastand und das sagte, so entsetzlich kalt und hart, da hat er mir Angst gemacht. Aber gleich darauf hat er nach dem Grab seines Bruders gefragt. Da wirkte er dann wieder weich und zerbrechlich, ganz gebeugt von Trauer. Eine furchtbar gequälte Seele. Der arme Mann! Ich hoffe nur, er findet irgendwann seinen Frieden.« Waltraud Poppe schüttelte betroffen den Kopf, ihre rot umränderten Augen glänzten feucht. Das Mitgefühl mit ihrem Schwager war nicht gespielt.

»Wenn ich Sie richtig verstehe, glauben Sie also, er will jetzt den Tod seines Bruders rächen und hat diesen Lodahl im Visier?«

Waltraud Poppe antwortete nicht. Sie starrte abwesend ins Leere, verlor sich in Gedankenbildern, zu denen weder Behrends noch Maike de Baer Zugang hatten. Dafür sprach ihr Sohn: »Genau so ist es. Ja, ich denke, das hat er vor. Er will Lodahl an den Kragen.«

»Aber woher kann er denn wissen, wo er Lodahl findet. Nach unseren Informationen gibt es den Lodahl von damals gar nicht mehr.«

Torsten Poppe lachte auf. Ein schrilles, gequältes Lachen: »Das ist wahr! Lodahl ist mit der DDR untergegangen! Und als Dahlkin wieder aufgetaucht ... auferstanden aus Ruinen, sozusagen! Ja, da staunen Sie, was? Wir wissen eben auch, was draußen in der weiten Welt gespielt wird! Meine Mutter ist an den Rollstuhl gefesselt, hat den ganzen Tag nichts zu tun, außer sich von mir zur Behandlung ins Krankenhaus fahren zu lassen, aus dem Fenster zu starren, Fernsehen zu schauen und Zeitung zu lesen. Da bekommt sie mehr mit als man denkt ... zum Beispiel, dass so ein Stasi-Schwein wie Lodahl nach der Grenzöffnung seine Vergangenheit wie eine kaputte Hose auszieht und auf den Müll wirft, dann in den Westen macht, sich einen neuen Namen gibt und den großen Unternehmer markiert, während andere fast verrecken! Unabhängig von dem, was mit meinem Vater passiert ist, hätte ich diesem Drecksack am liebsten den Hals umgedreht, als Mama ihn mir in der Zeitung gezeigt hat, dick und wohlgenährt und mit breitem Grinsen! Ich will gar nicht wissen, wie vielen Menschen der damals das Leben ruiniert hat. Leider kann man ihm ja heute nichts mehr anhaben. Alles legal, alles rechtens, nur auf Befehl gehandelt. Das hat mich am meisten gewurmt und tut es immer noch, glauben Sie mir!«

»Sie haben also daran gedacht, Lodahl umzubringen?«, fragte Behrends.

Torsten Poppe stutzte, runzelte die Stirn. Es dauerte einen Moment, ehe er die Tragweite seiner eigenen Worte begriff und die Frage verstand: »Verdammt, nein, natürlich nicht!«, rief er. »Vielleicht vor Jahren mal. Als mir klar geworden ist, wem wir das alles zu verdanken haben. Aber jetzt nicht mehr. Ich mache mir nicht die Finger schmutzig an so einem! Ich will Lodahl nicht umbringen! Ich möchte nur mit alledem in Ruhe gelassen werden. Da kommt dieser Zander und reißt alte Wunden wieder auf, ohne Rücksicht auf meine Mutter oder auf mich. Ich habe es einfach so satt!«

Behrends warf Maike de Baer einen verstohlenen Blick zu, den sie mit einem kaum wahrnehmbaren Nicken beantwortete. Sie erhob sich und ging zur Wohnzimmertür: »Ich gehe mal eben nach draußen, telefonieren.« Man brauchte ihr nichts zu erklären, sie hatte sofort begriffen. Er blickte ihr wehmütig hinterher. In ein paar Monaten war es vorbei mit dem blinden Verständnis. Jutta Engelke jedenfalls war meilenweit davon entfernt, würde höchstwahrscheinlich nie auf seiner Wellenlänge funken. Der Rattenfänger vielleicht? Aber von dem wusste er ja noch nicht mal ansatzweise, was in seinem Kopf vorging, abgesehen davon, dass ihm ständig diese *My Inner Burning-Band* ihre Metal-Salven unter die Schädeldecke hämmerte! Nein, es gab keinen gleichwertigen Ersatz für seine Partnerin.

»Herr Hauptkommissar, was wollen Sie denn noch von uns hören? Können wir das Gespräch nicht endlich beenden?«, fragte Torsten Poppe, als Maike de Baer die Tür hinter sich geschlossen hatte. »Wir haben Ihnen alles gesagt, was wir wissen und meine Mutter ... Sie sehen doch selbst.« Die kranke Frau saß zusammengesunken und apathisch in ihrem Rollstuhl. Ihr Atem ging flach, kein gutes Zeichen. »Die Unterhaltung mit Ihnen hat sie sehr angestrengt. Außerdem ist es Zeit für ihre Medikamente.«

Behrends nickte und erhob sich: »Natürlich. Ich verstehe. Eine letzte Frage vielleicht doch noch. Hat Herr Zander vielleicht mit Ihnen über Weber gesprochen?«

»Weber? Den ermordeten Vermessungsingenieur?« Torsten Poppe tat erstaunt. »Nein, den kannte ich gar nicht, habe ja erst von Ihnen erfahren, dass es ihn gibt. Sie denken also tatsächlich, dass er ihn ...? Aber warum? Was hatte er denn mit dem abzumachen?«

»Das wüsste ich auch gern«, murmelte Behrends gedankenverloren, obwohl ihm längst klar war, wie alles zusammenhing: Schuster hatte Zander sämtliche Fragen beantwortet, mit denen der aus Auleben zurückgekommen war. Alles andere ergab keinen Sinn. Danach hatte Zander zuerst Weber zur Rechenschaft gezogen und getötet. Blieb die Rechnung mit Lodahl offen. Sein Verdacht hatte sich bestätigt. Nur war es nicht Poppe, der als Heinrich Zander Rache geübt hatte. Stattdessen hatte der echte Zander, der unbekannte Zwillingsbruder, dessen Rolle übernommen. Behrends wähnte sich für einen Moment in einer absurden, beinahe unwirklichen Verwechslungskomödie. Mit einem Ruck erhob er sich von seinem Stuhl: »Ja, also vielen Dank für Ihre Geduld. Sie haben uns sehr geholfen.« Er reichte Torsten Poppe die Hand. Dann wandte er sich der Frau im Rollstuhl zu: »Auf Wiedersehen, Frau Poppe.« Seine Worte kamen nicht bei ihr an. »Grüßen Sie Ihre Mutter, wenn es ihr wieder besser geht«, bat er ihren Sohn. Er fühlte sich plötzlich elend und wollte nur noch weg.

17.

Er erreichte seinen Beobachtungsposten lange vor dem vereinbarten Termin. Er wollte auf der sicheren Seite sein, mitbekommen, ob seine Zielperson Vorbereitungen traf. Gut zwei Stunden galt es auszuharren — und aufzupassen. Noch lag das Haus still in der unberührten Winterlandschaft. Durch sein Fernglas erkannte er lediglich die Spuren von Hasen und Rehen, die sich an manchen Stellen auf dem Platz vor dem Haus kreuzten. Er kauerte sich in der windgeschützten Mulde zusammen, unter sich eine Isomatte, die Wollmütze tief ins Gesicht gezogen und den Kragen seiner Winterjacke hochgeschlagen. Dann wartete er.

Etwa eine halbe Stunde später tauchte ein Mercedes-Geländewagen auf. Schwarz, bullig, teuer. Der Wagen seiner Zielperson, das war ihm bereits klar, noch bevor er sie aussteigen sah. Die Beifahrertür öffnete sich und eine weitere Person entstieg dem Fahrzeug.

Sieh an, dachte er, der Gute ist doch nicht so leichtsinnig, wie es den Anschein hatte. Er bringt sich einen Wachhund mit. Aber es wird dir nichts nützen, mein Freund, gar nichts wird es dir helfen.

Er sammelte etwas Speichel in seinem Mund und rotzte verächtlich zur Seite. Mal sehen, was die Herrschaften so anstellen, um mir einen würdigen Empfang zu bereiten.

Die beiden Männer verschwanden im Haus. Wenige Augenblicke später wurde drinnen das Licht angeschaltet und nach weiteren fünf Minuten kräuselte sich ein Rauchfähnchen aus dem Schornstein. Dann geschah eine Weile nichts. Gerade, als er sich zur Seite drehte, um seinen eingeschlafenen Arm etwas zu entlasten, öffnete sich am Blockhaus eine Hintertür. Der Beifahrer trat heraus und eilte zu dem Holzschuppen hinüber. Er zog eine Brettertür einen Spalt auf und verschwand dahinter. Wenig später heulte im Schuppen eine Motorsäge auf.

Vielleicht hätte er seine Aufmerksamkeit weiter auf den Schuppen und den Mann darin gerichtet, wenn nicht genau in diesem Augenblick ein Auto auf das Werksgelände gefahren wäre, das er vor gar nicht allzu langer Zeit schon einmal gesehen hatte. Ein grüner Lada Geländewagen! Er glaubte seinen Augen nicht trauen zu können, bekam aber sofort Gewissheit, als er sah, dass sein alter Kamerad dem Wagen entstieg und mit entschlossenen Schritten auf die Terrasse zusteuerte, die Stufen hinaufsprang und mit kräftigen Faustschlägen gegen die Tür donnerte. Wenig später wurde ihm geöffnet und der Hauseigentümer begrüßte ihn wie einen Freund.

Was hatte das zu bedeuten? Er rutschte unruhig in seiner Mulde hin und her, ließ die graue Fassade nicht aus den Augen, versuchte zu erkennen, was sich hinter den Fensterscheiben tat. Unmöglich, etwas zu sehen, außer diffusen Schatten, die im dämmrigen Licht umhergeisterten. Sein Kamerad hätte nicht hier sein sollen. Dessen Aufgabe war erledigt, ab jetzt war es seine Geschichte. Wie kam es, dass er trotzdem aufgetaucht war? Wie kam es, dass er so freundschaftlich ins Haus eingelassen wurde?

Eine Stimme in ihm mahnte zu höchster Vorsicht. Etwas war faul, es nahm einen anderen Verlauf, als es sollte. Er konnte nicht länger warten, musste sein Versteck verlassen, um zu sehen, was sich hinter den Hauswänden tat. Jede sich bietende Deckung nutzend, näherte er sich dem Gebäude, so schnell es ihm möglich war. Gerade versuchte er, mit weit ausgreifenden Schritten die wenigen

Meter Freifläche vor der Terrasse zu überwinden, in der Hoffnung, nicht von dem Mann im Schuppen gesehen zu werden, als drinnen ein Schuss fiel. Jemand hatte mit einem Revolver geschossen. Eindeutig!

Marek!, durchfuhr es ihn. Hatte der Schuss seinem alten Kameraden gegolten? Unsinn! Wer hätte auf ihn schießen sollen? Der Hauseigentümer etwa? Natürlich! Wer sonst? Verdammt, was geschah hier gerade? Tausend Gedanken jagten ihm in diesen Sekunden durch den Kopf, ließen ihn explodieren und auf die Terrasse zufliegen, alle Vorsicht vergessend.

Wie vor wenigen Minuten noch sein Freund, hämmerte nun er gegen die Tür, im Takt seiner rasenden Herzschläge. Nur ein paar keuchende Atemzüge, dann wurde die Tür aufgerissen und ein Revolver starrte ihm entgegen:

»Heinrich, du?« Sein Kamerad zuckte vor Überraschung zurück, fing sich aber sofort. Er schnaubte unwirsch durch die Nase, stieß kleine weiße Wölkchen in die Winterluft. Endlich ließ er die Waffe mit einem schiefen Grinsen sinken. »Du bist zu früh dran.« Er deutete mit dem Kopf zum Wald hoch. »Hast wohl irgendwo auf Beobachtungsposten gelegen und mich gesehen, hm? Wolltest wissen, was dein lieber, alter Freund da unten treibt. Ich hätte es mir denken können. Immer umsichtig, unser Heinrich, immer auf Risikominimierung bedacht. Genau auskundschaften, wo der Feind steht und was er im Schilde führt.«

»Marek, was ist da drinnen los?« Fassungslos stand er da. »Was machst Du eigentlich hier? Das ist meine ...«

»Na komm, Heinrich, lass uns erstmal reingehen.« Marek umklammerte seine Schulter, zog ihn ins Haus.

Der Mann, den er hatte umbringen wollen — Lodahl, Dahlkin, Puschkin oder wie immer er sich sonst noch nannte –, lag reglos auf dem Boden im Wohnzimmer. Vor dem Kamin. Ein kleines Loch in seinem Kopf ließ keinen Zweifel daran, wem der Schuss vorhin gegolten hatte. Er war tot.

Heinrich Zander starrte auf die Waffe in der Hand seines Freundes. Wut kochte in ihm hoch. »Warum?« Seine Augen wurden zu Schlitzen, sein Blick wanderte nach oben, blieb an Mareks schmalen Lippen hängen, auf denen ein heuchlerisches Lächeln lag.

»Ach weißt du, Heinrich, ich dachte mir, ich nehme dir einfach die Arbeit ab. Wir sind Kameraden, und Kameraden helfen sich, sind ein Leben lang füreinander da. So war es doch, oder?« Das Lächeln gefror, grub tiefe Furchen in Mareks Gesicht, geriet zu einer hässlichen Grimasse.

»Red keinen Blödsinn!«, schnauzte Zander. Nachdem er sich etwas von der Überraschung erholt hatte, stand ihm der Sinn nicht nach irgendwelchen Märchen. »Ich will wissen, was das alles soll. Warum pfuschst du mir in meine Angelegenheiten? Ich hätte ihn töten müssen. Nur ich! Niemand sonst! Es wäre für meinen Bruder gewesen!«

Marek trat dicht an ihn heran: »Hör doch auf mit diesem elenden Gequatsche, von wegen Ehre, von wegen *für meinen Bruder* und den ganzen Mist. Du wolltest meine Hilfe, okay. Und ich brauche deine, dringend. Und ich musste einfach sichergehen, dass ich die bekommen würde.« Urplötzlich drückte er ihm den Revolver an die Schläfe. »Deine Waffe, bitte«, forderte er kalt.

Zander erstarrte: »Was soll das, Marek?«

»Die Waffe!«

Er begriff. Erkannte seinen Fehler. In diesem Augenblick wusste er, dass er die Kontrolle verloren hatte. Aber nicht erst jetzt, sondern schon viel früher. An dem Tag nämlich, als er Marek um Hilfe gebeten hatte. Er hatte sich ihm anvertraut und das Heft aus der Hand gegeben. Er hatte geglaubt, er könne einem Kameraden trauen, der in der Legion unter seinen Fittichen groß geworden und darüber hinaus zu einem Freund geworden war. Das rächte sich jetzt bitter.

Marek hielt ihm fordernd die freie Hand hin. Vorsichtig griff er in seine Jackentasche, zog die Pistole heraus und reichte sie ihm. Er wusste, wann er verloren hatte. Marek war nicht der Mann, der sich mit plumpen Tricks überrumpeln ließ.

»Nur damit du keine Dummheiten machst, alter Mann«, grunzte der zufrieden und deutete mit dem Revolverlauf auf einen Stuhl. »Setz dich doch.«

Zander trat zwei Schritte zurück und ließ sich wie ein nasser Sack auf die Sitzfläche fallen. Alle Kraft war aus seinem Körper gewichen. »Ist es zu viel verlangt, wenn du mir das alles hier erklärst?«, ächzte er gequält.

Marek wandte sich ab, betrachtete nachdenklich den Toten vor dem Kamin: »Ja, weißt du, Heinrich, ich bin nun einmal nicht wie du. Für mich hat die Kameradschaft nur einen Wert, wenn sie mir etwas einbringt. Du hast an unsere Freundschaft appelliert und mir deine Geschichte erzählt. Du hast darauf gebaut, dass ich dir um dieser Freundschaft willen helfe, ohne auf meinen eigenen Nutzen zu schauen. Aber so nobel bin ich nicht, Heinrich. Für mich muss etwas dabei herausspringen — etwas Handfestes, meine ich.«

Zander folgte den Worten mit wachsender Abscheu, blieb aber stumm und wartete auf die Pointe.

»Und da dachte ich mir«, fuhr Marek fast ein wenig belustigt fort, »warum soll ich nicht zwei Fliegen mit einer Klappe schlagen? Ich erledige den Job hier für dich und im Gegenzug revanchierst du dich bei mir mit einer kleinen Aufgabe, für die du wie geschaffen bist und die ich leider nicht selbst erledigen kann. Die Spur würde sofort zu mir führen.«

»Von was für einer Aufgabe sprichst du?«, knurrte Zander zwischen zusammengebissenen Zähnen hervor. Wut kochte in ihm hoch. Am liebsten hätte er sich auf den Mann gestürzt, wusste aber, dass das sein Ende bedeutet hätte. Sein vermeintlicher Kamerad würde nicht zögern abzudrücken.

»Moment, mein Alter, ich will es dir doch gerade erklären«, säuselte Marek. »Ihm hier, Lodahl, dem habe ich natürlich reinen Wein eingeschenkt und ihm deine Geschichte erzählt, so, wie ich sie von dir gehört habe. Und ich habe ihm gleich den Vorschlag gemacht, das Problem für ihn aus der Welt zu schaffen. Gegen ein entsprechendes Honorar, versteht sich. Seine Leute seien zu unerfahren, hätten keine Chance gegen dich, trotz deines Alters. Deine Qualitäten als Einzelkämpfer seien legendär. Na ja, vielleicht habe ich etwas übertrieben, aber er hat es geschluckt. Er war ein unglaublicher Feigling, glaub mir, eine hinterlistige Ratte. Lug und Betrug, das war sein Geschäft. Wenn es hart auf hart kam, hat er den Schwanz eingezogen.«

Zander stöhnte auf: »Aber musstest du ihn denn erschießen? Wenn du dein Geld bekommen hast, konntest du mir doch den Rest überlassen.«

»Nun, das ganze Geld ist es ja nicht, nur die Anzahlung, die ganze Summe hätte ich erst nach deinem Tod kassiert«, schnarrte Marek und strich dabei fast zärtlich mit der linken Hand über den Lauf des Revolvers, den er weiter auf Zander richtete. »Aber ich kann darauf verzichten, du bist mir mehr wert. Und deshalb musste ich auf Nummer sicher gehen, dass du heil aus der Geschichte herauskommst. Du bist nicht mehr der Jüngste. Ich hatte Sorge, ob du eine Situation wie diese hier noch meisterst — Auge in Auge mit dem Feind. Du bist zwar der beste Scharfschütze, den ich kenne. Nur hier hätte dir das herzlich wenig genützt. Ich habe das Gelände, wie du dir denken kannst, vorher sondiert. Wie du sicher auch. Keine Chance, ihn aus der Ferne zu erledigen. Du hättest dem Mann gegenübertreten müssen und dabei möglicherweise den Kürzeren gezogen. Aber ich brauche dich noch. Lebend!«

Zander lachte bitter auf: »Du mich brauchen? Wofür denn, du Verräter?«

»Oh natürlich, Verräter«, höhnte Marek. »Beleidige mich ruhig. Aber ob du es glaubst, oder nicht, ich mag dich und ich wollte nicht, dass dir etwas passiert. Allerdings musst du diese Kleinigkeit für mich erledigen. Sieh es als Revanche für den Gefallen, den ich dir mit dem da erwiesen habe.« Er deutete lässig mit dem Revolverlauf auf den toten Lodahl. »Nur ein gezielter Schuss aus sicherer Entfernung. Dir kann nichts passieren. Niemand wird dich später damit in Verbindung bringen, und mir werden sie nichts nachweisen können. Wenn die Sache erledigt ist, kannst du auf Nimmerwiedersehen verschwinden. Es ist alles für deine Flucht vorbereitet. Wie geplant.«

»Und wenn ich mich weigere?« Zander wusste, wie überflüssig die Frage war. Trotzdem wollte er sich nicht kommentarlos in das Unvermeidliche fügen. »Ich bin kein Killer, der einfach so Leute umbringt.«

Marek lachte schallend auf: »Ach, und das hier? Hattest du nicht vor, den Mann zu töten?«

»Das ist etwas anderes. Eine persönliche Geschichte. Das weißt du!«

»Und in der Legion? Da hast du doch auch Geld bekommen fürs Töten.«

»Das ist lange her, ich war jung.«

»Ach, Heinrich!« Sein Kamerad zog einen Stuhl zu sich heran und hockte sich rittlings auf die Sitzfläche, die Arme gemütlich über der Lehne verschränkt. Mit treuherzigem Hundeblick musterte er Zander: »Glaubst du wirklich, das macht es besser? Merkwürdige Moralvorstellungen hast du. Komm, mein Alter, es ist doch völlig egal, wessen Kugel in welchem Mann steckt. Mord ist Mord.«

Zander blinzelte nervös. Seine Gedanken arbeiteten auf Hochtouren. Es stimmte natürlich, was Marek sagte. Dennoch hatte er nicht vor, einen Menschen zu erschießen, mit dem er nichts zu schaffen hatte. Wen sollte er für den Dreckskerl töten? Was für eine Rechnung war das, die Marek nicht selbst begleichen konnte?

»Hat das Opfer auch einen Namen? Was hat er getan, dass er sterben muss?«

»Das braucht dich nicht interessieren. Du kennst ihn nicht«, hielt sich Marek bedeckt. »Du bekommst von mir die Informationen, die du haben musst, sobald es so weit ist. Bis dahin solltest du keine weiteren Fragen stellen. Ich hoffe, das ist jetzt klar.« Er drückte sich von seinem Stuhl hoch. »So, ich denke, wir räumen hier noch ein wenig auf und machen uns dann auf die Socken.«

»Dann sieh nur zu, dass wir heil hier herauskommen«, konterte Zander trocken und dachte dabei an den Beifahrer im Schuppen. Ihm fiel auf, dass die Motorsäge verstummt war. Vielleicht war es gut, Marek auf den Mann anzusetzen. Mit etwas Glück ergab sich für ihn daraus die Chance zu verschwinden. Er traute seinem alten Kameraden nicht. Nicht mehr! In den vergangenen Minuten war ihm klar geworden, dass der ihn nicht aus seinen Fängen lassen würde. Nicht lebend. Marek brauchte ihn noch für diesen einen Job. Wenn er den erledigt hatte, war er für den Schweinehund ohne Wert. Er musste seine Fantasie nicht bemühen, um zu wissen, was das bedeutete.

Tatsächlich hatte er Marek mit seiner Bemerkung irritiert. »Wieso? Was meinst du damit? Warum soll es Probleme geben, von hier zu verschwinden?«

»Da draußen stromert einer von Lodahls Leuten herum, mein Freund«, sagte Zander betont gleichgültig. »Hast du die Motorsäge vorhin nicht gehört?«

»Motorsäge?«, wunderte sich Marek. »Das war doch irgendwo oben im Wald.«

»Mir scheint, du hast zu oft ohne Schalldämpfer geschossen und dabei dein Gehör beschädigt. Das war gleich nebenan.«

Marek ignorierte Zanders Spott: »Blödsinn!«, fauchte er.

»Kein Blödsinn. Der Mann ist da und er könnte uns in die Quere kommen. Nicht gut, wenn der auch 'ne Waffe hat.«

»Du lügst! Du willst mich austricksen. Vergiss es!«

Mareks Tonfall hatte sich verändert. Seine Stimme war lauter geworden. Er wird nervös, stellte Zander zufrieden fest, genau wie er es von ihm erwartet hatte. Er war immer noch leicht aus der Ruhe zu bringen. »Wenn du meinst«, sagte er betont gelangweilt. »Es ist dein Spiel. Du musst wissen, was du tust.«

»Ja, du hast verdammt Recht, Zander«, brüllte Marek aufgebracht. »Und ich weiß sehr gut, was ich tue! Zum Beispiel werde ich dich jetzt hier an den Stuhl fesseln und mich dann um diesen Typ kümmern. Vielleicht gibt es ihn tatsächlich, vielleicht auch nicht. Ich sehe dir an der Nasenspitze an, was du denkst. Du meinst, du kannst mich mit einem deiner Schachzüge aufs Kreuz legen!«

Zander musste zugeben, er hatte Marek unterschätzt. Leise stöhnend sackte er in sich zusammen. Aus den Augenwinkeln beobachtete er, wie der Kamerad sich an der Hifi-Anlage und dem Fernseher zu schaffen machte und den Geräten die Stromkabel abzog. Flexibel und dennoch stabil genug, um einen Mann sicher zu verschnüren.

Als sich Marek gerade hinunterbeugte, um Zanders Unterschenkel mit den Stuhlbeinen zu verknüpfen, läutete das Telefon.

18.

Behrends hatte es eilig. Mit durchgetretenem Gaspedal legte er vor dem Haus der Poppes einen Kavalierstart hin und pflügte gleich darauf schlingernd durch den Schneematsch, Ziel: Lerbach!

»Zu Zander?« Maike fragte nur, um etwas zu sagen, sie kannte die Antwort.

»Ja. Bekommen wir den Durchsuchungsbeschluss?« Behrends wusste, dass sie alles in die Wege geleitet hatte, als sie das Wohnzimmer der Poppes zum Telefonieren verlassen hatte. Er sprach nur gegen die Bedrückung an, die sie bis in ihren Wagen begleitet hatte.

»War kein Problem.«

»Gut.«

Dann hingen beide ihren Gedanken nach. Maike de Baer fragte sich, wie so oft, was einen Menschen dazu trieb, andere Menschen zu töten. Rache war eine der Triebfedern und sie traf wohl auch auf Poppes Bruder zu. Allerdings musste in den meisten Fällen sehr viel passieren, um sich mit einem Mord an jemandem zu rächen. Was hatte die natürlichen Blockaden in Zander gelöst, dass er bereit war, zwei Männer zu töten? Erst jetzt, im Alter, hatte er herausgefunden, dass sein Bruder auf der Flucht nicht gestorben war, sondern Jahrzehnte ohne sein Wissen im sozialistischen Teil Deutschlands gelebt hatte. Gewiss war er überglücklich, hatte sich auf das Wiedersehen gefreut — um dann doch nur an einem Grab zu stehen. Er musste in einen Abgrund gestürzt sein! Aber hatte allein dieser tiefe Fall dazu geführt, einen vermeintlich schuldigen Menschen zu ermorden, und seinen unschuldigen Arbeitskollegen gleich dazu? Und nicht nur das! Auf seiner Rechnung stand ein weiteres Opfer — Lodahl!

»Ob er schon von seiner Reise zurück ist, wenn wir bei ihm aufkreuzen?«

»Ich hoffe nicht. Zander ist auf der Suche nach Dahlkin, davon können wir getrost ausgehen. Vielleicht hat er ihn auch längst aufgestöbert.« Behrends schlug einmal kräftig auf das Lenkrad. »Uns läuft langsam die Zeit davon, verdammt!«

»Wir müssen versuchen, Dahlkin vor ihm zu finden und ihn zu warnen.« Sie kramte in ihrer Jackentasche nach dem Handy. »Ich alarmiere unsere Leute, damit sie sich darum kümmern.«

»In Ordnung«, stimmte er zu. »Sie sollen umgehend eine Fahndung nach Zander rausgeben und parallel dazu ein paar Leute zu ihm schicken. Ob mit oder ohne Durchsuchungsbeschluss. Wenn er wider Erwarten zu Hause ist, müssen sie ihn festsetzen. Sag ihnen, es besteht dringender Tatverdacht. Er darf auf keinen Fall entwischen.«

Maike de Baer hatte die Kurzwahltaste gedrückt und wenige Augenblicke später die Verbindung zum Kommissariat hergestellt.

»Wen hast du an der Strippe?«, fragte Behrends sofort.

»Jutta.«

»Gut. Sie kennt Zander, hat mit ihm gesprochen. Sie soll für die Fahndung ein Phantombild von ihm anfertigen lassen. Und frag sie, ob sie darauf geachtet hat, was für ein Auto er fährt.«

»Nein, hat sie nicht«, gab sie nach einer kurzen Pause Juttas Antwort wieder. »Jedenfalls nicht bewusst. Könnte ein Renault gewesen sein, meint sie. Was?« Sie lauschte der Stimme am anderen Ende. »Ja, okay, Jutta, ich sage es ihm.«

»Was ist?« Er versuchte, seine Aufmerksamkeit zu splitten und sie gleichzeitig der Straße und seiner Partnerin zu widmen. Es gelang ihm nur unzureichend. Er steuerte auf die Gegenfahrbahn, direkt auf eines der seltenen Fahrzeuge zu, die ihnen an diesem Sonntag entgegenkamen.

»Pass auf, wo du hinfährst«, schrie Maike der Baer.

Mit einer hektischen Lenkbewegung brachte Behrends den Wagen wieder auf Spur — im letzten Moment. Wildes Aufblitzen der gegnerischen Lichthupe war die Quittung.

»Ja, ja, du mich auch!«, blaffte er dem vorbeifliegenden PKW nach. Sein Puls raste. »Heilige Scheiße, das war knapp!«

»Allerdings«, stöhnte Maike de Baer tonlos. Ihr Gesicht glich einer Kalkwand. Sie hatte das Handy in ihren Schoß sinken lassen. »Du bringst uns noch mal um.«

»Tut mir leid«, brummte er. »Hast du Jutta noch dran?«

»Au, verdammt!« Sie hob das Handy wieder an ihr Ohr. »Was? Nein, nein, Behrends wollte uns nur gerade mit Höchstgeschwindigkeit in die ewigen Jagdgründe befördern ... ja ... klar, gebe ich ihm so weiter, mit dem größten Vergnügen.« Sie drückte das Gespräch weg.

»Und? Was hat sie vom Stapel gelassen?«, fragte Behrends lauernd.

»Jutta meint, du sollst deine Kamikaze-Flüge allein und nach Feierabend unternehmen.«

»Ha, ha, wie unglaublich geistreich«, schnappte er beleidigt. »Ich hätte nicht auf dich hören und dich sofort im Innendienst lassen sollen. Dann würde ich wenigstens keine Schwangere auf dem Gewissen haben.«

»Ingo, hör bitte auf. Nicht jetzt wieder das Thema!«, reagierte Maike de Baer äußerst gereizt.

»Ist ja gut, ich wollte dich nicht verärgern. Und sonst? Hat Jutta nicht noch was zu Zanders Wagen gesagt? Kam mir jedenfalls so vor.«

Maike musste kurz nachdenken. Durch Behrends' Kapriolen hatte sie den Faden verloren: »Äh ... ach so, ja, sie will irgendeinen feisten Nachbarn nach dem Auto fragen. Du wüsstest schon, wen sie meint.«

»Sehr gut.« Behrends erinnerte sich. Na klar, der Typ kannte den Wagen. Hundertprozentig. Wenn nicht der, wer dann?

Vor Zanders Haus hatte sich ein kleiner Auflauf gebildet. Uniformierte Polizisten schirmten das kleine Anwesen und die Polizeifahrzeuge gegen allzu neugierige Passanten ab. Der Feiste von Gegenüber war in vorderster Front zu finden. Wild gestikulierend redete er auf einen der Beamten ein. Behrends und Maike de Baer zückten ihre Ausweise, wurden aber ohne einen Blick darauf von den Kollegen durchgelassen. Man kannte sie mittlerweile im Osteroder Kommissariat. Die Durchsuchung lief bereits auf Hochtouren, die Leute ihres Teams waren jedoch bisher auf keine verdächtigen Hinweise gestoßen.

»Zander?«, fragte Behrends.

»Ist immer noch verschwunden«, entgegnete Richard Unrein.

Behrends kratzte sich am Hinterkopf und ließ seinen Blick schweifen: »Dachte ich mir. Unter dem Carport stand kein Auto. Wo ist Jutta?«

»Kommt nach. Organisiert noch die Fahndung.«

»Okay.« Zufrieden nickend zog er sich dünne Latex-Handschuhe über und verharrte unschlüssig einen Augenblick. Wo sollte er beginnen? Im Erdgeschoss machte sich schon in jeder Ecke jemand zu schaffen. Er steuerte auf eine Tür zu, die, so vermutete er, in den Keller führte. Maike de Baer hatte für sich das Obergeschoss als Revier auserkoren.

Neben ein paar Verschlägen bildete eine geräumige Werkstatt das Kellerzentrum. Sauber und aufgeräumt präsentierte sich der Raum, etliche Werkzeuge hingen an Haken in der Wand und lagen in Regalen. Größere und kleinere Geräte für feinmechanische Arbeiten ließen darauf schließen, dass Zander hier unten Tätigkeiten nachging, die viel Fingerspitzengefühl erforderten. Eine der beiden Längsseiten der Werkstatt war komplett mit Panzerschränken zugestellt. Sie waren, wie nicht anders zu erwarten, verschlossen. Behrends machte sich nicht die Mühe, nach den Schlüsseln zu suchen. Er war schon immer äußerst geschickt darin gewesen, Schlösser aufzubrechen. Gemessen an seinem letzten »Bruch«, der Tür eines Wochenendhauses, stellten die Schränke hier eine echte Herausforderung dar, der er nicht widerstehen konnte. Es dauerte einige Minuten, in denen ihm letztendlich doch noch der Schweiß auf die Stirn trat, aber dann hatte er es geschafft.

Ein nettes Arsenal an unterschiedlichen Gewehren und Pistolen breitete sich, fein säuberlich an speziellen Halterungen aufgereiht, vor ihm aus. Darüber stapelte sich in entsprechenden Fächern die dazugehörige Munition. Schalldämpfer, Gewehrkoffer, Reinigungsmittel und diverse Kleinteile vervollständigten die Sammlung, die allerdings zwei gravierende Lücken aufwies. Eins der Gewehre fehlte ebenso, wie ein Exemplar aus der Reihe der Handfeuerwaffen.

»Damit dürfte wohl alles klar sein«, sagte er leise zu sich selbst. Wenn es eines weiteren Hinweises bedurft hätte, dass Zander ihr Täter war, dann hatte er ihn jetzt gefunden. Aber wer, um Himmels willen, war dieser Mann? Hatte sich Behrends bisher noch keine großen Gedanken über dessen Persönlichkeit gemacht, hatte er in ihm nur einen von Schicksalsschlägen gebeutelten, rachedurstigen Alten gesehen, so erschien er ihm nun in einem ganz anderen Licht. Der Mann war gefährlich. Wer solch ein Waffenarsenal in seinen

Schränken lagerte, der verstand es auch, mit diesen Schusswaffen umzugehen. Alles deutete darauf hin, dass die Waffen, zum Teil moderne Präzisionsgewehre, benutzt, möglicherweise sogar modifiziert worden waren. Aber wozu? Hatten sie es mit einem professionellen Killer zu tun? Das konnte er nicht glauben. Die Theorie schien ihm etwas zu abwegig. Waffennarr traf es vielleicht besser. Er ging langsam an den Werkbänken entlang, nahm mal das eine, mal das andere Werkzeug in die Hand, legte es zurück, verharrte kurz, kaute grübelnd auf seiner Unterlippe herum. Er konnte sich keinen Reim auf all das hier unten machen. Nur eins wusste er — Zander war auf der Jagd!

»Ingo!«

»Ja, was ist?« Behrends ließ von den Werkbänken ab und ging zur Kellertreppe.

Maike de Baer stand oben und blickte zu ihm hinunter: »Kommst du mal? Das musst du dir ansehen.«

Im Vorbeigehen bat er einen Kollegen, sich um die Waffen im Keller zu kümmern und folgte seiner Partnerin ins Obergeschoss. In Zanders Schlafzimmer fiel sein Blick sofort auf einen geöffneten Safe, vor dem Micha und Kalle standen und ihm stolz zwei mit Samt ausgeschlagene Schatullen entgegenhielten. Orden und Abzeichen lagen darin.

Behrends griff neugierig nach einem der Ehrenzeichen. »Schützenverein? Oder ist Zander Karnevalsprinz?«

»Weder noch«, sagte Kalle breit grinsend. »Unser Mann war in der Fremdenlegion. Hat offensichtlich ein paar Heldentaten vollbracht.«

»Ach ja?«, wunderte sich Behrends. »Und woher weißt du das? Warst du auch bei dem Klub?«

»Das nicht. Aber ich beschäftige mich schon lange damit. Ist ein hoch spannendes Thema, das kann ich dir sagen!«

»Kalle, du überraschst mich immer wieder.« Er nickte anerkennend. »Das heißt dann wohl auch, dass Zander kampferprobt ist und mit Waffen umgehen kann, richtig?«

»Davon solltest du ausgehen. Diese Orden bekommst du nicht für herausragende Leistungen in der Schreibstube oder als Küchenbulle.«

»Ingo?«

»Was ist?« Behrends drehte sich zu Maike de Baer um.

»Ich habe hier was.«

Sie stand an einem Schreibtisch unter dem Dachfenster. Er ging zu ihr und warf einen Blick über ihre Schulter auf den Schnellhefter, den sie aufgeschlagen in der Hand hielt.

»Der Mann hat Informationen über Dahlkin zusammengetragen«, murmelte er. »Damit scheint ja wohl klar, dass er es tatsächlich auf den Mann abgesehen hat. Ich frage mich nur wo und wann. Er hat uns nicht zufällig einen Hinweis hinterlassen? Eine Adresse zumindest? Irgendwo in diesem Sammelsurium oder in einer der Schubladen?«

»Leider nein«, sagte Maike de Baer und legte den Schnellhefter ein wenig resigniert auf die Tischplatte. »Hoffen wir trotzdem mal, dass es noch nicht zu spät ist. Was glaubst du? Wie will er es anstellen?«

Behrends stützte sich auf die Lehne des Schreibtischstuhles und betrachtete durch das Dachfenster den bleigrauen Himmel. Schneewetter, schon seit Tagen. »Hm«, knurrte er, »er hat im Keller eine kleine Waffenkammer. Ein Gewehr fehlt und eine Handfeuerwaffe. Pistole oder Revolver, ich weiß nicht.«

»Könnte es wieder so ein Massaker wie bei Weber und König geben?«

»Keine Ahnung. Aber ich tippe auf einen Schuss aus kurzer Entfernung. Wenn er aus Rache tötet, wird er sich kaum mit einem emotionslosen Distanzschuss begnügen. Also könnte es tatsächlich auf ein weiteres Massaker hinauslaufen.«

»Wie auch immer«, resümierte Maike de Baer, »er muss wissen, wo er Dahlkin findet, um ihn zu erledigen. Und das sollten wir möglichst auch herausbekommen, wenn wir einen weiteren Mord verhindern wollen. Und zwar sofort.«

Behrends nickte: »Allerdings! Wo bleibt denn Jutta, verdammt?«

»Keine Panik, Ingo, hier bin ich!« Jutta Engelke kam soeben durch die Tür ins Schlafzimmer.

»Wird aber auch Zeit! Und? Was ist?«, drängelte er. »Habt ihr Dahlkin erreicht? Gibt es eine Spur von Zander?«

»Nun mal ganz ruhig. Eins nach dem anderen.« Sein quengelnder Tonfall passte ihr nicht, auch darin war sie wesentlich empfindlicher als Maike de Baer. »Die Fahndung ist gerade mal eine halbe Stunde raus. Glaubst du, in der kurzen Zeit ist er uns schon ins Netz gegangen? Da hätten wir 'ne Menge Glück haben müssen.«

»Okay, okay«, beschwichtigte Behrends. »Und Dahlkin?«

»Ist wie vom Erdboden verschluckt. Keiner hat eine Ahnung, wo er abgeblieben ist, oder jemand weiß es und will es uns nicht sagen.«

»Scheiße, Scheiße!« Er stapfte durch das Schlafzimmer, ballte seine Hände zur Faust, schlug gereizt mit den Fingerknöcheln gegeneinander. Seine Augen huschten unruhig hin und her, tasteten Tapeten und Möbel ab, versuchten Wände und Türen zu durchdringen und die vermeintlich dahinter verborgene Lösung zu erkennen. Es musste etwas geschehen, schnell! Die Zeit raste ihnen davon!

»Ingo, wir haben hier noch was gefunden«, rief Micha plötzlich und hielt ihm ein aufgeschlagenes Buch hin.

»Ja und?«, fragte Behrends enttäuscht. »Ein Buch. Sonst noch was?«

»Nee, nur das Buch. Aber nicht irgendeins. Es ist ein Band aus dem Brockhaus-Lexikon.«

»Ah ja! Jetzt musst du mir noch erklären, was so interessant daran ist. Ausgerechnet an dem Band. Na los, sag schon!« Micha sollte bloß nicht wieder anfangen, seine Ratespielchen mit ihm zu spielen! Das fehlte noch!

»Tja, hast du dich mal genauer hier umgesehen? Der Mann hat eine penible Ordnung an den Tag gelegt. Auch im Umgang mit seinen Büchern. Alle aufgereiht, wie mit dem Lineal gezogen. Nur eben dieser Lexikon-Band nicht. Stand ein winziges Stück aus der Reihe. Ein paar Millimeter vielleicht. Merkwürdig, findest du nicht?«

»Weiß nicht, was daran merkwürdig sein soll. Aber du wirst es mir sicher erklären, Micha.«

»Ingo, der Mann achtet peinlich darauf, dass bei ihm alles ganz genau in Reih und Glied steht. Was bedeuten könnte, dass er diesen Band herausgenommen und aus irgendeinem Grund nicht wieder exakt an seinen Platz gestellt hat.«

Behrends schüttelte genervt den Kopf: »Du bist nicht ganz dicht. Kümmere dich lieber um wichtigere Dinge.«

»Dann wirf doch mal einen Blick hier drauf«, entgegnete Micha triumphierend. »Nicht genug, dass unser Freund ein Eselsohr in die Seite gemacht hat, er hat außerdem ein Wort unterstrichen und eine Ziffernfolge daneben geschrieben.«

»Wie bitte? Was für ein Wort denn?«

»Sargmacher.«

»Zeig her!« Behrends riss Micha das Lexikon aus der Hand. Das Wort kam in dem Artikel über Puschkin vor, es war eine seiner Erzählungen. Das hatte Behrends auch bei seiner Wikipedia-Recherche erfahren. Garantiert war es kein Zufall, dass Zander ausgerechnet neben diesem Wort eine Ziffernfolge geschrieben hatte. Und das war doch keine bloße Aneinanderreihung von Zahlen! Sie fing mit einer Null an. Das war eine Telefonnummer! Und er würde jede Wette eingehen, dass es Dahlkins Telefonnummer war, der einst den Spitznamen Puschkin getragen hatte.

»Jutta, wo ist der Rattenfänger?«, rief er aufgeregt.

»Na, wo schon? Da, wo er immer ist: Er hockt vor irgendeinem Computer, hört seine *Inner Burnings* und tüftelt. Nebenbei hält er die Stellung und koordiniert die Fahndung nach Zander und die Suche nach Dahlkin.« Jutta Engelke gähnte herzhaft. Sie war am Vorabend auf einer Geburtstagsfeier versackt. Wenigstens sah sie jetzt nicht mehr so verkatert aus, wie noch heute Morgen, bei ihrer gemeinsamen Besprechung. Selbst schuld, fand Behrends. Sie hatte gewusst, was heute, am heiligen Sonntag, auf sie zukam. Davon abgesehen, waren ihm Juttas Befindlichkeiten in diesem Moment auch völlig egal. Er zerrte hektisch sein Handy aus der Hosentasche und wählte das Kommissariat. Dort ließ er sich mit Seidel verbinden und bat ihn um die geheime Telefonnummer von Webers USB-Stick.

Während er wartete, blickte er in die zweifelnden Gesichter von Maike und Jutta: »Wenn ich nicht komplett auf dem Holzweg bin, ist das hier in dem Lexikon Dahlkins Geheimnummer«, antwortete er auf ihre unausgesprochenen Fragen. Er wandte sich wieder dem aufgeschlagenen Brockhaus-Band zu. »Ja, du kannst loslegen«, sagte er und nickte bei jeder Zahl, die ihm der Rattenfänger durchgab.

Dann wollte ihm der Rattenfänger noch mitteilen, wie die Telefonnummer mit der Stadtoldendorfer Adresse zusammenhing.

»Ich bin dem Geheimnis auf die Schliche gekommen«, begann Seidel. »Ein ganz banaler Falscheintrag im Telefonbuch. Ein Zahlendreher. Die vom technischen Service haben mir auch erklärt, wie so was passiert. Ich ...«

»Später, Tim«, würgte ihn Behrends kühl ab und beendete das Gespräch.

»Und was soll das bringen?«, wunderte sich Maike de Baer. »Was willst du jetzt mit der Nummer?«

»Dahlkin anrufen«, gab er kurz angebunden zurück. Keine Zeit für lange Erklärungen.

»Moment, Ingo, mit der Nummer gerätst du doch an eine Computerstimme, die ein Codewort von dir haben will, richtig? Weißt du etwas, das wir auch wissen sollten?« Jutta Engelke gefiel es nicht, im Unklaren gelassen zu werden. Im Gegensatz zu Maike de Baer konnte sie die Gedanken ihres Chefs nicht lesen.

»Ich habe das Passwort.«

»Ach nee! Wer hat dir das denn geflüstert?«

»Micha«, sagte er, während er schon die Nummer eintippte. Wie erwartet meldete sich die Automatenstimme und forderte den Code an.

»Sargmacher.« In Behrends Stimme klang kein Zweifel mit. »Sesam, öffne dich«, murmelte er grinsend, als es in der Leitung klickte und gleich darauf das Freizeichen ertönte.

Einige bange Sekunden musste er warten, dann wurde am anderen Ende abgehoben: »Ja?«, meldete sich eine schroffe Männerstimme.

»Herr Dahlkin?«

Schweigen am anderen Ende. Zwei, drei Sekunden vielleicht.

»Wer will das wissen?« Die Stimme wechselte die Klangfarbe, wurde frostig.

Behrends stellte sich vor.

»Ich wüsste nicht, was ich mit der Kriminalpolizei zu schaffen habe. Wie kommen Sie überhaupt an diese Nummer?« Verwunderung brach das Packeis ein wenig auf.

»Das ist jetzt nicht von Interesse. Sind Sie allein?«

»Mein Gott, was geht Sie das an? Können Sie mir endlich sagen, was Sie von mir wollen? Ich habe keine Zeit für Ratespiele.« Die Ungeduld Dahlkins streckte ihre Klauen aus. Behrends musste aufpassen, dass der Mann nicht abrupt auflegte.

»Heinrich Zander. Erwarten Sie einen Mann namens Heinrich Zander?«

Wieder das kurze Zögern. Leise Atemgeräusche: »Und wenn?« Leichte Unsicherheit in der Stimme, nicht wirklich hörbar, nur eine vorübergehende atmosphärische Störung. »Was hat die Polizei damit zu tun? Was geht es Sie an, wer mich besucht?« Die Art, wie er das fragte, verriet Behrends, dass er auf der richtigen Spur war. Zander musste mit seinem Opfer Kontakt aufgenommen haben. Und Dahlkin hatte sich mit ihm verabredet. Für ein krummes Geschäft vielleicht? Egal, darüber zu spekulieren, war jetzt nicht der Zeitpunkt. Es galt, Dahlkins Aufenthaltsort herauszufinden.

»Herr Dahlkin, wenn Heinrich Zander bei Ihnen auftaucht, lassen Sie ihn auf gar keinen Fall zu sich herein. Egal, was er Ihnen erzählt hat und was Sie mit ihm zu besprechen haben, der Mann will Sie töten!« Behrends konnte nur hoffen, dass Dahlkin ihm glaubte.

»Sie sind ja verrückt! Was reden Sie denn da? Wieso sollte Zander mich umbringen? Wollen Sie mich verarschen? Um mich aufs Kreuz zu legen, müssen Sie früher aufstehen. Woher soll ich überhaupt wissen, dass es stimmt, was Sie mir erzählen? Kriminalpolizei ... ha!«

Behrends überlegte angestrengt. Irgendwie musste er ihn überzeugen: »Herr Dahlkin, hören Sie, Zander ist der Zwillingsbruder von Alfred Poppe. Er weiß, dass Sie unter Ihrem richtigen Namen Lodahl mit seinem Bruder gut bekannt waren. Er nimmt an, dass Sie für die Inhaftierung Poppes und damit für dessen Tod in Bautzen verantwortlich sind. Außerdem hat er herausbekommen, dass Klaus Weber, der Vermessungsingenieur, Ihnen damals behilflich war, die Flucht seines Bruders aus der DDR zu vereiteln. Zander hat daraufhin den Ingenieur getötet. Und jetzt macht er Jagd auf Sie! Sind das genug Fakten? Glauben Sie mir endlich?«

Die Reaktion ließ auf sich warten. Schlechte Nachrichten mussten geschluckt werden. Wortlos. Behrends wusste das, lauschte einige Sekunden den schwachen Nebengeräuschen in der Leitung:

»Sind Sie noch dran?«, rief er schließlich ungeduldig.

Ein schabendes Geräusch. Die Sprechmuschel wurde abgedeckt. Trotzdem drangen leise Stimmfetzen zu ihm durch. Aggressiv, wütend.

»Herr Dahlkin!«

Irgendetwas tat sich im Hintergrund. Plötzlich trockenes Husten. Räuspern. Dann stockend: »Ja, doch, ich bin noch da. Sind Sie wirklich sicher?« Behrends hatte erwartet, wenigstens einen Anflug von Angst bei Dahlkin zu spüren. Doch das, was von den Funkwellen an sein Ohr getragen wurde, klang einfach nur verärgert.

»Ja, ich bin mir ganz sicher«, bestätigte er. »Für wie viel Uhr haben Sie sich verabredet?«

Der Mann am anderen Ende ging nicht auf seine Frage ein: »Ich bin nicht allein«, sagte er stattdessen. »Einer meiner Mitarbeiter ist bei mir. Wir werden schon mit Zander fertig. Also, bemühen Sie sich nicht, und danke für Ihre Warnung.«

Behrends biss die Zähne zusammen. Wenn die Geschichte hier gut ausgehen sollte, konnte er nur hoffen, dass die Kollegen hinterher die Firma dieses arroganten Drecksacks auseinandernehmen und ihm anschließend das Fell über die Ohren ziehen würden.

»Wann, Herr Dahlkin?«, schnauzte er. Die Wut in seinem Bauch rüttelte an den Gitterstäben. »Und Ihren Aufenthaltsort, bitte. Lassen Sie es nicht darauf ankommen! Wenn wir Sie erst suchen müssen, kann es zu spät sein!«

Dahlkin zögerte. Zu lange für seinen Geschmack.

»Herrgott noch mal, nun machen Sie schon! Die Adresse!«

Endlich reagierte der Mann: »Na schön. Ich nehme an, dass ich Sie ohnehin nicht loswerde. Also, Sie finden mich ...«

Behrends wiederholte laut die Angaben, so dass Jutta Engelke mitschreiben konnte. Dann bekam er den Zeitpunkt für das Treffen genannt. Eine knappe Stunde noch! Kaum sechzig Minuten bis zu einem Wochenendhaus im Oberharz, weit hinter Bad Lauterberg. Mitten in der Pampa! Auf dem Gelände eines stillgelegten Bergbaubetriebes. Wollten sie rechtzeitig vor Ort sein, mussten sie sich beeilen. Bei dem Wetter konnte es eng werden: »Gut, Herr Dahlkin«, sagte Behrends. »Bleiben Sie und Ihr Begleiter unbedingt im

Haus und sichern Sie alles ab, so gut es geht. Keine Alleingänge! Zander ist gefährlicher als Sie denken.«

Wenn sie sofort aufbrachen, konnten sie es gerade so schaffen, Zander abzufangen, bevor der sein Ziel erreicht hatte. Einen Moment dachte Behrends daran, die mobile Einsatztruppe anzufordern, entschied sich aber gleich wieder dagegen. Es hatte keinen Sinn, mit dem ganz großen Aufgebot anzurücken und Zander möglicherweise zu verscheuchen, noch ehe sie ihn zu Gesicht bekämen. Er zusammen mit Maike, die er liebend gern zurückgelassen hätte, dazu Jutta, Richard und zwei Streifenwagenbesatzungen, das sollte reichen, den ahnungslosen Mörder im Haus von Dahlkin in Empfang zu nehmen.

19.

Als sie den äußersten Zipfel von Bad Lauterberg erreichten und die Exide-Produktionshallen passierten, wurde ihnen klar, dass sie sich verfahren hatten. Wenn sie dieser Straße weiter folgten, gelangten sie irgendwann nach Sankt Andreasberg, aber nicht zu ihrem Ziel, dem ehemaligen Schwerspat-Bergwerk. Den Weg bis hierher hatte Dahlkin ihnen jedoch genauso beschrieben. Es konnte nicht stimmen. Das stellten sie anhand ihres abgegriffenen, alten Straßenatlasses fest, der zum Glück immer noch im Wagen lag. Allein mit ihrem Navigationsgerät wären sie komplett aufgeschmissen gewesen. In der näheren Umgebung fand sich kein Bergbaugelände. Dafür gab es am entgegengesetzten Teil der Stadt eine Straße, die in den Harz hinein und in ein Abbaugebiet führte. Das musste die richtige sein. Dahlkin hatte sie in die Irre geleitet. Ein Versehen? Wohl kaum. Aber warum dann? Wenn er auf Zeit spielte und sie bewusst für eine Weile von seinem Versteck fernhalten wollte, dann vielleicht, weil er selbst irgendein schmutziges

Spiel spielte, bei dem er keine Polizei gebrauchen konnte. Aber es war leichtsinnig von ihm, zu glauben, er könne allein mit Zander fertig werden. Damit riskierte er seinen Kopf. War es ihm das wert?

Sie wendeten und rasten durch das Odertal in die Innenstadt zurück. In der Hauptstraße mussten sie das Tempo etwas drosseln, denn trotz der fortgeschrittenen Tageszeit und des miserablen Wetters und obwohl es Sonntag war, tummelten sich immer noch etliche Passanten in Bad Lauterbergs Shopping-Meile. Wahrscheinlich war heute einer der verkaufsoffenen Sonntage, die einem Teil der Bevölkerung ein zusätzliches Einkaufsvergnügen bescherten, anderen hingegen eine Sieben-Tage-Arbeitswoche.

Am Baumarkt bogen sie in die Lutterstraße ab und fuhren in den Harz hinein. Als sie endlich die Grube »Hoher Trost« passierten, ahnten sie, dass sie auf dem richtigen Weg waren. Dann hatten sie das Gelände erreicht, das zu Dahlkins Beschreibung passte. Von hier aus ging es nach links über kaum sichtbare Verbindungswege durch das alte Abbaugebiet. Sie hielten an, um sich zu orientieren. Lange mussten sie nicht suchen, dann entdeckten sie die frischen Reifenspuren im Schnee. Vor Kurzem musste dort jemand entlanggefahren sein. Wenn Dahlkin sie nicht weiter in die Irre geführt hatte und seine Beschreibung stimmte, dann lag sein einsames Wochenendhaus nur noch etwa einen Kilometer entfernt, am Rand des alten Betriebsgeländes.

In den vergangenen Minuten waren Behrends Zweifel gekommen, ob er die Vorgehensweise des Mörders tatsächlich richtig eingeschätzt hatte. Bisher war er davon ausgegangen, dass Zander zu seinem Opfer ins Haus stürzen und den arglosen Mann ohne Vorwarnung über den Haufen schießen würde, den Überraschungseffekt ausnutzend. Und Dahlkin wäre ohne Zweifel sehr überrascht gewesen, hätte ihm anstelle eines neuen Geschäftspartners ein vermeintlich altbekanntes Gesicht gegenübergestanden.

Aber Behrends' Kalkül wies ein paar gravierende Unwägbarkeiten auf. In Zanders Waffenschränken fehlte auch das Gewehr! Sie verfolgten keinen Amateur. Der Mann hatte das Töten gelernt, dessen war er sich sicher. Mit einiger Wahrscheinlichkeit beherrschte er auch den tödlichen Schuss aus der Distanz. Vielleicht wählte Zander diesmal doch einen anderen Weg als im Lerbacher Forst und legte sich irgendwo zwischen den Bäumen in Deckung, bis ihm Dahlkin vor das Zielfernrohr lief. Wenn er an eins der Fenster trat, zum Beispiel. Mit zwei unterschiedlichen Waffen im Gepäck hatte sich Zander auf jeden Fall eine Alternative offengehalten.

Zander hatte sein Haus schon am Vortag verlassen, gewiss, um vor dem geplanten Treffen mit Dahlkin die Gegend zu sondieren. Der Kerl hatte in der Fremdenlegion gedient! Wie hatte Kalle gesagt? Orden und Abzeichen, wie die im Safe, bekam man für herausragende Leistungen in Kampfeinsätzen. Was nur bedeuten konnte, dass Zander ein kampferprobter Spezialist war. Jemand, der nicht blind drauflosstürmte, sondern umsichtig agierte und Vorbereitungen traf, also auch Risiken einkalkulierte und wenn möglich im Vorfeld ausschaltete.

Nach der Hälfte der Strecke verengte sich das freie Gelände und ein hoher Zaun schnitt ihnen den Weg ab. Es gab jedoch ein geöffnetes Tor in der Einfriedung aus verzinkten Metallgitterfeldern, breit genug, um sogar mit einem LKW hindurchzufahren. Behrends nahm den Fuß abrupt vom Gas. Was tat er hier eigentlich? Schlingerte in vollem Tempo über unbekannten, tief verschneiten Untergrund auf Dahlkins Haus zu und kündigte vielleicht einem im Unterholz verschanzten Zander schon von Weitem sein Kommen an.

»He, was machst du?«, fuhr ihn Maike de Baer erschrocken an. Sie drehte sich in ihrem Sitz um und blickte durch die Heckscheibe zurück. Die Insassen der beiden nachfolgenden Fahrzeuge gestikulierten wütend. Bremsmanöver auf diesem tückischen Boden waren nicht jedermanns Sache.

»Es ist besser, wenn wir die Wagen hier irgendwo abstellen und uns dem Haus zu Fuß nähern, damit man uns nicht so schnell bemerkt«, erwiderte er. »Ich habe das dumpfe Gefühl, dass unsere Zielperson schon vor Ort ist, sich im Wald verschanzt hat und auf seine Gelegenheit wartet. Wäre blöd, wenn wir mit der kompletten Kavallerie auf den Hof reiten, ihn aufscheuchen und in die Flucht schlagen. Wir werden die Autos hier abstellen und zu Fuß versuchen, im Schutz der Bäume unbemerkt zu Dahlkins Haus vorzudringen. Du wirst zusammen mit einem der Männer aus der Streifenwagenbesatzung bei den Autos bleiben. Falls ich mich irre, und

Zander kommt doch erst noch, kannst du sofort reagieren und uns warnen.«

»Was soll denn der Quatsch?«, giftete Maike de Baer. »Warum willst du mich nicht dabeihaben?«

»Weil es gefährlich werden kann!«

»Das weiß ich.«

Behrends fuhr zu ihr herum: »Dann weißt du auch, dass wir eine Abmachung haben!«, blaffte er wütend. »Keine riskanten Aktionen für dich!«

»Hör auf, dich wie eine Glucke zu benehmen, Ingo. Ich werde mich vorsehen! Ich werde ...«

»Nichts wirst du! Du bleibst hier. Basta!« Er umklammerte das Lenkrad, atmete tief durch und steuerte den Wagen an den Wegrand.

Die Reifenspuren, die sie zu dem Anwesen geleitet hatten, zogen geschwungene Furchen in den tiefen Schnee, deuteten auf ein Wendemanöver hin und führten bis dicht an das Blockhaus heran. In Höhe der Terrasse vor dem Haupteingang stand ein schwarzer Mercedes Geländewagen. War das Dahlkins Wagen? Bestimmt. Ein würdiges Fahrzeug für einen Baulöwen seines Formats. Eine Vielzahl von Schuhabdrücken rund um das Auto und hin zur Terrasse markierten das Kommen und Gehen mehrerer Personen. So jedenfalls deutete Behrends das, was er sah. Die einsetzende Dunkelheit machte es ihm jedoch unmöglich, von seinem Standpunkt aus alle Einzelheiten genau zu erkennen. Ein Blick hoch zum Wald ließ ihn zögern, direkt zum Blockhaus zu marschieren, anzuklopfen und einzutreten. Sie hätten eine viel zu gute Zielscheibe geboten für einen Mörder irgendwo dort. Und was, wenn Zander schon im Haus war? Eine innere Stimme mahnte ihn zur Vorsicht. Vielleicht hielten sie sich besser in Deckung, sicherten das Umfeld ab und versuchten, sich unbemerkt zu nähern. Gerade jetzt, in der trüben Dämmerung, im Zwielicht des zu Ende gehenden Tages, herrschten dafür nahezu ideale Bedingungen.

Nach allen Seiten blickend, huschten sie, Behrends vorweg, im Schutze der Bäume am Rand des Betriebsgeländes unter tiefhängenden, schneebeladenen Ästen auf das Gebäude zu. Vereinzelt stieß einer von ihnen gegen einen Ast und löste damit eine kleine Lawine aus. Der herabfallende Schnee fand seinen Weg in den Jackenkragen und provozierte unterdrücktes Grunzen. Sie mussten aufpassen, dass sie ihre Anwesenheit nicht durch derartige Missgeschicke vorzeitig verrieten.

In Höhe der vorderen Giebelfront verharrten sie kurz. Warmer Lichtschein drang weiter hinten aus den hölzernen Sprossenfenstern nach draußen und malte blassgelbe Rechtecke in den Schnee. Irrlichterndes Flackern, vermutlich vom Kaminfeuer, erweckte die nahestehenden Bäume zum Leben. Knautschige Baumstammgesichter, Gliedmaßen in skurrilen Verrenkungen — es schien, als geriete der Wald in Bewegung und tanzte einen gespenstischen Reigen.

Behrends ließ sich nicht von dem Schauspiel irritieren. Irgendetwas stimmte nicht, das fühlte er jetzt ganz genau. Seine Sinne schlugen Alarm, ohne dass er wusste, warum.

»Spürst du das? Ungewöhnlich ruhig hier«, zischte Jutta Engelke plötzlich in sein Ohr.

Sie hatte sich neben ihn geschlichen. Und sie hatte Recht. Genau das war es! Diese merkwürdige Friedhofsruhe störte ihn. Kein Laut drang nach draußen. Weder Stimmen einer Unterhaltung, noch leise Musik oder sonstige Geräusche. Leise Schwingungen menschlicher Bewegungen waren eigentlich immer zu spüren — aber nicht an diesem Ort. Der Mantel des Todes überdeckte ihn!

Zu spät, wir sind zu spät!, dachte Behrends und es schnürte ihm die Kehle zu. Wir finden drinnen nur noch den ermordeten Dahlkin vor! Ohne sich umzublicken, bedeutete er Jutta und den anderen mit ein paar Handbewegungen, sich aufzuteilen und sich dem Haus von verschiedenen Seiten zu nähern. Bloß nicht dem ersten Eindruck vertrauen und möglicherweise in eine Falle laufen. Zunächst Gewissheit verschaffen, absichern und dann eindringen!

Während seine Begleiter ausschwärmten, nahm er die Haustür ins Visier. Mit schnellen, lautlosen Schritten, geduckt und mit vorgehaltener Pistole huschte er katzengleich über das kurze Stück Freifläche, erklomm die Terrasse und stand, mit dem Rücken an die Holzwand gelehnt, neben der Tür. Die Waffe nach oben gerichtet, drückte er mit der freien Hand gegen das raue Holz oberhalb der geschwungenen Messingklinke. Die Tür war nur angelehnt und gab seinem leichten Druck widerstandslos nach. Überrascht schob er sie auf, soweit es ihm in seiner gedeckten Position möglich war. Dann wand er sich um den Rahmen herum und stand in einem dunklen Innenraum. Er suchte und fand einen Lichtschalter. Das gedämpfte Funzellicht aus zwei in die Decke eingelassenen Strahlern erhellte einen gefliesten Vorraum, der wie eine etwas überdimensionierte Garderobe anmutete, angefüllt mit Jacken und Mänteln, Schuhen und Stiefeln, die hervorragend zum Herumstreifen in der Harzer Natur geeignet waren.

Behrends gönnte sich keine Sekunde Zeit, um über Dahlkins Freizeitgestaltung nachzudenken, sondern öffnete vorsichtig eine weitere Tür, die ihn in eine geräumige Diele führte. Hier musste er nicht erst nach einem Lichtschalter suchen. Die Deckenbeleuchtung brannte. Er trat durch die Tür, tappte ein paar Schritt voraus, nahm kurz die Treppe ins Obergeschoss in Augenschein, dann die darunterliegende, über die man in den Keller gelangte. Ein leises Rascheln ließ ihn erschrocken herumfahren, die Pistole im Anschlag. Sofort senkte er die Waffe und schnaubte wütend. Maike de Baer war dicht hinter ihn getreten.

»Wo kommst du denn her? Du solltest bei den Autos bleiben! Das hätte ins Auge gehen können, verdammt!« Seine Worte klangen wie ein leises, giftiges Zischen. Sie verstand trotzdem und hob mit einem schiefen Lächeln kurz die Hand, gab ihm damit zu verstehen, dass alles in Ordnung sei. Ihr entschuldigender Augenaufschlag konnte ihn nicht wirklich gnädig stimmen. Aber sie war nun mal da. Er würde ihr später eine Standpauke halten. Lautlos formte er mit seinen Lippen eine Frage. Sie schüttelte den Kopf. Nein, nichts gehört, nichts gesehen. Er drehte sich um, tastete sich weiter vor. Maike folgte ihm, gab ihm Deckung.

Die nächsten Türen. Eine direkt vor ihm, die zweite ein Stück rechts daneben. Behrends drückte auf die Klinke der ersten Tür, stieß sie auf und sprang über die Schwelle, alles in einer einzigen, fließenden Bewegung. Mit vorgestreckter Waffe, zwei Schritte in den Raum, schnelle Drehung nach allen Seiten. Keine Gefahr, kein Hinterhalt. Er nickte Maike zu, sie konnte nachkommen. Die anderen waren jetzt ebenfalls da.

»Und?«, fragte er leise.

»Nichts, wie ausgestorben.«

Deckenstrahler auch in diesem Zimmer. Leicht gedimmtes, warmes Licht und rötlich schimmernde, mit Profilholz verkleidete Wände verbreiteten heimelige Gemütlichkeit. Auf einem niedrigen, massiven Tisch aus geöltem Erlenholz zwei Cognacschwenker, nicht ganz leer getrunken, daneben eine Flasche Chateau de Montifaud. Er stierte in das ersterbende Kaminfeuer in Höhe des Sprossenfensters. Die Flamme nagte müde an den Resten eines ursprünglich mächtigen Buchenscheites.

Wo war Dahlkin? Seine Befürchtung, spätestens hier im Wohnzimmer auf eine blutüberströmte Leiche zu stoßen, hatte sich nicht erfüllt — zum Glück. Trotzdem blieb er aufs Äußerste angespannt. Das Haus war verdammt groß! In welchem Winkel lauerte die böse Überraschung auf sie? Behrends forderte Jutta Engelke und Richard Unrein mit gedämpfter Stimme auf, sich im Obergeschoss umzusehen. Aber mit der nötigen Vorsicht, bitte! Noch war nicht auszuschließen, dass sich sowohl Dahlkin, als auch Zander irgendwo versteckt hielten. Die drei Osteroder Beamten schickte er in den Keller. Er selbst und Maike de Baer gingen im Erdgeschoss auf Spurensuche.

Schon nach wenigen Minuten trafen sich alle in der Diele vor den beiden Treppen wieder. Nichts. Keine Spur von den Gesuchten. Was war hier geschehen? Waren Dahlkin und sein Begleiter ihrem Jäger doch noch entwischt? Aber wo waren sie hin? Der Mercedes vor der Tür — das war garantiert Dahlkins Auto! Zander fuhr einen Renault Mégane. Ihm konnte der Wagen also nicht gehören! Zander ... wo war Zander bloß? Vielleicht war er ja längst hier gewesen und schon wieder weg, nachdem er Dahlkin und den anderen Mann getötet und beseitigt hatte. Aber nichts deutete darauf hin. Oberflächlich gesehen. Kein Blut, keine Anzeichen von Gewalt. Rein gar nichts! Auf den ersten Blick erweckte alles an diesem Ort den Anschein einer wunderbar heilen, ja idyllischen Welt. Aber Behrends' Sinne arbeiteten weiter fieberhaft. Diese Ruhe! Sie störte ihn nach wie vor. Sie war trügerisch.

Behrends gab sich einen Ruck, spannte die Muskeln an. Zwischen zusammengepressten Lippen stieß er die Luft aus: »Gut«, sagte er, »wir sollten nicht weiter tatenlos herumstehen. Ihr sucht hier drinnen noch mal alles ab. Irgendetwas findet sich bestimmt, das uns einen Hinweis darauf gibt, was vorgefallen ist. Jutta und ich nehmen den Außenbereich etwas genauer unter die Lupe.« Er registrierte den beleidigten Blick von Maike, reagierte aber nicht darauf.

»Dann werft auch einen Blick auf die Spuren hinten am Haus«, sagte Unrein. »Wir haben sie vorhin schon bemerkt. Sie führen rüber zu dieser großen Bretterbude. Ich habe mir aber nichts dabei gedacht. Du findest ja überall welche da draußen.«

»Was meinst du«, fragte Jutta Engelke, als sie in geduckter Haltung zum Schuppen hinüberhetzten, »könnte sich da drüben jemand versteckt halten?«

»Wir werden es gleich wissen«, gab er gepresst zurück.

Die schmale Schneise im Schnee glich einer Art Trampelpfad. Schwer zu sagen, wie viele Personen dort hin und her gelaufen waren. Zu sehr überlagerten sich die Sohlenprofile, um es genau zu erkennen. Eine weitere Fährte verlief in Richtung Wald. Zander? Behrends hatte angehalten, musterte nachdenklich die Fußabdrücke im Schnee. Vielleicht stammten sie von Zander. Aber dann wäre er vom Haus weggelaufen und nicht anders herum.

»Hier, siehst du das? Könnte das Blut sein?«, rief Jutta plötzlich.

Er machte die paar Schritte zu ihr hin und warf einen kurzen Blick auf die Flecken. Dann nickte er: »Das sieht gar nicht gut aus. Ich frage mich, was hier passiert ist.«

Die Antwort bekamen Behrends und seine Begleiterin im dem Moment, als er die Schuppentür aufriss und Jutta Engelke über seine Schulter hinweg mit ihrer kleinen Taschenlampe ins Innere leuchtete. Im Schein der Lampe sahen sie rechts neben der Brettertür einen Mann auf dem Rücken liegen, nur leicht bekleidet, Jeans, kariertes Holzfällerhemd, an den Füßen helle Ledermokassins. Das Loch im Kopf rührte von einem Einschuss her — einem tödlichen Einschuss. Um das zu erkennen, bedurfte es keiner näheren Begutachtung. Ebenso zweifelsfrei war es Dahlkin, der dort am Boden lag. Wer aber war der andere Mann, der etwas weiter an einen Stapel Kaminholz gelehnt saß und plötzlich laut aufstöhnte?

Jutta Engelke sprang sofort zu ihm hin, um ihn zu untersuchen. Behrends kam und hockte sich neben sie. An der Schläfe des Mannes, direkt am Haaransatz war die blasse Haut aufgeplatzt. Getrocknetes Blut zeichnete ein rotbraunes Rinnsal über seine Wange und das Kinn, den Hals hinab und in den Kragen seiner dick gefütterten, roten Daunenjacke hinein. Weiter unten, im Bereich seiner linken Hüfte war die Jacke zerfetzt und ein dunkler Fleck ließ auf eine weitere, viel schlimmere Verletzung schließen. Sein rechter Arm hing schlaff an der Seite herab, die blutverschmierte Hand berührte leicht den Boden. Er musste sie auf die Wunde gepresst haben, bis ihn die Kraft verließ. Seit wann lag der arme Kerl hier wohl schon? Sehr lange hätte er in diesem Gefrierschrank jedenfalls nicht mehr überlebt.

Der Mann versuchte unter leisem Stöhnen, ihnen den Kopf zuzuwenden. Vorsichtig legte Behrends ihm die Hand unter das Kinn.

»Hallo, können Sie mich verstehen?«, versuchte er Kontakt mit ihm aufzunehmen. »Wer sind Sie? Sind Sie der Mitarbeiter von Herrn Dahlkin?«

Er registrierte ein schwaches Nicken. Während er weiter versuchte, dem Verletzten ein paar Worte zu entlocken, hatte Jutta bereits Notarzt und Krankenwagen angefordert.

In diesem Augenblick stürzte Maike de Baer mit einem der Osteroder Kollegen herein.

»Wir haben Blutspuren gefunden. Auf dem Boden im Wohnzimmer, unter einem Läufer ...« Sie hielt inne, registrierte die Situation im Schuppen. »Oh, ist das ...«

»Ja, er ist es«, schnappte Behrends kurz angebunden und forderte den Osteroder Kollegen dann auf, eine Decke aus dem Haus zu holen. Sie mussten versuchen, den armen Kerl an Ort und Stelle aufzuwärmen. Ihn ohne Trage zum Haus zu transportieren, wäre nicht ratsam gewesen. Sie konnten ja nicht wissen, welche inneren Verletzungen er davongetragen hatte.

Es war nicht möglich, dem Verletzten mehr, als ein paar Satzfetzen zu entlocken. Der Mann balancierte hart am Rande zu einer neuerlichen Bewusstlosigkeit entlang. Immerhin schaffte er es, mit größter Anstrengung den Namen »Zander« zu formen und Behrends mit den kaum verständlich dahingeflüsterten Worten »Marek« und »Verrat« zu verwirren.

»Marek? Noch ein Mitarbeiter?«

Kraftloses Kopfschütteln. Behrends überlegte fieberhaft. Marek, wer war Marek? Wenn er kein Mitarbeiter von Dahlkin war, dann vielleicht ...

»Hat Marek etwas mit Zander zu tun?«

Schwaches Nicken.

»Sind die zwei zusammen weggefahren? Wie? Wie sind Sie gefahren? War Zander mit seinem Auto hier? Einem Renault Mégane?«

Kopfschütteln.

Behrends dachte kurz nach: »Gab es noch einen anderen Wagen? Mareks Auto? Haben sie das genommen?«

Nicken.

»Was für eins war das? Ich meine, welche Marke? Kennzeichen?«

»La ... Lada ... Gel... Gelände ... wagen ... grün.«

Dem Mann sackte der Kopf auf die Brust. Die Lider geschlossen, röchelte er leise vor sich hin. Zwecklos, ihm weitere Informationen entlocken zu wollen.

»Was hat er mit Verrat gemeint? Und was ist mit diesem Marek?« Behrends hatte sich Maike de Baer zugewandt.

Sie starrte auf den nackten Betonboden, ihr Blick verfing sich in den leeren Augen des toten Dahlkin: »Vielleicht hat dieser Marek Zander ins Handwerk gepfuscht. Hat ihn irgendwie verraten. Ist ihm zuvorgekommen. Keine Ahnung. Frag mich nicht wie, aber das ist hier nicht so gelaufen, wie es geplant war. Und der da«, sie deutete auf den verletzten Mann, »der hat alles gesehen. Ich wundere mich nur, dass er noch lebt.«

»Und wenn dieser Marek mit Zander gemeinsame Sache gemacht hat und sie zusammen abgehauen sind?«, spekulierte Behrends.

»Kann ich mir nicht vorstellen!« Maike de Baer schüttelte energisch den Kopf. »Wir haben es nach allem, was wir wissen, mit einem persönlichen Rachefeldzug zu tun. Eine Sache, die nur Zander etwas angeht. Würdest du da einen anderen einweihen? Doch nur, wenn es unbedingt sein muss, wenn du es nicht allein schaffst und Hilfe brauchst. Keine Ahnung, welche Rolle dieser Marek spielt, aber ich glaube einfach nicht an die gemeinsame Sache.«

»Wahrscheinlich hast du Recht.« Behrends nickte zerstreut, spürte ein Ziehen in seiner Brust. Was sollte er nur ohne Maike tun? Ohne ihre Gedanken, ihre Intuition? Ihn fror. Er rieb sich die Arme, gab sich einen Ruck, spannte seinen Körper: » Dann mal los, Maike«, rief er, »wir suchen einen grünen Lada Geländewagen, richtig? Funkt den Kollegen bei unseren Autos an. Er soll mit einem davon rankommen. Ich will nicht den ganzen Weg zurücklaufen. Unterdessen gebe ich die Jagd auf den Wagen frei.«

Minuten später holperten Behrends und Maike de Baer durch die Spurrillen den schneebedeckten Weg zurück und bogen in der Nähe des alten Bergwerkstollens nach rechts auf die ausgebaute Fahrbahn ein, als der Notarzt, gefolgt von einem Krankenwagen in entgegengesetzter Richtung an ihnen vorbeipflügte. Diejenigen, die nicht beim Wochenendhaus gebraucht wurden, hatten sich an ihre Hinterräder geheftet, um gemeinsam mit ihnen die Jagd auf Zander und diesen Marek aufzunehmen.

Eine Schlechtwetterfront war herangerückt. Der Schneefall setzte zum ungünstigsten Zeitpunkt ein, machte die Fahrt zum riskanten Tanz auf schlüpfrigem Untergrund. Einige Male schon hatte Behrends den Wagen auf der Straße hinab nach Bad Lauterberg nur mit Mühe unter Kontrolle halten können, entschloss sich schließlich, seine Fahrweise den Verhältnissen anzupassen. Längst waren alle Dienststellen alarmiert, und die Polizeistreifen hielten nach einem grünen Lada mit unbekanntem Kennzeichen Ausschau. Wenigstens jagten sie kein Allerweltsauto. Sie würden die Flüchtigen kriegen. So oder so. Es hatte jedoch keinen Zweck, ziellos einem Auto zu folgen, von dem man weder wusste, wohin es unterwegs war, noch, wie viel Vorsprung es hatte. Also wäre es besser, zurück nach Osterode zu fahren und abzuwarten. Er nahm die Straße Richtung Herzberg und Maike, die sich merkwürdigerweise nicht zu ihren sonst so bissigen Kommentaren über seine Fahrweise hatte hinreißen lassen, schälte sich dankbar seufzend aus den schützenden Tiefen des Beifahrersitzes heraus, blieb jedoch weiterhin eigenartig stumm.

Behrends wagte einen flüchtigen Blick zu Seite, sah in ein schmales, blasses Gesicht, eingerahmt von schwarz gefärbten Haaren einer frechen, fransigen Kurzhaarfrisur. Seit wann trug sie doch gleich diese neue Frisur? Zwei Wochen musste es mittlerweile her sein, dass sie morgens so bei ihm im Büro aufgekreuzt war. Er hatte nicht auf ihr verändertes Äußeres reagiert, war in irgendeine Akte vertieft gewesen. Danach war die Gelegenheit vertan, ihr ein spontanes, von Herzen kommendes Kompliment zu machen. Ein Rückschlag in seinem Bemühen, sich vom Ruf des Elefanten im zwischenmenschlichen Porzellanladen zu befreien. Dabei gefiel sie ihm richtig gut, ihre neue Frisur. Sogar das Schwarz passte zu Maike. Das Gesicht so weiß wie Schnee, die Haare schwarz wie Ebenholz ... Sein Schneewittchen hatte ihre Augen geradeaus auf das Schneetreiben vor der Windschutzscheibe gerichtet. Sie sah traurig aus, wirkte so verletzlich, dass es Behrends beinahe wie Frevel vorkam, ihr seine riskante Fahrweise zugemutet zu haben. Sie brauchte jemanden, der sie und ihr ungeborenes Kind beschützte, keinen verantwortungslosen Chef, keinen Hasardeur. An seine Absicht, ihr eine Standpauke zu erteilen, dachte er nicht mehr.

Der Funkspruch erreichte sie, als sie Herzberg auf der B243 in Richtung Osterode gerade hinter sich gelassen hatten. Sofort griff Maike zum Hörer des Funktelefons, war wieder voll da, übergangslos aus ihrer Schattenwelt in die Realität zurückgekehrt. Sie lauschte der Nachricht, aufmerksam, angespannt.

»Verstanden, wir sind unterwegs« sagte sie. Kühl, emotionslos, ganz Polizistin. Sie legte auf, wandte sich Behrends zu: »Wie es aussieht, haben Zander und Marek einen Unfall verursacht.«

»Scheiße!« Er hieb mit der flachen Hand auf das Lenkrad. »Wo? Was ist passiert?«

»Auf der A7, Höhe Abfahrt Hedemünden. Der Kollege sagt, dem ersten Augenschein nach hat der Fahrer die Kontrolle über das Fahrzeug verloren. Sie sind gegen die Mittelleitplanke geprallt und auf die Fahrbahn zurückgeschleudert, auf ein anders Auto geprallt. Ist heute ein sehr starkes Verkehrsaufkommen auf dem Abschnitt und dazu das Sauwetter. Sieht ziemlich böse aus.«

»Es ist wirklich unser Lada?«

»Anzunehmen. Der ihn gefahren hat, saß noch im Auto. War hinter dem Lenkrad eingeklemmt. Und im Fußraum lag eine Pistole.«

»Was ist mit dem Fahrer? Ist es Marek? Zander?«

»Der Fahrer ist tot. Identifiziert ist er noch nicht. Ebenso wenig, wie der andere. Der liegt zwischen den Trümmern. Der Kollege muss sich selbst erst einen Überblick verschaffen.« Maike de Baer verzog das Gesicht zur Grimasse. »Im Augenblick ist an der Unfallstelle anscheinend die Hölle los. Ziemliches Durcheinander. Etliche Auffahrunfälle, 'ne Menge Opfer. Keiner weiß etwas Genaues.«

Na, klasse!, dachte Behrends. Er spürte, wie es in seinen Eingeweiden zu rumoren begann. Tote, Verletzte! Menschen, die mit alledem nichts zu tun hatten! Nicht mit Zander, nicht mit Marek, oder wer immer sich noch in dem Wagen befunden hatte. Menschen, die nur zur falschen Zeit am falschen Ort waren. Er mochte sich nicht ausmalen, wie es an der Unfallstelle aussah. Die Realität würde ohnehin seine Vorstellungskraft übertreffen. Hätten sie sich bloß nicht in Bad Lauterberg verfahren! Warum musste Dahlkin sie in die Irre führen, ihnen den falschen Weg beschreiben? Etwas früher und sie wären Zander vielleicht zuvorgekommen, hätten möglicherweise die Amokfahrt der zwei Männer in dem Geländewagen verhindern können! Er hatte es vermasselt! Wie hatte es so weit kommen können? Warum war es ihm nicht gelungen, das zu verhindern? Waren es nur die Umstände oder war es seine Schuld?

Es gab sie also noch, seine Selbstzweifel. Sie waren tückisch, hielten sich meist im Verborgenen auf, wiegten ihn über lange Zeit in scheinbarer Sicherheit, nur um ihn im passenden Moment wieder einmal richtig in die Mangel zu nehmen, ihn mit Fragen nach dem Sinn seines Lebens, vor allen Dingen, nach dem Sinn seines Berufslebens zu quälen.

Nein! Nicht jetzt! Noch war es nicht zu Ende. Erst dann, wenn sie sich von der Identität der Gejagten überzeugt hatten. Verbissen durchbohrten Behrends' Augen den nach wie vor dicht fallenden Schnee. Unbewusst gab er wieder etwas mehr Gas, nahm die Abfahrt Aschenhütte, um gleich darauf in der Gegenrichtung zurück auf die Bundesstraße zu fahren.

20.

Marek war tot. Er hatte am Steuer gesessen und wahrscheinlich auch den Unfall verursacht. Der Wagen sei plötzlich ins Schleudern geraten und auf die Überholspur geschossen, hatten einige Zeugen ausgesagt. Die Untersuchungen zum genauen Unfallhergang dauerten an. Ob man letztlich die Ursache des vermeintlichen Fahrfehlers aufdecken konnte, schien ungewiss.

Zander auf dem Beifahrersitz hatte den Höllentrip überlebt. War schwer verletzt davongekommen. Nun lag er im künstlichen Koma im Göttinger Uni-Klinikum. Es hieß, er sei außer Lebensgefahr, aber querschnittsgelähmt, soviel sei sicher. Zudem befürchte man weitere bleibende Schäden, da Bereiche seines Gehirns geschädigt seien. Ein zeitnahes Verhör des Mannes, der sie in den zurückliegenden Tagen in Atem gehalten hatte, würde es nicht geben. Und ob er je vor ein Gericht gestellt werden könnte, war mehr als fraglich.

Behrends hatte sich durch den Montag gequält. Er war in der vergangenen Nacht spät — viel zu spät — ins Bett gekommen, hatte keinen Schlaf gefunden. Die Bilder waren nicht gewichen, Bilder eines Schlachtfeldes. Blut, Blut und noch mal Blut — zerrissene, zerschlagene Menschen, zerstörte Hoffnungen und Träume zwischen Autowracks. Trügerischer Sicherheitsglaube aus Blech und Kunststoff, bis zur Unkenntlichkeit deformiert. Weihnachten stand vor der Tür — das Fest der Liebe, der Freude, der Familie. Für einige blieb dieses Jahr nur die Trauer.

Immerhin hatten sie im Laufe des Tages Mareks Identität festgestellt: Markus Nowak, genannt Marek, war kein unbeschriebenes Blatt. Sein Name war mehrfach im Zusammenhang mit einigen mysteriösen Fällen aus dem Bereich der organisierten Kriminalität aufgetaucht. Man hatte ihm jedoch nie etwas nachweisen können. Und noch etwas stand am Ende des Tages fest: Marek und Zander kannten sich — beide waren in der Fremdenlegion gewesen. Hatten gemeinsam in einer Einheit gekämpft. Ob sich aus dieser Erkenntnis allerdings ableiten ließ, dass sie die Morde an Weber, König und Dahlkin gemeinsam geplant und durchgeführt hatten, war Behrends zu diesem Zeitpunkt noch unklar.

Der elende Papierkram am Ende eines jeden Falles hatte ihn den Tag zusätzlich zur Last werden lassen und ihm den letzten Funken Energie geraubt. Dann auch noch die Pressekonferenz. Wie immer ein Albtraum für ihn, im Mittelpunkt der Medien zu stehen. Er war froh, als es am Nachmittag überstanden war. Danach war er sofort nach Hause gefahren. Etwas essen, eine Runde mit Sir Toby, ein wenig fernsehen und dann früh ins Bett. Das war alles, was er noch wollte. Katrin war mit ihren Kegelfrauen verabredet. Zunächst wollten sie sich bei einer von ihnen zu Hause treffen, um sich Produkte einer exklusiven Pflegeserie vorführen zu lassen. Später stand Weihnachtsgans-Essen auf dem Programm, natürlich im Schwarzen Bären. Es würde spät werden, das hatte sie ihm prophezeit. Ihm war es nur recht, sie hätte heute bestimmt keinen Spaß mehr an ihm gehabt.

Er schnippelte lustlos an der Rindsroulade herum, dem Sonntagsessen, das ihm gestern verwehrt geblieben war, widmete sich müde kauend dem Rotkohl, als es läutete. Katrin war erst vor wenigen Minuten gegangen. Wahrscheinlich hatte sie etwas vergessen, ihren Haustürschlüssel vielleicht. Ärgerlich grunzend warf er Messer und Gabel auf den Tisch, quälte sich vom Stuhl hoch und stapfte leise vor sich hinbrabbelnd durch den Flur. Mit einem bissigen Kommentar auf den Lippen riss er die Tür auf.

Die Worte blieben ihm im Halse stecken. Vor ihm stand Henning Hohnstein!

»Guten Abend, Herr Behrends.«

Behrends schluckte trocken. Versuchte, seine Überraschung zu verbergen und seine Gesichtszüge neu zu arrangieren.

»Ich bin Henning Hohnstein. Aber ich glaube, Sie kennen mich bereits. Hoffentlich störe ich Sie nicht.«

»Äh, nein ... nein, kommen Sie rein.« Er machte eine ungelenke Bewegung, gab dem unerwarteten Gast den Weg ins Haus frei. Im Wohnzimmer bot er ihm einen Platz auf einem Sessel der Couchgarnitur an. Setzte sich ihm gegenüber. Roulade und Rotkohl waren vergessen. Schweigend ließen sie die Sekunden verstreichen, verlegen ihren gegenseitigen Blicken ausweichend, auf der Suche nach den richtigen Worten. Behrends knabberte an seiner Unterlippe herum, fragte sich, was der Mann von ihm wollte. Hohnstein wiederum saß leicht vornübergebeugt, focht einen stummen Kampf mit sich aus, jagte Gedanken gleich einer aufgescheuchten Meute durch die Gräben seiner Hirnwindungen, getrieben vom Takt seiner Fingerspitzen, die zwischen seinen Oberschenkeln lautlos gegeneinandertrommelten. Plötzlich holte er tief Luft, öffnete ein wenig den Mund, schien etwas sagen zu wollen. Unvermittelt brach er den Versuch wieder ab. Es wurde langsam peinlich.

»Darf ich Ihnen etwas zu trinken anbieten?« Behrends hatte sich endlich auf seine Rolle als Hausherr besonnen. Und da der Mann nun schon einmal da war, konnte er ihm ja ein Mindestmaß an Freundlichkeit und Anstand entgegenbringen.

»Oh, ja, gerne.« Hohnstein seufzte erleichtert. Dann zögerte er: »Hm ... ich bin mit dem Auto da.« Beinahe gleichzeitig machte er eine wegwerfende Handbewegung. »Ach was soll's, ein Bier vertrage ich schon.«

Behrends war dankbar, der Situation entfliehen zu können, wenn auch nur für einen kurzen Gang in den Keller, um seinen Köstritzer-Vorrat weiter zu dezimieren.

Kurz darauf saßen sie wieder beieinander und stießen auf ihr Wohl an.

»Tja ...«, Hohnstein hatte die Zeit genutzt, seinen Mut zu sammeln. »Sie möchten bestimmt erfahren, weshalb ich einfach so bei Ihnen reinplatze.«

Behrends nickte verhalten. Er nahm die Frage als das, was sie war: Ein hilfloser Einstieg in ein vielleicht schwieriges Gespräch. Natürlich fragte er sich, was dieser überraschende Besuch zu bedeuten hatte.

Hohnstein räusperte sich, ehe er sich etwas umständlich an einer Erklärung versuchte: »Ich weiß natürlich von Ihrer Mutter, dass Sie, naja, sagen wir mal nicht gerade erbaut sind von unserer ... äh ... Beziehung. Mir war wohl nicht ganz klar, was Sie gedacht haben müssen, als Sie von mir hörten. Und dann sind Sie auch noch auf diese peinliche Sache mit der Razzia gestoßen. Ein Grund mehr für Sie, mir zu misstrauen. Ich hätte Sie viel früher aufsuchen sollen, aber ehrlich gesagt, ich hatte Angst. Erst, als ich Sie in Goslar vor der Konditorei stehen sah, da wurde mir bewusst, dass ich etwas tun musste.«

Behrends spürte Genugtuung. »Tja, nun sind Sie ja hier«, sagte er. »Sie haben allerdings großes Glück, dass Sie mich überhaupt antreffen. Mit geregelten Arbeitszeiten ist das in meinem Beruf so eine Sache. Vielleicht hätten Sie vorher anrufen sollen.«

»Oh ja ... ja, das wäre wohl besser gewesen«, gab Hohnstein zu, »aber ich habe befürchtet, dass Sie mich dann mit irgendwelchen Ausflüchten abwimmeln.«

Behrends musste sich eingestehen, dass der Mann mit seiner Vermutung richtig lag: »Ach was, warum denn? Es ist schließlich auch in meinem Interesse, dass wir uns endlich mal treffen«, beeilte er sich daher, dessen Sorge mit einer Lüge zu zerstreuen.

Hohnstein nickte zufrieden, griff nach seinem Glas und trank. Stellte es wieder ab und strich sich wie selbstverständlich mit dem Daumen über die Oberlippe, um den Schaum abzuwischen. Eine kleine Geste nur, aber sie gab ihm ein wenig von seiner natürlichen Eleganz und Weltgewandtheit zurück, die ihm angesichts der etwas ungewöhnlichen Umstände fast vollständig abhanden gekommen waren. Angespannt lauerte Behrends darauf, was ihn als Nächstes erwartete. Er schwieg ganz bewusst, ließ eine Pause entstehen, beobachtete seinen Gast aus den Augenwinkeln. Hilflos und ungelenk wand der sich in seinem Sessel, seine Augen suchten irgendwo unter der Decke nach den richtigen Worten. Er pumpte wie ein Maikäfer, überwand endlich die Blockade.

»Äh, naja ... es ist ja wohl üblich, dass ... also, als ich jung war, gehörte es sich, die Eltern seiner Auserwählten um die Hand der Tochter zu bitten, ich war ja auch schon mal verheiratet, meine Frau ist aber lange tot, wissen Sie ...« Er eierte herum, krampfte die Hände ineinander, wirkte wie ein schüchterner Teenager.

Behrends ahnte, was ihn erwartete. Er kam seinem Gast trotzdem nicht zur Hilfe, ließ ihn zappeln. Strafe musste sein, fand er, wusste im Grunde aber gar nicht, wofür.

»Menschenskind, jetzt machen Sie es mir doch nicht so schwer!«, polterte Hohnstein plötzlich los. »Ich möchte Sie um die Hand Ihrer Mutter bitten!«

Endlich war es heraus! Genau darauf hatte Behrends gelauert, sich die Situation ausgemalt! Und doch war er unfähig, jetzt damit umzugehen. Einigermaßen fassungslos sackte er in seinen Sessel zusammen. In diesen Sekunden begriff er, wie begrenzt seine Vorstellungskraft doch war. Der Unterkiefer war ihm heruntergeklappt, mit seinem geöffneten Mund musste er gerade das Bild eines perfekten Idioten abgeben. Ganz allmählich wurde ihm die Absurdität der Situation bewusst, und er suchte verzweifelt alle Bereiche seines Gehirns nach einer halbwegs vernünftigen Erwiderung ab. Vergebens. Für solche Augenblicke gab es keine passenden Worte! Alles, was er hervorwürgte, war ein kehliges Glucksen, ehe er in schallendes Lachen ausbrach. Ein Mann jenseits der Siebzig bat ihn, den jungen Kerl, um die Hand seiner Mutter! Das Mittelalter war soeben in das Behrendssche Wohnzimmer zurückgekehrt.

»Sie machen sich über mich lustig«, schmollte Hohnstein. »Schade. Ich meine es wirklich ernst. Aber dann gehe ich wohl besser wieder.« Er erhob sich.

Behrends hustete, hatte sich verschluckt: »Um Gottes Willen, nein!«, presste er mit hochrotem Kopf hervor. »Ich mache mich nicht lustig über Sie! Es kommt nur alles so … unerwartet. Ich bin es einfach nicht gewohnt, dass mich jemand bittet, meine Mutter heiraten zu dürfen. Und nun setzen Sie sich wieder, zum Kuckuck! Meinen Segen haben Sie!«

Hohnstein ließ sich verunsichert zurück in den Sessel sinken, schlug in die hingehaltene Hand ein, lächelte erleichtert.

»Ja, dann haben wir wohl was zu feiern.« Kaum hatte Behrends das gesagt, als ihm spontan eine Idee kam. »Wie sieht es aus, Herr Hohnstein, haben Sie heute noch was vor? Wollen Sie zu meiner Mutter?«

»Nein, ich habe mir diesen Abend freigehalten. Ich wusste ja nicht, was mich erwartet.« Misstrauisch musterte er seinen Gastgeber, vermutete einen Hinterhalt. Das Verhältnis der beiden Männer zueinander stand beileibe nicht auf festem Grund.

»Tja, darauf war ich allerdings auch nicht vorbereitet«, brummelte Behrends mit gesenktem Kopf in seinen Schoß. Dann blickte er wieder auf Hohnstein: »Ich muss einen Weihnachtsbaum kaufen. Das können wir gemeinsam machen. Ich lade Sie ein.«

»Wie bitte?«

»Sie haben schon richtig verstanden. Wir gehen los und besorgen einen Weihnachtsbaum. Eine schöne Blautanne. Die mag Katrin besonders gern. Das ist eine gute Gelegenheit, unser zukünftiges Verwandtschaftsverhältnis gebührend zu feiern.«

»Ich hoffe, Sie nehmen mich jetzt nicht auf den Arm, Herr Behrends.« Hohnstein konnte sich keinen Reim darauf machen, wie ein Weihnachtsbaumkauf ihre neue Beziehung besiegeln sollte. Zwar waren ihm die Sitten und Gebräuche auf dieser Seite des Harzes fremd, trotzdem befürchtete er, gerade für dumm verkauft zu werden.

»Vertrauen Sie mir einfach«, bat Behrends den total verunsicherten Mann mit einem Augenzwinkern, »so ein gemeinsamer Weihnachtsbaumkauf hat schon Freundschaften fürs Leben besiegelt. Wenn es darum geht, den Baum für das Fest zu besorgen, dann sind wir Männer die einsamsten Kreaturen auf der Welt! Gehetzt, getrieben und zum Schluss doch nur von unseren Frauen verspottet. Ein wenig Solidarität tut da richtig gut.«

Henning Hohnstein starrte Behrends immer noch verständnislos an. Offensichtlich kannte er das archaisch anmutende Ritual des jagenden Mannes nicht, dessen Beute, der Weihnachtsbaum, in der heimischen Höhle vom Eheweib kritisch begutachtet und für schlecht befunden wurde. Welch glücklicher Mensch! Aber das konnte sich sehr bald ändern. Wenn nicht in diesem Jahr, dann eben im folgenden. Grund genug, rechtzeitig zu begreifen, wie das wahre Leben funktionierte.

»Nun kommen Sie schon, Herr Hohnstein«, Behrends zwinkerte ihm freundschaftlich zu, »bei Herbert Hufnagel gibt es nicht nur die besten Weihnachtsbäume diesseits des Harzes, abgesehen von denen natürlich, die man in der Fichtenschonung selber klaut, er kredenzt auch noch einen vorzüglichen Glühwein! Also, was ist nun? Was halten Sie von meinem Vorschlag?«

Hohnsteins Widerstand bröckelte. Ergeben fügte er sich in sein Schicksal. Eigentlich ein richtig netter Kerl, fand Behrends, als er kurz darauf die Tür hinter sich ins Schloss fallen ließ, um sich mit ihm auf den Weg zu machen.

Bei Herbert Hufnagel herrschte Hochbetrieb. Ausgerechnet diesen Montag schienen sich die meisten Männer aus Förste für ihren Baumkauf auserkoren zu haben. Sie erledigten das Unangenehme zuerst, ließen vertrauensvoll Herbert die Blautanne aussuchen. Dann gingen sie in die Weinstube. Dort war ein reges Kommen und Gehen, mit Mühe fanden sie zwei freie Plätze.

Eine peinliche Situation, in der sie schweigend in die Glühweinbecher vor ihnen gestarrt hätten, blieb ihnen erspart. Alle Neuankömmlinge interessierten sich brennend für den fremden Begleiter »ihres« Hauptkommissars und sahen sich genötigt, ihnen eine Runde nach der nächsten auszugeben. Gemeinsam mit Gerhard Hildebrand, der kurz nach ihnen gekommen war und ihnen nicht mehr von ihrer Seite wich, näherten sie sich schnell einem Zustand wohlig-warmer Glückseligkeit. Die dauerte an, bis ein vorbeistolpernder Tölpel Behrends eine halbe Tasse kochend heißen Glühwein über die Hose goss, so dass der kurzfristig wieder klar denken konnte. Er packte die Gelegenheit beim Schopf und Henning Hohnstein, mit dem er mittlerweile per Du war, am Kragen. Der leistete einige Minuten erbitterten Widerstand, wollte nicht von den Getränken und den neu gewonnenen Freunden lassen. Erst als Behrends ihm mit schwerer Zunge versprach, auf dem Nachhauseweg noch bei einem guten Kumpel einzukehren, ließ er sich überreden.

Auf dem Hof vor Hufnagels Glühweinbude schnappten sie sich den Weihnachtsbaum, der ihnen am nächsten stand und den sie für ihre Blautanne hielten — bezahlt und nur noch nicht abgeholt. Leicht schwankend trotteten sie durchs Dorf, Behrends vorn, mit festem Griff um den dünnen Baumstamm, Hohnstein hinten, die Hand um die schwindsüchtige Spitze der Tanne gelegt. Erst vor der Haustür von Holger Diekmann machten sie halt.

Behrends nahm Hohnstein das Bäumchen ab und ließ es achtlos neben der Tür zu Boden fallen. »Der arme Kerl hat's am Kopf«, säuselte er dabei, um Kontrolle seiner Stimme bemüht, »aber nich ... nur da ... die Ribb'n ... sind auch hin ...«

»Oh ... Sch ... Scheiße ...«, brummte Hohnstein mitfühlend, »das ... tut mir jetzt ... pfffhh ... äh ... echt ... leid.«

»Macht nix ...« Behrends legte ihm tröstend den Arm um die Schulter, »du kannst ja nix ... dafür ...« Er holte tief Luft. »Pass auf, Henning ... wir ... singen dem Holger ein Weih ... Weihnachtslied, dann geht das dem gleich ... besser.«

Irgendwie schaffte er es, den Klingelknopf zu drücken und als im Hausflur das Licht anging, stimmten die beiden Männer, eng aneinandergeschmiegt im Schnee stehend, eine herzerweichende Version von »Oh Tannenbaum« an.

Als Heike Diekmann die Haustür öffnete und sah, wer das Ständchen brachte, traten ihr Tränen in die Augen.

»Heike, wass'n los? Heulst du weg'n uns?« Sollte ihr Gesang die Frau seines Freundes etwa zu Tränen gerührt haben? Nein, unmöglich! So besoffen konnte Behrends gar nicht sein, dass er das annahm.

»Ach Ingo, es ... es ist wegen Holger«, schluchzte sie.

»Was?« Behrends ließ von Hohnstein ab. Stand nun ohne Stütze, leicht schwankend. »Was ist mit ihm?«

»Er liegt wieder im Krankenhaus?«

»Wieso das denn?« Er war jetzt stocknüchtern — jedenfalls für den Moment. »Hatte er einen Rückfall?«

»Kann man so sagen.« Heike lachte bitter auf, wischte sich mit dem Handrücken die Tränen von der Wange. »Er ist heute Nachmittag zu diesem Informanten, der ihm das Ganze eingebrockt hat. Obwohl er sich gar nicht richtig bewegen konnte. Mit seinen gebrochenen Rippen. Es tat ihm doch immer noch alles weh!« Sie stockte, ihr Kinn vibrierte. Gleich würde sie erneut losheulen, befürchtete Behrends. Aber sie hatte sich halbwegs im Griff. »Er wollte den Rausch zur Rede stellen. Dabei sind sie ziemlich heftig aneinandergeraten, haben sich geprügelt. Die Nachbarn haben die Polizei gerufen. Holger ist die Prügelei jedenfalls nicht gut bekommen. Der Notarzt war da. Sie haben ihn gleich wieder eingeliefert. Die Sache wird jetzt wohl ein Nachspiel haben, sagen deine Kollegen.«

Das mit dem Nachspiel konnte sich Behrends sehr gut vorstellen. Er hatte Diekmann gewarnt. »So eine Scheiße! Dieser hirnverbrannte Idiot!« Mehr fiel ihm dazu nicht ein. »Ich kümmere mich darum«, knurrte er nach einer Weile lähmender Sprachlosigkeit. Es war allerdings nur als Trost für Heike gedacht. Er hatte nicht vor, bei den Jungs von der Streife für den unbelehrbaren Sturkopf zu intervenieren. Die Suppe sollte er mal schön allein auslöffeln!

21.

Weder Behrends noch Henning Hohnstein konnten sich daran erinnern, wie sie nach Hause und ins Bett gekommen waren. Als sie ihren unterbrochenen Rückweg fortgesetzt hatten, war auch die Alkoholnebelwand wieder dichter geworden. Ein letztes Gute-Nacht-Köstritzer hatte ihnen schließlich alle Erinnerungskerzen ausgeblasen. Als Katrin gegen Mitternacht nach Hause gekommen war, hatte sie ihren angestammten Platz im Doppelbett belegt vorgefunden und mit der Liege im Fremdenzimmer vorliebnehmen müssen. Das wäre für sie vielleicht noch zu ertragen gewesen, nicht aber die Karikatur eines Weihnachtsbaumes, über die sie in der Nacht im Hausflur gestolpert war.

Am nächsten Morgen ließ sie ihrer Wut freien Lauf, und als Behrends endlich zu Wort gekommen war, hatte er bei seinem Leben geschworen, dass er eine wundervolle Blautanne bei klarem Verstand begutachtet und gekauft hatte. Hufnagel sei ein Betrüger, habe sie erst mit Glühwein vollgepumpt und ihnen dann dieses Gerippe untergejubelt. Nur so konnte Behrends sich die Geschichte erklären, und Hohnstein hatte ihm beigepflichtet. Spätestens in dem Moment hatte sein zukünftiger Stiefpapa begriffen, worum es beim Weihnachtsbaumkauf ging, und ihn eindrucksvoll unterstützt: In schweren Stunden mussten Männer zusammenhalten! Allein das zählte. Behrends war ihm dafür unendlich dankbar gewesen und hatte den Baum Sir Toby überlassen, dem er als Einzigem zu gefallen schien. Eine kleine orange-gelbe Pfütze im gefliesten Flur, direkt neben dem dürren Stämmchen, legte wenig später dezent stinkendes Zeugnis davon ab.

Das alles war mittlerweile mehr als eine halbe Woche her. Behrends hatte den Tag danach irgendwie überstanden. Wie, das wusste er selbst nicht so genau. Sie hatten die Osteroder Büros wieder geräumt und waren an ihre angestammten Plätze in der Northeimer Inspektion zurückgekehrt. Die Aufarbeitung des Falles »Zander« hatte begonnen, und so nach und nach wurden die Details der ganzen Tragödie sichtbar — zumindest, was das vordergründige Geschehen betraf. Dieter Bruchhagen, der Mann, den sie halb tot in dem Schuppen vorgefunden hatten, und Dahlkins bester Mitarbeiter, war so weit wieder hergestellt, dass er ihnen als rechte Hand seines Chefs berichten konnte, was sich an jenem frühen Abend auf dem Gelände und im Haus ereignet hatte.

Zander hatte Kontakt mit Dahlkin aufgenommen und sich mit ihm zu einem »geschäftlichen« Treffen in dessen Wochenendresidenz verabredet. Zusammen mit seinem Chef sei Bruchhagen zum Wochenendhaus gefahren, weil der ihn bei dem Treffen dabeihaben wollte. Zur Sicherheit, wie er sagte. Dahlkin hatte seinen Gast nämlich noch nie gesehen. Er war etwas misstrauisch gewesen, weil er nicht genau wusste, womit er bei dem Mann rechnen musste. Kurz nach ihrer Ankunft war Bruchhagen in den Schuppen gegangen, um einige Aggregate zu inspizieren, die der Energieversorgung der Gebäude dienten. Dann hatte er mit der Kettensäge einen trockenen Buchenstamm zu Kaminholz verarbeitet, das er auf dem Rückweg hatte mitnehmen wollen. Gleich darauf war überraschend Marek aufgetaucht. Er hatte sich zwar gewundert, was der da draußen wollte, sich aber nichts Schlimmes dabei gedacht. Sicher gab es Gründe, dass Dahlkin den Mann ebenfalls zu dem Treffen bestellt hatte.

Als Bruchhagen gerade die Holzscheite in einen Korb stapeln wollte, hatte er einen Schuss gehört. Fast im selben Moment war jemand auf die Terrasse zugehastet. Das konnte er durch die halb offene Schuppentür sehen. Daraufhin war er hastig zum Haus zurückgelaufen und hatte hineinstürmen wollen. Im letzten Moment hatte er sich zusammengerissen, war vorsichtig durch die Hintertür hineingeschlichen. Er hatte nicht mit einem Holzscheit in der Hand in eine Kugel laufen wollen. Unbemerkt hatte er aus dem Dunkel eines Nebenraumes dem Gespräch zwischen Marek und dem Neuankömmling gelauscht und beobachtet, was im Kaminzimmer vor sich ging. Ihm war sofort klar gewesen, dass der Fremde Zander sein musste. Zwischen den beiden lag Dahlkin. Tot, von Marek erschossen. Bruchhagen musste mit anhören, dass Zander Marek über seine Anwesenheit auf dem Gelände informierte. Der wollte den vermeintlichen Zeugen suchen gehen, jedoch nicht ohne Zander zuvor an den Stuhl zu fesseln, auf dem der saß. Das Läuten des Telefons kam ihm allerdings dazwischen. Marek hatte erst gezögert, dann aber abgenommen und sich als Dahlkin ausgegeben. Nach dem Gespräch wollte er nur noch ganz schnell mit Zander verschwinden. Kein Gedanke mehr daran, den unliebsamen Mitwisser zu suchen.

Bruchhagen wähnte sich schon in Sicherheit, als ihm ein dummes Missgeschick passierte. Im Dunkel stieß er einen Besen um. Dann musste er um sein Leben rennen. Marek heftete sich sofort an seine Fersen und erwischte ihn mit einem Schuss, noch ehe er sich im Wald verkrümeln konnte. Zum Glück folgte er ihm nicht. Wahrscheinlich, weil ihm die Zeit zu knapp wurde. Später versuchte Bruchhagen, sich zum Haus zurückzuschleppen. Die Schussverletzung hatte ihn aber derart geschwächt, dass er nur bis zum Schuppen kam. Da hatte er dann Dahlkin liegen sehen, von Marek wohl dort hingeschleift, bevor er zusammen mit Zander geflohen war. Dort waren beide von Behrends und Engelke entdeckt worden.

In der Nähe des Geländes hatte man mittlerweile auch Zanders Renault gefunden, gut versteckt zwischen dicht stehenden jungen Fichten, unweit der Stelle, wo sie selbst ihre Wagen auf dem Weg zum Wochenendhaus abgestellt hatten. Das Automatikgewehr und Zanders Reisegepäck war mitten in den Trümmern des Lada sichergestellt worden. Das schien ihre Vermutung zu bestätigen, dass Zander sich nach vollbrachter Tat hatte absetzen wollen. Höchstwahrscheinlich mit Hilfe seines vermeintlichen Freundes Marek.

Im Schatten der Mordermittlungen waren die Fahnder des zuständigen Dezernats im Osteroder Bauamt tatsächlich auf die Beweise für umfangreiche Schmiergeldzahlungen und Unregelmäßigkeiten bei der Auftragsvergabe gestoßen, die allesamt mit dem Bauvorhaben auf dem ehemaligen Krankenhausgelände im Zusammenhang standen. Rausch, der Informant, war nach der Prügelei mit dem lädierten Burgblick-Inhaber vorübergehend festgenommen worden und hatte endlich geredet und die nötigen Hinweise geliefert. Nicht ganz unerwartet bestätigte sich dabei, dass Weber seine Funktion als Mitglied des Bauausschusses dazu missbraucht hatte, im Hintergrund die Fäden zu ziehen. Ein später Erfolg auch für den unverbesserlichen Sturkopf Diekmann, der auf der richtigen Fährte gewesen war und durch die Ermittlungsergebnisse im Nachhinein etwas für die erlittenen Schmerzen entschädigt wurde.

Behrends war nicht zur Besinnung gekommen. Die ganzen Tage nicht. Erst heute, am Freitagnachmittag, gut eine Woche vor Heiligabend, hatte er endlich Zeit, tief durchzuatmen. Er saß an seinem Schreibtisch. Vor ihm auf dem Tisch lag der Aktenordner, den er angefordert hatte. Darin befanden sich die Briefe, die sie in einem Seitenfach von Zanders Trolley entdeckt hatten — beidseitig dicht von Hand beschriebene Blätter in einem unverschlossenen, braunen DIN A4-Umschlag, nicht adressiert. Unwahrscheinlich, dass Zander je beabsichtigt hatte, sie zu versenden. Sie waren allesamt an seinen toten Zwillingsbruder Alfred Poppe gerichtet, zum großen Teil geschrieben zu einem Zeitpunkt, als er schon von dessen Tod wusste. Nur die ersten Briefe zeugten von der Hoffnung, seinen Bruder lebend in die Arme schließen zu können.

Maike hatte die Briefe bereits gelesen und Behrends vorgewarnt. Sie sei erschüttert gewesen, hatte sie gesagt, und dass sie den Fall nun in einem anderen Lichte sehe. Behrends zögerte. Musste er sich das wirklich antun? Musste er sich auf das emotionale Geschreibsel eines Mörders einlassen, der zuletzt selbst zum Opfer geworden war? Zander war ein Krüppel, der sein restliches Leben wahrscheinlich in geistiger Umnachtung verbringen würde. Wenn er sich mit den Briefen befasste, änderte es gar nichts. Der Mordfall Weber war abgeschlossen. Aus, Feierabend!

Seine Gedanken schweiften ab, als er den Ordner aufschlug und die Klarsichthülle mit dem ersten Brief herausnahm. Die Schrift verschwamm vor seinen Augen. Er dachte an Maike de Baer. Sie war gestern ins Krankenhaus eingeliefert worden. Zur Beobachtung, wie es hieß. Er hatte sie kurz besucht, sich nach ihrem Befinden erkundigt. Es gehe ihr gut, hatte sie gesagt und dabei versucht zu lächeln. Er wusste, dass sie log!

Seufzend schickte er Maike im Stillen alle guten Wünsche, wusste, dass er nicht mehr für sie tun konnte. Er versuchte sich vorzustellen, wie es in ihrem Inneren aussah. Es gelang ihm nicht. Für diesen Kampf brauchte sie einen anderen Partner, nicht ihn. Er gab sich einen Ruck, konzentrierte sich auf die klare, gleichmäßige Schrift, begann, Zanders ersten Brief zu lesen.

Lieber Fred,

ist es möglich? Kann es wirklich sein, dass du lebst? Die Vorstellung, du bist nicht tot, macht mich beinahe verrückt! Verrückt vor Freude, mein Bruder! Plötzlich habe ich wieder Hoffnung. Fast am Ende meines – unseres – Lebens sollen wir uns wiederfinden? Das erscheint mir wie ein Wunder. Ich bin immer noch ganz aufgewühlt. Und ich habe jetzt den Wunsch, dir alles aus meinem Leben zu erzählen, seitdem wir getrennt wurden.

Hast du auch nach uns gesucht, nachdem uns jener schreckliche Fliegerangriff auseinandergerissen hat? Hast du nach unserer Mutter und mir gerufen? Konntest du das überhaupt? Ich habe es getan! Noch in den Trümmern des Trecks habe ich mir die Seele aus dem Leib geschrien. Ich wusste, dass du lebst. Du bist weit hinten in der Kolonne bei Marianne gewesen. Nach dem Angriff habe ich vor Mariannes zerschmettertem Körper gestanden, habe den Krater gesehen, den die Bombe gerissen hat. Von dir nirgends eine Spur. Ich wollte nicht glauben, dass du auch tot warst. Du musstest irgendwo liegen, in der aufgerissenen Erde, begraben unter Schnee, umgestürzten Bäumen oder den Überresten zerbombter Wagen. Du hättest meine Hilfe gebraucht. Aber unsere Mutter hatte dich aufgegeben. Sie ließ sich von den anderen weitertreiben, und ich musste mit ihr gehen.

In einem Vorort von Hannover haben sie uns damals einquartiert. Wir waren nicht gerade willkommen. Sie wollten keine Flüchtlinge bei sich haben. Und Mutter hat alles erduldet, wie sie immer alles ertragen hat. Wärest du doch nur bei mir gewesen!

Immer und immer wieder habe ich Mutter bedrängt und irgendwann hat sie nachgegeben und sich endlich an das Rote Kreuz gewandt, schließlich war deine Leiche ja nie gefunden worden. Ich wollte, dass man nachforscht. Aber die Suche nach dir blieb ohne Erfolg. Dann hat Mutter dich für tot erklären lassen. Es war der Tag vor Karfreitag. Ich erinnere mich genau. Mutter hat tatsächlich geglaubt, wenn dein Tod offiziell besiegelt sei, kehre Friede in meine Seele ein. Wie dumm von ihr! Vielleicht ist wenigstens sie darüber zur Ruhe gekommen.

Nein, Mutter ist es nie egal gewesen, dass sie dich verloren hat. Das darfst du nicht glauben! Und dann kam auch noch die Nachricht vom Tod unseres Vaters. Er liegt irgendwo in russischer Erde verscharrt. Merkwürdig, aber sein Tod ist mir nicht nahe gegangen.

Und du? Hast du nach unserem Aufenthaltsort geforscht? Tausende wurden gefunden und sind nach Hause zurückgekehrt! Wieso bliebst ausgerechnet du verschollen? Wir waren unzertrennlich! Wäre der Krieg damals nicht verloren gegangen – wir hätten die Welt erobert – du und ich!

Über die Jahre habe ich mich damit abgefunden. Und nun habe ich plötzlich eine Spur entdeckt, die mich zu dir führen wird. Ich lebe jetzt in Lerbach, musst du wissen. Das ist ein kleiner Harzort in der Nähe der Kreisstadt Osterode. Dort war es auch, wo mich dieser Mann ansprach – mit deinem Namen! Du glaubst nicht, wie ich mich erschrocken habe. Schuster, so heißt er, war dann doch etwas verlegen, als ich ihm sagte, dass er mich wohl verwechsle. Ich wollte wissen, mit wem er mich denn verwechsle. Er berichtete mir von Vermessungen an der DDR-Grenze vor siebenunddreißig Jahren. Und dort wollte er mich kennengelernt haben, oder den, für den er mich hält. Eine schwache Ahnung keimte plötzlich in mir auf, und ich bat diesen Schuster, mir die Adresse meines vermeintlichen Doppelgängers zu geben. Zumindest deinen Namen und deinen Wohnort von damals konnte er mir nennen. Immerhin, es war ein Hinweis nach all den Jahren! Manchmal überkommen mich Zweifel. Du hast einen anderen Nachnamen. Wieso heißt du jetzt Poppe? Egal, du wirst es mir erklären.

Bald sehen wir uns wieder!

Dein Bruder Heini

Behrends hielt den Brief fest, mochte ihn nicht so einfach zurück in den Ordner legen. War das der Mann, der zwei Menschen getötet und den Mord an einem dritten geplant hatte? Wie musste er unter der Trennung von seinem Zwillingsbruder gelitten haben, und wie groß muss die Hoffnung gewesen sein, ihn wider alle Erwartungen doch noch einmal lebend wiederzusehen? Langsam ließ er die Klarsichthülle auf die Tischplatte sinken, griff zum Ordner und fädelte die Hülle mit dem nächsten Brief heraus, dem zweiten Brief an einen Toten.

Lieber Fred,

die Aufregung und die Vorfreude lassen mich nicht mehr los! Ich habe sie, deine Adresse! Es muss deine Anschrift sein, auch wenn dein neuer

Nachname nur in Verbindung mit dem Vornamen Torsten zu finden war. Aber es gibt ihn nur einmal in Auleben. Bestimmt ist es immer noch dein Wohnort. Und wenn nicht, wird mir dieser Torsten sicher sagen können, wo ich dich finde. Ja, das wird er ganz bestimmt können. Ich will es einfach glauben!

Eine Telefonnummer habe ich auch und schon versucht, dich anzurufen. Doch niemand hat abgehoben. Ein Fingerzeig, dem ich folgen sollte? Nein, ich schaffe es einfach nicht, mich ins Auto zu setzen und loszufahren, ohne mich vorher bei dir anzukündigen. Ich fürchte mich davor, eine böse Überraschung zu erleben, plötzlich einem Mann gegenüberzustehen, der Poppe heißt – und nicht mein Bruder ist. Ich habe noch nicht den Mut, wieder zum Hörer zu greifen Ich bin nervös, aufgeregt. Ich muss erst zur Ruhe kommen. Nun, mittlerweile weiß ich ja, dass es mir gelingt, wenn ich ein paar Zeilen an dich schreibe.

Wenn du der Grenzvermesser warst, den Schuster vor vielen Jahren kennengelernt hat, dann bist du wahrscheinlich in der DDR aufgewachsen. Wie muss es dir ergangen sein, in all den Jahren hinter Mauern und Stacheldraht? Wie konntest du nur dort hingeraten? Was hat man dir angetan? Dich umerzogen, umbenannt? Dir deinen Namen genommen, deine Identität? Wer bist du, wenn ich dich wiedersehe? Immer noch mein Bruder? Oder etwa ein Fremder? Und wer werde ich für dich sein?

Ich weiß, wie Menschen sich verwandeln können – verwandelt werden können. Denn ich musste mir damals, als du nicht mehr bei mir warst, in der Fremde, zum ersten Mal Freunde suchen. Ich habe nicht richtig gewählt, Mutter nannte sie Herumtreiber und Tagediebe. Aber ich bin mit ihnen gut klargekommen. Besser, als mit der Schule. Mit Ach und Krach habe ich den Abschluss geschafft. Und dann wollte ich nur noch weg, weg von einer Mutter, die mich mit ihrer Liebe schier erdrückte, einer Liebe, die Unmögliches von mir erwartete, nämlich, dass ich ihr den zweiten Sohn und den Ehemann ersetzte und ihr den Halt gäbe, den sie mir hätte geben müssen!

Ich verschwand über Nacht. Ging in den Ruhrpott. Mit gerade mal fünfzehn Jahren! Ich verdiente mir mein Brot in den Stahlwerken. Ich schuftete Tag für Tag, fiel abends todmüde in mein Bett. Ein Leben, das nichts als Arbeit und Schlaf bereithielt. Zu wenig für einen Jungen, auf dem Weg, erwachsen zu werden! Dann hörte ich zum ersten Mal von der Fremdenlegion, las in der Zeitung davon. Die Franzosen rekrutierten deutsche Männer für ihre Truppen in den Kolonien. Viele der Arbeiter, mit denen ich damals zusammen am Hochofen stand, hatten es ebenfalls gelesen und dachten darüber nach, die stumpfsinnige Quälerei gegen ein abenteuerliches Leben in fernen Ländern zu tauschen. Und je mehr die deutschen Zeitungen und Rundfunksender sich über diese Rekrutierungen empörten, desto stärker wurde in mir der Reiz, in die Legion einzutreten.

Es war eine harte Lebensschule, und ich habe dem Tod mehr als einmal in die Augen gesehen. Doch ich tat es freiwillig. Ich habe gelernt, es zu tun. Töten oder getötet werden. Nie hätte ich mir vorgestellt, dass es so einfach sein kann. Klare Regeln! Kein Nachdenken! Höchstens über das Wie, jedoch nie über das Ob oder gar das Warum.

Später, nach zehn Jahren Dienst in der Legion, habe ich die Uniform wieder abgelegt und bin ins Zivilleben zurückgekehrt. Gefestigt durch die harte Schule, habe ich seither mein Leben unbeirrt nach den Regeln der Truppe gelebt. Nichts konnte mich aus der Bahn werfen. Nicht einmal der Tod meiner Frau, mit der ich über vierzig Jahre verheiratet war. Eine treue Seele war sie − bis zu ihrem Ende.

Ich hatte mich damit abgefunden, ohne einen nahen Angehörigen mein Leben zu Ende zu leben. Und nun finde ich dich wieder, meinen Bruder, mein Alter Ego. Wir sind miteinander verbunden. In unseren Adern fließt das gleiche Blut! Wir sind eins!

Mein Bruder, nun ist genug geschrieben! Ich werde dich jetzt wieder anrufen, in der Hoffnung, du nimmst dieses Mal den Hörer ab.

Bis wir uns sehen, grüße ich dich von Herzen!

Dein Heini

Behrends legte den Brief zur Seite, griff betroffen nach dem Ordner, zog eine weitere Hülle heraus. Etwas hatte ihn gepackt, war wie ein Sog, dem er nicht widerstehen konnte. Die Geschichte dieses Mannes offenbarte sich ihm mit jeder Zeile, die er las, ein wenig mehr. Fast kam er sich vor wie ein Archäologe, der den Geheimnissen der Vergangenheit auf der Spur ist, der die Wahrheit unter Sand- und Gesteinsschichten entdeckt hat und sie nun mit Akribie aus ihrem Grab befreit. Eine dunkle Ahnung beschlich ihn, noch bevor er die ersten Zeilen des dritten Briefes gelesen hatte.

Lieber Fred,

warum musstest du mir das antun? Warum? Wieso hast du mich ein zweites Mal verlassen? Kannst du den Schmerz nachempfinden, der mich überfallen hat, als ich hörte, dass du nicht mehr bist?

Als ich die Stimme der Frau am Telefon vernahm und sie mir bestätigte, dass ich an der richtigen Adresse sei, hat mein Herz einen Freudensprung gemacht, nur um noch im selben Atemzug im Höllenfeuer zu vergehen. Sie sagte mir, sie sei deine Witwe, aber sie freue sich, wenn ich sie besuche und sie mir von dir erzählen könne.

Weißt du, wie mir zumute war, als ich mich auf den Weg nach Auleben machte, dem Ort, in dem du all die Jahre bis zu deinem Tod zu Hause warst? So nah und doch so weit? Nein, natürlich kannst du das nicht wissen, denn du bist tot, und ich lebe! Ich muss damit zurechtkommen, dass du binnen Sekunden auferstanden und wieder gestorben bist.

Der Weg zu dir — zu deiner Frau — war eine einzige Qual. Als führe ich zu meiner eigenen Hinrichtung. Während der Fahrt schwang neben aller Verzweiflung die ganze Zeit über dieser winzige Funken Hoffnung mit, ich könnte mich vielleicht verhört oder etwas falsch verstanden haben und du seiest doch am Leben. Es war der dünne Halm, an den sich jeder Ertrinkende klammert. Doch er wurde mir entrissen, als ich an deiner Tür klingelte und dein Sohn mich einließ. Und dann trat ich deiner Frau gegenüber. Bei meinem Anblick flackerten ihre Augen für einen kurzen Moment auf, in ihrer Miene spielten Verwirrung, Freude und Angst ein nervöses Spiel. Ich ahnte, was in diesen Sekunden in ihr vorging. Aber konnte sie meinen Schmerz nachempfinden, mich verstehen? Sie wusste nichts von der Hölle, durch die ich in jenen Stunden gegangen bin.

Sie hat mir viel über dich erzählt. Nun weiß ich endlich, was mit dir nach dem Fliegerangriff geschehen ist. Du hast es damals geschafft zu überleben! Aber zu welchem Preis? Du bist in einer fremden Familie aufgewachsen, mit einem fremden Namen, in einem Land, das dir die Freiheit vorenthalten hat, die ich mein ganzes Leben genießen durfte.

Auch in deiner Ehe warst du nicht glücklich, erzählte mir deine Frau und konnte dabei ihre Tränen nicht zurückhalten. Sie hat stets versucht, dir ein gutes Zuhause zu geben, aber du warst immer auf der Flucht — vor ihr, vor deiner Familie, deinem Alltag, deinem Leben ... vor dir selbst. Es fiel ihr nicht leicht, das auszusprechen und ich spürte ihre Verbitterung. *Du hast dein Glück oft in den Armen anderer Frauen gesucht. Sie hat es geduldig ertragen, weil sie dich nicht verlieren wollte. Dass sie dich schon lange verloren hatte, so sagte sie mir, wurde ihr erst klar, als du ihr deine Absicht mitgeteilt hast, aus der DDR zu fliehen – allein, ohne deine Familie. Aber selbst da noch hat sie zu dir gehalten.*

Deine Frau hat mir Fotos von dir gezeigt, es gibt nur wenige. Das Hochzeitsbild mit einem Bräutigam, der nicht vor Glück strahlte. Aber auf dem Urlaubsbild, am Strand bei Usedom, da hast du gelacht – ich meine, wirklich gelacht! Genau, wie auf dem Bild, das dich inmitten deiner Vermesserkollegen aus Ost und West zeigt. Meine Zufallsbekanntschaft, diesen Schuster, habe ich auf dem Foto auch entdeckt. Merkwürdig, der Mann sah damals schon fast genauso alt aus wie heute.

Ich habe darauf einen Mann erkannt, der einem der Vermesser ähnelt, die vor kurzem in Lerbach, meinem Wohnort, gearbeitet haben. Vielleicht ist es ja ein und dieselbe Person, aber sicher bin ich mir nicht. Es liegen beinahe vierzig Jahre dazwischen.

Dein Sohn hat mir schließlich von den Umständen erzählt, die zu deinem Tod führten. Du bist das Opfer elender Verräter geworden! Seit ich das weiß, trage ich eine kalte Wut in mir, die nach Vergeltung schreit. Deine Frau hat mir keine Schuldigen nennen können, nur Gerüchte und Vermutungen, ein gewisser Markus Lodahl könne an dem Verrat beteiligt gewesen sein, sind ihr zugetragen worden. Ein Mann, der einmal dein Freund war, so sagte sie mir und sie konnte sich immer noch nicht vorstellen, dass Freunde einander so etwas antun. Möglicherweise habe es unter deinen damaligen Vermesserkollegen noch einen Verräter gegeben. Aber deine Frau nannte keinen Namen, wollte niemanden zu Unrecht verdächtigen.

Nach meinem Besuch bei deiner Familie bin ich zu deinem Grab gefahren. Auf dem Aulebener Friedhof liegst du begraben, an einem beinahe romantisch anmutenden Ort. Es gibt also eine Stätte, an der ich dich immer finden kann, um in stummer Zwiesprache bei dir zu sein.

Auf dem Friedhof, an deinem Grab, lieber Bruder, habe ich dir geschworen, dass ich diejenigen suchen und zur Rechenschaft ziehen werde, die für Deinen Tod verantwortlich sind! Ich werde sie bestrafen. Vielleicht tilge ich damit auch ein wenig meiner eigenen Schuld an deinem Tod! Hätte ich dich nicht aufgegeben, wären wir zusammengeblie-

ben, dann wärest Du nicht in diesem schrecklichen Gefängnis umge-
kommen.

Deine Mörder zu richten, ist alles, was ich noch für uns tun kann,
mein Bruder!

Freude und Hoffnung, Verzweiflung und Wut! Alles binnen weniger Tage, ja, genaugenommen innerhalb von ein paar Stunden! Mit
ängstlicher Vorfreude hatte er telefoniert und gehofft, die Stimme
seines Bruders hören, ihn schon bald wiedersehen zu können. Und
dann die furchtbare Enttäuschung. Wie teuflisch konnte das Leben
einem Menschen doch zusetzen! Wer mochte die Gefühle nach-
vollziehen, die Zander in diesem kurzen Abschnitt seines Daseins
durchlebt hatte? Behrends hatte nahezu jede Distanz zu ihm verloren, seine Hände zitterten, als er den Brief zur Seite legte. Drückte
sich so ein erbarmungsloser Mörder aus?

Erst jetzt fiel ihm auf, dass er den Mann nur ein einziges Mal mit
eigenen Augen gesehen hatte, und zwar unter den Händen der
Rettungssanitäter, die verzweifelt um sein Leben gerungen hatten.
Hätten sie es besser nicht geschafft? Möglicherweise war ja genau
das Zanders Ziel gewesen: in einem letzten, verzweifelten Akt einen
Unfall zu provozieren und dabei zu sterben. Eine lebenswerte Zukunft hätte es für ihn ohnehin nicht mehr gegeben. Und es war ihm
offensichtlich gleichgültig gewesen, wie viele Menschen er dadurch mit in den Tod reißen würde.

Behrends gab sich einen Ruck, griff zum nächsten Brief. Wie
muss es nur in dem Mann ausgesehen haben, dass er sich seinem
Bruder auch jetzt noch, nachdem er Gewissheit über dessen Tod
hatte, auf diese Weise mitteilte? Wie weit hatte sich Zander zu dem
Zeitpunkt schon aus der ihm unerträglichen Realität verabschiedet
und in seine eigene fiktive Welt geflüchtet? Behrends spürte den
Druck, der sich in seinem Magen aufbaute, als er weiterlas.

Lieber Fred,
es ist alles bereit. Ich weiß, was ich wissen muss, um meinen Schwur
zu erfüllen!

Heute war ich bei meiner Zufallsbekanntschaft Schuster zu Besuch.
Rudi heißt er mit Vornamen, aber das weißt du ja. Schließlich habt ihr

viele Wochen miteinander zugebracht an dieser schrecklichen Grenze, die unser Land für etliche Jahre gespalten hat.

Auch nach dieser neuerlichen Begegnung kennt der Mann nicht meine wahre Identität — im Gegenteil! Ich habe ihn in dem Glauben bestärkt, dass es nur eine Laune der Natur sei, die dir und mir eine solch zwillingshafte Ähnlichkeit geschenkt habe. Rudi Schuster ist ein gutgläubiger Mensch. Er hat es mir ohne jedes Nachfragen abgenommen, als ich ihm mein plötzliches Auftauchen bei ihm damit erklärte, dass ich ein Buch über die innerdeutsche Grenze schreiben wolle und zu diesem Zweck Recherchen anstelle.

Es schien mir, als sei er in seiner Einsamkeit einfach nur froh gewesen, sich mit einem Menschen unterhalten zu können. Nun, mein lieber Bruder, ich habe viele wertvolle Informationen von Rudi Schuster erhalten und kann endlich meine Pläne schmieden. Ich weiß jetzt sicher, dass es dieser Weber gewesen ist, der dich an den Stasi-Offizier Markus Lodahl verraten hat. Als ich das hörte, war es, als tauche mich jemand in einen Krater mit glühender Lava!

Lodahl, der Mann mit den vielen Namen! Heute heißt er Dahlkin und hat eine Baufirma. Er hat in einem großen Bauvorhaben der Stadt Osterode seine Hände im Spiel. Schuster hat mir einen Zeitungsausschnitt gezeigt, der ihn neben einigen wichtigen Repräsentanten der Stadt Osterode zeigt.

Lodahl/Puschkin/Dahlkin und Weber! Sie leben! Ganz offen gehen sie ihren Geschäften nach, wähnen sich in Sicherheit vor dem Zugriff polizeilicher und richterlicher Macht! Es gibt kein Gesetz, das sie ihrer gerechten Strafe zuführen würde. Du seiest krank gewesen und im Gefängnis einer Lungenentzündung erlegen, hat man deiner Frau lapidar mitgeteilt. Wer, wenn nicht ich, wird dein Sterben als das bezeichnen, was es wirklich war — Mord!

Zum zweiten Mal wurdest du aus meinem Leben gerissen! Wir sind und waren eins, von Geburt an! Kein Mensch hätte uns trennen dürfen! Ich werde die vernichten, die dir und mir das angetan haben. Wer sonst sollte es tun? Ich habe weder Bedenken, noch empfinde ich Mitleid, denn es ist nur gerecht! Vielleicht wird der Schmerz, der mich mit jeder Minute stärker quält, ein wenig gelindert, wenn es vollbracht ist. Vergehen wird er nie mehr!

Behrends spürte eine unnatürliche Kälte in sich aufsteigen. Der Wandel Zanders vom verzweifelten, zerstörten Menschen zum verbitterten Racheengel ließ ihn schaudern. Ein sehr gefährlicher Racheengel, der einen Teil seines Lebens in der Fremdenlegion verbracht hatte. Dort hatte er die Mechanismen des Tötens gelernt und für immer verinnerlicht. Eine tickende Zeitbombe — auch im Alter noch.

Es ist alles bereit, hatte Zander geschrieben und seinen toten Bruder auf absurde Weise zu seinem Mitwisser, seinem Komplizen gemacht. Als Behrends den nächsten Brief zur Hand nahm, wusste er, dass er die Chronologie zweier Morde vor sich liegen hatte, und er war begierig, auch seine letzten offenen Fragen beantwortet zu bekommen:

Lieber Fred,
ich habe es getan! Der erste Teil meiner Mission ist beendet. Das Schicksal hat mir heute den Verräter Weber genau in jenem Moment vor die Haustür geschickt, als ich noch fieberhaft darüber nachdachte, wie ich mich ihm nähern könnte. Ich wusste, wie er aussah, hatte ihn auf einem von Schusters Fotos gesehen, dem letzten von der Feier, als er in Rente ging. Ich wusste auch, warum er mir bekannt vorgekommen war, schon auf dem Bild vom deutsch-deutschen Team an der Grenze, das mir deine Frau gezeigt hat: Er hatte vor einigen Monaten Vermessungsarbeiten in Lerbach geleitet. Auch in meiner Nachbarschaft hatten er und sein Kollege zu tun. Aber was nutzte mir das jetzt? Und dann sehe ich ihn plötzlich wieder gegenüber bei meiner Nachbarin arbeiten, und mir war sofort klar, was ich tun musste. Ich wusste, wie ich mich ihm nähern und ihn töten konnte, ohne von ihm oder seinem Mitarbeiter gesehen zu werden, vor allen Dingen aber, ohne die Aufmerksamkeit unerwünschter Beobachter auf mich zu ziehen — ich kannte die versteckten Plätze, an die sie sich während der Mittagspause zurückzogen, hatte sie dort zufällig entdeckt, als sie in unserem Dorf vermessen haben. Ich habe gelernt, unsichtbar zu sein, wenn ich es will, und trotz meines Alters bin ich immer noch so gut in Form, wie es manch jüngerer Mann nicht ist. Ich konnte den Verbrecher in aller Ruhe ins Visier nehmen. Er war nichts anderes, als eins dieser beweglichen Ziele, auf die wir in der Legion geschossen haben. Aber, ich muss dir gestehen, so

kühl und nüchtern, wie zu Zeiten meiner Kampfeinsätze in der Legion war ich dort oben im Wald dann doch nicht.

Als der Kopf des Verräters im Zielfernrohr meines Gewehres auftauchte, spielte mein Herz verrückt. Es war mir unmöglich, ruhig und gefasst zu bleiben, denn die Gedanken an dich und an das, was man dir angetan hat, ließen mich die Kontrolle verlieren, genau in dem Augenblick, als sich Webers Kollege abseits in die Büsche schlug. Die Gelegenheit war also günstig, und ich habe dem egoistischen Drang nachgegeben, mich dem Verräter zu zeigen. Ich wollte ihn mit der quälenden Frage in den Tod schicken, ob er deiner auferstandenen Seele begegnet sei.

Ich hätte mich beherrschen müssen, ich weiß. Denn die spontanen, ungeplanten Aktionen tragen stets ein unkalkulierbares Risiko in sich, zum Beispiel Unbeteiligte zu Opfern werden lassen. Auch in meinem Fall war das so, und ein Mensch musste sterben, der dumm genug war, zu früh zurückzukehren und sich einzumischen.

Nun, es ist nicht mehr zu ändern. Ein Mann ist tot, der nicht hätte sterben müssen. Aber damit kann ich mich nicht aufhalten. Meine Arbeit ist noch nicht getan. Dein eigentlicher Mörder läuft nach wie vor frei herum. Aber er wird mir nicht entkommen!

Sei getrost, mein lieber Bruder, das Verbrechen an dir wird gesühnt! Ich werde für Gerechtigkeit sorgen.

Gerechtigkeit? Nein, um simple Rache war es Zander gegangen. Behrends fragte sich, wie er wohl handeln würde, käme er in eine vergleichbare Situation. Er wagte es nicht, in sich hineinzuhorchen und möglicherweise auf Antworten zu stoßen, die sein moralisches Fundament sehr stark erschüttert hätten. Das dumpfe Gefühl in seinem Magen verstärkte sich. Er griff nach dem letzten Brief:

Lieber Fred,
geschafft! Lodahl ist auf mein Angebot eingegangen. Ich wusste, dass er nicht widerstehen kann. Jetzt erwartet er mich in seinem Wochenendhaus. Er möchte mich kennenlernen, und ich soll ihm meine Pläne offenlegen, mit denen ich ihm am Telefon den Mund wässerig gemacht habe.

Ich habe im Vorfeld versucht, mir ein möglichst genaues Bild von ihm zu machen, und wusste, mit welchem Projekt ich ihn heiß machen kann. Seine Profitgier ist ungebremst. Aber das ist nicht alles. Er gefällt sich auch sehr in der Rolle des einflussreichen Drahtziehers im Hintergrund. Geld und Macht gehen ihm über alles! Doch die Gier lässt Menschen unvorsichtig werden. Auch Lodahl glaubt sich in seiner bodenlosen Arroganz unangreifbar. Was für ein Schock wird es für ihn sein, wenn ich ihm das erste Mal gegenübertrete, er kennt mich bislang ja nur vom Telefon. Er wird, genau wie Weber, glauben, du seiest von den Toten auferstanden. Aber dieses Mal ist mein Auftreten genau geplant und nicht aus einer Situation heraus geboren, die sich zufällig ergeben hat. Mit meiner Pistole an seinem Kopf wird er mir das sagen, was bisher unausgesprochen geblieben ist. Er wird mir seine Tat gestehen, bevor er stirbt, das schwöre ich dir!

Bestimmt fragst du dich, wie Lodahl so leichtgläubig sein kann, einem Fremden blind zu vertrauen. Nun, natürlich ist der Mann nicht so naiv. Er hat sich rückversichert und recherchiert, ehe er auf meinen Vorschlag zu einem geheimen Treffen eingegangen ist. Das war mir von vornherein klar, und ich habe ihm die Informationen gegeben, die seine Nachforschungen in die richtigen Bahnen lenken mussten. Allerdings muss ihm auch bewusst gewesen sein, dass er sich an manchen Stellen allein auf mein Wort verlassen konnte, denn das Geschäft, das er mit mir machen will, ist, wie du dir sicher vorstellen kannst, nicht ganz legal.

Lodahl müsste nun also wissen, welche Verbindungen ich als juristischer Mitarbeiter eines Maklerbüros zu den zuständigen Behörden hatte, und er wird glauben, dass es mein illegales Insiderwissen ist, das es mir erlaubt, ihm eine Immobilie schmackhaft zu machen, die offiziell gar nicht zur Verfügung steht. Immerhin existiert das Objekt tatsächlich, es ist kein Luftschloss, sondern eine ehemalige Schule, die seit geraumer Zeit nicht mehr genutzt wird. Lage und Beschaffenheit des Gebäudes sind für seine Zwecke geradezu ideal.

Du willst wissen, wie ich an die nötigen Informationen über das Objekt und über Lodahl gekommen bin und wie ich den Kontakt zu Lodahl einfädeln konnte? Mein lieber Bruder, ich war in der Legion! Dort ist die Kameradschaft, wie in jeder Armee, das höchste Gut. Wenn du dich nicht auf die Männer an deiner Seite verlassen kannst, bist du hoffnungslos verloren. Einer für alle — alle für einen! Das klingt vielleicht kitschig und pathetisch, sichert aber dein Überleben. Diesen Kodex *legst du nie wieder ab, auch nicht später, im zivilen Leben. Kameraden bleiben immer Kameraden. Sie sind da, wenn du sie brauchst.*

Einer dieser Gefährten von damals hat mir geholfen. Er ist ein paar Jahre nach mir in die Legion eingetreten. Auf der Flucht vor dem Gesetz hat er den Weg zu uns gefunden, legte seinen Namen und sein altes Leben ab. In der Legion hat er viel gelernt, was ihm heute die Existenz als eine Art Privatdetektiv mit besonderen Fähigkeiten und Aufgaben sichert.

In der Legion sind wir Freunde geworden und später als solche auseinandergegangen. Ich wollte nicht wissen, wie er seine »Arbeit« macht. Für mich war nur wichtig zu erfahren, ob es ihm möglich ist, die Informationen zu beschaffen, die ich benötige und ob er Stillschweigen bewahren kann. Wie nicht anders zu erwarten, war es ihm eine Ehre, seinem alten Kameraden und Freund zu helfen. Er war es, der das kleine Geschäft mit Lodahl eingefädelt hat.

Mein Bruder, ich brenne vor Ungeduld und würde lieber heute als morgen dem Mann gegenübertreten, der die Hauptschuld an deinem Tod trägt! Einen Tag muss ich noch aushalten – einen Tag, der mir wie eine Ewigkeit erscheint. Ich werde die verbleibende Zeit nutzen und mich auf die Begegnung vorbereiten. Nichts darf schiefgehen. Erst, wenn Lodahl tot zu meinen Füßen liegt, wird meine Seele Ruhe finden.

Ich mache mich nun auf den Weg, lieber Bruder. Sobald es getan ist, werde ich dir wieder schreiben.

Ein letztes Mal.

Kein letztes Mal. Kein weiterer Brief. Es war vorbei. Endgültig! Und Zanders Seele? Was wurde aus einer Seele, wenn das Denken aufhörte, wenn der Verstand nicht mehr existierte und der Mensch lediglich eine reflexgesteuerte Masse war? Gab es sie dann noch, die Seele? War sie gefangen in seinem Körper und irrte darin herum, wie ein Untoter? Unfähig, Frieden zu finden, weil niemand da war, der ihr den befreienden Pfahl ins Herz trieb? Bei dem Gedanken daran wurde Behrends übel. Er ging zum Fenster, riss es auf und beugte sich hinaus. Eisiger Wind blies ihm feine Eiskristalle ins Gesicht. Er atmete tief durch, genoss den kalten Schmerz auf der Haut. Manchmal tat es gut, sich zu spüren.

22

Es wäre an der Zeit gewesen, Feierabend zu machen. Der Tag war lang genug. Aber Behrends wollte nicht nach Hause fahren! Noch nicht. Nur Sir Toby wartete dort auf ihn, dabei hätte er einen menschlichen Gesprächspartner gebraucht. Katrin war unterwegs und würde über Nacht wegbleiben. Ihr neuer Chef hatte sie und ihre beiden Kolleginnen zu einer standesgemäßen Weihnachtsfeier nach Wernigerode eingeladen. Glühwein, gebrannte Mandeln und Bratwurst auf dem Weihnachtsmarkt, danach Abendessen im Restaurant. Sie hatten spontan beschlossen, sich Hotelzimmer zu nehmen und den Tag an der Bar ausklingen zu lassen. Die Vorstellung, in einem leeren Haus den Abend zu verbringen, gefiel Behrends nicht. Allein zu sein, die Seele aufgewühlt von Zanders Briefen, das versprach keine angenehme Nacht.

Er musste reden. Mit irgendjemandem. Aber mit wem? Maike fehlte ihm mehr, als er zugeben mochte! Die Inspektion wirkte wie ausgestorben, auch wenn hinter einigen Türen die gewohnte Routine herrschte. Doch wer von den Kollegen hätte ihm schon helfen können, die quälenden Geister loszuwerden? Keinen von ihnen kannte er gut genug, um ihm seine bedrückenden Gedanken anzuvertrauen.

Wie von selbst führten ihn seine Schritte zum Zimmer von Tim Seidel. Obwohl der junge Kollege eigentlich überhaupt nicht sein Fall war. Der Rattenfänger war spröde, ein eigensinniger PC-Junkie, jemand, der in seinem eigenen Kosmos zu leben schien, abgeschottet von der Welt durch die Stöpsel in seinen Ohren. Der brachiale Sound aus seiner MP3-Metal-Fabrik schützte ihn gegen die Geräusche von außen, die er allesamt als unangenehm und störend empfand. Auf eine unerklärliche Weise fühlte sich Behrends dennoch mit ihm verbunden, spürte trotz aller Gegensätze eine Art Seelenverwandtschaft. Wenn es darauf ankam, konnte der Rattenfänger zuhören und dabei schweigen. Quatschte nicht dazwischen. Und was man ihm im Vertrauen erzählte, fand nicht kurze Zeit später eine Tür weiter neugierige Abnehmer. Bei ihm blieben Geheimnisse geschützt, wie in einem Tresor, soviel stand fest.

Seidel war noch da. Hatte nicht die Flucht ins Wochenende ergriffen, obwohl auch ihn keine dringenden Dienstgeschäfte in seinem Büro festhielten. Er war fast immer einer der Letzten, der Feierabend machte. Zurückgelehnt saß er in seinem ergonomischen Bürostuhl, die langen, dürren Beine übergeschlagen auf die Buchenfurnierplatte des Schreibtisches gelegt. In seinen Ohren steckten die obligatorischen Ohrstöpsel, der Kopf wippte leicht im Takt zur Musik seiner Lieblingsband, und die Hände mit den schlanken Klavierspielerfingern trommelten sacht auf seinen Oberschenkeln. Seine Augen hingen am PC-Monitor fest.

Behrends trat näher, erkannte auf dem Bildschirm das Foto einer jungen, grazilen Frau. Nachtblau gefärbte Haare mit einigen markanten mahagonifarbenen Strähnen fielen ihr in sanften Wellen über die Schultern und endeten irgendwo tief in ihrem Rücken. Die grünen Augen stachen aus einem ebenmäßigen, blassen Gesicht mit hohen Wangenknochen hervor. Viel zusätzlich aufgetragenes Schwarz untermalte das Feuer, das in ihnen brannte. Sie war eine Schönheit, eine Hexe, von der ein Mann sich gern verzaubern ließ, sofern er nicht von ihrem durchgängig düsteren Outfit und den Tätowierungen abgeschreckt wurde, die sich auf beiden Armen in verschlungenen Ranken von ihren Handgelenken bis unter die kurzen Ärmel ihres T-Shirts emporwanden.

Seidel bemerkte den unerwarteten Gast erst, als dessen Körper sich schwach auf dem glänzenden Display spiegelte. Müde hob er seine Hand zum Gruß. Dann konzentrierte er sich wieder auf das Foto. Er machte keine Anstalten, an seiner relaxten Haltung etwas zu ändern. Behrends holte sich einen Stuhl heran, setzte sich neben ihn. Ohne ein Wort zu verlieren, starrte er ebenfalls nur auf den Monitor und lauschte den Klangfetzen, die sich aus den Ohrhörern stahlen.

»Und, noch nicht nach Hause?« Der Rattenfänger hatte unverhofft die Stöpsel aus den Ohren gezogen, musterte seinen Chef neugierig.

»Hm, eigentlich schon«, brummte Behrends, »ich müsste meine Runde mit Sir Toby drehen. Er wartet sicher auf mich. Aber ich kann mich irgendwie nicht losreißen. Das mit Zander hängt mir alles ziemlich nach. Und du?«

Seidel atmete tief ein, blies die Luft durch die Nase wieder aus: »Zander? Nee, der Fall ist für mich gegessen. Keine Ahnung, warum ich hier rumhänge ... Ehrlich gesagt, ich weiß einfach nicht, was ich zu Hause soll. Auf mich wartet ja noch nicht mal 'n Hund.«

Behrends deutete mit dem Kopf auf das Monitor-Foto: »Wer ist sie? Deine Freundin?«

Ein schiefes Grinsen in Seidels Gesicht: »Ex! Ex-Freundin. Gestern ist sie ausgezogen. Das letzte Wochenende hat ihr den Rest gegeben. Hat sich das Leben mit 'nem Bullen anders vorgestellt.«

»Tut mir leid«, murmelte Behrends.

»Mir auch.«

Der Rattenfänger fing an, an seinen Fingernägeln zu kauen.

Behrends kam sich plötzlich vor wie ein Störenfried, als sei er in die Intimsphäre seines Kollegen eingedrungen. Er suchte nach Worten, um die Situation zu entkrampfen: »Was ich dich die ganze Zeit schon mal fragen wollte«, begann er zögernd, »hast du eigentlich irgendwas gegen Vermesser? Deine komischen Bemerkungen ...«

Auf Seidels Stirn bildeten sich kleine Zornesfalten: »Mein Vater ist Vermessungsamtmann. War bis zu seiner Pensionierung in Hameln beim Katasteramt beschäftigt.«

»Ach nee!« Behrends war ehrlich überrascht.

»Ach doch!« Wütende Blitze entluden sich in des Rattenfängers Augen. »Beamter im Außendienst. Hat sich bei etlichen Menschen ziemlich unbeliebt gemacht. Rabattentrampler haben sie ihn genannt, und was weiß ich noch alles. Er hat den idealen Buhmann abgegeben für den ganzen Frust der Leute, über die astronomisch hohen Vermessungsgebühren zum Beispiel.« Seidel drückte sich etwas aus seinem Stuhl heraus, saß plötzlich kerzengerade und blickte Behrends direkt in die Augen: »Aber das eigentliche Drama war, dass ich darunter leiden musste, wenn mein Alter mal bei einem von meinen Schulkameraden was zu tun hatte. In der Schule haben sie mich dann fertiggemacht, die Jungs. Die haben das von ihren Eltern mitbekommen und mich angemistet wegen meinem Alten und seinen Vermessermarotten. Er ist den Leuten offensichtlich dermaßen auf den Keks gegangen und fand das auch noch völlig in Ordnung. Der hat gedacht, sein Beamtenstatus legitimiere alles. Und ich habe es ausbaden müssen. Ist zwar nur zweimal vorgekommen, aber das haben die sich immer wieder erzählt, über Jahre. Das hing an mir wie der Kochgeruch nach Zwiebeln in den Klamotten. Und das war nicht schön, Ingo, kannste mir glauben!«

Behrends nickte. Er hatte seine Antwort bekommen.

Damit war das Thema abgehakt. Der Rattenfänger schob sich die Stöpsel zurück in die Ohren. Sie schwiegen wieder. Kämpften zusammen gegen ihre Dämonen und dennoch für sich. Jeder trug sein eigenes Päckchen. Aber es schien nicht mehr ganz so schwer, seit sie hier beieinandersaßen.

»Ich war noch mal in Lerbach«, sagte Seidel plötzlich. »Erinnerst du dich an den Ami oben am Tatort?«

»Der, von wegen *nix verstehen, nix gesehen*? Klar erinnere ich mich.«

»Ich habe ihn besucht.«

»Aber nicht, weil du ihn noch mal zu unserem Mord befragen wolltest, oder?«

»Nee, ganz sicher nicht.« Er tippte erklärend an seine Ohrstöpsel. »War rein privat. Du weißt doch noch, er hat ein eigenes Studio, produziert Metal.«

Behrends erinnerte sich. Na klar! Der Rattenfänger und Heavy-Metal — die einzige Droge, die ihn zum Leben erweckte! »Ich erinnere mich«, sagte er.

»Durch den habe ich vorgestern die Jungs von *My Inner Burning* kennengelernt, ich meine persönlich. Und ihre Sängerin, Becky. Tolle Frau, sage ich dir! Sie arbeiten gerade an ihrem dritten Album. In Lerbach! Kannst du dir das vorstellen? In so einem Kaff so eine scharfe Truppe, auf dem Sprung zur Weltkarriere? Zweimal sind sie in diesem Jahr schon auf der ganz großen Bühne aufgetreten — Vorprogramm von den Scorpions! Und ich konnte nicht dabei sein. Wegen der Scheiß-Bereitschaft! Fuck!«

»Na, na, nun komm mal wieder runter, Tim!«

Behrends wusste zwar, wie sehr sein Kollege die Band mochte, aber deshalb musste er ja nicht gleich ausrasten. Das war schon ein wenig peinlich. Merkte er das nicht selbst?

»Du hast ja keine Ahnung.«

Wahrscheinlich stimmte das. Er ließ die Behauptung so stehen, sagte nichts dazu.

»Willst du mal reinhören?«, fragte Seidel nach einer Weile erneuten Schweigens. Behrends verstand nicht sofort. Erst, als ihm der Rattenfänger die Ohrstöpsel hinhielt. Er zog eine Grimasse. »Komm schon, Ingo«, drängelte Seidel, »nur dies eine Stück. When I'm gone. Ist von ihrem letzten Album. Eleven Scars. Ich wette mit dir, worum du willst — du wirst es lieben!«

Behrends sah einen kleinen, aufgeregten Jungen vor sich, mit leuchtenden Augen, der ihm sein neuestes Spielzeug vorführen wollte. Er gab sich geschlagen, hob resigniert die Hände: »Okay, okay, lass hören«, sagte er. »Bringen wir es schnell hinter uns. Ich schätze, vorher gibst du sowieso keine Ruhe.«

Er griff nach den Kopfhörern. Drückte sich die Stöpsel mit einer gewissen Abscheu in seine Ohren. »Aber nicht so laut, bitte!« Seine Muskeln spannten sich, warteten abwehrbereit auf das, was gleich über ihn hereinbrechen sollte.

Ruhige Gitarrenklänge, dezent von einem Synthesizer untermalt, überraschten ihn — glasklare Töne, glatt geschliffen, ohne Schnörkel, wie Diamanten, vom Meer an den Strand geworfen, im Licht einer tief stehenden Abendsonne funkelnd. Schon mit dem ersten Ton fiel die Anspannung von Behrends ab. Gesang setzte ein: »Break down the wall and take the past away from us ...« Eine Stimme, so einschmeichelnd, so zart, so zerbrechlich — wie hieß die Sängerin doch gleich? Becky. Es war Beckys Stimme. Sie schlich sich in seine Ohren, drang ins Zentrum seines Kopfes vor, wurde rauer, gequälter, ließ sich tragen von einer sehnsuchtsvollen, melancholischen Melodie. Sie erreichte sein Herz, klagend, flehend. Sie wusste von dem Schmerz, den er empfand, kannte seine irrationalen Ängste, die um Verlust, Einsamkeit und Leere kreisten. Sie war jetzt ganz und gar in ihm, war wie der Ausdruck seiner Seele. Mit einem einzigen, wunderschönen und traurigen Lied sprach sie alles aus, was ihn in diesen Momenten bewegte und was er auch mit tausend Worten niemals hätte sagen können. Sie war sein fliegender Teppich, trug ihn in die Höhe, gewährte ihm einen Blick aus der Distanz auf seine immer kleiner werdenden schwermütigen Gedanken. Gemeinsam flogen sie einem neuen Tag ent-

gegen, der sich als schwacher Schimmer am Horizont zeigte. Er
ließ es geschehen, nahm das Lied mit jeder Zelle seines Körpers
auf, genoss den bittersüßen Geschmack diffuser Trauer. Der Rattenfänger lächelte ihm augenzwinkernd zu. Seidel hatte es prophezeit! Er hatte ihm gesagt, dass er den Song lieben würde!

Und verdammt, ja, er liebte ihn — vom ersten bis zum letzten
Ton!

Ende

DIE VERMESSUNG DER INNERDEUTSCHEN GRENZE
- EIN BLICK ZURÜCK

Erst kurze Zeit war es her, dass der Zweite Weltkrieg sein Ende gefunden hatte. Die von Tod und Zerstörung gebeutelten Menschen versuchten aus den Trümmern heraus einen Neuanfang. Dabei standen sie unter der Kontrolle der Siegermächte. Und die offenbarten schnell ihre Uneinigkeiten über die anzustrebende politische Neuordnung. Das Demokratieverständnis der westlichen Alliierten war unvereinbar mit der kommunistischen Ideologie. Der noch junge, brüchige Frieden hing an einem seidenen Faden. Aus den einstigen Waffenbrüdern im Kampf gegen die Hitlerdiktatur wurden erbitterte Gegner, die plötzlich in der Mitte Europas eine neue Front aufmachten und ihre Kanonen gegeneinander richteten.

Der sogenannte »Kalte Krieg« nahm seinen Anfang und zeigte 1949 mit der Teilung Deutschlands überdeutlich seine hässliche Fratze. Getrennt durch eine todbringende Grenze existierten fortan zwei deutsche Teilstaaten mit gegensätzlichen politischen Weltanschauungen unversöhnlich nebeneinander. Zwanzig Jahre lang deutete nichts darauf hin, dass sich daran je etwas ändern würde. Die Hallstein-Doktrin, 1955 erlassen, brandmarkte die Aufnahme diplomatischer Beziehungen zur DDR als unfreundlichen Akt gegenüber der BRD, während die DDR kompromisslos nach völkerrechtlicher Anerkennung strebte und sich gegen den Alleinvertretungsanspruch der BRD wehrte.

Doch unter Willy Brandt, der 1969 zum Bundeskanzler gewählt wurde, kam endlich Bewegung in die festgefahrenen Ost-West-Beziehungen. Die Hallstein-Doktrin musste einer Politik des »Wandels durch Annäherung« weichen. Bestandteil der neuen Ostpolitik war der Grundlagenvertrag, der im Dezember 1972 zwischen der BRD und der DDR geschlossen wurde. In diesem historischen Dokument verpflichteten sich die beiden Vertragsparteien auch, die innerdeutsche Grenze zu vermessen. Man bildete eine Grenzkommission mit politisch Verantwortlichen, Sicherheitsexperten und Vermessungsfachleuten beider Seiten.

Auf der ersten Sitzung der Kommission im März 1973 in Schwerin legten die Beteiligten die Vorgehensweise bei der Vermessung fest und unterteilten die gemeinsame, knapp 1400 Kilometer lange Grenze in einzelne Abschnitte. Diese von Nord nach Süd durchnummerierten Teilstücke konnten nun auf westlicher Seite den Anrainer-Landkreisen und damit den jeweiligen Katasterämtern zugeordnet werden.

Das Amt im Landkreis Osterode am Harz war für die Vermessung der Grenzabschnitte 25 und 26 verantwortlich. Zwischen Hohegeiß im Nordosten und Zwinge im Südwesten zogen sich die beiden Einzelstrecken auf einer Gesamtlänge von etwa 46 Kilometern hin, zum großen Teil über schwieriges Gelände, historischen Grenzen folgend oder denen, die die Alliierten willkürlich festgelegt hatten.

Niemand von den Osteroder Vermessern wusste genau, was ihn erwartete. Wie würde sich die Zusammenarbeit mit dem »Klassenfeind« gestalten? Wie sollte man aufeinander zugehen, miteinander reden? Und vor allen Dingen — wie konnte man die Vermessungsergebnisse in Einklang bringen? Schließlich waren nicht nur die politischen Systeme unvereinbar, auch die Koordinatensysteme, Grundlage jeder Vermessung, basierten auf unterschiedlichen Voraussetzungen.

Dann war er da, der Tag, auf den man wochenlang hingearbeitet hatte, der Tag der ersten Begegnung. Treffpunkt war die Straße zwischen Neuhof auf westlicher Seite und Branderode im Osten. In Höhe der grenznahen Kläranlage kamen die DDR-Vertreter durch ein provisorisches Tor im Grenzzaun. Es war ein bewegender Moment, als sich der »Eiserne Vorhang« plötzlich öffnete. Ein Anblick, der kein Mitglied der Osteroder Gruppe kaltließ.

Der recht kühlen Begrüßung und den ersten vorsichtig tastenden Wortwechseln folgte schließlich die Grenzbegehung, um die Mitarbeiter der »Arbeitsgruppe Grenzmarkierung« in ihre Aufgaben einzuweisen. In den Tagen danach nahmen dann die Vermessungstrupps ihre Arbeit auf; allein, ohne die Delegationen beider Lager, deren offizielle Mission des Verhandelns, Festlegens und Protokollierens erfüllt war.

Befreit von der lähmenden Beklemmung, die in Gegenwart der »Funktionäre« auf ihnen gelastet hatte, kamen sich die Vermesser an jedem gemeinsamen Arbeitstag ein Stück näher, verloren die Scheu voreinander, und ihre Gespräche wurden von Mal zu Mal persönlicher. Freundschaften bahnten sich an, und die DDR-Kollegen äußerten erste, zaghafte Wünsche. Kleine Gefälligkeiten sollten es sein, das eine oder andere Mitbringsel, das man bei ihnen zu Hause nicht bekommen konnte. Die Vermesser des Osteroder Trupps halfen gern und bekamen im Gegenzug Dinge aus dem Osten zugespielt, die auf legalem Wege nicht zu haben waren. Es machte ihnen Spaß, zu organisieren und zu tauschen. Und es bereitete ihnen diebische Freude, wenn ihre neuen Freunde »von drüben« strahlten, weil sie ihren Frauen Geschenke mit über die Grenze nehmen konnten, von denen sie bisher nur geträumt hatten.

Ihre kleinen Geschäfte waren ebenso verboten, wie ihre »Ausflüge« ins westliche Hinterland. Das war ihnen klar. Besonders für die DDR-Kollegen hätte es schwerwiegende Folgen haben können, wären sie bei ihrem Treiben erwischt worden. Trotzdem nahmen sie das Risiko auf sich. Im unübersichtlichen Gelände entlang der Grenze fühlten sie sich einigermaßen geschützt, wussten die Freiräume, die ihnen ihre Arbeit hin und wieder ließ, geschickt zu nutzen. Doch all das war nur möglich, weil sie sich aufeinander verließen. Gegenseitiges Vertrauen und Verschwiegenheit, darauf bauten sie und wagten gemeinsam ihre kleinen Spiele. Ein ums andere Mal entzogen sich die Ost-Vermesser den Blicken der allgegenwärtigen DDR-Grenzsoldaten, führten die Männer des Bundesgrenzschutzes ebenso an der Nase herum, wie den vermeintlichen Stasi-Spitzel.

Es waren riskante Spiele — Spiele, die jederzeit einem von ihnen zum Verhängnis werden konnten ...

Ende

Danksagung

Zwei Frauen haben maßgeblichen Anteil am Entstehen und Gelingen meiner Bücher. Ihnen möchte ich besonders danken!

Da ist zunächst meine Frau Heidi. Ohne ihre Geduld und Nachsicht wäre es mir kaum möglich, mich über Tage, manchmal auch über Wochen in meine literarische Parallelwelt zurückzuziehen und der dunklen Seite in mir Raum zu geben. Meine Lektorin, Anette Kleszcz-Wagner, wiederum bringt meine Manuskripte in Form, schafft es, aus kritischer Distanz und mit farblicher Vielfalt aus etwas Gutem etwas noch Besseres zu machen. Vielen Dank!

Ein weiteres Dankeschön geht an meine ehemaligen Arbeitskollegen beim Katasteramt in Osterode am Harz, Friedhelm Armbrecht und Bernd Schneider. Sie waren aktiv bei der Vermessung der ehemaligen DDR-Grenze dabei. In Wort und Bild ließen sie für mich die damalige Zeit wieder aufleben und schufen so die Grundlage für das vorliegende Buch.

Die Band My Inner Burning, die im Verlauf der Krimi-Handlung immer wieder genannt wird, ist keine Ausgeburt meiner Fantasie. Es gibt sie wirklich --- Becky Gaber und ihre vier Männer Torsten Sauerbrey, Niklas Kahl, Jörg Janssen und Daniel Pietrzak! Sie haben sich dem Metal verschrieben und zelebrieren ihre Musik auf hohem Niveau. Freunde dieser etwas härteren Stilrichtung werden sie kennen und schätzen. Bei der Band, ihrer Plattenfirma Steamhammer/SPV und ihrem Management möchte ich mich ganz herzlich dafür bedanken, dass sie mir für meinen Krimi nicht nur ihren Namen, sondern auch eins ihrer Lieder anvertraut haben, nämlich das fantastische Stück »When I'm gone«. Leute, ich liebe diesen Song! Danke dafür.

Roland Lange

Vom selben Autor

Höhlenopfer
Harz-Krimi
ISBN 978-3-935263-74-0
Paperback, 309 Seiten

Die Goldregen-Intrige
Harz-Krimi
ISBN 978-3-935263-98-6
Paperback, 249 Seiten

Vom selben Autor

Brockendämmerung
Harz-Krimi
ISBN 978-3-95475-073-3
Paperback, 243 Seiten

Der letzte Sprung
Harz-Krimi
ISBN 978-3-95475-103-7
Paperback, 255 Seiten

Vom selben Autor

Stöberhai
Harz-Krimi
ISBN 978-3-95475-127-3
Paperback, 279 Seiten

Drei freundliche Tage und ein
Todesfall
Harz-Krimi
ISBN 978-3-95475-168-6
Paperback, 272 Seiten